반삼국지 상

반삼국지

저우다황 지음ㅣ김석희 옮김

 상

작가
정신

모든 역사는 가짜다

오랜 옛날부터 이런 말이 전해온다. 믿을 수 있는 '역사'가 있기에 사람은 이 세상에 태어나 '역사'를 본보기로 삼아 인류의 질서를 중시하며 살아간다고.

중국은 5000년의 장구한 역사를 갖고 있지만, 중화민국이 수립된 (1911년) 지는 10년 남짓밖에 되지 않았다. 그 이전의 유구한 세월은 모두 '군주' 일당이 온갖 권력을 손아귀에 틀어쥐고 마음대로 나라를 다스린, 수상쩍은 먹구름으로 가득 차 있는 역사다.

이 세상 사람들은 모두 '군주'의 자리를 부러워하고, 군주나 황제가 무슨 문제를 일으키면 그 황제는 타도되고 다른 사람이 대신 황제가 된다. 저쪽에서는 싸움이 일어나고 이쪽에서는 약탈이 벌어진다. 이것이 '왕조 교체'의 진상이다. 사람 죽이기를 나뭇가지 꺾는 정도로밖에 생각지 않고, 모닥불을 피워놓고 야영하며,『사기史記』에 나오는 진승陳勝과 오광吳廣(두 사람 다 진나라 말기의 반란 지도자)처럼 사당에 모신 여우신의 계시를 흉내내어 '창을 휘둘러 솥의 무겁고 가벼움을 따지는' 형편이다.

새 왕조가 수립되면, 새로 황제가 된 자는 '이 자리는 하늘이 내리셨다'면서 천명을 내세우고, 쫓겨난 옛 황제는『맹자孟子』에 나오는 일개 '필부'로 처형된다. 이로써 사건은 막을 내린다.

새 왕조는 상서로운 봉황이나 용을 타고 높이 올라가고, 옛 왕조는 뿌리째 뽑히듯 처리된다.

새 왕조는 또한 자신들이 세운 왕조를 과대 선전하고, 저들의 덕을 추켜세우기에 바쁘다.

이때 옛 왕조의 역사를 쓰는 작업에도 착수한다. 이는 마치 고양이가 쥐를 잡아죽인 뒤에 쥐의 시체를 놓고 불쌍하다고 말하는 거나 마찬가지로 웃음거리다. 이런 '역사'를 어떻게 믿을 수 있겠는가.

애당초 그 '역사'를 쓰는 사람은 옛 왕조의 신하가 아니다. 모두가 새 왕조의 앞잡이들뿐이다.

그들은 전쟁의 공포를 겪은 뒤 황제의 권위에 눌려 고개도 들지 못한 채 굽실거리는 무리들이니, '양심'도 오래전에 잃어버렸고 '기백' 따위는 애초부터 갖고 있지 않다. 모두가 하나같이 인간으로서의 수치심조차 모르는 무리들이다.

황제에게 아부하고, 오로지 알랑거리는 말로써 황제의 비위를 맞추어 어떻게든 일신의 안녕을 보전할 수만 있다면, 그 밖의 일은 아무래도 좋다고 생각하는 놈들이다.

이같은 정신 구조에 따르면, 자기가 쓴 역사책이 후세에 혐오와 경멸의 대상이 되어 모독당하는 것은 극도로 싫어하면서도 새 왕조의 덕을 높이 칭송하고 옛 왕조를 마구 헐뜯는 일밖에는 염두에 두지 않는다. 그렇다고 해서 안으로나 밖으로나 섣부른 말은 벙긋도 할 수 없다. 새 황제에게 기분 나쁜 소리를 했다가는 그것으로 끝장이기 때문이다.

그래서 필요 이상으로 말을 기피하는 데다 글의 앞뒤를 이치에 맞도록 꿰어맞추려다 보니 이런저런 억지를 총동원할 수밖에 없다. 어떻게

든 역사책을 써내어 좀더 높은 지위로 올라가고 싶어도 승진 여부가 오로지 황제의 기분 하나에 달려 있으니, 역사책을 다 쓴 뒤에도 황제의 안색을 살피며 전전긍긍할 수밖에 없는 처지가 마냥 서글프기만 하다.

이런 무리들은 옛날의 저 유명한 역사가 동호(董狐: 춘추시대 진나라의 사관. 직필로 유명함)의 제자로 들여보내봤자 아무 소용이 없다. 동호처럼 '목숨 걸고 쓴다'는 배짱이나 기개가 없기 때문이다. 그런 주제에 이런 무리들은 천 년 뒤까지도 제 역사책이 존중받기를 바라고 있으니, 길 가던 개가 웃을 노릇이다.

이리하여 옛 왕조의 역사책이 완성되는 날, 옛 왕조의 사적史跡은 그림자조차 남음이 없이 바람에 날리는 재처럼 구름 속으로 사라져버린다.

따라서 첫날부터 오늘날까지 믿을 수 있는 '역사' 따위는 존재하지 않는다. 무덤을 파헤쳐 바짝 마른 유골에게 물어보면 한두 마디 진실을 얻어들을 수 있을까, 이 세상에 살아남아 있는 인간에게 물어서는 '믿을 수 있는 역사'를 아마 한 글자도 얻어내지 못할 것이다.

뜻있는 이들은 이런 사태를 가슴 아프게 생각한 나머지 관官에서 편찬한 '정사正史'와는 다른 '야사野史'를 써서 후세에 남겼다. 독서를 좋아하는 지식인들은 옛날이야기를 좋아하여 '야사'도 싫증내지 않고 많이 읽을 테니, 이런 이들에게 진실을 전하려고 했던 것이다.

그런데 천하를 노리는 용맹한 인물들이 잇따라 출현하면 바로 눈앞에서 그런 일들이 벌어지고, 따라서 '야사'도 풍부하게 씌어지기 때문에 '정사'의 영향력은 나날이 쇠퇴해가지만, 그때는 또 '정사'를 바탕으로 '야사'를 쓰는 사람이 나온다.

그 결과, '야사'도 믿을 수 없게 되어버렸다. '야사' 중에서도 '정사'

와 다른 부분만 믿을 수 있게 되어버린 것이다. 이런 '야사'는 차라리 쓰지 않는 게 낫다.

그 대표적인 '야사'가 『삼국지연의三國志演義』다. 이 책은 사람을 속이고 현혹시키는 정도가 너무 심하다. 대개는 '정사' 그대로이지만, 제갈공명의 재주에 관한 대목은 귀신 이야기를 하는 게 아니라면 어린애 장난이다. 천하를 안정시키는 제갈공명의 책략에 대해서는 진실이 전혀 기록되어 있지 않다. 제갈공명은 『삼국지연의』에 묘사된 그런 인간이 아니다. 이 책의 수상쩍은 기록을 그대로 믿어서는 절대로 안 된다.

일전에 나는 북경에 놀러 갔다가 고물상의 폐지 묶음 속에서 '삼국구지三國舊志'라는 제목의 낡은 책 한 권을 발견하고 그것을 샀다. 읽어보니 삼국시대의 전쟁에 관한 기록인데, 제갈공명과 서서에 관한 기록이 『삼국지연의』와는 전혀 달랐다. 뿐만 아니라, 위魏나라·촉蜀나라·오吳나라 삼국이 성립하고 패망한 과정도 '정사'와는 전혀 딴판이다.

『삼국구지』에는 발문跋文이 딸려 있는데, 이 글에 따르면 삼국시대에 관한 사료는 서기 304년부터 439년까지 135년 동안 오호십육국五胡十六國이 난립한 시대에 모두 소실되었다는 것이다. 따라서 세상에 '정사'로 전해져 내려오는 것들은 모두 위작僞作, 즉 가짜다.

발문에는 이렇게 적혀 있다. 노인들은 광무제光武帝의 중흥 이후 200년 뒤에 유비가 다시 한왕실을 중흥했다고 전하고 있으며, 이는 항간에 널리 퍼져 있어 아무리 덮어 감추려 해도 소용이 없을 정도인 것으로 미루어보아, 소열제(昭烈帝 : 유비)의 사적事績을 기록한 책에는 그 정통성이 분명히 밝혀져 있었지만 오호십육국 시대의 혼란 속에서 묻혀버린 것으로 여겨진다고.

이 『삼국구지』야말로 삼국시대의 '야사'이고, 이 책의 존재는 인간 세상에 아직도 진실이 존재한다는 것을 입증해주는 증거다. 무척이나 오랜 세월을 거쳐 내 눈앞에 나타난 것으로 미루어 제법 널리 유포된 책으로 여겨지지만, 애석하게도 책의 앞부분은 오래전에 사라져버린 모양이다. 그래서 이 책은 서서의 모친이 조조에게 속아 허도로 들어간 대목부터 시작되어 있다.

『삼국구지』의 작가가 몇 명인지는 모르지만 그 내용은 믿을 만하다. 여기서 나는 횟수 표시를 다시 하고 제목을 '반反삼국지'로 고쳐 『삼국지연의』와 구별을 짓기로 했다.

【 차례 】

감녕甘寧 ▶ 자는 흥패興覇. 오나라 장수. 회음에서 한나라 군사에게 쫓기자 강물에 뛰어들었다가 물살에 휩쓸려 죽으니, 결국 자결한 셈이다.

강유姜維 ▶ 자는 백약伯約. 한나라 장수. 정확한 상황 판단과 탁월한 작전으로 한나라의 승리에 크게 이바지한다.

고옹顧雍 ▶ 자는 원탄元歎. 오나라 신하. 오나라 주인 손량을 뒤따라 물에 뛰어들어 자살한다.

관우關羽 ▶ 자는 운장雲長. 유비의 의형제로, 두터운 충성심과 넘치는 인간미를 가진 인물. 항상 전략의 요충에 자리잡고, 한나라의 승리를 뒷받침한다.

관흥關興 ▶ 자는 안국安國. 한나라 장수. 관우의 아들.

능통凌統 ▶ 자는 공적公績. 오나라 장수. 오나라 주인 손량을 뒤따라 물에 뛰어들어 자살한다.

등애鄧艾 ▶ 자는 사재士載. 위나라 장수. 관도 싸움에서 전사한다.

마대馬岱 ▶ 자는 중화仲華. 마초의 사촌동생. 서량의 기마대를 이끌고 성실하게 싸워 한나라의 승리를 뒷받침한다.

마등馬騰 ▶ 자는 수성壽成. 마초의 아버지. 조조에게 살해된다.

마속馬謖 ▶ 자는 유상幼常. 한나라 참모. 항상 적절한 조언을 하여 남방 땅을 오나라의 공격으로부터 지킨다.

마운록馬雲騄 ▶ 마초의 아름다운 누이동생. 조운의 아내가 되지만, 무예가 뛰어난 장수로서도 역량을 발휘한다.

마초馬超 ▶ 자는 맹기孟起. 신속한 이동과 용맹으로 유명한 서량의 정예 기마대를 이끌고, 유비를 따라 마침내 북방을 평정하여 금의환향한다.

문앙文鴦 ▶ 자는 미상. 용맹과 힘이 뛰어난 한나라 장수.

방통龐統 ▶ 자는 사원士元. 한나라의 명참모. 제갈량과 함께 작전을 분담 지휘하고, 유비와 제갈량이 죽은 뒤 승상으로서 제국의 체제를 확립한다.

사마사司馬師 ▶ 자는 자원子元. 사마의의 맏아들. 신안에서 제갈량의 지뢰를 밟아 폭사한다.

사마소司馬昭 ▶ 자는 자상子尙. 사마의의 둘째아들. 봉구 싸움에서 조운에게 죽는다.

사마의司馬懿 ▶ 자는 중달仲達. 위나라의 명지휘관. 깊은 통찰력과 온갖 책략으로 한나라에 저항하지만, 항상 뒷북만 친다. 동아에서 제갈량의 지뢰에 폭사한다.

서서徐庶 ▶ 자는 원직元直. 조조에게 어머니를 납치당하지만, 제갈량의 지모와 조운의 활약으로 어머니가 구출된 후, 한나라의 명참모로 활약한다.

서성徐盛 ▶ 자는 문향文嚮. 오나라 장수로서 훌륭한 활약을 보이지만, 신채에서 조운에게 사로잡힌다. '항복하라'고 해도 듣지 않고, '신하로서의 절개를 온전히 지키게 해달라'면서 자결한다. 나중에 그의 식객이 유선을 암살한다.

서황徐晃 ▶ 자는 공명公明. 위나라의 용장. 양성에서 한나라 군사에 포위되어 탈출을 꾀하지만, 함정에 빠져 힘이 다하자 자살한다.

손권孫權 ▶ 자는 중모仲謀. 강동의 패자만이 아니라 중국 전체를 통일하려는 야망을 품고 있다. 그 때문에 유비와 싸움을 벌이지만 연전연패의 보고를 듣고 병을 얻어, 실의 속에서 죽는다.

손량孫亮 ▶ 자는 자명子明. 손권의 뒤를 잇지만, 한나라 군대의 공격을 받고 바다로 도망친다. 그러나 파도가 거칠자, 절망한 나머지 바다에 뛰어들어 자살한다.

손부인孫夫人 ▶ 손권의 누이동생. 유비에게 출가하여 사이좋게 지냈지만, 천하 통일을 꿈꾸고 있는 오라비의 구상으로는 유비를 죽여야 한다. 손부인은 그것을 알고 고민하다가 장강에 몸을 던져 자살한다.

손소孫韶 ▶ 자는 공례公禮. 원래는 유俞씨. 손권의 형 손책에게 발탁되어 손씨 성을 하사받는다. 합비에서 조운에게 패하여 자결한다.

순욱荀彧 ▶ 자는 문약文若. 위나라 참모. 조조의 전횡에 반대하다가 죽음을 강요당한다.

순유荀攸 ▶ 자는 공달公達. 위나라 참모. 조조의 전횡에 반대하다가 죽음을 강요당한다.

여몽呂蒙 ▶ 자는 자명子明. 오나라의 총지휘관으로서 끈기 있게 저항하지만, 복양성에서 한나라 군대에 패하고 장비에게 죽는다.

왕평王平 ▶ 자는 자균子均. 한나라 장수. 군의 연계를 뒷받침하며, 조직적 행동에 충실한 좋은 장군.

요화寥化 ▶ 자는 원검元儉. 한나라 장수.

우금于禁 ▶ 자는 문칙文則. 위나라 장수. 관도에서 자기 편인 등애의 화살에 맞아 죽는다.

위연魏延 ▶ 자는 문장文長. 한나라 장수. 자오곡에서 나와 장안을 얻는다. 자신의 무예를 과신한 나머지 적진에 깊이 들어간 적도 있지만, 그후로는 몸가짐을 신중히 하여 한나라의 승리에 이바지한다.

유비劉備 ▶ 자는 현덕玄德. 제갈량·서서·방통 같은 명참모와 관우·장비·조운·

마초·황충 같은 맹장들의 힘을 빌려 마침내 천하를 통일한다. 그러나 마지막까지 한나라 신하의 도리를 다하여 황제 자리에는 오르지 않는다.

유선劉禪 ▶ 자는 공사公嗣. 유비의 아들. 오나라 장수 서성의 식객에게 암살당한다.

유심劉諶 ▶ 자는 미상. 작품 속에서는 '왕손'(유비의 손자이며, 유선의 아들)이라고 불린다. 천하를 통일한 후, 한나라 황제가 되어 중국에 태평성대를 가져온다.

유엽劉曄 ▶ 자는 자양子陽. 위나라 참모. 관도에서 사마의의 죽음을 알고 자살한다.

유표劉表 ▶ 자는 경승景升. 형주 자사. 유비에게 뒷일을 맡기고 죽는다.

육손陸遜 ▶ 자는 백언伯言. 오나라의 명장. 충성을 다하여 작전을 생각하지만, 한나라 군대에는 이기지 못하고 바다로 도망친다. 거기서 오나라의 주인 손량을 뒤따라 물에 뛰어들어 자살한다.

이엄李嚴 ▶ 자는 정방正方. 한나라 장수로서 용맹한 활약을 보인다. 장안을 함락시킨 공로자 가운데 한 사람.

이전李典 ▶ 자는 만성曼成. 위나라의 명장으로서 마지막까지 조창을 따라가, 북방 땅에서의 정권 수립에 이바지한다.

장비張飛 ▶ 자는 익덕翼德. 유비·관우와 의형제를 맺고, 나이에 따라 막내동생이 된다. 타고난 무예와 용맹을 살려 북방 평정에서 큰 공을 세운다. 참모들에게 충고를 받으면, 옳고 그름을 잘 생각하고 감정을 억제하는 냉정함을 지니고 있다.

장소張昭 ▶ 자는 자포子布. 오나라의 대신. 바다로 도망치는 오나라 주인 손량과 함께 가려 하지 않고 한나라의 서서에게 빌붙으려 하지만, 서서에게 모욕을 당하고 부끄러워하며 자결한다.

장완蔣琬 ▶ 자는 공염公琰. 한나라의 신하. 남방의 영릉 땅을 굳게 지키면서, 오나라가 넘볼 틈을 주지 않는다.

장요張遼 ▶ 자는 문원文遠. 위나라 명장. 섭현에서 한나라 군대에 포위되어 마초에게 투항을 권고받지만, 응하지 않고 스스로 죽음을 택한다.

장합張郃 ▶ 자는 준예儁乂. 위나라 명장. 동아에서 제갈량의 지뢰에 폭사한다.

정보程普 ▶ 자는 덕모德謀. 오나라 장수. 소현산에 주둔하면서 한나라 군대를 맞아 싸우지만, 문앙의 화살을 맞고 장비의 칼에 찔려 죽는다.

정봉丁奉 ▶ 자는 승연承淵. 오나라 장수. 숙천에서 한나라 군사의 화살에 맞아 죽는다.

정욱程昱 ▶ 자는 중덕仲德. 위나라 참모. 거짓 편지로 서서를 끌어들이려고 하지만, 제갈량과 조운에게 간파당하고 인질로 삼았던 서서의 모친까지 탈취당한다.

제갈근諸葛瑾 ▶ 자는 자유子瑜. 제갈량의 형. 동생과는 달리 오나라를 섬긴다. 오나라 주인 손량을 뒤따라 물에 뛰어들어 자살한다.

제갈량諸葛亮 ▶ 자는 공명孔明. 탁월한 지략으로 한나라의 천하통일을 이룩하고, 지뢰를 이용하여 사마의를 죽인다. 그러나 그런 연전연승의 그늘에는 남모를 갈등이 숨어 있다. 전에는 아무하고도 싸우지 않고 조용히 은둔해 있던 자신이 세상에 나온 뒤로는 전쟁터에서 살인기계처럼 수많은 생명을 빼앗아 온 것을 가슴 아프게 생각한다. 그 때문에 병을 얻어 산동 땅을 평정한 뒤 세상을 떠난다.

조비曹조 ▶ 자는 자환子桓. 조조의 둘째아들로 제위를 잇는다. 한나라 군대의 공격을 받아 요동으로 도망치지만, 절망한 나머지 자결한다.

조식曹植 ▶ 자는 자건子建. 조조의 넷째아들. 아버지가 나라를 빼앗는 것을 말리다가 가출하여 모습을 감춘다. 북쪽 땅을 헤매다 아우 조창과 재회한다.

조운趙雲 ▶ 자는 자룡子龍. 한나라의 명장. 냉정하고 침착하며 대담하다. 장강을 지키는 수군을 지휘하면서, 서성이 이끄는 오나라 수군을 가까이 오지 못하게 한다. 마초의 누이동생 운록과 결혼한다.

조인曹仁 ▶ 자는 자효子孝. 위나라 장수. 동아에서 제갈량의 지뢰를 밟고 폭사 한다.

조조曹操 ▶ 자는 맹덕孟德. 헌제를 손아귀에 넣었다가 이윽고 나라를 빼앗아 천하를 호령하지만, 아들 조식은 가출한다. 천하통일의 야망이 좌절되고, 위나라 군대가 한나라 군대에 잇따라 패하자, 난세의 간웅도 실의에 빠진 채 병사 한다.

조창曹彰 ▶ 자는 자문子文. 조조의 다섯째아들. 황수아黃鬚兒라는 별명을 갖고 있다. 압도적인 무용으로 한나라 군대에 끝까지 저항하지만, 결국 북쪽으로 도망쳐 이민족의 거주지역에서 왕이 되어 형 조식과 재회한다.

조홍曹洪 ▶ 자는 자렴子廉. 위나라 장수. 동아에서 제갈량의 지뢰를 밟고 폭사 한다.

종회鍾會 ▶ 자는 사계士季. 위나라 장수. 평원현에서 포위되었다가, 위나라가 망한 것을 알고 자살한다.

주유周瑜 ▶ 자는 공근公瑾. 오나라의 명지휘관이지만, 절제를 잊고 젊은 나이에 죽는다.

주태周泰 ▶ 자는 유평幼平. 오나라 장수. 오나라 주인 손량을 뒤따라 물에 뛰어 들어 자살한다.

태사자太史慈 ▶ 자는 자의子義. 오나라 장수. 합비에서 위나라 장수 호열의 화살 을 맞고, 결국 그 상처가 원인이 되어 죽는다. 죽을 때, '손씨 집안과 유씨 집안의 의를 끊지 말라'는 유언을 남긴다.

하후연夏侯淵 ▶ 자는 묘재妙才. 한중 땅을 통일했지만, 한나라 군대에 패하여 황충에게 죽는다.

한당韓當 ▶ 자는 의공義公. 오나라 장수. 파양 싸움에서 장비에게 죽는다.

한수韓遂 ▶ 자는 문약文約. 마초의 아버지 마등과 친하여, 마초의 거병에 협력한다.

향총向寵 ▶ 자는 미상. 방통에게 발탁되어 형주 수비에서 크게 활약한다.

허저許褚 ▶ 자는 중강仲康. 위나라의 맹장. 민지에서 한나라 복병에게 포위되어 화살을 맞고 전사한다.

헌제獻帝 ▶ 후한의 마지막 황제. 복황후의 진언을 받아들여 옥새를 유비에게 넘기지만, 조조에게 폐위당한 뒤 화흠에게 살해된다.

화흠華歆 ▶ 자는 자어子魚. 헌제 내외를 감금하고 살해한 악인. 나중에 마초에게 고문당하여 죽는다.

황개黃蓋 ▶ 자는 공복公覆. 오나라 장수. 한나라의 공격에 맞서 구강을 사수했지만, 물이 끊기자 자살한다.

황부인黃夫人 ▶ 황승언의 딸로, 제갈량의 아내. 재색을 겸비한 여성. 교묘한 술책으로 남만의 왕 맹획을 사로잡아 귀순시킬 계획을 세운다.

황충黃忠 ▶ 자는 한승漢升. 한나라 장수. 노장이면서도 활의 명수로 크게 활약한다.

천하가 유비의 손에 들어왔다면……

역사에 가정이란 부질없는 노릇이지만, 그러나 『삼국지』를 소설로 읽어본 독자들 중에는, 예컨대 유비·관우·장비가 좀더 오래 살고, 제갈공명이 오장원 출전을 앞두고 죽지 않았다면, 그래서 마침내 천하가 유비의 손에 들어왔다면 역사는 그후 어떻게 전개되었을까 하는 아쉬움을 느낀 이가 적지 않으리라. 이 책 『반삼국지』는 바로 그같은 아쉬움에 출발점을 두고 있다.

앞에서 저자도 밝히고 있듯이, 이 작품은 서서의 모친이 조조에게 속아 허도로 들어간 대목부터 시작된다. 그러므로 독자들의 이해를 돕기 위해, 『반삼국지』가 시작되기 직전의 역사적 상황을 간략하게 덧붙인다.

전후 400년에 걸쳐 번영을 누린 한漢나라지만, 후한 말에 이르자 그 권력은 외척 세력과의 투쟁에서 승리한 환관들의 손아귀에 들어갔다.

꼭두각시 황제를 비웃기라도 하듯 세상에서는 별의별 괴이한 사건들이 꼬리를 물고 일어났다.

건녕建寧 2년(서기 169년) 4월 15일, 영제靈帝가 옥좌에 앉으려 할 때 푸른 구렁이가 대들보에서 떨어져 영제는 그만 기절하고 말았다. 그로부터 2년 뒤에는 낙양에서 큰 지진이 일어나고 해일이 발생하여 연안

지방의 주민들이 떼죽음을 당했다.

그후에도 암탉이 수탉으로 변하거나 정체를 알 수 없는 검은 기체가 궁중 안에 가득 차거나 산사태가 일어나곤 했다. 그러나 영제는 이런 사건들을 하늘의 경고라고는 생각지 않고, 환관을 무조건 신임하고 사치와 환락에 빠진 채 충신들의 간언에는 귀를 기울이지 않았다. 후한의 정치는 점점 더 어지러워지고 각지에서 도적 떼가 봉기했다.

이런 집단들 가운데 장각을 수령으로 하는 황건적은 종교적 결사로 세력을 확장하고 민중을 규합한 뒤 80만 대군을 이루어 제멋대로 날뛰었다. 장각은 이윽고 병에 걸려 죽고 황건적의 난도 평정되었지만, 후한 왕조는 사실상 이 난리로 붕괴된 것이나 마찬가지였다.

지금까지 숨을 죽인 채 기회를 노리고 있던 천하의 영웅들이 곳곳에서 의병을 이끌고 세상에 나와 황건적을 토벌한 뒤, 중평中平 6년(189년)에 영제가 죽자 저마다 천하를 얻으려고 움직이기 시작했다.

도원의 결의로써 의형제를 맺은 유비·관우·장비 세 사람은 천하를 손에 넣을 생각이 없지만, 손견·조조·원소·원술 등은 모두 천하를 노리는 당대의 영웅들이다.

이 혼란스러운 사태를 맨 처음 제압한 것은 막강한 군사력을 가진 동탁이었다. 동탁은 중평 6년에 영제의 뒤를 이은 소제少帝를 폐하고 대신 유협劉協을 황제 자리에 앉히니, 그가 후한의 마지막 황제인 헌제獻帝다.

그러나 동탁은 천하를 얻으려는 야심이 너무 강한 나머지, 황제 자리를 넘겨주겠다는 헌제의 미끼에 걸려 살해당하고 만다. 그후 동탁의 잔당들이 잠시 헌제를 수중에 넣고 권력을 주물렀지만, 헌제는 기회를 보아 장안을 탈출한다. 동탁의 잔당들은 당연히 황제를 추격했다. 이 헌제를 보호한다는 명목으로 황제를 수중에 넣은 것은 그 시점에서 가장 막강한 군사력을 가진 조조다.

조조는 동탁처럼 조급하게 굴지 않았다. 헌제를 손에 넣은 조조는 황제의 이름으로 천하를 호령하면서, 자신의 명에 따르지 않는 자는 '역적'이라 하여 차례로 죽여버렸다.

건안建安 1년(197년)에 회남淮南 땅에서 황제를 참칭한 원술은 조조가 파견한 유비에게 죽음을 당했다. 유비는 이 덕분에 조조의 마수에서 벗어날 수 있었고, 그래서 조조 곁으로 다시는 돌아가려 하지 않았다.

조조는 화가 나서 유비를 공격했다. 패배한 유비는 하북河北의 영웅 원소한테로 도망치고 관우는 잠시 조조에게 투항한다. 이윽고 관우는 원소의 장수인 안량과 문추를 베어 조조에게 의리를 다한다. 한편 유비는 "네 동생이 내 장수를 죽였으니 용서할 수 없다"고 격분하는 원소를 교묘히 구슬러 탈출한 뒤 하북 경계에서 관우·장비를 만나 합류한다.

마침내 조조와 원소 사이에 싸움이 시작된다. 저 유명한 '관도官渡 싸움'과 '창정倉亭 싸움'이 그것이다. 조조는 병력도 적고 물자도 모자랐지만, 원소의 군량기지를 습격하고 참모들의 작전도 적중하여 마침내 원소를 격파하기에 이른다. 기주冀州로 달아난 원소는 병들어 죽는다.

이 기회에 아예 북방 이민족도 평정하여 중국의 북쪽 절반을 제압한 조조는 다시 방향을 돌려 유비를 공격한다. 당시 유비는 형주荊州의 유표에게 몸을 맡기고 있었다. 조조는 유비를 죽인 다음 형주를 공격하여 멸망시키고, 그 여세로 계속 남하하여 손권을 죽임으로써 천하를 통일하려는 구상을 갖고 있었다.

그런데 신야성新野城의 유비를 공격하라고 파견한 조인과 이전은 연전연패를 당한다. '팔문금쇄진八門金鎖陣'이라는 강력한 진형조차 간단히 깨져버린다.

　　이 소식을 전해들은 조조가 깜짝 놀라 말하기를,

　　"적에게는 상당히 유능한 군사軍師가 있는 게 분명하오."

　　이 말에 조인이 대답하기를,

　　"단복이라는 자가 유비에게 계책을 올리고 있습니다."

　　그러자 조조의 참모인 정욱이 말하기를,

　　"단복이란 세상의 이목을 피하기 위한 가명이고, 본명은 서서라고 합니다. 서서는 대단한 효자이므로, 그자의 노모를 속여 허도로 꾀어들인 다음, 노모의 필적을 흉내낸 가짜 편지를 보내어 서서를 허도로 오게 하면 좋을 것 같습니다."

수경 선생, 거짓 편지를 꿰뚫어보고 서서를 말리다
제갈량, 조운을 밀파하여 서서의 모친을 모셔오다

조조曹操는 참모 정욱程昱의 진언에 따라 서서徐庶의 모친을 속여 허도許都로 오게 한 뒤, 정욱에게 서서의 어머니를 돌보라고 명령했다.

정욱은 서서 어머니의 필적을 손에 넣어, 서서에게 보내는 가짜 편지를 썼다. 이 편지에서는 조조와 유비劉備의 우열에 대해서는 일부러 언급하지 않고 안부만 간단히 써서 봉했다. 너무 길게 쓰면 필적이 가짜라는 게 들통날 염려가 있기 때문이다.

정욱의 집안에서 일하는 사람 가운데 서서와 고향이 같은 데다 먼 친척뻘이 되는 사내가 있었다. 정욱은 그 사내를 불러 '이렇게 저렇게 하라'고 이른 다음, 일을 잘 끝내고 돌아오면 큰 상을 주겠노라고 약속했다.

아명을 구두(狗頭: 바보라는 뜻)라고 하는 이 사내는 욕심이 많은 데다 마음씨가 좋지 못했기 때문에 큰 상을 주겠다는 말에 두말없이 넘어갔다. 그리하여 이 얼간이 사내가 신야新野에 가서 서서를 속여 조조에게 데려오기로 했다.

구두는 가짜 편지를 품에 넣고 정욱을 하직한 다음, 신야를 향해 열심히 달렸다. 밤에는 잠을 자고 해가 뜨면 곧 출발하여, 며칠도 지나기 전에 신야에 도착했다.

이 무렵 유비는 신야에 머물고 있었다.

한漢나라 왕실 후예인 유비 현덕(玄德: 유비의 자字)은 가슴에 웅대한 포부를 품고 있어서, 일찍이 간웅으로 유명한 저 조조도 "천하에 영웅이라고 말할 수 있는 사람은 그대와 나, 두 사람뿐"이라고 말할 정도였건만, 불행히도 천하에 몸둘 곳이 없어 여러 나라의 군웅에게 몸을 의탁하며 전전한 끝에, 종친의 인연으로 의지했던 형주荊州의 유표劉表마저 등을 돌리자 하남(河南: 황하 이남) 땅 신야에 머물면서 기회를 엿보고 있었던 것이다.

유비는 대사를 이루기 위해 가는 곳마다 현인을 찾아가고 재사를 불러들였는데, 군사軍師 단복單福에게서 특히 낭야군의 제갈량諸葛亮과 양양군의 방통龐統의 학문이 높고 재능이 뛰어나다는 말을 들었다.

"제갈량과 방통이라고요?"

처음 듣는 이름이었다. 어떤 인물들일까. 미심쩍게 생각하는 유비의 속마음을 알아차린 단복이 말을 이었다.

"제갈량은 자를 공명孔明이라 하옵고, 방통은 자를 사원土元이라 하옵는데, 복룡伏龍과 봉추鳳雛로 불릴 만큼 불세출의 뛰어난 인재들이옵니다. 이 두 사람이야말로 천하를 꿰뚫을 만한 재능의 소유자로서, 나라를 다스리고 백성을 편안케 할 지략을 가슴에 품고 둘 다 이 양양襄陽의 산 속에 은거해 있으니, 사군께서 정성을 다하여 초빙하는 것이 어떻겠습니까?"

이 말을 듣고 유비는 크게 기뻐하여, 당장 후한 예물을 두 벌 준비한 다음 두 아우를 불러, 관우關羽에게는 남양南陽의 와룡강臥龍岡에 가서 제갈공명 선생을 모셔오라고 이르고, 장비張飛에게는 양양의 방덕공龐德公한테 가서 방사원 선생을 모셔오라고 일렀다.

관우는 자를 운장雲長이라 하며, 하동군河東郡 해량현解良縣 출신으로 9척 장신인 데다 아름답고 긴 수염에 덮인 얼굴은 대춧빛이고, 눈초리가 크게 째진 눈에 누에처럼 굵은 눈썹을 가진 당당한 대장부다.

무예와 용맹이 뛰어난 관우는 고향을 떠나 하북(河北: 황하 이북) 지방을 떠돌아다니다가 탁현涿縣의 주막에서 유비와 장비를 만나 의기투합하여 도원桃園에서 의형제를 맺었다.

탁현은 원래 장씨 일족이 사는 마을이다. 이곳에서 푸줏간을 경영하고 있던 장비는 자를 익덕翼德이라 하는데, 8척 장신에다 표범 같은 얼굴에 부리부리한 눈, 뺨에서 턱까지 범 같은 수염을 길렀고, 한번 고함을 지르면 목소리가 우레처럼 울렸다. 거칠기 짝이 없는 이 사내도 관우 못지않은 호걸이었다.

이 세 사람은 힘을 합쳐 한실의 중흥을 위해 싸우고 있었다. 단복은 명령을 받고 떠나는 관우와 장비에게 '두 사람을 만나거든 이러이러하게 말하라'고 이른 다음, 성밖까지 두 사람을 배웅했다.

단복이 성내로 돌아오자마자 현청의 관리가 달려와서 알렸다.

"노마님의 전갈을 가진 분이 군사님을 만나뵈러 오셨습니다."

단복은 이 말을 듣고 깜짝 놀라 당장 막사로 돌아갔다. 노부인의 심부름꾼은 인사를 끝내자 품속에서 봉서 한 통을 꺼내 올렸다.

단복은 겉봉에 쓰인 글씨가 노모의 필적인 것을 보고 저도 모르게 눈물방울을 떨구었다. 단복이 편지를 뜯어보니 이렇게 적혀 있었다.

"너는 요즘 유사군(劉使君: 유비)을 모시고 있다더구나. 오랫동안 방탕했던 네가 입신출세하여 이 에미는 더없이 기쁘다. 에미는 늙은 몸을 조공(曹公: 조조)에게 의탁하여 지금 허도에 있다. 나이 들어 병도 깊어졌으니 이제 다시 너를 만날 수 있을지 모르겠구나⋯⋯."

그다음부터는 글씨가 갑자기 어지러워져, 무어라고 쓰여 있는지 알수가 없다. 노인이 떨리는 손으로 간신히 쓴 것처럼 보이기도 하지만, 그것도 잘 알 수가 없다.

어머니의 편지를 읽은 단복의 눈에서는 눈물이 비 오듯 그칠 줄을 몰랐다.

단복은 한바탕 통곡한 뒤 구두에게 물었다.

"자네가 올 때 어머님은 식사를 잘 하고 계셨던가?"

"제가 올 때는 군사님을 생각하시느라 하루에 죽 한 사발밖에 드시지 않았습니다."

단복은 이 말을 듣고 더욱 슬피 통곡을 하다가, 그 편지를 가지고 유비에게 가서 말했다.

"사군께 사실대로 말씀드리겠습니다. 소신은 본시 영천潁川 태생으로, 이름은 서서요 자는 원직元直이라 하옵는데, 한때 몸을 피할 일이있어 단복이라는 가명을 쓰고 다녔던 것입니다. 그러다가 다행히 사군의 눈에 들어 오늘날 이런 후대를 받게 되었습니다."

유비는 이 사람이 새삼스럽게 이런 말을 왜 하나 싶어 멀뚱멀뚱 바라만 보고 있는데, 서서가 다시 말을 이었다.

"제 노모께서 글을 보내왔는데, 지금 허도로 끌려가 포로가 되어 계시다 하오니 자식 된 도리로 아니 가볼 수가 없습니다. 사군을 도와 천하통일의 대업을 이루는 데 견마의 힘을 다하려 했으나, 이같은 사정으로 중도에 부득이 하직을 고하게 되었으니 뒷날 다시 뵈올 것을 기약할까 합니다."

이 말을 듣고 유비는 기가 막힌 듯 한동안 말이 없더니, 이윽고 깊은 슬픔에 싸여 말했다.

"군사, 그렇게 남 대하듯 서먹서먹하게 말하지 마오. 이 일은 나에게도 책임이 있소. 진작에 군사의 자당을 모셔와야 하는 건데 그만 깜박 잊고 있었소. 그 때문에 고령이신 군사의 자당께서 허도로 끌려가버린 거요. 군사는 외아들로 다른 형제가 없지 않소. 게다가 효도야말로 인륜의 근본이거늘 내 어찌 군사의 발길을 막을 수 있겠소. 그러나 조금만 시간을 주시오. 환송하는 자리를 베풀고 싶소. 내가 군사를 얼마나 믿고 있는지 조금이라도 말할 수 있는 여유를 주시오. 그것을 준비하는 동안 군사는 재빨리 채비를 갖추어 언제라도 떠날 수 있도록 해두시오. 허도에서 효도를 다하도록 하시오. 어디에 있든 우리는 한나라 신하요. 구차한 이치나 설명은 필요없소."

서서는 유비의 말을 듣고, 유비의 넘치는 인덕에 감격한 나머지 저도 모르게 눈물을 쏟으며 유비 앞에 엎드렸다. 유비도 허리를 굽혀 절을 했지만, 그 이상은 답례하지 않고 술상을 차리라고 명령했다. 서서를 위한 환송연이 시작되었다.

술이 세 순배 돌았을 때 조운趙雲이 순찰에서 돌아왔다는 전갈이 들어왔다. 유비는 조운도 이 자리에 참석하라고 명령하고 자초지종을 설명했다.

조운은 전에 적장 조인曹仁의 '팔문금쇄진八門金鎖陣'을 단복이 깨뜨린 이후 그의 재능을 높이 평가하여 감탄하고 있었기 때문에, 서서가 허도로 간다는 말을 듣고는 유감스러워서 못 견디겠다는 표정을 지었다.

서서도 조운의 무용과 인품에 깊은 호의를 품고 친하게 사귀고 있었기 때문에, 술좌석에서 마주앉자 아쉬운 마음이 더욱 강해졌다.

그런데 이 술자리가 끝나기도 전에 하늘이 별안간 흐려지더니, 물동이를 뒤엎은 것처럼 큰비가 쏟아지기 시작했다. 이 비는 사흘 낮 사흘 밤 동안 계속되어 서서는 떠날 수가 없게 되어버렸다.

신야성 안에서도 물이 넘쳐흐르고, 성밖은 더욱 심하여 완전히 수렁이 되어버렸다. 무릎까지 푹푹 빠져버릴 정도였다.

발이 묶이자 서서는 어머니를 만나고 싶은 심정이 더욱 간절해졌다. 이윽고 비가 그쳤다. 그는 유비에게 작별을 고하고 출발했다. 하인 하나를 데리고, 구두와 함께 말을 타고 셋이서 성을 나섰다.

유비는 조운·손건孫乾·간옹簡雍 등, 현재 신야현에 있는 부하들을 모아 서서를 배웅하러 성을 나섰다. 그래도 역시 미련은 남는다. 서서도 눈물을 뿌리며 말했다.

"이제 됐으니, 그만 돌아들 가십시오."

서서의 심정을 헤아리면 더 이상 배웅할 수도 없다. 유비는 슬픔이 복받쳐올라 저도 모르게 엉엉 소리내어 울어버렸다. 이리하여 그 자리에 있던 사람들 모두가 눈물에 잠겼지만, 오직 한 사람, 편지를 가져온 구두만은 서서가 감쪽같이 계략에 넘어간 것을 보고는 속으로 쾌재를 불렀다.

'됐다! 이제 큰 상을 받겠구나!'

이렇게 생각하자 그만 기쁨을 감추지 못하고 혼자서 기쁜 빛을 얼굴에 드러내고 있었다.

이를 알아차린 사람은 침착하고 냉정한 조운이다. 그러나 구두가 무언가 나쁜 짓을 꾸미고 있다는 확증을 잡은 것은 아니기 때문에 그 자리에서는 아무 말도 하지 않았다.

유비와 서서의 작별인사가 끝나자 조운은 유비를 따라 성안으로 돌아왔지만, 아무래도 의심이 풀리지 않는다.

조운은 유비로부터 다음 영토의 순찰을 명령받았다. 조운은 명령을 받았지만, 다시금 돌이켜 생각해볼 때마다 왠지 수상쩍다. 그 사내가 싱글벙글 웃은 데에는 뭔가 곡절이 있을 게 분명하다. 서서가 허도로 가는 도중에 불측한 사태가 일어나면 곤란하다.

그래서 조운은 순찰을 뒤로 미루기로 하고 당장 혼자서 성을 떠나 서서를 뒤쫓아갔다.

유비에게는 알리지 않았다.

그런데 서서에게는 하늘의 보살핌이 있었다고 해야 할 것이다. 그 구두라는 사내는 원래가 농사꾼이었기 때문에 말 타는 데 익숙지 않았다. 게다가 그렇게 큰 비가 얼마 전에야 겨우 그쳤을 뿐이다. 진창이 되어 미끄러운 길을 제대로 보지도 않고 그저 서서의 말 뒤꽁무니에 바싹 붙어 따라갈 뿐이었다.

그런데 길에 커다란 바위가 박혀 있었다. 서서는 발을 교묘히 조종하여 훌쩍 뛰어넘었다. 그것을 본 구두는 급히 고삐를 당겨 서서처럼 바위를 뛰어넘으려고 했지만, 별로 좋은 말이 아니었기 때문에 앞발을 높이 쳐들어 사람처럼 두 발로 섰다. 다음 순간 앞발을 땅에 내려놓았지만, 이번에는 뒷발이 높이 올라갔다. 말 위에 앉아 있던 구두는 보기 좋게 땅바닥으로 굴러 떨어졌다. 그런데 떨어진 곳이 하필이면 바윗돌 위였다. 최악의 사태가 일어난 것이다.

구두는 두 다리가 골절되고 힘줄도 끊어지는 중상을 입었다. 이미 저만치 앞서가고 있던 서서가 비명소리를 듣고는 말을 세우고 돌아보았지만, 이미 때는 늦었다. 서서는 어머니를 한시라도 빨리 만나고 싶었기 때문에 구두를 마냥 돌보고 있을 수 없었다. 우선 가까운 집을 찾아가, 그 집 사람에게 돈을 주고 구두를 돌봐주게 했다. 서서는 구두에게 "상처가 나으면 허도로 오라"고 이른 다음, 하인을 데리고 나는 듯이 사라졌다.

한편, 조운은 꼬박 하룻동안 말을 달렸지만 아직 서서를 따라잡지 못했다. 이튿날 아침 일찍 출발하여 20리 남짓 달렸지만 그림자도 보이지 않는다.

그래서 말을 내려 그곳 사람에게 물었다.

"이곳 지명은 무엇이오? 이 길이 허도로 통하는 길 맞소?"

"이곳은 장추진長秋鎭이라 하는데, 허도로 가는 길이 맞습니다."

"전에 이 길을 세 사람이 말 세 필을 타고 지나가지 않았소?"

"그건 보지 못했습니다."

그런데 모여 있던 사람들 중에 무언가를 알아차린 듯, 즐거운 표정을 짓는 사람이 있었다. 그 사람이 끼어들어 말했다.

"나는 말 세 필에 사람이 둘 타고 있는 것을 보았는데, 아닐까요?"

조운은 속으로 '대체 이게 무슨 소린가' 하고 괴이쩍게 생각했지만, 좀더 자세히 설명해달라고 부탁했다.

그러자 그 사람은 이렇게 대답했다.

"한 사람은 이 마을에서 상처를 치료하고 있고, 나머지 두 사람은 떠났다는 얘깁니다."

조운은 '그 두 사람이 편지를 가져온 놈과 서서라면, 서서가 위험하다'고 생각했다.

그래서 다친 사람이 치료받고 있는 집으로 안내해달라고 부탁하여 급히 가보았더니, 거기에 끙끙거리며 누워 있는 것은 편지를 가져온 사내였다. 조운은 일단 안심이라고 생각하여 마음을 가라앉혔다.

어쨌든 이 사내한테서 사정을 들으려고 생각한 조운은 마을 사람들에게 구두를 신야까지 운반해달라고 부탁했다. 진영으로 돌아오자 조운은 한발 먼저 사령부로 들어가 밖에 대고 큰 소리로 고함을 질렀다.

"그놈을 끌고 오라."

이 소리를 들은 구두는 새파랗게 질려 부들부들 떨었다. 조운은 더욱 노기 띤 목소리로 호통을 쳤다.

"당장 그놈을 데려오라. 갈기갈기 찢어줄 테니."

두 다리가 부러진 구두는 배를 깔고 엉금엉금 기어왔다. 불안한 마음에, 조운이 한 번 호통을 칠 때마다 넋이 몸 밖으로 달아나버리는 것 같았다.

부하들이 구두를 끌고 오자 조운은 당장 심문을 시작했다.

"너를 이곳 신야까지 보낸 게 누구냐. 신야에서 도대체 무슨 짓을 하려고 했느냐. 살고 싶다면 하나도 빠뜨리지 말고 설명해보라."

구두는 울면서 대답했다.

"억울합니다. 소인은 아무 짓도 꾸미지 않았습니다. 그저 편지를 전하러 왔을 뿐입니다. 장군님, 부디 용서해주십시오."

그러자 조운은 더욱 거친 소리로 고함을 질렀다.

"서 군사를 송별할 때 네가 옆에서 싱글벙글 웃고 있었던 것은 무슨 까닭이냐. 그러고도 아무 짓도 꾸미지 않았다고 뻔뻔스럽게 잡아뗄 수 있느냐."

구두는 갑자기 울음을 멈추고, 두려움에 떨면서 잠시 입을 다물고 있었다.

조운은 분노를 억누르고, 책상 위에 있던 영전(令箭: 군대에서 명령을 내리거나 신호를 할 때 사용하는 화살)을 집어들더니, 한가운데를 뚝 잘라 구두에게 보이면서 위엄 있는 목소리로 조용히 말했다.

"허도에서 파견되어온 진짜 이유를 자백하라. 그러면 너를 마을 사람에게 맡겨 치료받게 해준 서 군사의 심정을 헤아려 네가 치료를 계속 받을 수 있게 해주마. 그러나 만약에 조금이라도 숨기는 일이 있으면, 너를 죽이는 것쯤은 이 화살을 부러뜨리는 것처럼 쉬운 일이다. 거짓말을 하면 가차없이 처형하겠다."

그러자 구두는 울면서 입을 열었다.

"제발 장군님, 소인을 용서해주십시오. 소인이 신야에 온 것은 정욱 나리의 명령을 받자온 것입니다."

그리고는 편지가 가짜라는 사실과 전후 사정을 털어놓기 시작했다.

구두는 이렇게 자세히 이야기하는 동안, 정욱 때문에 내가 이런 꼴을 당하는구나 하는 생각에 정욱을 원망하는 마음이 치밀어 올라왔다. 그러자 그 흥분 때문에 상처가 벌어져 더욱 심한 통증에 시달리게 되었다.

조운은 부하들에게 명령하여 구두를 편히 쉬게 한 다음, 당장 말에 뛰어올라 신야성으로 달렸다. 유비에게 알리기 위해서였다.

조운이 현청에 당도해보니 곳곳에 제등이 걸려 있고 문에는 붉은 헝겊이 드리워져 있었다. 무슨 축제가 벌어진 모양이다.

조운이 성문 수위에게 물어보니 관우가 '복룡伏龍' 제갈량을 초빙하는 데 성공하고 돌아온 것을 환영하기 위한 장식이라고 한다. 그리고 관우와 제갈량은 지금 현청 안에 있다는 것이다.

이 말을 듣고 조운은 서둘러 현청 안으로 달려갔는데, 문간에 이르렀을 때 마침 안에서 나오던 관우와 쾅 부딪치고 말았다.

"오오, 자룡(子龍: 조운의 자)인가. 왜 그렇게 허둥대나?"

"복룡이 왔다는 말을 듣고 어떤 인물인지 보려고 서두른 거였습니다만, 장군이야말로 어째서 그렇게 황급히 뛰쳐나오셨습니까?"

그러자 관우는 웃으면서 이렇게 대답했다.

"그야 자네한테 급히 알리려고 그랬지."

두 사람은 얼굴을 마주 보며 한바탕 웃었다.

조운은 서서를 전송할 때 수상한 일을 보았기 때문에 쫓아가서 구두를 잡아다가 자백시킨 경위를 관우에게 자세히 이야기했다.

관우도 서서의 재능을 높이 평가하고 있었던지라, 조운의 이야기를 듣고는 놀라고 당황하여 조운의 손을 잡아끌고 현청 안으로 들어가더니, 조운을 힐끔 돌아보며 말했다.

"사람들은 모두 제갈량에게 신기묘산神機妙算의 재주가 있고, 그 머릿속은 묘계로 가득 차 있다고 하네. 지금 그 사람이 여기 와 있으니, 이 문제를 의논해보도록 하세."

"서 군사는 이미 멀리 가버렸습니다. 만약 군사를 도로 불러들이고, 그 늙으신 어머니를 구출하여 조조의 간계를 쳐부술 수 있다면, 저는 그 사람을 존경할 수 있을 것입니다."

조운이 말했다. 관우는 고개를 깊이 끄덕였다.

관우와 조운은 손을 맞잡고 방으로 들어갔다. 조운은 우선 유비에게 인사를 했다. 그러자 유비는 제갈량을 조운 앞으로 데려와서 말했다.

"이분이 바로 제갈 선생이오. 내 새로운 군사이고 천하의 기재奇才요. 모름지기 많은 가르침을 받도록 하시오."

제갈공명은 겸손하게 조운의 인사를 받고는 관우와 같은 쪽에 앉았다.

그런데 제갈공명이 주위를 둘러보았지만 서서의 모습이 보이지 않는다. 그래서 이렇게 말했다.

"자룡 장군은 중국 전역에 영웅으로 널리 알려져 있습니다. 저도 오래전부터 장군의 이름을 알고 있었지요. 이렇게 뵙게 돼서 정말 기쁩니다. 사군의 막하에는 문무의 현재賢才가 넘쳐흐르고, 저는 그분들의 얼굴을 전부 뵈었으니 이보다 더 기쁜 일은 없을 것입니다. 그런데 제 옛친구인 서원직이 보이지 않는군요."

유비는 서서가 어머니의 편지를 받고 이미 허도로 떠났다고 말했다. 그러자 공명은 깜짝 놀라 발을 동동 구르며 장탄식을 했다.

"아아, 원직은 어머니와 함께 죽겠구나."

유비도 이 말을 듣고 깜짝 놀라 물었다.

"선생, 그게 대체 무슨 말씀이십니까?"

"원직의 자당은 강직한 성품으로, 천하의 대의에 대해서도 이해가 깊으신 분입니다. 사군의 덕망과 조조의 간사함에 대해서는 천하가 알고 있으므로, 서서의 자당처럼 현명하신 분이라면 자식을 불러들여 조조를 섬기게 하는 일은 절대로 하실 리가 없습니다. 몸이 사로잡혀 있다면 더더욱 굳세게 저항할 것이 분명하니, 그 편지는 필시 가짜임이 분명합니다. 그 가짜 편지를 원직이 자세히 조사해보지도 않고 한달음에 허도로 달려갔다면, 원직의 자당께서는 아들이 당신을 이해하지 못한 것에 화를 내고, 또 아들이 자신의 거취에 대해 너무나 경솔하고 무지한 것을 한탄할 것입니다. 원한이 얽히고 거기에 분노가 더해지면, 강직한 원직의 자당께서는 스스로 목숨을 끊어버릴 것입니다. 원직은 효성이 지극한 사람이니, 그렇게 되면 자신도 살아 있지 않을 것입니다. 이런 까닭으로 둘 다 죽게 될 거라고 말씀드린 것입니다."

옆에서 이야기를 듣고 있던 관우와 조운은 서로 마주 보며 공명의 밝은 통찰력에 감탄했다. 이어서 조운은 아직 유비에게도 말하지 않은 구두의 일을 자세히 보고했다. 유비는 꿈에서 깨어난 것처럼 놀라고 당황하여 어찌할 바를 몰랐다.

"내가 바보였구나. 편지의 진위도 제대로 확인하지 않고 원직을 보내버렸으니. 며칠만 더 붙잡아두었다가 제갈 선생이 오신 다음에 보낼 것을. 그랬다면 적의 간계를 꿰뚫어볼 수 있었을 테고, 이런 식으로 내 박애와 인의를 이용당하는 일도 없었을 텐데. 모는 게 나 이 유비의 죄로다. 제갈 선생, 선생은 모든 일을 신처럼 훤히 헤아리시는 분이니, 반드시 묘책을 세워 원직 모자를 위난에서 구해낼 수 있을 것이오. 따지고 보면 모두가 이 유비의 잘못으로 생긴 일이오만, 부디 내 군사에 취임해주시고 묘책을 세워 원직 모자를 구해주시오."

유비는 이렇게 말하고는 벌떡 일어나 다시 제갈량 앞에 끓어 엎드렸다. 공명은 유비의 성심에 감사하며 이렇게 말했다.

"저와 원직은 손과 발보다 더 마음이 잘 통하는 사이입니다. 원직이 위기에 빠졌는데 수수방관하고 있을 수는 없습니다. 사군께서는 걱정하지 마십시오. 그런데 원직이 출발한 지 며칠이나 됐습니까?"

유비는 한숨과 함께 대답했다.

"사흘 남짓 됩니다."

"그렇다면 다행히 아직 멀리 가지는 못했겠군요. 만약 원직이 도중에 길을 돌아 수경水鏡 선생께 작별인사를 하러 간다면, 수경 선생은 가짜 편지를 꿰뚫어보고 원직을 붙잡을 것입니다. 그렇게 되면 다행이지만, 원직이 어머니 생각에만 골몰하느라 수경 선생에게 들르지 않을 경우에는 그렇게 되지 않을 것입니다. 그러면 이 두 가지 경우를 포함하는 계책을 세워봅시다. 이 일에서는 관우 장군과 조운 장군께서 수고를 해주셔야겠습니다."

유비는 공명에게 당장 상석에 앉아 명령을 내리라고 부탁했다. 공명은 자리에서 일어나 유비에게 허리를 굽혀 예를 올리고 나서 상석으로 올라앉더니, 우선 관우를 가까이 불러 이렇게 명령했다.

"장군의 적토마는 하루에 천릿길을 달릴 수 있습니다. 그러니 하루만 달리면 원직을 따라잡을 수 있을 것입니다. 우선 수경 선생에게 가서 원직이 있는지 없는지를 확인해주십시오. 만약 원직이 없으면 허도로 가는 길을 따라 쫓아가십시오. 적토마의 준족이라면 능히 따라잡을 수 있을 것입니다. 원직을 만나거든 무슨 수를 써서라도 데리고 돌아오십시오."

관우는 명령을 받자 몸을 날려 적토마에 올라타고 당장 출발했다. 이어서 공명은 유비를 돌아보며 물었다.

"전에 조조군을 격파했을 때 조인과 이전李典의 진영에서 빼앗은 전리품인 영전과 갑옷·투구 따위는 지금 어디에 있습니까?"

유비는 당장 부하에게 명령하여 창고에서 그것을 꺼내오게 했다.

공명은 책상 앞에 앉아 편지 한 통을 쓰더니, 조운을 불러 이렇게 명령했다.

"장군은 이 편지를 가지고 허도에 잠입하여 서서의 모친을 만나십시오. 그러면 그분께서는 계책으로 탈출할 수 있을 것입니다. 운장 장군께서는 어찌 됐든 곧 돌아오실 테니, 관 장군과 휘하 군대를 보내어 마중하게 할 작정이지만, 도중에는 부디 조심해서 서서의 모친을 호위해주십시오. 일이 잘 되지 않더라도 그것은 장군의 책임이 아닙니다. 그러나 실수가 없도록 거듭 조심하십시오."

그리고 나서 공명은 조운에게 이러이런 식으로 하라고 자세히 일러 주었다.

조운은 크게 기뻐하며 조조군의 갑옷과 투구 및 영전 하나를 갖고, 편지가 든 함을 공명에게서 받아들고는 분장을 고치고 출발했다.

한편 유비는 일을 처리하는 공명의 멋진 솜씨를 직접 보고는 그렇게 기쁘고 마음이 든든할 수 없었다. 안방에 잔칫상을 차리고 신임 군사를 위한 환영연을 베풀었다.

공명은 싱글싱글 웃으면서 말했다.

"이제 곧 방사원도 이리로 오겠지요. 사원이 여기로 오기 전에 우선 그에게 부탁하여, 익덕 장군과 함께 잠시 양양에 주둔하면서 조조군의 복수전을 막게 합시다. 그리고 이곳 신야로는 정세를 보아가면서 천천히 오라고 명령해주십시오."

유비는 이 말에 따라 손건에게 편지를 주어 파견했다. 그후 흥청거리는 잔치가 시작되었지만, 이 이야기는 여기서 끝내기로 하자.

한편, 서서는 마음이 뒤얽힌 삼가닥처럼 어지럽고, 길을 안내해야 할 구두는 도중에 중상을 입고 말았다. 그러나 어머니를 한시라도 빨리 보고 싶은 일념으로 계속 말을 달려 어느 갈림길에 이르렀다.

서서는 여기서 길을 잘못 잡는 바람에 형주 방면으로 가는 길로 들어서고 말았다. 이윽고 앞에 골짜기와 시내가 보였다. 골짜기에 걸려 있던 다리는 요전에 내린 큰비로 상류 쪽에서 하류 쪽까지 모조리 떠내려가버리고, 아무리 둘러보아도 나룻배조차 보이지 않는다.

하는 수 없이 말이 가는 대로 돌아다니다 보니 어딘지 알 수 없는 곳으로 나와버렸다. 거기서 마을 사람에게 나루터를 물어보니 대답이 이러했다.

"이곳은 '단계檀溪'라고 하여, 어린애들도 잘 알고 있는 곳입니다. 이 근방에서는 가장 유명한 곳이지요. 유현덕 어른이 형주의 채모蔡瑁의 마수를 피해 단숨에 뛰어넘은 곳인데, 선생은 모르십니까?"

서서는 이 말을 듣고 깜짝 놀라 당황했다.

"어쩌다 이런 곳까지 오게 되었을까. 구두가 함께 있었다면 이렇게 되지는 않았을 텐데. 그러고 보니 구두의 상처는 어떻게 됐을까. 이런 식으로 가면 허도에는 언제쯤이나 닿을 수 있을까."

이렇게 중얼거리면서, 하인이 길을 모르는 것이 원망스러웠다.

서서는 결국 단계를 건너지 못하고 계속 나루터를 찾으며 골짜기를 따라 말을 달렸다. 이윽고 사람과 말이 모두 지쳤을 때 저 멀리 수경 선생 사마덕조司馬德操의 집이 보였다.

"아아, 그렇구나."

서서는 수경 선생에게 작별을 고하고 잠시 휴식을 취하면서 길을 정확히 안내할 수 있는 하인을 하나 고용하기로 마음먹었다.

서서가 문 안으로 들어가보니 수경 선생은 방에서 최주평崔州平과 바둑을 두고 있고, 공명의 장인인 황승언黃承彦이 옆에서 관전하고 있었다.

서서가 온 것을 안 세 사람은 바둑을 그만두고 자리에 고쳐 앉아 서서를 맞이했다. 인사가 끝나고 동자가 차를 내오자 수경 선생이 입을 열었다.

"원직아, 너는 신야에서 유황숙(유비)을 보좌하고 있지 않았더냐. 그런데 오늘은 대체 무슨 일로 여기에 왔느냐."

서서가 사정을 자세히 이야기하자 수경 선생이 놀란 얼굴로 물었다.

"자당의 편지는 어디에 있느냐?"

서서는 줄곧 몸에 지니고 다니던 편지를 품에서 꺼내어 수경 선생에게 건네주었다.

수경 선생은 편지를 받아들고 대충 훑어보더니, 껄껄 웃으며 편지를 내던지고는 이렇게 말했다.

"원직아, 너는 총명한 사람인데 이렇게 속아넘어가는 일도 있구나. 아아, 정말 우습기 짝이 없는 노릇이로다."

서서는 방바닥에 내던져진 편지를 집어들고 다시 한 번 잘 읽어보았지만, 수상쩍은 데는 하나도 발견할 수 없었다. 그래도 눈을 더 크게 뜨고 뚫어지게 편지를 바라보았다.

그러자 수경 선생이 말했다.

"그건 가짜 편지야. 자당께서 중병에 걸려 위급할 지경이라면 편지 앞부분의 필적이 그렇게 단정할 리가 없지. 그리고 앞부분은 그처럼 단정하게 쓸 수 있었는데 뒷부분에 가서 갑자기 글씨가 흐려지는 건 좀 이상하지 않으냐. 그것만 보아도 가짜 편지인 게 분명하다."

수경 선생이 지적한 의문점이 충분히 이치에 맞았기 때문에, 서서는 그제서야 퍼뜩 정신이 들었다. 그래서 다시 한 번 편지의 필적을 살펴보니 어머니의 필적을 흉내냈다는 것을 쉽게 알아차릴 수 있지 않은가.

편지 앞부분의 단정한 글씨 중에서도, 점과 획을 하나하나 자세히 살펴보면 어머니의 평소 필적과는 다른 점이 몇 군데나 발견된다. 다른 사람이 어머니의 필적을 흉내내어 썼다는 것은 이제 의심할 여지가 없었다.

편지를 잘 보지도 않고 바보 같은 짓을 했구나 생각하자 후회스러워서 견딜 수가 없었다. 서서는 수경 선생에게 말했다.

"선생님의 가르침이 없었다면 저는 어머니를 걱정하는 일념 때문에 여느 때라면 볼 수 있는 것도 보지 못하고 깊은 안개 속에 영원히 가라앉아버릴 뻔했습니다. 이제 다행히도 가짜 편지라는 것을 알았지만, 그래도 저는 허도에 가지 않으면 안 됩니다. 제가 가지 않으면 적은 더욱 악독한 간계를 부릴 테니 늙으신 어머님이 더욱 위험합니다. 제 마음은 여전히 어머님 생각 때문에 천 갈래 만 갈래로 흐트러져 있습니다. 편지가 진짜든 가짜든, 저는 가야 한다고 생각합니다. 허도로 가는 저를 위해 좋은 계책을 가르쳐주십시오."

"허도로 가면 안 돼. 가면 더 큰 잘못을 저지르게 될 뿐이야."

"어머님을 살리기 위해서라면 저는 간사한 도적이라도 섬길 각오가 되어 있습니다. 제가 허도로 가기만 하면 조조의 간계는 끝납니다. 그것이 어째서 더 큰 잘못을 저지르는 일이 됩니까. 어머님을 구할 수만 있다면 이 서서의 목숨 따위는 아무래도 좋습니다. 한 번만이라도 어머님을 만나뵐 수만 있다면 저는 죽어도 좋습니다. 가짜 편지라는 것은 알지만, 그래도 저는 허도로 가겠습니다. 이미 결심했습니다."

서서는 말을 끝내자 일어나서 떠나려고 했다. 수경 선생은 갑자기 거친 목소리로 서서를 꾸짖었다.

"원직아, 너는 아들이면서 어머니가 어떤 분인지도 모르는 바보로구나. 네가 유비를 보좌하지 못하게 하려는 조조의 계략은 네가 죽으면 끝날지도 모르지. 하지만 그렇게 되면 네 어머니도 살아 계시지 않는다. 왕릉王陵의 어머니 이야기는 너도 알고 있을 터. 왕릉을 자기 편으로 끌어들이려는 항우項羽 앞에서 왕릉의 어머니는 '아들에게 유방劉邦을 섬기라고 전해달라'는 말을 남기고 자결했다. 조포趙苞의 고사도 잘 알고 있을 것이다. 조포는 선비鮮卑를 공격했다가 선비에게 어머니와 아내를 인질로 빼앗겼지만, 그래도 상관하지 않고 공격하여 선비를 쳐부쉈다. 조포의 어머니는 아들이 자기 때문에 구애받지 않고 끝까지 나라에 충의를 다한 것을 기뻐하면서 선비에게 살해당하지 않았더냐. 잘 생각해보거라, 네 자당은 그런 분이 아니더냐."

서서는 이 일갈로 눈을 뜨고, 풀죽은 모습으로 다시 주저앉았다. 어느새 서서의 눈에서는 눈물이 흘러내리고 있었다. 서서는 수경 선생에게 깊이 고개 숙여 사례했다.

"이 서서의 죄가 너무 컸습니다. 허도로 갔다면 더 큰 잘못을 저지르고, 큰 불효자가 될 뻔했습니다. 선생님의 은혜는 평생 잊지 않겠습니다."

그러자 수경 선생은 태도를 누그러뜨리고 웃는 얼굴로 말했다.

"이 사건의 경위에 대해서는 쉽게 짐작할 수 있다. 조조는 네 모친께 직접 편지를 쓰게 하려다가 거절당한 게 분명하다. 그래서 가짜 편지라는 간계를 꾸민 거겠지. 조조로서는 가짜라는 게 들통나도 자기한테는 아무 영향도 없고, 들통나지 않으면 가짜가 진짜 구실을 하여 너를 허도로 끌어올 수 있으니까. 나는 이 편지가 가짜라는 것을 알아차린 순간, 이 사건의 배후 사정이 대충 그렇다는 것을 알았다. 원직아, 너는 총명하니까 그 정도는 쉽게 꿰뚫어볼 수 있을 터인데, 이번에는 어머님을 생각하는 나머지 마음이 어지러워져 지혜도 발휘하지 못하고 실수를 저질렀구나. 어쨌든 절대로 허도에 가서는 안 된다. 네가 가면 네 모친께서는 네가 쉽게 속아넘어간 것을 알고 스스로 목숨을 끊는 불상사가 일어날지도 모른다. 내 생각으로는 조조가 네 모친께 살의를 품고 핍박하지는 않을 것 같구나. 그런 짓을 했다가는 네가 조조한테 더욱 적의를 품게 될 것이고, 그래서 너는 조조를 물리치기 위해 전보다 더 열심히 일할 테니까. 조조는 계산이 빠른 사람인데, 그렇게 일부러 너와 원수가 되는 짓은 할 리가 없지. 네가 아무 짓도 하지 않으면 조조는 오히려 네 모친을 정중히 대접하여 '나는 이렇게 좋은 사람'이라고 선전하려 들 게다. 무엇보다도 얻기 어려운 건 사람의 마음이야. 조조는 공손한 체하여 인심을 얻으려는 작전으로 나올 게 분명해. 이런 이유로, 네가 지금 허도로 가지 않으면 모친께서는 무사하실 테고, 언젠가는 만날 수 있는 날도 오겠지. 하지만 네가 허도에 간다면, 어머님은 얄팍한 꾀에 속아넘어간 자식을 오히려 거들떠보지도 않을 것이다. 거듭 말하지만, 그렇게 되면 재미없어. 얼굴을 맞대고는 차마 이야기할 수 없는 최악의 사태가 일어날지도 몰라. 우리는 이미 적의 속셈을 꿰뚫어보았으니, 조조의 계략을 거꾸로 이용하여, 조조에게 네가 맡아야 할 '효성이 지극한 아들'의 대역을 시키고, 그것으로 조조의 속셈을 쳐부순다면 얼마나 좋은 일이냐. 조조는 계략을 써서 남을 속이려다가 오히려 제 꾀에 제가 속아넘어가는 셈이지. 조조의 간사한 영혼도 면목을 잃어버릴 거야."

수경 선생은 한바탕 껄껄 웃은 다음 다시 말을 이었다.

"원직아, 이번에는 절대로 가서는 안 된다. 생각해보거라. 고조 유방이 천하를 얻은 것은 남에게 인심 좋게 베푼 국물 한 사발에서 시작됐다. 절대로 무술이 아니었어. 검술을 배운 항우는 결국 유방에게 지고 말았지. 이것이야말로 거꾸로 가서 좋은 결과를 얻는 지혜의 가장 심오한 경지가 아니겠느냐."

서서는 눈물을 거두고 감복했다. 황승언과 최주평도 함께 감복하면서, 수경 선생 말대로 허도에는 가지 않는 게 낫다고 서서에게 권했다.

그러자 서서는 이렇게 말했다.

"선생님 말씀은 저로 하여금 깊은 인애仁愛의 마음을 더욱 깊게 하시고, 효도의 도리를 다하게 하시며, 혼미했던 마음에 경적을 울리고, 지혜로운 꾀로 저를 미몽에서 깨어나게 하시며, 닫혀 있던 마음을 활짝 열어주셨습니다. 이렇게 된 이상, 이 서서는 허도로 갈 마음이 전혀 없습니다. 그러나 죄송하지만, 늙으신 어머님은 결국 호랑이 굴에서 벗어나지 못하고 저는 자식 된 도리로서 걱정을 떨쳐버릴 수 없으니, 선생님께 깊은 은혜를 입고서도 순순히 감사드릴 수가 없습니다."

그러고는 수경 선생 앞으로 다가가 엎드리면서 말했다.

"선생님, 부디 저를 가엾게 여기시어 구해주십시오."

수경 선생은 벌떡 일어나더니 이렇게 말했다.

"원직아, 그런 말은 하지 말아라. 나는 너를 잘 알고 있다. 너는 어머님이 탈출하지 못할 거라고 조바심한 나머지, 그만한 두뇌를 갖고 있으면서도 스스로는 좋은 꾀를 내지 못하는구나. 누군가가 네 머리를 도와 차분히 계획을 세우지 않으면 안 될 것 같다. 자, 어서 자리에 돌아가 앉거라. 내가 어머님을 구출할 방도에 대해 지혜를 빌려줄 테니."

이런 이야기를 하고 있을 때 맑은 말방울 소리가 들리더니, 동자가 달려와 손님이 온 것을 알리려 했다. 그러나 그때 이미 수경 선생은 손님 목소리를 듣고 고개를 들더니, "벌써 왔나?" 하고는 벌떡 일어나 손님을 맞으러 나갔다.

밖에서 들어온 것은 관우였다. 관우는 방으로 들어와 인사를 나누기도 전에 서서의 모습부터 찾았다. 서서를 발견하자 그 봉황 같은 눈이 크게 뜨였다. 관우는 기쁜 얼굴로 중얼거렸다.

"서 군사가 정말로 여기 계셨군. 제갈 선생의 예상이 적중했어."

인사를 나누자마자 수경 선생이 물었다.

"어떤 명령을 받고 여기 오셨소?"

"저는 형님과 복룡 선생의 명령을 받고 서 군사를 당장 신야로 모셔 가려고 왔습니다. 그 편지는 가짜이기 때문에 서 군사를 허도로 가게 해서는 안 된다는 것입니다. 저는 그 명령에 따라 여기 왔습니다. 서 군사께서는 당장 저를 따라 나서십시오. 우물쭈물하고 있을 틈이 없습니다."

"급한 볼일은 알았소. 그런데 한 가지만 물어봅시다. 공명이 신야에 온 지 며칠이나 됐소?"

"이틀 됐습니다."

그러자 수경 선생은 서서를 돌아보며 말했다.

"원직아, 당장 관 장군을 따라가거라. 열흘도 지나기 전에 네 모친 께서도 신야에 도착하실 테니. 내 조언은 이제 필요 없겠다. 공명이 나 대신 이미 자당 구출 계획에 착수했을 거야. 공명의 꾀라면 나보다 훨씬 뛰어날 게 틀림없다. 자, 어서 가거라. 나머지 이야기는 가는 도중에 관 장군한테 들으면 돼."

그러나 관우는 '자당 구출 계획'에 대해서는 듣지 못했다. 그래서 그 저 웃기만 할 뿐 잠자코 있었다. 서서는 사태가 너무나 급작스럽게 전 개되었기 때문에 반신반의하는 기분으로 자세히 음미할 틈도 없이 수 경 선생과 황승언 및 최주평에게 작별을 고하고 관우와 함께 수경 선생 의 집을 나섰다.

그런데 관우가 잠시 가다가 말했다.

"서 군사께서는 원래 왔던 길로 돌아가십시오. 나는 함께 가지 않습니다."

이렇게 말하고는 적토마를 채찍질하여 성난 파도 같은 기세로 박망博望의 주둔지를 향해 곧장 달려가는 것이었다. 서서는 하인과 함께 신야로 돌아가 유비와 공명을 만났지만, 이 이야기는 여기서 줄이기로 하자.

한편 이쪽은 서모徐母, 즉 서서의 어머니다. 조조에게 속아 허도로 붙잡혀 왔지만, 정욱이 이따금 문안을 드리러 찾아오기 때문에 그렇게 적적한 상태는 아니었다.

그런데 정욱은 그녀의 필적을 흉내낸 가짜 편지를 완성한 뒤로는 갑자기 냉담해져서, 서모가 머물고 있는 숙소 문간에 사람 발소리가 끊긴 지도 벌써 열흘이나 되었다.

어느 날 저물녘에 서모는 식사를 끝내고 방에 혼자 조용히 앉아 있었다. 그때 정 대부大夫, 즉 정욱이 병사를 시켜 편지와 의복을 보내왔다는 전갈이 왔다.

그런데 그 병사는 직접 만나뵙고 드릴 말씀이 있다는 것이다. 서모는 그 병사를 방으로 안내하게 했다.

병사는 편지 한 통과 옷꾸러미를 서모에게 바치고는 방구석으로 물러나 서모의 지시를 기다렸다.

서모는 방 한가운데에 놓인 의자에 앉아 병사를 맞았지만, 그 병사가 너무나 의젓하고 무예의 달인처럼 빈틈없는 태도를 보였기 때문에 첫눈에 보통 사람이 아니라는 것을 알 수 있었다.

서모는 속으로 정욱의 부하 중에도 이렇게 훌륭한 병사가 있나 하고 감탄하는 한편, 병사의 행동거지가 예절에 조금도 어긋나지 않았기 때문에 저도 모르게 옷깃을 여몄다.

서모는 병사에게 정욱의 안부를 두세 마디 묻고는 편지 겉봉을 뜯고 내용을 읽었다. 다 읽은 다음 고개를 돌려 병사를 잠시 바라보다가 고개를 끄덕이며 "아아" 하고 조그맣게 소리를 질렀다.

그러고 나서 이번에는 어느 때와 같은 목소리로 말했다.

"정 대부가 내 무료함을 위로하려고 집으로 초대를 하겠다는데, 수레 준비는 되어 있나요? 옷은 당분간은 필요 없으니 나를 집까지 데려다주는 길에 함께 갖고 돌아가세요."

이 말에 병사는 대답하기를,

"마차는 준비되어 있습니다. 문간에 세워놓았습니다. 그러면 태부인 마님, 어서 가십시다."

서모는 고개를 끄덕이고 시녀들을 불러 문단속을 잘 하라고 이른 다음, 옷꾸러미에는 손대지 말라고 일렀다. 이렇게 이르고 나서 잠시 다른 쪽을 바라보며 뭔가를 생각하는 눈치더니, 다음 순간 서모는 고쳐 생각한 듯 "역시 이 옷꾸러미는 가는 길에 돌려주기로 합시다" 하면서 옷꾸러미를 집어들고 병사의 안내를 받아 마차에 올랐다. 병사는 마부석에 앉아 채찍을 한 번 휘둘렀다. 말은 수레를 끌고 나는 듯이 달리기 시작했다.

마차에 탄 서모는 주의 깊게 밖을 내다보았다. 마차는 두세 번 길을 돌아 번화한 시가지를 피해 허도의 서문 쪽으로 달려갔다.

서모는 조심성이 많아서 소리를 내지 않는다. 성문에서 문지기 병사가 마차를 세우고 심문했다. 그러자 마부석에 앉은 병사가 마차 안에서 영전을 하나 꺼내어 힐끗 보여주었다. 문지기 병사는 두말없이 마차를 통과시켰다. 마차는 성문을 빠져나가 큰길로 나왔다.

서모는 이미 허도를 탈출했지만, 여전히 경계심을 늦추지 않고 숨을 죽인 채 마차가 어디로 가는지를 지켜보았다.

어둠이 내릴 무렵, 마차는 어느 커다란 다리에 이르렀다. 거기에는 짐수레가 세 대 서 있고 옷감이나 약재 따위가 쌓여 있었지만, 짐은 수레의 절반 정도밖에 실려 있지 않았다. 그런데도 이렇게 큰 다리를 건너는 것은 역시 힘드니까 여기서 잠시 쉬고 있는 듯한 모습이었다.

짐수레 주위에는 행상인 차림의 사람들이 여기저기 흩어져 앉아 있었다.

서모를 태운 마차가 다가가자 짐수레 마부가 채찍을 휘둘러 세 번 바람을 가른 다음 휘파람소리를 냈다.

그러자 지금까지 여기저기에 흩어져 앉아 있던 사람들이 벌떡 일어나 서모의 마차로 달려가서 주위를 빙 둘러싸고는 일제히 말했다.

"삼가 장군을 마중하러 왔습니다."

그러자 마차 위의 병사가 물었다.

"준비는 다 되어 있느냐?"

"다 되어 있습니다. 저희는 줄곧 여기서 기다리고 있었습니다. 이곳은 팔리교八里橋라고 합니다."

서모가 탄 마차의 병사는 거기서 마차를 세우고 마부석에서 뛰어내렸다. 그러고는 주렴을 걷고 허리를 굽히면서 이렇게 말했다.

"태부인 마님, 여기서 수레를 갈아타십시오. 걱정하실 것 없습니다."

그런 다음 고개를 들어 마차 안을 들여다보았지만 서모의 모습이 보이지 않는다. 그 대신 나타난 것은 허리가 굽은 웬 시골 노파였다.

노파는 병사를 향해 옷깃을 여미며 말했다.

"자룡 장군, 수고하셨소. 정말 고맙습니다."

이 노파야말로 마차 안에서 옷을 갈아입은 서모였고, 이 훌륭한 병사야말로 조운 장군이었다.

조운은 서모가 아무도 모르게 분장해버린 것을 기뻐하며, 당장 부하들에게 명령하여 짐을 전부 수레 하나에 옮겨 싣게 했다. 그런 다음 자기가 입고 있던 군복을 벗어, 숨겨둔 조조군의 군복과 함께 뭉뚱그려 커다란 돌멩이를 매달아 강물에 풍덩 던져버렸다. 여기까지 오면 조조군의 군복 따위는 필요 없다.

남은 두 대의 짐수레 가운데 하나에는 서모를 태우고 조운이 옆에서 호위했다. 또 한 대에는 병사들이 행상인 차림으로 올라탔다. 그리고는 교대로 수레를 타거나 끌며 밤낮으로 쉬지 않고 신야를 향해 달렸다.

음력 중순, 아직 보름달은 아니었지만 밝은 달이 일행을 비추었다. 사방이 대낮처럼 환했다. 그리하여 일행은 꼬박 하루 만에 양양을 통과했다.

한편, 정욱은 서모의 몸에 날개가 돋아나 날아서 도망칠 수 있는 것도 아니고 하여, 별로 주의를 기울이지 않았다. 그리고 원래 좋아서 극진히 대접한 것도 아니었기 때문에, 필적을 손에 넣은 뒤에는 별 볼일도 없다고 생각하고 있었다. 서서가 함정에 빠져 허도로 오기만을 잠자코 기다릴 뿐이었다.

그날도 정욱은 집에 있었다. 지금 당장은 아무것도 할 일이 없었다. 그래서 이것저것 생각을 하고 있는 동안 문득 생각이 났다. 구두를 파견한 지 벌써 꽤 여러 날이 지나지 않았는가.

신야와 허도, 일정을 계산하면 서서는 지금쯤 허도에 도착해 있어야 한다. 그런데 왜 이렇게 소식이 없을까. 게다가 심부름꾼 구두도 좀처럼 돌아오지 않는다. 무슨 착오가 생긴 게 아닐까.

어쩌면 신야에 머리 좋은 놈이 있어서 그 가짜 편지의 계략을 꿰뚫어본 게 아닐까. 그래서 구두는 그만 살해되어버린 게 아닐. 이런저런 생각을 하다 보니 갑자기 걱정이 되기 시작했다.

그래서 정욱은 잠시 발길을 끊었던 서모를 문안한다는 구실로 슬며시 찾아가 동정을 살피기로 했다.

정욱은 혼자서 괴로운 듯 고개를 푹 숙이고 새우처럼 구부정한 자세로 서모를 찾아갔다. 서모의 숙소 문간까지 왔을 때에도 여전히 고개를 떨구고 걱정스러운 기색이었다.

문지기가 정욱이 온 것을 보고 물었다.

"어제 병사가 와서 서모를 나리 댁으로 데려갔는데요. 서모는 아직 돌아오지 않았습니다. 나리께서는 무슨 일로 여기 오셨습니까?"

"누가 병사를 보냈다고?"

"대부 나리께서 보내셨잖습니까?"

정욱은 깜짝 놀라 말했다.

"당치도 않은 소리, 대체 어찌 된 일이냐. 나는 지금 여기에 있고, 사람을 보낸 적도 없다. 왜 나한테 보고하지 않았지?"

"나리께서 서모를 데리러 보내셨는데 왜 나리께 보고해야 합니까? 빨리 댁으로 돌아가십시오. 서모는 댁에 가 있을 테니까요."

이건 정말 말도 안 된다. 정욱은 화가 머리끝까지 치밀었다. 어쨌든 그 '데리러 온 자'의 수레와 옷차림을 물었다. 문지기는 본 대로 대답했다. '누군가의 꾀에 당했구나.' 이렇게 생각하자 너무 분해서 정욱은 그 자리에 털썩 쓰러져버렸다.

문지기가 황급히 정욱을 부축하여 일으키려고 했지만, 정욱은 좀처럼 일어나지 못했다. 그러자 문지기가 무심코 혼잣말로 중얼거렸다.

"나리께서는 아까부터 말하는 게 이상해. 혹시 머리가 돌아버린 게 아닐까 하고 생각했는데, 역시 그런가?"

정욱은 비록 졸도했지만 두 귀는 멀쩡했기 때문에 괘씸한 놈이라고 생각했다. 그리고 잠시 후 정신을 차리자 다짜고짜 문지기의 따귀를 후려갈겼다. 문지기는 뺨을 어루만지면서 말했다.

"저는 나리를 도와드렸는데 어째서 저를 때리십니까?"

정욱은 아무 말도 하지 않고 가버렸다. 문지기는 혼자 투덜거렸다.

"사람들이 모두 너를 배은망덕한 놈이라고 하더니, 그게 헛말이 아니구나."

저만치 가던 정욱의 귀가 꿈틀 움직였다.

"뭐라고? 너 지금 뭐라고 했어? 네놈이 서모를 놓친 거야. 무사히 넘어가진 못할 테니 각오해."

발끈한 문지기는 몽둥이를 집어들더니 정욱에게 덤벼들었다. 정욱이 혼자이기 때문에 두려움도 없었다. 정욱은 허둥지둥 달아났다. 문지기는 그 뒤를 쫓아갔다. 그러다가 문득 제정신을 차린 문지기는 갑자기 무서워졌다. 그래서 뒤도 돌아보지 않고 도망쳤다.

나중에 형리가 문지기를 체포하러 왔을 때에는 이미 아무도 없었다.

정욱은 아픈 몸을 무릅쓰고 조조에게 자초지종을 보고했다. 화가 머리끝까지 오른 조조는 상장上將인 조홍曹洪과 악진樂進에게 명령하여 기마병 8백을 이끌고 당장 서모를 뒤쫓게 했다.

"전력을 다해 서모와 성명 미상의 병사 한 놈을 쫓으라. 놓쳐서는 안 된다. 만약 붙잡거든 그 자리에서 처형하라. 목만 가지고 돌아와서 보고하라."

조홍과 악진은 명령을 받고 당장 병사들을 점검한 다음 서모의 뒤를 쫓았다.

이 무렵 서모를 태운 수레는 양성襄城을 지나고 있었지만, 조홍과 악진의 계산에 따르면 서모는 수레를 탔고 자기들은 말을 탔으니 꼬박 하루만 달리면 따라잡을 수 있을 터였다.

조홍과 악진은 병사들을 계속 독려하면서 밤낮을 가리지 않고 서모를 추적했다.

한편, 조운은 행상인으로 분장하여 서모를 호위하면서 길을 서두르고 있었다. 지나는 길에 설치되어 있는 관문이나 나루터도 장사꾼이라고 속여서 통과했고, 이날은 섭현葉縣 경계까지 왔기 때문에 겨우 한숨을 돌렸다.

그때 뒤쪽에서 말 울음소리가 들렸다. 마부석에 앉은 채 뒤를 돌아보니 저 멀리 모래먼지가 피어오르고 있었다. 아무래도 많은 사람이 말을 타고 질풍처럼 달려오는 모양이다.

조운은 적들이 추적해온 게 분명하다고 생각하여 채찍을 휘둘렀다. 채찍은 윙윙거리며 바람을 가르고 수레바퀴는 불꽃을 튕기며 돌아갔다.

부지런히 몇 리를 달리자 드디어 섭현의 경계를 벗어났다. 조운이 다시 돌아보니 하늘을 뒤덮을 것 같은 깃발을 들고 천 명 가까운 부대가 은빛 말발굽을 보이며 쫓아온다. 수레와의 거리는 불과 4리 남짓, 이대로 가다가는 눈 깜짝할 사이에 잡힐 것 같다.

조운으로서는 싸우는 건 조금도 두렵지 않지만, 수레 안에 있는 서모가 불안해할까 봐 걱정이다. 그래서 쉽사리 싸울 수도 없다.

그리고 장사꾼으로 관문을 통과하기 위해, 언제 검사를 받아도 곤란하지 않도록 무기는 전혀 휴대하고 있지 않다. 이래서는 제대로 싸울 수도 없다.

어떻게 할까. 조운이 망설이는 동안 뒤쪽의 함성은 점점 다가와 대지를 뒤흔들 것 같다. 조조군은 산이 무너지는 듯한 기세로 다가온다.

조운은 마부석에서 몸을 앞으로 굽히고 필사적으로 채찍을 휘둘렀다. 도망치는 것 말고는 생각할 수도 없었다. 산기슭을 돌았을 때에는 추적자들과의 사이가 더 가까워졌다.

"거기 서랏!"

"서모를 놓치지 마라!"

저마다 외치는 소리가 귀에 들린다. 천 명 가까운 목소리가 메아리를 울리며 산이라도 무너뜨릴 것만 같다.

조운이 숲을 끼고 길굽이를 돌아넘자, 이게 어찌 된 일인가. 앞쪽에 말 탄 군사들이 길을 가로막고 있지 않은가. 조운은 깜짝 놀랐지만, 갑자기 수레를 멈출 수도 없어서 그대로 그 군대 옆을 지나 달려갔다.

그때 말 위에서 소리가 났다.

"자룡, 좀 늦었군."

조운이 땀을 훔치며 돌아보니 관우였다. 조운이 미처 대꾸하기도 전에 관우는 언월도를 꼬나들고 적토마를 몰아 적군을 향해 달려갔다.

성난 파도 같은 기세로 모래먼지를 흩날리며 쫓아온 조홍과 악진이 앞에서 도망치는 세 대의 수레 안에 서모가 있다고 짐작하고 추적하기 반나절, 드디어 따라잡으려는 찰나에 수레가 갑자기 사라져버렸다. 숲 뒤로 돌아갔나 하고 그곳을 돌아서서 문득 고개를 들어보니 수많은 깃발이 나부끼고 주위에 살기가 가득 차 있다.

5백 명 남짓한 무장병이 즐비하게 늘어서 있고, 청룡언월도를 꼬나든 채 적토마에 올라타고 그 앞에 버티고 서 있는 인물이야말로 다름 아닌 한수정후漢壽亭侯 관우가 아닌가.

관우는 군사를 거느리고 여기까지 달려와 말을 세우고 언월도를 꼬나든 채 진작부터 기다리고 있었다. 그는 적장이 누구인지도 이미 확인하고 있었다.

관우가 말 위에서 큰 소리로 외쳤다.

"두 분께서는 지난번에 헤어진 이후 안녕하신가?"

선두에서 달리고 있던 조홍과 악진은 관우의 모습을 보고는 깜짝 놀라 황급히 채찍을 들어 명령했다.

"멈춰라!"

병사들은 앞에 버티고 서 있는 사람이 관우인 것을 보고는, 명령도 내리기 전에 서둘러 후퇴하기 시작했다.

그 때문에 미처 명령이 전달되지 않은 후방부대와 마주쳐 대혼란이 일어났다. 조홍과 악진은 거기에는 상관하지 않고, 우선 관우에게 답례하기 위해 앞으로 나오면서 인사를 했다.

관우는 미소를 지으며 말했다.

"이 사람은 여기서 오랫동안 기다리고 있었소. 두 분은 당장 군사를 돌려, 더 이상 추적하지 마시오. 허도로 돌아가거든 승상께 이렇게 전해주시오. '승상께서는 나와 유황숙 형님이 맺은 형제의 정을 차마 끊지 못하여 내가 형님께 돌아오는 것을 허락해주셨으니, 서서에 대해서도 마찬가지로 모자의 정을 끊지 말아주시오' 하고 말이오. 하고 싶은 말은 그것뿐이오. 그러면 이만 실례하겠소. 언젠가 다시 만날 때까지……."

그러고는 언월도를 번쩍 치켜들어 5백 병사에게 신호를 보냈다. 그러자 병사들은 휙 돌아서서 조운의 수레를 뒤쫓아 달려갔다. 관우는 언월도를 손에 들고 말을 채찍질하며 맨 뒤에서 유유히 따라갔다.

조홍과 악진은 관우를 당해낼 수 없다는 것을 잘 알고 있었다. 그저 멍하니 관우의 뒷모습을 지켜볼 뿐이었다. 멀어져가는 적토마의 날렵한 뒷모습. 그 앞쪽에서는 구름처럼 모여든 병사들이 서모의 수레를 호위하며 나는 듯이 달려간다.

조홍과 악진은 네 개의 눈을 크게 뜨고 서로 얼굴을 마주본다. 둘 다 새파랗게 질려 생기가 없다. 이렇게 되면 하는 수 없다. 그들은 긴 한숨을 토해내고는, 싸우지도 않았는데 제멋대로 부딪쳐 상처를 입은 군대를 다시 점검했다. 그들은 어쩔 수 없이 군대를 철수하고 조조를 배알하여 처분을 구하기로 했지만, 이 이야기는 여기까지.

마침 영전의 하얀 깃털이 무대에 나타났을 때 자욱이 끼어 있던 풍운의 모습도 갑자기 달라진다. 황천에서 재회할 날을 기다릴 필요도 없이 서서 모자는 옛날로 돌아간다.

이 뒷이야기는 어떻게 전개될 것인가. 궁금하거든 다음 회를 기대하시라.

제 2 회

손권, 강하에서 싸워 원수를 갚다
유표, 형주를 넘겨주고 후환을 염려하다

조조군을 물리친 관우는 서서의 어머니와 조운의 수레를 따라잡자 그들을 호위하여 신야성을 향해 걸음을 서둘렀다.

그러는 한편, 사람을 먼저 보내어 신야성에서 기다리고 있는 유비에게 소식을 알렸다. 유비는 크게 기뻐하며 당장 준비를 갖추게 하고, 서서의 어머니를 마중하러 몸소 성밖으로 나갔다.

소식을 들은 서서는 주위의 만류를 뿌리치고 어머니를 마중하러 성밖으로 말을 달렸다.

그러자 적토마에 올라탄 관우가 혼자 앞서 오는 것이 보였다. 서서의 모습을 본 관우는 채찍을 들어 뒤쪽을 가리키며 말했다.

"마음이 급하셨나 보군요. 자당께서 탄 수레가 이제 곧 도착할 것입니다."

서서는 얼른 말에서 내려 관우가 탄 적토마를 세우고 무슨 말인가를 하려고 했지만, 적토마의 걸음은 하늘을 나는 것처럼 빨라서 눈 깜짝할 사이에 한 줌의 붉은 불꽃이 되어 신야성을 향해 달려가버렸다.

서서가 말을 몰아 5리쯤 가니, 사람과 말이 벌떼처럼 수레를 밀며 다가오는 것이 보였다.

서서는 얼른 길가에 꿇어 엎드려 어머니의 수레가 도착하기를 기다렸다.

이윽고 서서와 어머니는 울면서 한동안 끌어안았다. 서서는 조운을 향해 새삼 고개 숙여 고마움을 표한 다음 부탁의 말을 건넸다.

"저와 말을 바꿔 타십시다. 어머니가 타신 수레를 직접 끌고 싶습니다."

이리하여 조운은 말을 갈아타고 앞장섰고, 서서는 어머니를 태운 수레를 몸소 끌면서 신야성으로 향했다.

성밖에는 이미 유비를 비롯한 여러 사람이 마중을 나와 있었다. 유비의 왼쪽에는 제갈공명, 오른쪽에는 관우가 공손히 성문 밖에 서 있다.

한 발 먼저 도착한 조운은 유비의 모습을 보더니 구르듯이 말에서 내려섰다.

유비는 술잔을 들어 조운의 노고를 치하했다.

"자룡, 그대의 수고가 없었다면 서 군사 모자의 인연은 끊어지고, 조조에게 내 한 팔을 감쪽같이 빼앗길 뻔했소."

유비는 서서의 어머니를 태운 수레가 도착하자 몸소 나아가 수레에서 내리는 서모를 부축했다.

서서의 어머니는 유비에게 감사하여 땅바닥에 엎드렸다.

"사군께서는 효도를 천하에 보이셨습니다. 제 자식만이 아니라 비천한 저까지 살려주시니, 그 크신 은혜는 하늘과 같사옵니다. 게다가 이렇게 정중한 예로써 맞이해주시니 저에게는 너무나 과분한 은총입니다. 저는 이런 예를 받을 만한 사람이 못 됩니다."

그러고는 아무리 권해도, 유비 일행에게 영접받은 상객으로 앞장서서 성안으로 들어가기를 한사코 사양했다. 그래서 유비는 공명·관우와 함께 먼저 성안으로 들어가, 현청 앞에서 다시 서모를 맞이하기로 했다.

이리하여 겨우 성안으로 들어간 서모는 현청 마루에서 다시금 감사의 뜻을 표했다. 서서도 어머니의 뒤를 이어 공명·관우·조운에게 사례하고, 자신의 시첩을 불러 어머니를 안채로 안내하여 유비의 아내인 감甘부인과 미麋부인에게 문안을 드리도록 했다.

유비는 두 부인에게 서모를 지성껏 대접하라 이르고, 동쪽 건물의 방 하나를 서모에게 내주어 기거하게 했다.

이어서 서서 모자를 무사히 구출한 것을 축하하는 잔치가 벌어졌다. 모두 진심으로 서서 모자를 축복했다.

이 잔치는 사흘 동안 계속되었다.

이윽고 잔치가 끝나자 유비는 정청에 나타나 여러 장수들을 모아놓고 앞으로의 방침을 논의하는 중요한 회의를 열었다.

이때 유비는 공명을 군사장군軍師將軍, 서서를 우군사右軍師에 임명하고, 방통이 오면 좌군사左軍師에 임명하기로 했다.

공명과 서서는 유비에게 감사의 예를 표하고 동서 양쪽에 각각 자리를 잡고 앉았다. 유비는 우선 이렇게 말을 꺼냈다.

"지금 조조는 다섯 주州의 군대를 장악하고 호시탐탐 형주와 양양 땅을 노리고 있소. 놈은 천자(헌제)를 수중에 넣고 있기 때문에, 천자의 이름으로 여러 제후에게 명령할 수 있다는 강점이 있소. 한편, 오吳의 손권孫權은 아비 손견孫堅과 형 손책孫策의 뒤를 이어 회수淮水에서 장강長江 남부에 걸쳐 확고히 뿌리를 내리고 있소. 그리고 한쪽의 패자가 되려는 뜻을 품고 있는데, 여기도 만만찮은 상대요. 이 유비는 황공하옵게도 한실의 종친으로서 천자로부터 '적신賊臣 조조를 토벌하라'

는 밀조를 받았지만, 훈련도 제대로 받지 않은 병사를 이끌고 몇 번이나 패전을 거듭한 실정이오. 영토는 양양과 번성樊城 일대를 갖고 있을 뿐이고, 군사도 겨우 3만에 지나지 않으며, 무기와 군량도 턱없이 부족한 형편이오. 이래서는 기반을 다지기는커녕 병탄을 면하기도 어렵지 않을까 걱정이오. 이런 상태에서 어떻게 하면 한실을 다시 안정시키는 막중한 임무를 다할 수 있겠소. 두 분 군사와 장수들께서는 부디 고견을 피력하여 이 위태로운 상황을 구해주기 바라오."

그러자 공명이 대답했다.

"사군께서는 걱정하실 필요 없습니다. 제가 어젯밤에 천문을 보았더니 오·초吳楚 지방에 이제 곧 전쟁이 일어날 조짐이 나타나 있었습니다. 그리고 최근 형주 태수 유표가 병이 위중하다고 들었습니다. 형주 땅은 앞으로 오래 유지되지 못합니다. 일단 무슨 일이 생기면, 그때 천하의 대의를 명분으로 하여 형주에 부임하시면 형주 땅은 간단히 빼앗을 수 있습니다. 이 신야는 형주성과 가깝고 교류도 깊으니, 조조나 손권이 형주를 빼앗으려 해도 재빠르다는 점에서는 우리를 당해낼 수가 없습니다. 그렇게 해서 형주를 손에 넣으면, 다음에는 영릉零陵과 계양桂陽 등 호남 땅을 평정하고, 서쪽으로는 양주梁州와 익주(益州: 촉)를 병합합니다. 형주를 얻게 되면, 남쪽으로는 완성宛城, 서쪽으로는 진천秦川으로 나가기도 쉽고, 북쪽으로 진출하면 중원을 다툴 수도 있는 유리한 지세입니다. 적신 조조를 토벌하려는 사군의 뜻도 불과 하루 만에 온 천하에 전하실 수 있을 것입니다. 그러면 지금 당장 할 일은 우선 식량을 조달하고 비축하여, 군량에 관해서는 남에게 의지하지 말고 자급자족할 수 있는 태세를 갖출 필요가 있습니다. 그리고 정예부대를 충분히 훈련하면서 형주에 변고가 일어나기를 꾹 참고 기다리면 됩니다. 이렇게 하면 천하를 얻는 것도 그리 어려운 일이 아닙니다. 그러면 작전을 전개합시다. 우선 운장 장군은 기병과 보병 8천을 이끌고 양양에 주둔하면서 원직의 보좌를 받으십시오. 익덕 장군은 기병과 보병 1만 2천을 이끌고 남양성 부근을 굳게 지키고, 보좌할 사람으로는 사원(방통)을 파견하겠습니다. 그리고 저는 이 신야에 남아 자룡과 함께 사군을 지키면서 병졸을 훈련하여, 언제라도 두 방면에 지원병을 보낼 수 있도록 준비하겠습니다. 한편으로는 인구를 늘리고 신병을 모집하고 훈련하여 백성의 힘을 충실히 하겠습니다. 제 생각으로는 조조가 얼마 전에 양양에서 원직에게 패하여 손해가 막심하니, 당장 보복할 수 있는 태세는 아닙니다. 한편 손권은 제 아비의 원수인 강하江夏 태수 황조黃祖를 원망하여, 이제 곧 원수를 갚기 위한 전쟁을 일으킬 것입니다. 따라서 이 두 사람은 우리의 움직임에 재빨리 대처할 수 없습니다. 설령 두 사람이 뭔가를 꾀한다 해도, 오의 손권은 장강을 건너와야 합니다. 그리고 조조는 머리가 잘 돌아가는 인물이니까, 퇴각하기가 어려운 이 땅에 두 번 다시 진격하지는 않을 것입니다. 이런 이유로 우리의 당면 시국은 평온하고 미래의 계책도 원만합니다."

유비는 공명의 말을 듣고 크게 기뻐하며, 당장 관우에게 군사를 이끌고 양양에 주둔하라고 이르는 한편, 서서를 참모장에 임명했다. 또한 장비를 불러 남양의 방비를 굳건히 하여 조조군의 남하를 막으라고 명령하는 한편, 방통을 참모장에 임명했다. 그리고 군사장군 공명의 집안 사람에게 서서의 어머니가 또다시 함정에 걸려드는 일이 없도록 보살피라고 일렀다.

관우와 서서는 명령을 받고 당장 떠나게 되었다. 서서는 집으로 돌아가 어머니에게 작별인사를 하고, 즉시 양양 땅을 향해 출발했다.

그로부터 며칠 뒤에 장비가 봉추 선생 방통과 함께 신야에 도착했다는 소식이 들어왔다.

유비는 성내에 화려한 제등을 걸고 현청에 술상을 차려 방통을 환영했다. 이리하여 서모를 맞이했을 때와 똑같이 흥청거리는 잔치가 벌어졌다.

그런데 장비는 군대를 사흘 동안이나 움직이지 않으니 좀이 쑤셔서 견딜 수가 없었다. 방통을 재촉하여 명령을 받자 군대를 이끌고 남양으로 가서 조조군의 움직임에 대비했다.

군대 파병이 끝나자 유비는 공명과 조운 및 문무 제신들과 함께 신야에 주둔하면서, 관우와 장비에게 언제라도 지원군을 보낼 수 있도록 태세를 갖추었다. 그리고 아침저녁으로 공명과 작전을 의논하고, 병사들의 훈련과 식량 비축을 격려하며, 성곽의 방어 태세를 강화하고, 날마다 병마를 모집했다.

날이 갈수록 비축되는 군량과 여물이 늘어나, 사람이 많아진 군대도 쉽게 배를 채울 수 있었기 때문에 인심을 얻었다.

제갈공명에게는 고대의 이름난 정치가인 관중(管仲: 춘추시대에 제나라 환공을 섬긴 재상)이나 명장 악의(樂毅: 전국시대에 연나라 혜왕을 섬긴 무장)에 못지않은 재능과 인망이 있고, 유비도 일찍부터 어질고 의로운 인물이라는 명성을 얻고 있었다. 그 때문에 형주와 양양 9군의 호걸들은 모두 어둠을 버리고 밝음을 찾아 바람에 나부끼듯 줄을 지어 달려왔다. 그 모습은 마치 늦기 전에 좋은 쪽에 귀순하여, 나중에 자기가 참된 주인을 알아보는 훌륭한 눈을 가진 사람이라는 증거로 삼으려 하는 것 같았다.

이런 사람들 가운데 한 늙은 호걸이 있었다. 장사長沙 출신으로, 이름은 황충黃忠이요 자는 한승漢升이라고 했다. 나이는 이미 예순이 넘었지만, 8척 장신에 원숭이처럼 유연한 팔과 곰처럼 묵직한 허리를 가진 활의 명수였다.

그 활솜씨는 화살로 진주를 꿰뚫고 벼룩의 심장을 꿰뚫으며 백 걸음 떨어진 버드나무 잎을 쏘아 맞힐 정도였다.

또한 황충은 무게가 80근이나 되는 커다란 언월도를 사용하는데, 긴 손잡이를 쥐고 휘두르는 검법이 신기에 가까워서, 언월도를 휘두르면 빗물 한 방울도 땅에 떨어지지 않았다.

황건적의 난이 일어났을 때, 황충은 3년 동안 고향을 지키며 도적 떼의 침략을 한 번도 허용하지 않았다. 이런 공을 세웠는데도, 동탁董卓에게 뇌물을 주기를 거절했기 때문에 공적이 조정에 상신되지 않았다.

이윽고 동탁이 죽자, 이번에는 조조가 동탁 대신 권력을 제멋대로 휘두르게 되었다. 황충은 개탄해 마지않았다.

"천하는 크게 어지럽고, 조정에서는 여전히 간웅이 권력을 이용하여 사리사욕을 채우고 있다. 이제 곧 천하의 진정한 통치자를 결정하는 싸움이 일어날 것이다. 나는 도대체 누구를 따르면 좋은가. 이미 힘을 잃은 천자를 위해, 하찮은 이 영토를 소중히 끌어안고 있을 때가 아니다."

황충은 이렇게 말하면서 관직을 버리고 은퇴했다.

그리고 어느 산기슭에서 밭을 갈며 기회가 오기를 기다리고 있었다. 이윽고 황충의 귀에 유비가 겸손하게 현인을 초빙하여 복룡 제갈량과 봉추 방통이 모두 그 휘하에 들어갔다는 소식이 들어왔다.

황충은 기뻐하며 남몰래 이렇게 중얼거렸다.

"한실의 부흥은 필시 그 유비의 손으로 이루어질 것이다. 복룡과 봉추, 어지러운 세상이 싫어서 산중에 은거하며 잠자는 척하고 있던 이들이 모두 베개를 밀어내고 초막을 나왔다. 내가 가래와 괭이를 버릴 날도 이제 멀지 않았구나."

황충은 벽에 걸린 활과 언월도를 돌아보며 어느새 미소짓고 있는 자신을 깨달았다.

바로 그때 밖에서 소리가 났다. 마을 노인이 말했다.

"공명 선생이 장군을 부르십니다."

황충은 크게 기뻐하며 말했다.

"내 나이 이미 예순이 넘었지만 그게 무슨 문제냐. 이렇게 늙은 나도 한왕조의 국난에 도움이 된다면. 자, 활아, 언월도야, 이제 울지 않아도 된다. 말아, 안장아, 너를 타는 기분은 여전하겠지?"

황충은 활집을 메고 언월도를 겨드랑이에 낀 다음, 발을 초막 밖으로 끌어냈다. 그러고는 두 팔과 허리를 힘껏 뻗었다. 다음에는 얼굴을 들어 사방의 하늘을 쳐다보았다. 쳐다본 하늘에는 구름 한 점 없고, 밝은 태양이 그를 내려다보고 있었다.

커다란 새 한 마리가 그의 머리 위를 가로질러 날아갔다. 황충은 천천히 화살을 겨누어 쏘았다. 새는 활시위 소리와 함께 땅 위로 떨어졌다.

황충은 언월도를 치켜들고 새의 숨통을 끊으려고 했지만, 새는 이미 화살에 꿰뚫려 죽어 있었다. 황충은 새를 집어들고 다시 말에 올라탔다. 그 얼굴은 기쁨에 가득 차 있었다.

황충은 언월도를 휘두르며 말을 채찍질하여 신야성을 향해 부지런히 달렸다. 흩날리는 꽃잎이 바람에 휘말려 올라갔다가 떨어지는 모습이 눈처럼 보였다. 길 가는 사람들은 꽃보라에 시야가 가로막혀, 말 한 필이 먼지를 일으키며 나는 듯이 달리는 것을 보고도 그것이 유비에게 달려가는 황충인 줄은 알지 못했다.

또 한 사람, 이름은 위연魏延이요 자는 문장文長이라고 하는 장수가 있었다. 어릴 적부터 재능이 남달리 뛰어났고, 출중한 무예의 소유자였다.

그러나 나중에 원수를 갚기 위해 사람을 습격하여 지명수배를 받는 죄인이 되었다. 추적자에게 쫓긴 위연은 파릉巴陵 땅에서 궁지에 몰렸다. 위연은 양루동羊樓洞이라는 곳에 동지들을 끌어모아 산적이 되어 도망쳤다.

그후 위연은 날마다 나그네를 습격하고 부하들을 기르는 한편, 돈을 뿌려 무뢰한들을 끌어모았다. 멀리서 위연을 찾아오는 사람도 많아서 세력이 나날이 커졌고, 최근에는 이 양루동을 지나다니는 사람도 없어졌다.

아까부터 말을 달리고 있는 황충은 그런 줄은 꿈에도 모르고 이 양루동에 접어들고 있었다. 길가에 숨어서 지나가는 사람의 행색을 살피는 역할을 맡고 있던 부하가 위연에게 알렸다.

"활과 언월도를 가진 자가 왔습니다. 늙긴 했지만 저는 도저히 상대가 될 것 같지 않아서 손을 대지 못했습니다."

이 말을 들은 위연은 수상히 여겨, 당장 부하들에게 길가의 방비를 강화하도록 명령한 다음, 말에 올라타고 나그네를 앞질러 가기 위해 길을 서둘렀다.

'감히 이 양루동을 통과하려고 하다니, 대담무쌍한 늙은이로군. 내가 반드시 맛을 보여주고야 말리라.'

이렇게 생각한 위연이지만, 상대가 황충인 이상 그렇게 간단하지는 않았다. 황충의 언월도와 수십 합을 겨루었지만 전혀 빈틈이 보이지 않는다.

황충은 진 척하고 달아나기 시작했다. 위연은 말을 채찍질하여 뒤쫓았지만, 갑자기 황충이 범처럼 큰 소리를 지르며 돌아서더니 화살 하나를 날렸다.

화살은 위연의 투구끈을 꿰뚫었다. 끈이 잘린 투구는 땡그랑 소리를 내며 땅바닥에 떨어졌다. 위연은 뼛속까지 얼어붙어 식은땀을 흘리며 말에서 내려 땅에 엎드렸다. 패배를 인정한 것이다.

황충도 말에서 내려 위연을 일으키더니, 껄껄 소리내어 웃었다.

"자네를 좀 놀려본 것뿐일세. 이것도 자네의 무예에 감탄하는 마음이 있었기 때문이야. 내가 일부러 겨냥을 빗나가게 했으니 망정이지, 그렇지 않았다면 큰일날 뻔했군 그래. 화살에는 상대를 분간하는 눈이 달려 있지 않으니 말일세. 그건 그렇고, 자네만한 무예를 가진 사람이 왜 이런 곳에 묻혀서 나한테 투구끈을 잘리는 신세가 되었나?"

황충은 다시 말을 이어, 함께 유비님에게 가지 않겠느냐고 권했다. 위연은 기꺼이 동의하고, 산채에 있는 부하 1천 3백여 명과 말 백 필을 이끌고 떠나게 되었다.

출발할 때는 산에 불을 질러 모든 것을 태워버린 다음, 지금까지 강탈한 금은보화를 챙겨들고 황충을 따라 신야로 들어갔다.

유비는 황충과 위연이 무장으로서 관우나 장비에 못지않은 기량을 가진 것을 알고 크게 기뻐하며 두 사람에게 상당한 병력을 주어 지휘하게 하고, 잔치를 베풀어 두 사람을 환대했다.

우선 황충에게는 후장군後將軍의 지위를 주고, 휘하에 두어 수시로 명령을 내리기로 했다. 위연에게는 편장군偏將軍의 지위를 주고, 신야에서 선발하여 훈련한 병력 3천을 그가 데려온 부하들과 합하여 번성에 주둔하라고 명령했다.

번성은 관우가 있는 양양과는 강을 사이에 두고 마주 보는 곳에 자리잡고 있었다. 위연을 거기로 보낸 것은 관우의 지휘에 따라 움직이는 별동대로서 관우의 작전 수행을 돕게 하기 위해서였다. 그리고 만약을 위해 막료인 손건을 부관으로 삼아 작전을 보좌하게 했다.

위연은 기뻐하며 손건과 함께 번성으로 가서 관우를 만나고, 세심한 주의를 기울여 방비에 전념했다.

석 달도 지나기 전에 유비는 3만여 명의 건장한 병사를 모집하고, 무용과 재주가 뛰어난 70여 명의 인재를 초빙하여 크고 작은 대오를 편성했다. 말도 5천 필이 넘고, 비축한 군량도 수십만 석을 헤아렸다.

한편으로는 군령을 알기 쉽게 정리하여 간편하게 하고, 병사들의 화합을 도모하며, 정치에 힘을 쏟아 백성들이 안심하고 생업에 종사할 수 있게 했다.

제갈공명은 신상필벌을 공정히 하고 황충과 조운은 고락을 함께 나누며 밤에는 순찰을 빠뜨리지 않았기 때문에 백성들의 생활은 평온했다. 유비 자신도 이따금 순시를 다녔기 때문에 차츰 주변 지역까지 치안이 유지되었다.

민간에서는 태평세월을 노래하며, 지금이 전시체제라는 것도 어느새 잊어버리고, 밤이 되어도 문단속을 하지 않게 되었다. 이런 상황은 첩자를 통해 형주에 알려졌다.

형주 태수 유표는 한왕실의 종친으로서 책임을 다하려는 인간이 아니라, 좋은 가문 출신의 명사라는 것만 자랑삼는 인물이었다.

그에게는 비록 천하를 안정시킬 만한 힘은 없었지만, 그래도 인간으로서의 '대의大義'에 관해서는 충분히 알고 있었다.

그래서 유비가 잔치 석상에서 채모에게 습격당하여 간신히 신야로 도망쳐 간 뒤로는 줄곧 후회하는 마음으로 가득 차 있었다.

그러나 채모의 누이인 아름다운 후처가 있기 때문에, 집 안에서 그런 심정을 드러내지도 못하고 괴로운 나날을 보내고 있었다. 그 결과 신경이 쇠약해지고 심장 박동도 격렬해졌으며, 거기에다 천식까지 겹쳤다.

형주는 명의가 없는 고장이고, 아내 채씨는 아침저녁으로 자기가 낳은 자식 유종劉琮만 귀여워할 뿐 남편을 간병할 생각은 조금도 하지 않았다.

그러는 동안 유표의 병은 점점 깊어지고, 거기에 저항할 기력조차 없었다. 누워서 좀 쉬려고 해도 기침이 끊이지 않고 식은땀만 솟아나, 낮에도 밤에도 안정을 취할 수가 없었다. 이윽고 체력도 약해져 병석에서 일어날 수 없게 되었다. 이제 회복할 가망은 없었다.

병세가 이렇게 진전되지 않고 정신도 아직은 또렷했을 무렵, 유표는 신야로 도망친 유비가 불과 몇 달 사이에 발전을 거듭하고 있다는 보고를 잇따라 받고 있었다.

"유비가 조조를 물리쳤습니다."

"양양과 번성을 빼앗았습니다."

"복룡 제갈량과 봉추 방통을 초빙했습니다."

"이미 신야에 이르러 황충과 위연 같은 장수를 새로 얻고, 병마와 군량도 산더미처럼 비축되어 있다 합니다."

유표는 이런 보고를 듣고 속으로 기뻐하며 몇 번이나 찬탄하는 소리를 냈다.

그러던 어느 날 이런 보고가 들어왔다.

"신야에 유랑민들이 잇따라 모여들고, 형주의 일부 백성도 기꺼이 신야로 이주하고 있습니다. 이런 일이 형주에 널리 퍼지면 우리 형주는 동요를 면할 수 없습니다."

이 무렵 유표는 중태에 빠져 있었지만, 이 소식을 듣자 마음이 흔들렸다. 그리고 남양의 백수白水 땅을 머리에 떠올렸다. 백수는 한실을 중흥시킨 광무제光武帝와 인연이 있는 곳이었다.

이제 한실은 위태롭기 짝이 없고 황족도 몰락했다. 유우劉虞는 유주幽州 땅에서 이미 죽었고, 유장劉璋은 촉蜀을 다스리고는 있지만 유약하고 무능한 인물이다. 나는 어떤가. 나는 원래 선비여서 난세에는 맞지 않는 인간이다. 두 아들 유기劉琦와 유종도 개나 돼지 정도의 재능을 갖고 있을 뿐이다. 나는 조조에게 실컷 모욕을 당하면서도, 이를 갈고 주먹을 부르쥐며 벼르기만 할 뿐 앙갚음도 할 수 없다. 아내는 자기가 낳은 유종만 귀여워할 뿐 아무것도 모른다. 유종을 내 후계자로 삼으려고 세력 다툼에 여념이 없다. 날이면 날마다 충돌을 일으키고 싸우기만 할 뿐이다. 외부에서 형주를 노리는 무리가 한둘이 아닌데도 거기에 대해서는 전혀 깨닫지 못하고 있다. 나도 이제 틀렸다. 그렇다면 우리 한실이 부흥하는 것도 멸망하는 것도 오로지 유비의 손에 달려 있다는 얘기가 된다. 지금 유비는 신야에서 저렇게 훌륭한 정치를 하고 있다. 그는 반드시 천하통일의 큰 뜻을 품고 있을 테고, 민심은 이미 그에게 기울어져 있다. 그에게 이 형주 땅을 넘겨주는 것이 상책이다. 그렇게 하면 무능한 두 아들 손에 이 형주가 맡겨지는 일도 없을 것이다. 그리고 내가 죽은 뒤 저세상에서 조상들을 만나도 부끄러워할 필요는 없을 것이다.

유표는 이런저런 생각 끝에 이같은 결론을 얻자 왠지 모르게 갑자기 마음이 가벼워지고 병세도 잠시 좋아진 것 같았다.

눈을 들어 사방을 돌아보니 아무도 없다. 그래서 유표는 침대 위에 일어나 앉아 자세를 가다듬었다. 다시 기력이 충실해진 것 같아서 기쁘기 한이 없었다.

'하늘이 내 마음을 인도해주신 게 틀림없다. 내 아우 유비에게 형주를 넘겨줄 수 있도록 기회를 주신 것이다. 이 기회를 무시해서는 안 된다. 절대로 내 아들에게 줄 수는 없다. 이제야 드디어 나도 안심하고 눈을 감을 수 있겠구나.'

유비에게 형주를 넘겨주기로 결심한 유표는 후처 채씨에게는 비밀로 일을 추진하려고 했다. 채씨를 둘러싸고 있는 괴월蒯越·괴량蒯良·채모·장윤張允 일당이 이 일을 눈치 채면 곤란하다고 생각했기 때문이다.

그래서 필사적으로 침대에서 내려오자, 벽에 손을 짚고 몸을 의지하면서 겨우 책상에 도착했다. 그러고는 붓을 들어 유비를 부르는 편지를 쓰기 시작했다.

"병이 깊어져, 친아우처럼 믿는 그대만 생각하고 있소. 그대에게 마지막 작별을 고하고 싶소. 그대에게 부탁하고 싶은 일이 있으니, 부디 제갈공명과 조자룡을 대동하고 서둘러 형주로 와주시오."

여기까지 쓰자 갑자기 붓이 묵직해진 듯한 기분이 들고 두 팔이 부들부들 떨리기 시작했다. 이제 더 이상 글을 쓸 수 없다. 유표는 붓을 내던지고 침대로 돌아가 편지를 베개 밑에 숨겼다. 그러고는 현기증을 느끼고 그대로 침대에 쓰러져 의식을 잃었다.

이윽고 채부인이 유표의 상태를 보러 왔다. 그녀는 유표가 의식을 잃고 있는 것을 보고 울부짖으며 반나절을 보냈다. 유표는 겨우 의식을 되찾았지만, 그가 이제 오래가지 못할 것은 채부인이 보기에도 분명했다.

채부인으로서는 유표가 죽는 것보다도 그 뒷일이 걱정이었기 때문에 눈물을 흘리면서 따져 물었다.

"당신이 그런 상태이시면, 제가 낳은 유종은 어떻게 돼요?"

유표는 보일락 말락 손가락을 움직여 자기 입을 가리켰다. 말이 나오지 않는다는 뜻이다. 유표의 두 눈에서는 눈물이 뚝뚝 떨어진다.

잠시 후 유표는 겨우 입을 열었다.

"나한테도 생각이 있소. 걱정하지 마시오."

채부인은 유표의 의식이 점점 흐려져가는 것을 보고 심복인 괴월을 불러 의논했다. 괴월은 이렇게 말했다.

"제가 거짓 명령을 내려 대공자(大公子: 유기)를 불러들이겠습니다. 대공자가 오면, 체포하든 죽이든 부인 뜻대로 하실 수 있습니다."

채부인은 이 말을 듣고 크게 기뻐하여 남몰래 그 계략을 실행에 옮겼다. 채부인이 유표의 상태를 살피러 다시 돌아와보니 그는 아직도 자고 있는 것 같았다.

그런데 그때 마침 종사(從事: 보좌관)를 맡고 있는 이적伊籍이 들어왔다. 채부인은 이적에게 이렇게 명령했다.

"종琮이 어디 갔는지 보이지 않아서 내가 찾으러 가야겠다. 너는 나 대신 전하 옆에 대기하고 있다가, 전하가 깨어나시거든 나한테 알려라."

이적은 알았다고 대답했다.

채부인이 밖으로 나가자 유표는 갑자기 의식을 되찾아 이적을 보더니 몹시 기뻐하며 가까이 오라고 명령했다. 그러고는 베개 밑에서 편지를 꺼내 주면서 말했다.

"네가 오기를 줄곧 기다리고 있었다. 수고스럽지만, 급히 신야에 다녀오너라."

이어서 유표는 괴롭게 숨을 몰아쉬며 덧붙였다.

"이 형주만이 아니라 국가의 존망이 너에게 달려 있다. 남에게 누설하여 국가 대사를 그르치지 마라. 죽어도 너에 대한 고마움은 잊지 않겠다."

이적은 명령을 받고 울면서 신야로 출발했다.

유기는 강하에 주둔하고 있었다. 수군을 지휘하고는 있었지만, 아무 재미도 없는 나날이었다. 그런데 지난 며칠 동안 근육이 떨려, 자나깨나 불안해서 견딜 수가 없었다.

이 기묘한 경련이 겨우 가라앉나 했더니, 갑자기 아버지로부터 형주로 돌아오라는 명령이 내렸다. 무엇 때문에 그렇게 서둘러 돌아오라는 것인지 영문을 알 수가 없었다. 그러나 아버지의 명령일 뿐 아니라 군령이기도 했기 때문에 따르지 않을 수 없었다.

그래서 유기는 강하 태수 황조에게 사정을 이야기하고, 그에게 수군 별동대를 주어 하구夏口를 굳게 지키게 했다. 황조는 부하 여공呂公에게 1백 척의 선단을 주면서 하구를 지키라고 명령했다.

이리하여 유기는 수군 전함 2천여 척을 이끌고 장강을 거슬러 올라가기 시작했다. 바로 그때 또다시 새로운 통지가 날아들었다. 아버지 유표가 중태에 빠졌으니 선단을 도중에 놓아두고 당장 형주로 돌아오라는 전갈이었다.

유기는 이 소식에 깜짝 놀라 머리를 감싸안고 한바탕 울었다. 그러고는 마음을 단단히 먹고 혼자 육지에 올라 형주를 향해 말을 달렸다.

그런데 유기가 이끄는 수군의 갑작스러운 움직임은 오나라 첩자에게 탐지되어, 주변 사정과 함께 즉시 손권에게 보고되었다.

손권은 이 정보를 듣고 크게 기뻐하여 당장 회의를 열었다. 손권은 이 틈을 타서 군사를 일으켜 아버지 손견의 원수를 갚고 강하군을 점령해버리기로 마음먹었다.

그런데 수군 제독 주유周瑜는 때마침 노숙魯肅과 함께 파양호鄱陽湖로 수군을 훈련하러 가 있었다. 그래서 문관으로는 장소張昭·고옹顧雍·우번虞翻·장온張溫, 무장으로는 정보程普·황개黃蓋·한당韓當·주태周泰·서성徐盛·정봉丁奉·감녕甘寧·진무陳武 등이 건업建業을 지키고, 나머지 사람들이 사방의 요충을 지키고 있는 상황이었다.

손권은 그런 문무 제신들을 소집하여 이렇게 제안했다.

"채모에게 쫓겨난 유비는 형주를 떠나 지금은 신야에 주둔하고 있소. 형주의 주인인 유표는 중병에 걸려 있고, 생사 여부는 아직 모르지만 맏아들 유기가 수군을 형주로 이동시켰다는 정보가 들어왔소. 이것은 필시 유표가 위독하여, 유기와 유종이 후계자 자리를 놓고 다투기 시작했기 때문일 것이오. 강하군은 현재 방비가 허술하오. 애석한 것은 공근(公瑾: 주유)과 자경(子敬: 노숙)이 외지에 나가 있어 금방 돌아올 수 없다는 점이오. 그래서 나는 직접 3군을 이끌고 옛날의 원한을 풀 작정이오. 강하 땅을 빼앗고 황조의 목을 제단에 바쳐 불구대천의 원수를 갚고 싶소. 공들은 어떻게 생각하시오?"

서성이 만류하고 나섰다.

"아니 되옵니다. 돌아가신 파로장군(破虜將軍: 손권의 아버지 손견)과 토역장군(討逆將軍: 손권의 형 손책)께서는 자신의 몸을 가벼이 여긴 행동을 하여 스스로 위난에 빠지셨습니다. 주공께서 두 분 장군의 원수를 갚고 싶으시다면, 오직 이 강남 땅을 굳게 지키셔야 합니다. 경솔한 행동은 삼가주십시오. 이 서성이 비록 재주는 없사오나, 군대를 이끌고 나아가 강하를 취하고 황조의 목을 베어 두 분 장군의 영전에 바치고자 합니다. 부디 저에게 토벌 명령을 내려주십시오."

장소도 이 말에 동의했다.

"서문향徐文嚮의 말이 옳은 줄로 아옵니다. 주공께서는 망설이지 마시고 즉시 작전을 일러주십시오."

손권은 문관과 무관이 마음을 하나로 모으고 있는 것을 보고 '이렇다면 승산이 있다'고 속으로 크게 기뻐하며, 당장 명령을 내렸다.

우선 서성에게 전장군前將軍의 지위를 주고 강하군 태수로 미리 임명해버렸다. 이어서 정보와 황개 두 장수를 오군吳郡과 회계군會稽郡에 주둔시키고, 한당을 비롯한 나머지 장수 5명 및 다른 장교들은 수군 3만과 보병 1만 5천을 이끌고 서성을 따라 출발하라고 명령했다.

서성은 머리를 조아려 명령을 받았다. 그러고는 여러 장수를 거느리고 본진으로 돌아가 자세한 작전을 의논했다. 서성이 먼저 입을 열었다.

"여기서 강하 땅으로 갈 수 있는 방법은 세 가지가 있소. 하나는 구강군九江郡을 지나는 육로인데, 금우진金牛鎭을 나가 함녕咸寧과 신시新市를 넘으면 남쪽에서 강하를 공략할 수가 있소. 두 번째는 건업에서 수로를 따라 올라가다가 번구樊口에서 상륙하여 매성梅城과 백호白滸를 지나는 길인데, 이 길을 택하면 동쪽에서 강하를 공격할 수 있소. 마지막 방법은 장강을 곧장 거슬러 올라가 북쪽에서 강하를 공격하는 방법이오. 누가 첫 번째와 두 번째 길로 진격하는 막중한 책임을 맡아주지 않겠소?"

한당과 주태가 나섰다. 서성은 한당을 제1로 담당, 주태를 제2로 담당에 임명하고, 각각 5천의 병력을 주어 먼저 출발하게 했다.

그리고 감녕을 선봉장으로 임하여, 20척의 전함을 이끌고 본대보다 반나절 일찍 출발하라고 명령했다. 감녕이 명령을 받고 떠난 뒤, 서성은 정태와 진무를 좌우익에 배치하고 직접 수군 본대를 지휘하여 감녕의 뒤를 따랐다.

때는 9월, 가을이었다. 동정호洞庭湖는 수량이 풍부하고, 장강에는 파도가 일고 있었다. 서늘한 북서풍을 돛에 가득 안고 오나라 전함들은 화살처럼 빨리 달렸다. 불과 대엿새 만에 초계선은 하구가 이미 가까워진 것을 알렸다.

감녕은 선봉대를 이끌고 바람을 이용하여 단숨에 하구로 돌진했다. 돛을 활짝 편 배들은 바람을 받아 비스듬히 기울어지고, 흩날리는 물보라는 사정없이 뱃전을 두드린다.

이윽고 감녕의 배는 하구 연안을 멀리 바라볼 수 있는 곳까지 진격했다. 하구를 지키고 있는 적군의 전함은 별로 많지 않았다. 불과 1백여 척의 전함이 뿔뿔이 흩어져 정박하고 있을 뿐이었다.

감녕은 하구를 지키는 적장이 황조의 귀여움을 받는 여공呂公인 것을 이미 파악하고 있었다. 여공은 지난날 손권의 아버지 손견을 활로 쏘아 죽인 장본인이었다.

감녕은 병사들을 이끌고 적을 기습하여 옛 주인의 원수를 갚으려고 서둘렀다.

그러면 여공은 이때 무엇을 하고 있었는가. 여공도 결코 멀거니 앉아만 있었던 것은 아니다. 장강 하류 쪽에서 2,30척의 선단이 거슬러 올라온다. 배마다 병사들이 가득 차 있고, 바람을 타고 오면서도 부지런히 노를 저으며 함성을 지르는 것을 보면, 오나라 수군이 습격해 오는 것은 분명하다.

여공은 급히 적군을 맞아 싸울 준비에 착수하여, 혼자 뱃머리로 달려나가 몸소 북을 치기 시작했다.

여공이 치는 북소리를 듣고, 하구의 수군 1백여 척도 일제히 닻을 올리고 전투 준비를 시작했다. 움직임이 급해졌다.

그러나 그때 이미 오나라 선단은 코앞까지 다가와 있었다. 여공은 깃발을 한 번 휘둘렀다. 여공은 조금 방심하고 있었다. 적은 겨우 2,30척이고 아군은 1백여 척이니, 병력으로는 상대가 되지 않는다.

하구의 수군은 여공의 신호를 보고 일단 흩어졌다가 오나라 선단을 포위하기 시작했다. 그리고 바람을 이용하여 단숨에 포위망을 좁혔다. 이어서 딱따기 소리를 신호로 화살을 빗발치듯 쏘아대기 시작했다.

감녕이 이끄는 오나라 선단은 등나무 줄기로 엮은 방패로 화살을 막았지만, 그것으로는 도저히 막아낼 수 없었다. 20척의 배에는 눈 깜짝할 사이에 화살이 촘촘히 박혀, 마치 물에 빠진 고슴도치처럼 장강 위를 빙글빙글 돌면서 우왕좌왕하는 형편이었다.

거기까지는 여공의 계획대로 되어갔지만, 오나라 수군은 도망칠 길이 없는 곳에서 공격을 받자 오히려 막다른 골에 처한 용기로 싸우기 시작했다.

장강에 부는 바람은 여전히 강하여, 바람에 밀린 여공의 배는 뜻밖에도 감녕이 탄 배와 맞닥뜨리고 말았다. 두 배 사이의 거리는 10척(약 3m)에 불과했다.

이 기회를 놓칠 감녕이 아니었다. 왼손에 든 방패를 높이 치켜들어 앞에서 오는 공격을 막아내면서 오른손에 든 칼을 한 번 휘두르더니, 한 발 아래로 내려서서 힘을 모은 다음 두 다리에 힘을 주어 여공의 배로 훌쩍 옮겨 탔다.

그러고는 대갈일성과 함께 당황한 여공을 향하여 칼을 내리쳤다. 가엾은 여공은 어깨에 비스듬히 칼을 맞고 눈 깜짝할 사이에 목이 잘렸다.

감녕은 더욱 난폭하게 날뛰며 칼을 휘둘러 닥치는 대로 베기 시작했다. 여공의 배에 탄 사람들은 제대로 대항조차 하지 못하고 차례로 칼에 찔려 물 속으로 떨어졌다.

여기에 힘을 얻은 오나라 수군은 용기를 내어 대공세로 전환했다. 장수를 잃고 사기가 떨어진 하구 선단은 싸울 의욕을 잃고 뿔뿔이 흩어져 포위망을 풀었다. 그러고는 순풍에 돛을 달고 강하를 향해 쏜살같이 줄행랑쳤다.

강하의 황조는 여공이 패했다는 소식을 듣기도 전에 장강에서 하늘을 찌를 듯한 함성이 일어나는 것을 듣고 이미 하구에서 벌어진 상황을 알고 있었다.

그래서 당장 대장인 장무張武와 소비蘇飛를 보내어, 장강 북쪽 연안에 대기시켜둔 수군을 이끌고 여공을 구원하러 가게 했다.

이 강하 수군은 여세를 몰아 추격해온 감녕의 선단과 장강 위에서 마주치게 되었다.

감녕 쪽은 바람의 방향을 이용할 수 있는 위치를 차지했고, 강하 쪽은 장강의 흐름을 이용할 수 있는 상류에 자리를 잡았으니, 천연의 요새인 장강에서 지리적 이점은 반반이었다.

징과 북이 울리면서 접근전이 시작되었다. 하구에서 도망쳐온 패잔병도 방향을 바꾸어 강하군을 응원하기 시작했다.

소비는 대전함을 타고 후방에서 지휘하고 있었지만, 장무는 앞쪽에 자리잡고 있었기 때문에 감녕을 맞이하여 1대 1로 싸우게 되었다.

장무는 원래 감녕의 적수가 못 되었다. 십여 합을 싸웠지만, 감녕의 칼을 막아내는 것이 고작이다. 그러나 이번에는 전함 수의 차이가 아까보다 훨씬 컸다. 감녕은 어느새 소비의 선단에 둘러싸여 있었다.

적에게 완전히 포위당해버렸고, 병력 차이는 압도적이다. 대담무쌍한 감녕도 이런 상태로 싸우는 것은 무리라고 판단하여, 포위망을 뚫고 도망칠 수밖에 없다고 생각했다.

그러나 장무도 있는 힘을 다하여 열심히 싸우기 때문에 금방 탈출할 수도 없었다. 전의를 잃기 시작한 감녕의 선단을 향해 강하 수군이 화살을 퍼부었다. 그 기세는 하늘을 뒤덮은 메뚜기 떼 같았다.

중과부적으로 눈 깜짝할 사이에 전세는 역전되고, 오나라 수군도 이것으로 끝장인가 하고 여겨졌을 때, 장강 하류에서 북소리와 뿔피리 소리가 하늘을 뒤흔들고 호포 소리가 땅을 뒤흔들더니, 하늘을 뒤덮을 듯한 기세로 깃발을 휘날리며 새로운 수군이 도착했다.

깃발을 꽂고 앞서 달려오던 배들이 양쪽으로 갈라지자, 그 뒤에서 대선단이 돛을 활짝 펴고 나타났다. 마치 성이 백 개나 이어져 있는 것 같은 장관이었다. 적군은 산을 밀어젖히고, 바다를 뒤엎고, 파도를 가르며 달려왔다.

선단 중앙의 대전함에는 '수帥' 깃발이 바람에 나부끼며 높이 내걸려 있었다. 그 전함의 뱃머리에 서 있는 장수는 번쩍이는 갑옷과 투구로 몸을 감싸고 우뚝 선 채 꼼짝도 하지 않는다. 양옆에 장수들을 즐비하게 거느린 서성이었다.

감녕은 서성이 이끄는 오나라 수군 본대가 도착한 것을 보고는 힘껏 외쳤다.

"본대가 왔다!"

이 소리를 들은 선봉대 병사들은 용기백배하여 죽기를 무릅쓰고 싸우기 시작했다. 정봉이 오른쪽에서, 진무가 왼쪽에서 포위망에 쇄도하여 앞을 다투어 적군을 베었다.

오나라 병사들은 바람을 타고, 바람은 오나라 병사를 돕는다. 오군은 강하 수군의 배에 차례로 뛰어들어 적을 베었다. 장강의 바람과 병력의 위세가 상승작용을 하여 강하 수군의 피해가 막심했다. 흐르는 피가 강물을 붉게 물들이고, 시체는 강바닥에 가라앉아 산을 이루었다. 하구에서 도망쳐온 선단도 형세가 불리해지자 앞다투어 달아날 뿐이었다.

정봉은 달아나는 소비의 배를 추격했다. 활에 살을 매기고 힘껏 잡아당겼다가 놓으니 화살이 소비의 몸을 꿰뚫었다. 소비는 물 속으로 떨어졌다. 그것을 본 장무는 주눅이 들었고, 그 순간 빈틈이 생겼다. 감녕은 지체 없이 장무를 베어 쓰러뜨렸다.

황조는 풍향이 아군에 불리하여 대패를 당하는 것을 강하성에서 바라보다가, 급히 부하들을 불러들여 성문을 닫고 농성하기로 마음먹었다.

그런데 척후병이 달려와 이렇게 알렸다.

"동쪽과 남쪽 성밖에 이미 오군이 바싹 다가와 있는데, 정확한 수는 모르지만 금방이라도 성을 공격할 태세입니다. 동쪽에서 오는 군대는 구강군 출신인 주태의 깃발을 내걸었고, 남쪽에서 오는 군대는 영지군 吾支郡 출신인 한당의 깃발을 내걸었습니다."

황조는 이 소식을 듣고 당황했지만, 그 혼란한 머리로도 성에 틀어박혀 끝까지 지키는 것은 불가능하다는 사실을 깨달았다.

그래서 황조는 성을 버리고 예비 전함에 올라타자 돛을 활짝 펴고 장강 상류에 있는 앵무주鸚鵡洲 쪽으로 달아나기 시작했다.

황조가 배에 올라탔을 때, 오나라 수군은 서성의 명령에 따라 의기양양하게 강하성으로 진격했다. 오군이 지르는 함성과 노가 뱃전을 때리는 소리. 마치 활시위를 떠난 화살이나 파도 사이를 무서운 속도로 헤엄치는 양자강 돌고래 같은 기세로 성을 향해 다가간다.

맨 먼저 강가에 도착한 것은 수군 병사들이었다. 그들은 까마귀가 떼지어 모여들어 소동을 피우는 듯한 기세로 상륙하기 시작했다. 장강 위에서는 아직도 전투가 계속되고 있었다.

황조는 구석에 몸을 숨기고 뱃머리에서 안팎의 상황을 둘러보았다. 무섭지는 않았지만, 솔직히 말해서 성을 탈출할 수 있었던 것은 다행이었다. 강하성은 이미 함락되어 있었다.

배가 장강의 물결을 헤치며 나아가기 시작했을 때, 황조는 추격을 두려워하여 뱃머리 판자 밑에 찰싹 달라붙어 몸을 숨기고, 노 젓는 병사들한테는 난전을 틈타 재빨리 빠져나가라고 명령했다.

이윽고 황조가 탄 배는 장강 한가운데의 모래톱인 앵무주에 이르렀다. 해는 이미 뉘엿뉘엿 기울어가고 바람도 약해져 있었다. 그러나 상류에서 내려오는 물살이 세찬 바람에 황조가 탄 배는 물결에 떠밀려 앵무주 위에 올라앉는 꼴이 되었다.

깜짝 놀란 황조가 뱃머리 판자 밑에서 얼굴을 내밀고 좌우를 둘러보니, 그리 멀지 않은 곳에서 작은 배 한 척이 이쪽을 향해 쏜살같이 달려오고 있었다. 그 작은 배에서는 "황조를 놓치지 마라"는 소리가 들렸다.

이 소리를 들은 황조의 부하들은 황조를 내팽개치고 앞다투어 물 속으로 뛰어들어 도망치기 시작했다.

난처해진 황조는 마음을 단단히 먹고 앵무주로 내려섰다. 그러고는 무턱대고 달리기 시작했다.

추적하는 작은 배도 앵무주에 도착했다. 한 장수가 칼을 들고 앞장서서 내려오더니 황조를 추적하기 시작했다. 황조가 바람을 가르는 번개처럼 도망치면, 그 장수는 유성이 달을 뒤쫓듯 바싹 다가온다.

앞쪽에 커다란 무덤 하나가 있었다. 달리 탈출할 방법이 없다고 생각한 황조는 그 무덤 뒤에 몸을 숨겼다.

뒤쫓아온 장수는 무덤 근처에서 황조의 모습이 갑자기 사라졌기 때문에,

"놈은 이 무덤 뒤에 숨어 있을 게 틀림없다."

이렇게 중얼거리고는 조심스럽게 무덤을 돌면서 황조를 찾기 시작했다.

황조는 추적자의 목소리가 들리자, 거기에서 도망치려고 비스듬히 뒷걸음질을 쳤다. 그러다 보니 어느새 무덤 앞으로 나왔다. 바로 그때, 무덤 앞에 세워진 비석이 어스름 속에서도 또렷이 눈 속으로 뛰어들어 왔다. 그 비석에는 '한漢의 처사處士 이형禰衡의 묘'라고 새겨져 있었다.

이형은 옛날 황조를 모욕했다가 격분한 황조에게 처형당했다.

"그 이형의 무덤이 여기에 있다니……."

황조는 순간 현기증을 느끼고 멍하니 그 자리에 서 있었다. 그때 그를 쫓는 장수의 발소리와 숨소리가 다시 들려왔다. 황조는 그쪽으로 고개를 돌려 장수의 모습을 보고는 깜짝 놀랐다. 그 장수도 일찍이 황조의 부하였지만, 황조가 경멸하여 중용하지 않았기 때문에 황조에게 깊은 원한을 품고 있는 인물이었다.

황조는 이제 끝장이라고 체념하고 달아날 생각도 하지 않았다. 황조는 무덤에 손을 짚고 하늘을 우러러 탄식한 다음, 칼을 빼어 무덤 앞에서 자결했다. 그것을 본 장수는 크게 기뻐하며 황조의 목을 잘랐다. 그 장수는 다름 아닌 감녕이었다.

사실 감녕은 하구 싸움에서 여공을 무찌르고 강하에서 장무를 죽였으며 하구 일대의 영토를 빼앗았기 때문에, 이번 싸움에서는 누구보다도 큰 공을 세웠다.

감녕은 옛날부터 오나라를 섬겼던 장수들과 화합을 도모하기 위해, 강하성을 공략하는 공은 다른 막료들에게 나누어주기로 했다. 그래서 강하성을 공격하지 않고 장강에 머물면서 살아남은 적군을 소탕하고 적함을 잇따라 빼앗았다.

그때 한 병졸이 달려와 이렇게 보고했다.

"큰 배 한 척이 강 위의 혼란을 틈타 돛을 올리고 있습니다. 아무래도 황조가 상류 쪽으로 도망치려는 것 같습니다."

감녕은 설마 하면서도 작은 배를 타고 쫓아가보았다. 자세히 보니 뱃머리에 쭈그리고 앉아 있는 것은 다름 아닌 황조였다. 이건 내버려 둘 수 없다고 생각하여 끝까지 추적한 끝에 앵무주에서 따라잡았던 것이다. 감녕은 이렇게 큰 공을 세우게 되리라고는 꿈에도 생각지 않았다. 후세 사람들은 시를 지어 감녕을 찬양하고 있다.

앵무주 언저리에는 온갖 풀이 가득 돋아나 있다.
전에 여기서 이형이 황조에게 처형당했다.
이형의 무덤 앞에서 황조는 스스로 죽고
뒤에 남은 것은 감녕의 크나큰 명성이로다.

한편 서성이 본대를 이끌고 상륙하자, 누가 열었는지, 강하성의 성문은 전부 활짝 열려 있었다. 이리하여 너무나 쉽게 강하로 몰려들어가 성을 점령했다.

진무는 부대를 이끌고 앞장서서 망루로 달려 올라가 언월도를 치켜들고 황조를 죽이려 했지만, 그곳에는 이미 아무도 없었다. 그래서 망루에 오군의 깃발을 꽂고, 전령을 보내어 서성에게 알린 다음, 성내를 안정시키고 본대를 맞아들였다.

서성이 군청 안으로 들어갔을 때, 육군을 이끌고 온 주태와 한당이 도착했다. 서성은 두 사람을 성밖에 주둔시키고, 성밖의 수군과 긴밀한 연락을 취하라고 지시했다. 그리고 백성을 놀라게 하는 일이 없도록 하라고 누누이 지시하고, 곧 건업으로 개선할 테니 반드시 입성할 필요는 없지만 육로를 엄중히 지키고 황조를 놓치지 말라고 일렀다.

이어서 서성은 장부를 점검하는 한편, 여러 장수들의 공적을 평가하는 작업에 들어갔다. 포로들이 잇따라 끌려오고, 장수들은 제각기 자신의 공적을 보고했다.

모든 장수들의 보고를 받은 뒤, 서성은 감녕이 아직 오지 않은 것을 깨달았다. 서성은 당장 수군과 육군 진영으로 전령을 보내어 감녕을 찾게 했지만, 감녕은 어디에도 없었다.

이윽고 밤 10시경이 되었을 때에야 감녕이 돌아왔다는 소식이 들어왔다. 감녕은 적군의 목을 세 개 바쳤다. 서성은 감녕이 혼자서 여공과 황조의 목을 빼앗는 수훈을 세운 것을 알고, 저도 모르게 사령부에서 뛰쳐나와 감녕을 맞았다.

"감 장군은 참으로 보기 드문 영웅이오. 주군을 위해 원수를 갚고 선군先君의 수치를 씻었소. 나 서성도 감 장군의 큰 공에는 도저히 미치지 못하오. 이 공을 평가하는 것은 주군의 판단을 청해야 할 일이오. 당장 전령을 주공께 보내겠소. 내가 이 자리에서 경솔하게 감 장군의 공적을 평가할 수는 없소."

감녕은 서성에게 사례했다. 서성은 잔치를 마련하여 3군을 위로했다. 그리고 전령에게 황조와 여공의 목을 주어, 건업으로 달려가 오후吳侯 손권에게 보고하게 했다. 손권은 기뻐서 어쩔 줄 몰랐다.

"나는 강하를 얻은 것을 기뻐하는 게 아니다. 흥패(興覇: 감녕)가 혼자서 이렇게 큰 공을 세워 내 원한을 풀어준 것을 기뻐하는 것이다. 흥패가 없었다면 황조와 여공을 죽이지는 못했을 것이다."

손권은 몸소 제주祭酒를 준비하여 아버지 손견과 형 손책의 혼백을 위로하고 황조와 여공의 목을 종묘에 바쳤다. 그리고 조정으로 돌아와 문무백관의 하례를 받은 다음, 당장 감녕을 구강군 태수로 삼아 그 공적에 보답했다. 서성을 도운 여러 장수에게도 제각기 포상이 주어졌다.

이 놀라운 사건이 형주에 당장 알려진 것은 말할 나위도 없다.

유기는 말을 달려 형주성에 도착하자, 채부인은 만나지 않고 곧장 아버지를 문병했다. 유표는 이적을 신야로 보낸 뒤 상당히 회복되어 있었고 의식도 또렷했다.

유기는 옷도 갈아입지 않고 밤낮으로 아버지 곁을 지키며 간병했다. 그 때문에 채부인은 유표의 유언을 거짓으로 꾸며 유종을 후계자로 삼으려는 계획을 실행에 옮기지 못한 채 사흘이 지나버렸다.

나흘째 되는 날 파발마가 달려와, 강하가 오군의 수중에 들어갔고 황조도 전사했다는 소식을 전했다. 유표는 비록 중태에 빠져 있었지만 귀는 들렸기 때문에, 이 소식에 깜짝 놀라 유기를 가까이 부르더니 숨을 헐떡거리면서 이렇게 말했다.

"왜 너는 여기 올 때 엄중한 방비책을 강구하고 오지 않았느냐?"

유기는 아버지가 중병이라서 당신이 내린 명령도 잊어버리셨구나 생각하면서도 일단 사정을 말씀드렸다.

사실 유기는 아버지의 병이 위독하기 때문에 되도록이면 많은 이야기를 하지 않으려고 마음먹고 있었다. 여러 가지 자세한 일은 병이 나은 뒤에 다시 말씀드리면 된다고 생각했다.

그래서 자세한 이야기도 하지 못하고 아버지에게 확인을 받을 수도 없었기 때문에, 자기를 움직인 '아버지의 수군 이동 명령'이라는 것이 가짜라는 사실도 여태 눈치 채지 못하고 있었다.

게다가 채부인이 "바깥일을 너무 많이 말씀드려서 아버지를 걱정시키면 안 된다"고 못을 박았기 때문에, 유기는 그런 의미에서도 지금까지 아버지에게 아무 설명도 요구하지 않았다.

그리하여 나흘째에야 비로소 유표와 유기는 이 일을 화제로 삼은 것이다.

유기한테서 전후 사정을 들은 유표는 처음에는 눈을 크게 뜨고 입을 딱 벌리고 있더니, 이윽고 채부인 일당의 음모임을 알아차리고 격분했다. 그러나 다음 순간, "억!" 하고 외마디 소리를 지르더니 그만 의식을 잃어버렸다.

채부인 일당이 유표의 외침소리를 듣고 달려왔다. 채부인은 큰 소리로 통곡했지만, 울부짖으면서도 못된 꾀를 짜냈다. 정신을 잃은 남편을 돌볼 생각은 않고 유기한테 삿대질을 하면서 이렇게 외쳤다.

"이놈은 제 아버지한테 충격을 주어 목숨을 빼앗은 극악무도한 놈이다."

이렇게 말하고는 시종들에게 유기를 붙잡아 관청 문밖에서 참수하라고 명령했다. 그리고 문지기를 불러 괴월을 처형장에 입회시키라고 명령했다. 또한 채모를 불러 군대를 형주성 성문에 배치하여 한 사람도 성을 빠져나가지 못하게 하고 밖에서도 들어오지 못하도록 굳게 지키라고 명령했다.

채모는 명령을 받고 유기를 관청 밖으로 끌어냈다. 유기는 비통한 나머지 울음소리조차 제대로 내지 못했다. 채모는 그런 유기를 꽁꽁 묶은 다음, 그 등에다 길다란 표찰을 달았다. 표찰에는 이렇게 적혀 있었다.

'인륜을 어기고 부친을 죽인 혐의로 참수당해 마땅한 자, 그 이름 유기.'

채모는 유기를 가시나무로 만든 함거(檻車: 죄인을 호송할 때 쓰는 수레) 속에 억지로 집어넣고 네 사람을 시켜 끌고 가게 했다.

채모와 그 일당이 문밖으로 나왔을 때 멀리서 1백 기 남짓한 기마대가 이쪽을 향해 쏜살같이 달려오는 것이 보였다.

앞장서서 달려온 세 사람이 채모 일당의 눈앞에서 말을 세우고 내려섰다. 맨 앞이 조운, 맨 뒤가 이적, 그리고 가운데 인물은 바로 유비였다.

채모는 이것을 보고 넋이 하늘 밖으로 달아날 만큼 놀랐지만, 어쨌든 그 자리를 수습하지 않으면 안 되었다. 간신히 용기를 내어 앞으로 나아가 공손히 유비를 맞이했다.

유비는 채모 뒤에 꽁꽁 묶여 있는 사람이 다름 아닌 형주의 대공자 유기인 것을 보고, 무슨 이유로 이렇게 되었는지는 모르지만 어쨌든 조운에게 명령하여 유기의 포박을 풀어주게 했다.

유기는 눈물을 흘리면서 자초지종을 하소연하기 시작했다. 채모는 몸을 돌려 도망치려고 했다. 유비는 격분하여 "거기 서지 못할까!" 호통을 치려고 했지만, 그보다 빨리 조운이 채모의 목덜미를 움켜잡았다. 이래서는 도저히 도망칠 수 없다.

유비는 조운에게 채모를 구속하라고 명령한 다음, 이적과 유기를 거느리고 성안으로 들어가 유표의 죽음을 확인한 뒤에 일을 처리하기로 했다.

이 시점에서 유표의 몸은 아직 따뜻했다. 아까 정신을 잃은 것은 일시적인 가사 상태였다. 유표는 다시 살아났다. 그러나 눈을 떠보아도 유기의 모습은 보이지 않는다. 채부인과 둘째아들 유종이 시첩과 함께 유표를 둘러싼 채 울고 있을 뿐이다.

유표가 입을 열어 말했다.

"사람이 죽고 사는 것은 하늘의 뜻에 달려 있소. 다행히 나는 아직 죽지 않았소. 부인, 죽은 사람을 위한 곡은 이제 그만두시오. 기琦는 어디 있소?"

"여보, 이제야 겨우 의식을 회복하셨는데 그저 그 아이 걱정만 하십니까? 무언가 특별히 그 아이한테 말씀하시고 싶은 거라도 있으십니까?"

그러자 유표는 눈물을 뚝뚝 흘리며 목멘 소리로 말했다.

"나는 이적을 보내어 유현덕에게 형주로 와달라고 부탁했소. 현덕이 아직도 도착하지 않은 것은 어쩔 수 없는 일인지도 모르오. 그러나 지금 여기에 현덕이 있든 없든, 그건 별로 큰 문제가 아니오. 부인은 종琮만을 생각하여 온갖 계략으로 기를 배제하고 종을 내 후계자로 삼으려 하고 있지만, 그런 생각은 앞으로 절대 품어서는 아니 되오. 지금 기의 모습이 보이지 않는데, 만약 그 아이한테 무슨 일이 생기면 현덕이 도착했을 때 부인과 종은 현덕을 볼 낯이 없을 거요. 부디 기한테도 자애를 베풀어주시오. 나를 조금이라도 오래 살게 해주오. 현덕에게 큰일을 부탁하고, 부인과 종도 그에게 잘 부탁하겠다고 약속하리다."

유표가 차분히 타이르자 채부인은 말문이 막혀버렸다.

유표는 한바탕 기침을 했지만 아직 숨은 끊어지지 않았다. 그때 유비가 유기를 데리고 들어왔다. 이적이 그 뒤를 따르고 조운은 채모를 묶은 채 문밖에 서 있었다.

유표는 유비의 모습을 보고 기뻐하며 다소 기력을 되찾은 것 같았다. 고개를 움직여 유비를 가까이 부르더니, 그 손을 잡고 눈물을 흘리며 말했다.

"한실의 피를 이어받은 사람은 이제 나와 아우님, 그리고 촉을 다스리는 유장까지 단 세 사람밖에 남지 않았소. 내가 죽으면 아우님이 이 형주를 다스려, 다시 한 번 한실의 영화를 되찾아······."

말을 끝내기도 전에 유표의 눈에서는 다시 눈물이 넘쳐흘렀다. 유비도 참지 못하고 눈물을 흘리며 이렇게 대답했다.

"형님, 그런 일은 생각지 마시고, 지금은 그저 몸을 돌보아주십시오. 만일의 경우에는 아드님이 뒤를 잇게 해주십시오."

그러자 유표는 깊은 한숨을 내쉬며 말했다.

"무슨 말을 하는 거요. 그런 날이 도대체 언제나 오겠소. 내 아들놈은 둘 다 불초자식이라 혼자 설 수가 없소. 나는 외톨이요. 아우님이 형주를 맡겠다고 승낙해주시오. 부탁이오."

유표는 유기와 유종을 불러 유비에게 큰절을 올리게 했다. 그리고 형주의 관인을 꺼내어 유비에게 건네주었다. 채부인은 감히 그것을 방해하지 못했다.

유비는 굳이 사양했다. 유표는 유기에게 말했다.

"아들아, 효도를 저버리지 마라. 어머니한테 원한을 품지 마라. 이 아비의 마음을 헤아려 어머니에게 효도를 다해야 한다. 동생 종은 너보다 훨씬 어리고 모자라니, 잘 가르쳐서 옳은 길로 인도해라. 아비의 유언을 잊지 마라."

그다음에는 채부인을 향해 뭔가를 말하려고 했지만, 갑자기 혀가 굳어 아무 말도 하지 못하고 곧 숨을 거두었다.

유기는 바닥에 쓰러져 울부짖었고 유비도 통곡했다. 채부인도 울고 어린 유종도 바닥에 엎드려 울었다.

그때 '제갈공명이 5천 병력을 이끌고 도착하여 성 주위에 주둔하면서, 형주성 성문을 지키고 있던 채모의 부하들을 완전히 소탕했다'는 소식이 들어왔다.

이적은 유비에게 정청으로 가서 정무를 인계받으라고 요청했다. 그러나 유비는 온몸이 눈물로 이루어진 인간처럼 되어버렸기 때문에, 우선 공명에게 형주의 정무를 보살피라고 명했다. 그리고 자신은 유표의 장례 절차를 도맡아 처리하고, 스스로 날을 잡아 유표를 매장했다. 채모는 석방하여 신지迅地로 돌려보냈다.

공명은 유표의 장례가 끝나기를 기다려, 유비에게 정청에 와서 신임 축하를 받으라고 청했다.

유비는 이적을 파릉군 태수에 봉하고, 파릉에서 유기의 수군을 재건하는 한편 황조군의 패잔병도 끌어모아 방비 태세를 강화하라고 명령했다.

유기는 강하군 태수로 봉해졌지만, 우선 수군을 이끌고 파릉에서 이적과 합류하여 잠시 그곳에 머물다가 강하를 되찾은 뒤에 다시 관직을 받기로 했다.

또한 마량馬良을 영릉 태수, 마속馬謖을 계양 태수, 관우를 양양 태수, 장완蔣琬을 장사 태수, 비위費褘를 남군南郡 태수, 동윤董允을 운양隕陽 태수로 각각 임명했다. 황충은 신야에 주둔하면서 조운과 교대로 각지를 순찰하는 임무를 부여받았고, 나머지 사람들도 제각기 임무를 받았다.

유비는 형주목에 취임한 뒤, 조정에 표表를 올려 그 사실을 알렸다. 또한 전령을 보내어 서서의 어머니를 모셔왔다. 이것은 서서의 어머니를 채부인의 교육 담당자로 삼기 위해서였다. 서서의 어머니는 채부인과 함께 기거하면서 아침저녁으로 채부인을 가르치고 인도하여, 채부인의 정신과 성격을 다시 갈고 다듬어 대의를 이해하는 인간으로 개조하는 임무를 맡았다.

이리하여 형주의 체제는 차츰 정비되고 모든 일에 질서가 잡혔다. 그러나 이것이 오히려 조조와 손권 양쪽으로부터 강한 질투를 불러일으키게 되었다.

이는 마치 솥을 떠받치고 있는 세 개의 다리 같았다. 천하가 셋으로 나뉘어 세력을 다투고 중원의 사슴을 쫓는다. 칼은 빛을 번뜩이며 늪 속의 뱀을 내리친다. 앞으로 사태는 어떻게 진행될 것인가. 궁금하거든 다음 회를 기대하시라.

주유, 남의 칼을 빌리려고 계략을 짜다
조조, 허허실실로 군사를 일으키다

유표가 죽은 덕에 유비는 힘들이지 않고 형주와 양양의 아홉 군을 손에 넣었다. 이어서 병사를 모집하고 말을 사들이며 군량과 사료를 비축하니, 맹장猛將과 모신謀臣들이 구름처럼 모여들었다.

이렇게 나날이 융성해가는 모습은 평소부터 유비를 적대시하고 있던 사람에게는 당연히 분통 터지는 노릇이다. 특히 유표가 살아 있을 때부터 형주에 원한을 품고 있던 손권은 형주가 강성해지는 것을 몹시 싫어했다.

게다가 조조는 언젠가 유비에게 "천하에 영웅이 있다면 그대와 나뿐"이라고 평한 적이 있다. 따라서 조조에게는 손권에 대한 경계심보다 유비에 대한 시기심과 혐오감이 훨씬 더 심할 터였다.

그런데 다음의 사태 진전을 보면 반드시 그렇지만도 않다. 조조는 서주徐州와 연주兗州를 차지하고 천자(天子: 황제)를 수중에 넣어 제후들을 호령하고 있었기 때문에, 이제 더 이상 천하에 적이 없다고 생각하여 완전히 방약무인한 태도였다.

따라서 탁군의 탁현에서 짚신이나 삼던 인간 유비 따위는 안중에도 없었다. 옛날 조조가 푸른 매실을 안주 삼아 따끈한 술을 마시며 천하의 영웅을 논하던 무렵에는 그의 강력한 훼방꾼인 여포呂布 일당마저 모조리 제거되어 있었다.

그저 귀가 클 뿐 내세울 것이 아무것도 없는 유비는 손권처럼 표를 올려 "강동에 내가 없다면, 경卿은 그야말로 독보적인 존재요"라고 호기로운 말을 할 수 있는 처지가 아니었다.

푸른 매실이 차려진 술상 앞에서 조조에게 아첨을 하고, 잔치 석상에서 남들의 웃음거리가 된 정도의 인간에 불과했다. 변변한 지위도 갖지 못했던 유비는 실제로 주장다운 주장은 하나도 내세우지 못하고, '천하의 영웅은 그대와 나뿐'이라는 말 한마디에 감격하여 들고 있던 상아 젓가락을 떨어뜨렸다.

그때 갑자기 천둥이 울렸다. 유비는『논어』의 '향당편鄕黨篇'에 나오는 공자의 유명한 말, 그야말로 귀에 못이 박일 만큼 들은 말을 꺼냈다.

"진수성찬이 있어도 요란한 우레 소리와 사나운 바람에는 변함이 없군요."

이런 말은 두세 살 먹은 어린애도 알고 있다. 그 말을 꺼내봤자 서투른 우스개가 되는 게 고작이다. 그런 말로 교활한 조조를 속일 수는 없지 않은가.

조조는 이 정도로 자기를 속였다고 믿고 있는 유비의 우둔함에 오히려 안심했다. 그래서 그 자리에서는 가볍게 웃어넘기고 더 이상 추궁하지 않았다.

그러면 지금은 어떤가. 조조는 여유 있는 웃음을 지으며 이렇게 생각하고 있었다.

'유비가 형주와 양양 땅을 얻었지만 어차피 범부가 일시적인 영달을 얻은 것뿐이고, 언젠가는 모두 내 차지로 돌아올 것이다. 걱정할 필요는 없다.'

그런데 손권은 달랐다. 유비가 힘들이지 않고 형주와 양양을 얻었다는 정보는 사나흘도 지나기 전에 강동 일대에 전해져 있었다.

본래 장강은 교통이 편리하여, 가벼운 배를 타고 순풍을 만난다면 강릉江陵에서 무창武昌까지 닷새도 채 걸리지 않는다. 그러나 군사적인 면에서는 이같은 교통상의 이점이 오히려 위협이 된다.

아버지 손견과 형 손책의 과업을 이어받아 힘들이지 않고 강동의 패자가 된 '푸른 눈, 붉은 수염'의 손권은 이상한 불안에 사로잡혀, 당장 문무백관을 모아놓고 대책을 의논하기 시작했다.

이때에는 파양호에서 수군을 훈련하고 있던 주유와 노숙도 훈련을 마치고 건업에 돌아와 있었기 때문에 그들도 회의에 참석했다.

그들은 회의장에 들어오자마자 손권의 훌륭한 군사적 수완을 찬양했다.

"강하를 탈취하신 솜씨는 그야말로 신처럼 빨랐습니다."

손권이 총대장 서성의 공로를 대충 이야기하자 주유는 크게 기뻐하며 서성의 손을 잡고 축하 인사를 했다.

"강하는 형주와 양양의 요충이니까 적도 충분히 유념하여 엄중히 방비하고 있었을 터인데, 장군은 주공을 위해 힘을 다하여 정예부대를 이끌고 불과 열흘 만에 강하를 함락시켰소. 그리하여 주공의 해묵은 원수를 갚고 장강 상류의 요충을 얻었으니, 장군이야말로 당대의 영웅이오. 나 같은 건 도저히 장군에게 미치지 못하오."

서성은 여기에 대답하여 말했다.

"도독都督의 말씀은 과찬이십니다. 이번에 제가 이길 수 있었던 것은 행운을 얻은 덕분입니다. 돌아가신 파로장군 손견과 토역장군 손책의 혼백이 돌보아주신 덕택이지요. 또한 주공의 은덕과 도독의 영명함으로 모든 장수가 돌과 화살을 무릅쓰고 저마다 공을 세웠으니, 저는 그저 군대를 이동시켰을 뿐 아무것도 한 일이 없습니다."

주유는 이 말을 듣고 다시 말을 이었다.

"국가의 전모를 파악하고 자신의 공적을 내세우거나 안주하는 일이 없으니, 요즘 세상에는 장군 된 사람은 수없이 많으나 장군만한 인물은 찾아볼 수 없소. 그야말로 사직의 신하라고 말할 수밖에 없소."

이때까지 잠자코 두 사람의 대화를 듣고 있던 손권이 웃으면서 "공근 주유의 말이 옳소" 하고 판정을 내렸다. 회의장을 가득 메운 문무백관들도 모두 같은 생각이었다.

곧이어 백관들은 좌우로 나뉘어 자리를 잡았다. 북쪽 자리에 남쪽을 향해 앉은 사람이 손권이고, 손권 쪽에서 보아 왼쪽인 동쪽에는 정보를 필두로 하여 주유·서성·황개 등이 줄지어 앉았다. 손권 쪽에서 보아 오른쪽인 서쪽에는 장소를 필두로 하여 노숙·고옹·우번 등이 줄지어 앉았다.

'문동무서文東武西.' 문관이 동쪽에 앉고 무관이 서쪽에 앉는 것이 관례다. 그러나 이 시대는 천하가 어지러워 병마의 왕래가 끊이지 않았기 때문에 무관이 중시되고 문관이 홀대를 받았다.

천하가 태평해지면 군인은 물러나고 문관이 세력을 회복하여 원상태로 돌아갈 예정이었다. 시대의 요구에 따라 가치가 있는 것이 우선하는 법이다.

더구나 정보와 주유는 문관의 길인 과거에 급제하여 문무 양쪽에 뛰어났기 때문에 강력한 권한을 갖고 있었다. 세력이 있으면 자연히 좌석의 위치도 올라가는 법이다.

손권은 줄지어 앉은 문무백관에게 장광설을 늘어놓는 것으로 회의를 시작했다.

"나와 형주의 유표 일당은 불구대천의 원수요. 다행히 아버님과 형님의 은덕을 입고 문무가 협력하는 가운데 문향(文嚮: 서성)이 출전하여 나를 위해 아버님과 형님의 수치를 씻어주었소. 그리고 무창까지 제압할 수 있었던 것은 우리 강동 진영에 더할 나위 없이 다행한 일이라고 말할 수밖에 없소. 그러나 다른 각도에서 생각하면 이것은 유표가 어리석고 범용한 인간이어서 미모의 후처가 정치에 참견하고 호령에 통일성이 없으며 작전이 이치에 맞지 않았기 때문이오. 그 덕분에 내가 수륙 양쪽으로 군대를 보내어 쉽게 영지를 얻을 수 있었다고 말할 수도 있을 거요. 그런데 최근 첩자가 이렇게 알려왔소. '유표가 죽고, 유비가 신야에서 급히 형주로 들어와 그대로 눌러앉았다. 그리고 각 군 태수를 이동시키고 현자와 호걸을 열심히 초빙했으며, 남양의 제갈량, 양양의 방통, 영천의 서서, 우리가 빼앗은 강하 출신의 마량馬良 등이 유비 휘하에 들어가 보좌하고 있다. 게다가 황충과 위연 같은 무장을 새로 얻고 형주의 병력을 긁어모아 대충 10만 이상의 병력을 보유하고 있다'고 말이오. 나는 유비가 돌아가신 내 아버님과 함께 의용군을 일으켜 황건적 토벌에 나선 것을 알고 있소. 또한 돌아가신 아버님이 일찍이 '유비의 두 귀는 커서 어깨까지 늘어지고, 손은 길어서 무릎 아래까지 내려온다. 그 육체의 형상으로 보아 앞으로 반드시 대업을 이룩할 것이다'라고 말씀하신 것이 생각나오. 유비가 처음 유표에게 몸을 의탁했을 때에는 2만도 채 되지 않는 병력이었소. 군사軍師도 서서 하나뿐이었소. 그러나 그런 병력을 가지고도 조인과 이전의 10만 병력을 쳐부수었소. 이제 유비는 이미 날개를 얻었소. 북쪽에는 천자를 모시고 있는 강대한 조조가 버티고 있기 때문에 그쪽에 다짜고짜 싸움을 걸지는 않을 거요. 그렇다면 우리 쪽으로 창끝을 돌릴 것은 뻔한 일이오.

그는 이미 우리가 점령한 강하에 대해 유기를 태수로 임명하고 파릉에 병력을 주둔시켰다 하오. 이것은 분명 우리에게 던진 도전장이오. 유비가 힘을 더 많이 축적한 뒤에는 대책을 강구해도 이미 늦소. 그래서 우리한테 시비를 걸어오기 전에 선제공격을 할 작정인데 제신들의 의견은 어떻소?"

그러자 주유가 일어나서 말했다.

"주공의 말씀은 정곡을 찌르고 있습니다. 제가 보기에 지금까지 유비의 인생은 좌절의 연속이었습니다. 그러나 지금은 하늘의 축복을 받고 있는 것마냥 힘들이지 않고 형주와 양양 땅을 다스리게 되었습니다. 그러나 현재 상태는 그의 분수에 넘칩니다. 유비가 앞으로 3년 동안은 파릉 땅에서 한 걸음도 나오지 못한다고 이 주유는 장담합니다. 이렇게 장담하는 근거에 대해 순서대로 차근차근 설명드리겠습니다. 첫째, 형주의 수군은 채모 일당이 지휘하고 있었습니다. 채모를 비롯한 유표의 처가 일족은 유종이 후계자가 되지 못했기 때문에 몹시 분해하고 있습니다. 따라서 유비가 수군을 훈련하려 해도 채모 일당의 손을 빌리지 않고는 어렵습니다. 채씨 일족은 형주에 뿌리를 깊이 내리고 있기 때문에 그들을 모두 제거하는 것은 불가능합니다. 애당초 수군 훈련은 하루이틀에 되는 게 아닙니다. 둘째, 유비는 형주에 속한 8군 태수를 모조리 갈아치웠는데, 새로 부임한 자들이 현지의 민심을 속속들이 안다는 것은 도저히 있을 수 없는 일입니다. 현지에 부임하여 주민을 회유하고 인심을 얻기까지는 최소한 수년이 걸릴 것입니다. 이런 상황에서 강동 땅을 공격하는 것은 쉬운 일이 아닙니다. 우리가 선제공격을 하지 않으면, 그들은 절대로 먼저 싸움을 걸어, 그렇지 않아도 충실하지 못한 병력을 소모하지는 않을 것입니다. 홍패(興覇: 감녕)

는 장강 일대를 잘 알고 있고, 구강군 태수로서 세력을 확대하고 있습니다. 문향은 강하를 점령하여 명성을 떨치고 있습니다. 지금은 가만히 눌러앉아 자금을 모으면서 수비에 전념해야 할 때입니다. 먼저 싸움을 거는 것은 오히려 불리합니다. 주공께서 강하에서 승리한 기세를 타고 더욱 영토를 넓히려고 생각하신다 해도, 나라를 기울이면서까지 장강을 거슬러 올라가 전쟁을 하는 것은 상책이 아닙니다. 그보다는 합비合肥에서 조조와 절충한 뒤의 일이 더 걱정입니다. 그쪽에 대비하기 위해 지금은 정예부대를 기르면서 때가 오기를 기다려야 합니다. 조조는 원래 형주와 양양 땅을 호시탐탐 노리고 있었고, 부하인 조인과 이전이 패배한 수치를 씻으려 하고 있을 것입니다. 양양은 중원과 가까운데 관우와 방통이 그곳을 다스리고 있습니다. 그들은 양양에서 널리 인재를 받아들이고, 도랑을 깊게 파고 보루를 높이 쌓으면서 무언가 큰일을 꾸미고 있는 모양입니다. 조조는 천하를 제 것으로 생각하고 있으니까 양양의 병력 증강을 가만히 두고 볼 리가 없습니다. 양양 땅에서는 전쟁이 눈앞에 다가와 있습니다. 자강(子綱: 장굉張紘)을 허도로 파견하여 천자에게 공물을 바치러 왔다고 말하게 합시다. 그러면 조조는 자강에게 형주의 상황을 꼬치꼬치 캐물을 것입니다. 자강은 그 기회를 이용하여 '형주에서 많은 병력이 나와 강하를 되찾으려 하고 있다'고 말하면 됩니다. 조조는 백전노장에다 기발한 꾀를 잘 내는 인물입니다. 반드시 형주의 배후를 치려고 양양으로 진격할 것입니다. 그러면 조조군과 유비군은 백하白河 유역에서 싸우게 되겠지요. 조조가 이기면, 우리는 파릉까지 거슬러 올라가 장사군과 계양군으로 진격하는 것입니다. 유비가 이길 경우에는, 조조도 한 번의 패배로 멸망하지는 않을 테니 반드시 복수전을 꾸밀 것입니다. 그렇게 해서 얼마 동안은 전쟁이 계속될 테니, 우리는 병력을 움직이지 말고 가만히 상황을 살피고 있다가 우리에게 유리한 쪽을 편들어 싸우면 됩니다. 저의 어리석은 소견은 이렇습니다만, 어떻게 생각하십니까?"

손권은 주유의 말을 듣고 크게 기뻐하며 말했다.

"나는 이 문제를 놓고 밤낮으로 고민했는데, 공근의 한마디로 어깨의 짐을 내려놓은 듯한 기분이오. 그러면 공근은 파양으로 가서 홍패를 응원해주시오. 그리고 태사자太史慈는 유수濡須로 가서, 조조의 남하를 막으며 합비를 지키고 있는 여몽呂蒙을 응원하시오. 장굉은 강동의 명산품을 준비하여, 그것을 공물로 삼아 내일 당장 허도로 떠나는 게 좋겠소."

이날 밤의 준비에 대해서는 구태여 말할 필요가 없을 것이다. 주유와 태사자는 각자의 임지로 떠났다.

한편, 장굉은 새벽에 출발하여 하루도 지나기 전에 허도에 도착하자 조조가 있는 승상부丞相府를 찾아갔다.

조조는 그때 정욱·순욱荀彧·유엽劉曄 등의 참모들과 함께 형주의 동향에 대해 이야기를 나누고 있었다. 마침 그때 장굉이 오나라 사신으로 도착했다는 전갈이 들어왔다.

조조가 참모들에게 물었다.

"오나라 사신이 무엇 때문에 왔다고 생각하오?"

"오나라는 오랫동안 공물을 바치지 않았는데, 느닷없이 사절을 보냈습니다. 여기에는 반드시 목적이 있을 것입니다."

유엽이 이렇게 대답하자 순욱이 미소를 지으며 말했다.

"유비가 새로 형주를 얻었기 때문에 승상의 의향을 살피러 온 것뿐입니다."

조조는 껄껄 웃으며 "문약(文若: 순욱)이 옳게 보았소" 하고는 당장 장굉을 불러들였다.

장굉이 인사를 마치자 조조는 자리에서 일어나 거기에 장굉을 앉히고는, 먼 길을 오느라 수고했다고 위로하면서 손권의 안부를 물었다. 장굉은 막힘 없이 대답했다.

이어서 조조는 이렇게 물었다.

"형주의 현황은 어떻소?"

"유비는 관운장의 말에 따라 강하를 되찾으려 하고 있습니다. 장비에게 양양을 지키게 하고, 운장과 제갈량에게 명하여 수군과 육군 3만을 강하로 보내게 했습니다."

"거기에 대해 오후(吳侯: 손권)께서는 어떻게 대응하셨소?"

"서성에게 강하를 지키게 하고, 감녕에게는 일구(溢口)를 지키게 하고, 주유는 수군 총독에 임명하여 구강으로 계속 군대를 투입하라고 명하셨습니다. 또한 정보에게는 육군을 총괄하여 장강 연안을 지키라고 명하셨습니다."

조조는 이 말을 듣고 일부러 기쁜 빛을 지어 보이며 한바탕 칭찬한 뒤에 이렇게 말했다.

"군의 배치가 치밀하기 짝이 없으니, 오후는 정말 인걸이라 아니할 수 없소."

장굉은 물러가고, 조조는 순욱에게 장굉을 전송하라고 일렀다. 이튿날 장굉은 천자 헌제를 배알하고, 오나라에 보고하기 위해 돌아갔다.

한편, 조조는 장굉을 배웅한 뒤 참모들에게 이렇게 말했다.

"장굉이 허도에 온 것은 주유의 생각인 게 분명하오. 유비가 관우에게 명하여 강하를 되찾으려 한다고 열심히 말하고 있었지만, 요컨대 지금이야말로 내가 양양과 번성을 차지할 좋은 기회라고 은근히 암시하고 있는 거요. 운장의 뜻은 오나라가 아니라 나한테 있다는 것을 나는 진작부터 알고 있소. 따라서 운장이 양양과 번성을 버리고 강하를 차지하러 갈 리가 없소. 그러나 유비로서는 '형주와 양양의 아홉 군을 얻었다'고 말하기 위해서는 강하군을 도로 빼앗아야 할 형편인 건 사실이오. 손권이란 놈은 나를 부추겨 양양과 번성에서 유비와 싸우게 하면 자기들은 강 건너 불 구경하듯 유유히 구경할 수 있다고 생각하고 있는 게 분명하오. 그 싸움에서 피폐해진 쪽을 공격하여 힘들이지 않고 영토를 얻을 속셈이겠지. 그러면 오나라의 책략을 뒤엎을 수 있는 좋은 방법은 없겠소?"

그러자 순유가 대답했다.

"승상께서는 정말 날카로우십니다. 이렇게 오나라의 음모를 정확히 꿰뚫어보셨으니 말입니다. 제 어리석은 소견을 말씀드리면, 오나라는 강하를 빼앗고 그곳을 유지하기 위해 상당한 병력을 형주에 쏟아넣었습니다. 그렇다면 합비 쪽의 방비는 허술해져 있을 것입니다. 그러니 승상께서는 내일 당장 천자께 말씀드려 군대를 보내십시오. 자렴(子廉: 조홍)에게 승상의 깃발을 내걸게 하고, 3만 병력을 주어 섭현을 지키고 있는 조인·서황徐晃과 합류하게 하십시오. 그리고 양양에서 백여 리 밖에 주둔하면서 양양을 공격하는 척하는 것입니다. 제갈량도 머리가 뛰어난 사람이니, 오나라가 우리를 부추겼고 우리는 여기에 넘어간 척하여 오나라를 유인하려 하고 있다는 것을 꿰뚫어볼 것입니다. 따라서 제갈량은 관우에게 절대로 군대를 움직이지 말라고 지시할 것입니다.

이리하여 양양에서는 아무 싸움도 일어나지 않습니다. 그때 승상께서는 대군을 이끌고 합비를 공격하여 오군과 회계군을 노리면 됩니다. 승상과 자림이 동시에 출발하여 동서 양쪽에서 제각기 소리를 지르는 이런 양동작전은 어떻습니까?"

조조는 껄껄 웃으며 말했다.

"그대는 나에게 진평(陳平: 전한前漢의 유명한 책사)과도 같은 인물이오. 오나라에는 주유가 있지만, 순유와 순욱에 비하면 아무것도 아니오."

그러고는 당장 조홍을 불러 비밀 지령을 내렸다.

이튿날 조정에서 회의가 열리자 조조는 출사표를 올리고 유비를 정벌하고 싶다는 뜻을 천자에게 밝혔다. 건안建安 시대의 황제는 무슨 일이든 신하가 말하는 대로 따르는 상태였기 때문에, 군통수권을 위임한다는 표시인 하얀 쇠꼬리와 노란 도끼를 조조에게 주고 어가御駕를 준비하여 멀리까지 전송했다.

조조는 사마의司馬懿를 허도에 남겨 승상 업무를 대리하게 하고 그날로 허도를 떠났다.

조조는 정욱을 비롯한 여러 참모들과 허저許楮를 비롯한 무장들을 거느리고 남몰래 합비를 향해 진군하기 시작했다. 조홍은 순유의 작전대로 '대한승상조조大漢丞相曹操'라는 커다란 깃발을 내걸고 양양을 향해 떠났다.

이는 마치 호랑이 가죽을 말에게 뒤집어씌워 남의 눈을 속이듯 교묘하기 짝이 없는 비밀 작전이다. 이무기가 뿔을 길러 용이 되듯, 발톱과 엄니를 일부러 드러내어 강함을 자랑하는 것이다. 그러면 다음은 어떻게 될 것인가. 궁금하거든 다음 회를 기대하시라.

제4회

장수, 옛날의 원한을 풀고 손권에게 몸을 던지다
감녕, 기세를 꺾기 위해 악진을 쏘다

조조는 순유의 계책을 받아들여, 조홍과 서황에게 승상의 깃발을 내걸고 양양과 번성을 공격하는 척하게 했다. 그리고 자신은 참모와 무장들을 거느리고 남몰래 합비에서 오나라의 본거지를 노리려는 속셈이었다.

오나라에서는 조조가 자기네 작전에 말려들어 전쟁을 시작했다고 굳게 믿고 있었지만, 조조의 속셈을 어찌 생각이나 했으랴. 조조는 기발한 꾀로 가득한 백전노장이었다. 후한後漢의 응소應劭가 지은 『풍속통의風俗通義』에는 이런 이야기가 실려 있다.

제齊나라에 한 처녀가 있었다. 두 집에서 동시에 청혼을 받자 처녀의 아버지는 딸에게 이렇게 말했다.

"네가 동쪽 집으로 시집가고 싶으면 왼쪽 소매를 걷어올리고, 서쪽 집으로 시집가고 싶으면 오른쪽 소매를 걷어올려보아라."

그러자 처녀는 양쪽 소매를 모두 걷어올렸다. 부모가 놀라 이유를 물으니 처녀는 이렇게 대답했다.

"동쪽 집에서 식사를 하고 서쪽 집에서 잠을 자고 싶습니다. 동쪽 집은 부자지만 신랑감이 추남이고, 서쪽 집은 가난하지만 신랑감이 미남이니까요."

조조는 이 이야기에 나오는 처녀처럼 동쪽과 서쪽에서 모두 이익을 취할 수 있는 방법을 꾸며내어 실천에 옮긴 것이다.

그런데 더욱 놀라운 일이 일어났다. 조조군의 한 장수가 경솔하게도 군사 기밀을 누설하여 오나라에 미리 방어 태세를 취하도록 했기 때문에, 단 한 번의 전투에서 오나라에 참패를 당하고 만 것이다.

이것이야말로 인간이 아무리 교묘히 일을 해도 하늘의 뜻에는 이길 수 없고, 백 번의 비밀회의도 한 번의 비밀 누설을 막지 못하는 표본이라 할 것이다.

그런데 기밀을 누설한 장군은 도대체 누구일까. 그야말로 일찍이 완성宛城에서 조조에게 대승을 거둔 적이 있고, 삼국시대에 빛나는 명성을 얻은 부풍扶風 사람 장수張繡였다.

전에 장수는 조조를 잇따라 격파한 경험이 있다. 그러나 적은 병력과 좁은 영토를 가지고 오로지 가후賈詡의 계략으로 겨우 승리했을 뿐이기 때문에 결국에는 어쩔 수 없이 조조에게 항복했다.

그야 어쨌든, 조조는 얼마나 총명한 사람인가. 과거의 원한을 깨끗이 잊고 장수에게 관직까지 주었으니, 장수가 감격하여 충성을 맹세한 것은 말할 나위도 없다.

그러나 '호사다마好事多魔'라는 말대로, 좋지 않은 일이 생겼다. 조조의 정실부인이 낳은 둘째아들로서 오관중랑장伍官中郞將을 맡고 있는 조비曹조는 이 난세에는 별로 가치가 없는 유학 서적을 탐독하고 있었다.

그래서 아버지 조조가 인심을 얻는 여러 가지 방법을 터득하고 있었던 것에 비하면 상당히 뒤떨어져 보이는 인물이었다. 물론 유학 책에도 중요한 말이 없는 것은 아니다. 예를 들어 『예기禮記』라는 책의 '곡

례편曲禮篇' 상권에는 '형제의 원수가 있으면 무기를 놓지 말라'는 말이 나온다. 형제의 원수가 있는 경우에는 항상 무기를 휴대하라, 원수를 발견한 뒤에 무기를 가지러 집으로 돌아가서는 안 된다는 뜻이다.

조비가 이런 말을 어설프게 알고 있었기 때문에 다음과 같은 사건이 일어났다.

조비는 조조의 첩이 낳은 이복형 조앙曹昻이 완성에서 장수의 공격을 받고 전사한 일을 이따금 생각하곤 했다. 그래서 장수를 만나면 그 시선에 가시가 돋쳤다. '형제의 원수가……'라는 고전 문구가 떠오르는 것이다.

어느 날 조비는 큰 잔치를 베풀고 장수도 초대했다. 조비는 몇 잔이나 술을 들이키자 손님들에게 이런 말을 꺼냈다.

"전에 동탁이 장안을 떠들썩하게 만든 일이 있지요. 놈의 부하들은 옛날 하夏나라의 걸왕桀王처럼 악독한 역적을 도와 집을 불태우고 약탈을 되풀이했소. 그 참상은 이루 말할 수 없을 정도요. 나중에는 이각李催과 곽사郭汜·장제(張濟: 장수의 숙부)·번주樊稠 같은 놈들이 설쳤지만, 놈들은 서로 죽고 죽이다가 자멸했지요. 정말 유쾌한 일이오."

이 말을 듣고 손님들은 입을 모아 "정말 그렇습니다" 하고 말했다. 조비는 술잔을 내려놓고 다시 말을 이었다.

"그런 놈들은 인간의 탈을 쓴 짐승이나 마찬가지여서 온갖 못된 짓을 하도록 되어 있소. 놈들의 비뚤어진 성질은 절대로 변치 않아요."

그러자 손님들도 조비의 말이 장수를 빗대어 빈정거리고 있다는 것을 깨닫고 절반 정도만 "그렇습니다" 하고 맞장구를 쳤다.

그러나 조비는 계속 말을 이었다.

"이 세상에는 놈들의 피를 이어받아 놈들과 똑같이 염치를 모르는 무리가 있어서, 남의 형제를 죽여놓고도 뻔뻔스럽게 조정에 얼굴을 내밀고 있소. 이만큼 말하면 내가 누구를 말하는지 알 거요."

조비는 이렇게 말하면서 시선을 움직여 장수를 바라보았다.

물론 장수도 마음에 가책을 느끼지 않았던 것은 아니다. 그런데 새삼 조비가 그 일을 들먹이며 심한 말을 하자 귓불까지 빨개져 고개도 들지 못했다.

그때 진림陳琳이 무슨 말썽이 일어나서는 안 된다고 생각하여 조비를 말렸다.

"잔치 석상에서 옛날 이야기를 꺼내서는 안 됩니다. 승상의 귀에 들어가면 꾸지람을 면치 못하실 것입니다."

이 말에 조비도 그렇게 되면 재미없다고 생각하여 잔치를 계속하기로 했다. 이리하여 풍파는 아무 형태도 남기지 않은 채 그냥 지나갔다.

그러나 장수는 집에 돌아오자 여러 가지를 곰곰 생각했다. 나는 조조의 첩이 낳은 맏아들 조앙과 조카인 조안민曹安民, 조조가 사랑하는 장수 전위典韋를 죽였다. 그 원한은 산보다 무겁고 바다보다 깊다.

조조도 천하를 평정하기 전에는 나를 받아들여주겠지만, 일단 천하를 통일한 뒤에는 내 신분이 전혀 보장되지 않을 것이다.

아마 조조의 포용력도 거기서 끝날 테고, 나는 무슨 생각을 하고 있는지 알 수 없는 조비와 용맹무쌍한 조창曹彰의 손에서 벗어나지 못할 것이다. 나는 그들의 뜻대로 실컷 모욕을 당하고 그들의 손에 죽을 것이다.

이렇게 생각하자 분노와 걱정이 뒤섞인 묘한 기분이 그를 사로잡았다. 어떻게든 남몰래 허도를 탈출해야 할 텐데, 그의 부하들은 멀리

양현穰縣이나 완성 일대에 있다. 일이 들통나면 끝장이다.

그리하여 장수는 어떻게도 할 수 없는 궁지에 몰려 있었지만, 때마침 조조가 두 방면으로 군대를 보내게 되었다. 양양과 번성 방면으로 가는 군대는 겉보기뿐이고 실제로는 싸우지 않을 예정이지만, 현지에 가면 어떤 계기로 전투가 일어날지 모른다.

조인과 조홍이 이끄는 군대는 모든 면에서 허술하다. 그래서 조조는 장수를 기용하기로 했다. 장수라면 완성과 섭현 일대에 명성이 자자한 맹장이니까 조인과 조홍을 보좌하기에 모자람이 없을 것이다.

이리하여 조조는 승상부로 장수를 불러 그 뜻을 전했다. 장수에게는 '때맞춰 굴러든 호박'이었다. 그는 이마를 방바닥에 대어 큰절을 하고 명령을 받았다.

조조가 장수의 옛 부하인 가후를 어여삐 여겨 측근에 둔 것도 다행이었다. 장수는 옛 부하였던 몇몇 장병을 데리고 그날 밤으로 허도를 떠나라는 명령을 받았다. 그리고 완성에 도착하면 거기서도 옛 부하들을 끌어모아 조인에게 협력하여 작전을 보좌하라는 것이었다.

장수는 명령을 받고 승상부를 나왔다. 그 얼굴에는 숨길 수 없는 기쁨이 넘쳐흐르고 있었다. 그는 당장 준비를 갖춘 다음, 심복 부하들을 거느리고 군권을 가지고 있음을 나타내는 '병부兵符'와 실제로 명령을 전할 때 전령에게 주는 '영전'을 갖고 하루도 채 지나기 전에 완성에 도착했다.

장수가 완성에 도착하자 당장 옛 부하들이 모여들었다. 밤이 되자 장수는 신임하는 부하들을 은밀히 불러들여, 허도에서 조비가 어떤 태도를 취했는지를 자세히 이야기했다.

'신임하는 부하'라 해도 그들은 은퇴하여 여생을 보내고 있는 비적

匪賊 같은 족속이었기 때문에, 힘은 강하지만 고전에 나오는 인간의 도덕 따위는 전혀 알지 못했다.

평소에는 장수 앞에서 송구스러워하는 태도로 얌전히 있지만, 인간성보다 용맹함이 앞서기 때문에 장수의 이야기를 듣고는 저마다 불만을 드러내며 주먹을 부르쥐고 "당장 허도로 쳐들어가자"고 기세를 올렸다.

장수는 부하들의 기분을 알아차리고 '이렇게 되면 일은 잘 될 것 같다'고 생각하면서도 애써 부하들을 달래는 어조로 말했다.

"우리는 지금 여기 있지만, 이곳은 발판으로 삼기에 충분치 않다. 어딘가 다른 곳으로 옮기지 않으면 안 된다. 유현덕은 한왕실의 종친이다. 우리는 동탁을 따라 장안을 불태우고 천자를 유괴한 경력이 있기 때문에 그 죄가 크다. 유현덕은 우리를 받아주지 않을 것이다. 그리고 우리는 조조가 파견한 형태로 여기에 왔다. 유현덕은 조조가 우리한테 어떤 계략을 주어 파견했다고 생각할 게 분명하다. 그런 의심을 받으면 해명할 도리가 없다. 그러니 우리는 조조가 오나라 공략에 나선 이 기회를 틈타서 진영을 빠져나가 강하로 도망쳐 거기서 군사기밀을 누설해야 한다. 그것이 손권에게 바치는 예물이 된다. 손권은 고맙게 여겨 우리를 받아들여줄 게 틀림없다."

부하들은 입을 모아 말했다.

"옳은 말씀이십니다. 당장 실행에 옮깁시다."

장수는 당장 명령을 내려 진영을 빠져나가 강하로 도망쳤다. 그가 이끄는 군대는 원래 비적 집단이었기 때문에 기병騎兵이 많고, 무언가 할 일이 있는 것을 자랑스럽게 여겨 기뻐하는 무리들이었다. 그렇기 때문에 진영을 빠져나가 달아나는 것도 번개처럼 빨랐다.

장수의 부대는 도망치면서도 '남정南征'이라는 깃발을 내걸고 있었기 때문에 아무한테도 검문당하지 않고 말발굽 소리도 경쾌하게 달렸다.

장수는 조조가 합비에 도착하기 사흘 전에 이미 강하에 도착했다.

장수는 우선 군대를 장강 연안에 주둔시키고, 전에 완성에서 전위의 창을 훔친 장사 호거아胡車兒에 편지 한 통을 주어 강하를 지키는 서성에게 갖다 주라고 명했다.

서성은 장수가 원래 조조와 원수 사이인 것을 알고 있었다. 그리고 이번에 7,8천의 기마대를 이끌고 저 멀리 형주와 양양 땅에서 강하까지 천 리나 달려온 것을 보면 절대로 거짓 투항은 아니라고 생각했다.

또한 오나라는 강력한 수군을 갖고 있지만 '남선북마南船北馬'라는 말대로 기마대가 없었다. 장수의 부대를 흡수하면 전력에 상당히 큰 보탬이 되고, 장차 조조와 중원을 다툴 수도 있게 된다고 서성은 판단했다.

그래서 호거아의 노고를 위로한 뒤, 강하에 있는 크고 작은 민간 선박을 총동원하여 장수의 부대를 강 이쪽으로 옮긴 다음 성밖의 지정된 장소에 주둔시키라고 부하들에게 명령했다.

그리고 서성은 몸소 장수를 강하성으로 맞아들여 진수성찬으로 대접하고, 장수의 부하들에게도 술과 음식을 내려 노고를 위로했다. 장수는 이 자리에서 서성에게 조조의 남정 계획을 자세히 털어놓았다.

서성은 그 이야기를 듣고 적잖게 놀랐다. 술자리가 아직 끝나지 않았는데도 당장 능통凌統을 불러, 가벼운 배를 타고 구강으로 달려가 감녕에게 이렇게 전하라고 명했다.

"유수로 가서 여몽과 태사자를 응원하시오. 주공(손권)의 명령을 기다리지 않아도 좋소."

한편으로는 파양에 전령을 보내어 주유에게 알리고, 즉시 유수로 지원병을 보내달라고 요청했다.

명령을 받은 능통은 부하를 데리고 당장 출발했다. 서성은 몸소 장수를 접대하고, 그의 부하들에게는 편히 쉬면서 명령이 있을 때까지 대기하라고 명령했다.

한편, 능통은 순풍에 돛을 달고 하루 낮과 밤을 달려 구강에 도착했다. 배를 세우고 당장 태수가 있는 곳으로 달려가 감녕을 만나자, 장수가 가져온 정보를 자세히 보고했다.

감녕은 우선 수군과 육군에 출동 준비를 명령했다. 감녕은 평소에도 군대를 엄격히 훈련하고 있었기 때문에, 병사들은 순식간에 준비를 시작하여 불과 반나절 만에 준비를 마쳤다.

이어서 감녕은 능통에게 얼마 동안 구강군 태수의 직무를 대행해달라고 요청하고, 두습杜襲을 파양으로 보내어 주유에게 알렸다. 또한 진무에게는 수군 3천을 이끌고 장강을 내려가 유수로 가서 소호巢湖의 수군과 합류하라고 명령했다.

감녕 자신은 정예 병력 3천을 선발하여 전함을 타고 장강을 내려가다가 청양青陽에서 배를 버리고 밤낮으로 걸어서 유수로 향했다.

감녕이 대현산大峴山을 지나 소현산小峴山으로 접어들었을 때, 앞쪽에서 북소리가 울려 퍼졌다. 조조가 이미 합비에 도착한 것이다. 합비를 지키고 있던 장요張遼는 악진과 이전 같은 부장을 거느리고 조조를 맞이했다.

이 합비에는 원래 장요의 교련을 거친 상당한 병력이 주둔해 있었다. 조조가 이끌고 온 병력은 기병과 보병을 합하여 5만 남짓이다. 그 함성만으로도 사람을 놀라게 하기에 충분했다.

조조는 도착하자마자 장요의 역량을 칭찬했다. 그러고는 참모들을 모아놓고 작전회의를 열었다.

정욱이 먼저 입을 열었다.

"군사는 신속해야 합니다. 승상께서는 빨리 출동 명령을 내려주십시오."

그러자 조조가 장요에게 물었다.

"합비에 있는 오나라 군대는 어디에 주둔해 있고, 대장은 누구이며, 병력은 어느 정도요?"

"말씀드리겠습니다. 오나라 병력은 5천, 대장은 여몽이고, 유수오 濡須塢에 주둔해 있는데, 새로 태사자가 이끄는 3천 병력이 추가되었기 때문에 도합 8천입니다."

"유수를 선제공격하고 싶은 사람은 없소?"

이전과 악진은 조조가 보는 앞에서 공을 세우려고 앞다투어 나섰다. 조조는 크게 기뻐하며 두 사람에게 각각 3천 병력을 주어 출동시켰다. 그러나 두 사람이 실수를 저지르면 곤란하다고 생각하여, 장요에게도 1만 병력을 주면서 두 사람을 응원하라고 지시했다.

한편, 오나라 진영에서는 여몽과 태사자가 작전을 짜고 있었다. 첩자는 합비에 조조군이 잇따라 도착하고 있는데 그 수가 수만에 이른다고 알려왔다.

여몽이 말했다.

"자의(子義: 태사자), 형세가 이렇게 되면 조만간 전투를 피할 수 없을 것 같소. 번장장군潘璋將軍에게 3천 병력을 주어 성을 지키게 하고 나는

1천 명을 이끌고 조조군을 맞아 싸우고 싶소. 장군은 3천 병력을 이끌고 응원 태세를 취해주시오."

"장군의 생각도 옳은 것 같습니다. 그러나 제 어리석은 소견을 말씀드리면, '내가 남을 업신여길지언정, 남이 나를 업신여기게 하지 말라'는 말이 있습니다. 남을 얕보고 덤빌지라도 남에게 얕보여서는 안 된다는 것이지요. 조조군이 아직 공격해 오기 전에 우리가 먼저 소현산으로 나가서 험준한 지형을 이용하면 어떻겠습니까. 상황에 따라 나가서 싸울 수도 있고 물러서서 지킬 수도 있습니다. 한편으로는 주공께 사태를 알리고, 원군이 올 때까지 지구전을 펴는 것입니다. 장군은 어떻게 생각하십니까?"

여몽은 기뻐하며 말했다.

"장군의 견해는 참으로 고매하오. 그러면 그 작전에 따라, 수고스럽지만 부대를 이끌고 요충을 굳게 지켜주시오. 나는 응원군을 지휘하겠소."

태사자는 곧 말에 올라타고 부대와 함께 출발했다.

태사자가 소현산에 도착하여 진지를 다 쌓았을 때 산 앞쪽에서 하늘을 뒤흔들 것처럼 울려 퍼지는 북소리가 들렸다. 병사가 달려와서 알렸다.

"조조의 정예부대가 맹렬한 기세로 공격해 오고 있습니다."

태사자는 깃발을 눕히고 북을 울리지 말고 활시위를 팽팽히 잡아당긴 채 적을 기다리라고 명령했다.

한편, 이전과 악진이 소현산까지 왔을 때, 앞서 가던 부대가 움직이지 않고 멈춰 섰다. 이전이 물었다.

"왜 앞으로 나아가지 않느냐?"

그러자 부장이 대답했다

"산 앞쪽에 오군(吳軍: 오나라 군대)의 울타리가 쳐져 있어서 진군을 방해하고 있습니다."

이전은 "계속 진격하라"고 명했다.

조조군은 기세를 올리며 단숨에 돌진하여 오군의 방책을 돌파하려고 했다.

그때 큰북과 뿔피리 소리가 들리더니 오군의 진문(陣門)이 좌우로 싹 열렸다. 그리고 나타난 것은 수많은 활과 쇠뇌(쇠로 된 발사 장치가 달린 활. 여러 개의 화살을 연달아 쏘게 되어 있다)였다. 이어서 화살과 돌멩이가 일제히 쏟아졌다.

이 공격으로 조조군은 수백 명이 한꺼번에 죽거나 다쳤다. 놀란 조조군은 급히 방향을 돌려 후퇴하기 시작했다. 이전과 악진이 아무리 정지를 명령해도 듣지 않는다.

태사자는 그 모양을 보고 혼자 뛰쳐나왔다. 이전과 악진이 태사자의 기세를 간신히 막아내며 이십여 합을 싸웠을 때 장요가 이끄는 합비의 원군이 도착했다.

오군은 병력이 적기 때문에 위험하다고 생각했지만, 그때 산 위에서 큰북이 울리더니 여몽이 커다란 언월도를 치켜들고 산을 달려 내려왔다. 그것을 본 합비의 조조군은 잠시 후퇴했다. 그러나 장요는 우세한 병력으로 밀어붙이면 이길 수 있다고 판단하여 병사들에게 호령했다.

"맨 먼저 도망친 놈은 목을 자르겠다!"

그러고는 자신도 언월도를 휘두르며 앞으로 나아가 여몽과 맞섰다.

바로 그때, 생각지도 못한 사태가 일어났다. 별안간 산 옆에서 한 떼의 군마가 줄지어 나오는데, 그 깃발에는 '오군의 감녕'이라고 적혀 있었다.

감녕이 말을 달리면서 활에 살을 매겨 힘껏 당겼다가 놓으니, 화살에 맞은 악진은 공중제비를 돌며 말에서 떨어졌다.

쓰러진 악진을 태사자가 언월도로 동강냈다. 이를 본 오군 병사들은 용기백배하여 열심히 싸우기 시작했다. 이전과 장요는 참패하여 도망쳤다. 다행히 허저가 군대를 이끌고 달려와 두 장수를 구하고 오군도 물러났다.

소현산은 후한 시대를 대표하는 상당관上黨關 · 호구관壺口關 · 석형관石陘關 등 세 관문에 해당할 만큼 견고한 요새이고, 장강 자체가 천연의 요충이었다. 장강은 오늘날에 이르기까지 단 하나의 항로다. 그러면 다음은 어떻게 될 것인가. 궁금하거든 다음 회를 기대하시라.

제5회

젊은 주유, 물과 뭍에서 조조군을 격파하다
장송, 촉의 영토를 팔기 위해 동분서주하다

이 무렵 파양에 있던 주유와 노숙은 조조가 형주와 양양 방면으로 군대를 보낸 것에 대해 이야기를 나누고 있었다. 바로 그때 위급을 알리는 감녕의 보고서를 지닌 전령이 도착했다.

주유는 문간까지 가서 전령을 맞아들인 다음, 그 자리에서 보고서를 읽고는 크게 놀라 방 안으로 돌아오자 노숙에게 이렇게 요청했다.

"급히 강하로 가서 서성에게 알리고, 장수의 부대를 전함에 태워 동릉銅陵에서 상륙시키라고 전하시오. 상륙하면 거소居巢에 주둔하면서 훈령을 기다리시오."

그러고는 오후 손권에게 전령을 보내어 이 일을 알리고, 자신은 전함 5백 척과 수군 3천 명을 이끌고 당장 유수로 향했다.

유수에 도착하자 주유는 여몽·감녕 같은 장수들과 합류하여 작전을 짰다. 장수들은 그 작전에 따라 제각기 맡은 곳으로 향했다.

건업은 장강 하류에 있다. 따라서 구강의 감녕이나 파양의 주유가 보낸 전령은 빨리 도착할 터였다. 손권은 때마침 허도에서 건업으로 돌아온 장굉을 맞이하여 보고를 받고 있는 참이었다. 장굉의 보고를 들으면 들을수록 주유의 구상은 신의 구상처럼 여겨졌다.

'조조는 반드시 형주와 양양으로 진군할 것이다. 우리가 예상한 대

로다.'

그때 육적陸績의 아들 육손陸遜이 그 자리에 있었다. 그는 아직 젊었지만 손권은 그의 재능을 높이 사서 언제나 곁에 두고 있었다.

그 육손이 장굉의 보고를 듣고는 이런 말을 꺼냈다.

"조조는 기발한 꾀로 가득 찬 괴인입니다. 동쪽을 공격한다고 떠들어놓고 서쪽을 공격하는 정도의 일은 식은 죽 먹기입니다. 옛날 원소袁紹와 여포를 격파했을 때도 똑같은 수단을 쓰지 않았습니까. 조조는 이번에도 형주와 양양을 빼앗는 척하면서 사실은 유수를 노리고 있지 않을까요?"

손권은 이 말을 듣고 정신이 번쩍 들었다.

"백언(伯言: 육손)의 말이 옳다."

손권은 곧 정보와 황개를 불러 자문을 구하기로 했다. 정보는 손권의 자문에 대해 이렇게 말했다.

"주공께서 심모원려하시고 우환을 미리 막으려 하시는 것은 좋으나, 제 어리석은 소견을 말씀드린다면 유수는 자명(子明: 여몽)이 지키고 있고, 게다가 태사자를 증원군으로 파견했습니다. 설령 조조가 합비로 진군한다 해도 그렇게 절박한 위험은 아닙니다. 공근(公瑾: 주유)에게도 알려서 경계 태세를 취하게 하시고, 소인이 비록 재주가 없사오나 5천 병력을 이끌고 유수로 가게 해주십시오. 이렇게 해놓고, 아무 일도 없으면 현지에서 밭을 갈아 식량을 생산하고, 유사시에는 일치단결하여 적을 맞아 싸우고 싶습니다."

손권은 이 말을 듣고 크게 기뻐하며 말했다.

"그대의 말은 내 생각과도 딱 들어맞소. 그대가 지금과 같은 방침으로 일에 임한다면 공복(公覆: 황개)에게 선봉을 맡깁시다."

황개는 당장 승낙했다. 그때 구강에 있던 그러나 지금은 이미 유수에 있는 감녕에게서 위급을 알리는 보고서가 도착했다. 보고서를 읽은 손권은 무릎을 쳤다.

"백언은 과연 신동이오. 흥패(감녕)가 갔다면 걱정할 필요는 없겠지."

그러고는 황개에게 군사를 이끌고 장강을 따라 유수로 급행하라고 명령했다. 황개가 떠난 뒤 불과 하루 만에 이번에는 주유가 보낸 보고서가 도착했다. 손권이 읽어보니 조조 쪽에서 투항한 장수의 부대를 조조군과 싸우게 하고 준비에 만전을 기하고 있다는 내용이 자세히 적혀 있다.

손권은 수염을 쓰다듬으며 만족스럽게 웃었다.

"나는 적의 기병대에 대적할 부대가 없으면 이번 싸움의 승부는 알 수 없다고 생각했는데, 장수 같은 강한 기병대를 얻은 것은 그야말로 하늘의 도움이오. 공근은 밤낮을 가리지 않고 파양에서 유수로 가겠다고 말했으니, 아마 보름도 지나기 전에 첩보가 들어올 거요."

손권이 이렇게 찬탄하고 있을 때 손소孫紹가 달려왔다. 손소는 손권의 아버지 손견이 유兪씨 집안에서 얻은 양자로, 손권과는 형제뻘이다.

손소는 이렇게 보고했다.

"조조군은 합비로 나왔지만, 태사자가 소현산에서 막고 여몽이 그것을 지원했으며, 감녕도 구강에서 응원하러 달려와 서로 힘을 합쳐 적을 격파했습니다. 그리고 진영 앞에서 적장 악진을 죽였습니다."

손권은 크게 기뻐하며, 촉의 비단으로 만든 전포戰袍 세 벌과 양고기며 술 따위를 준비하게 했다. 그리고 손소에게 이것을 소현산 진지에 전달하고, 오후 손권이 내린 포상으로 군사들을 위로하라고 명했다.

손소는 즉시 소현산으로 떠났다.

이 무렵 주유는 벌써 유수에 도착했다. 유수를 지키던 번장이 주유를 맞았다. 주유는 정청에 자리를 잡자마자, 태사자를 비롯한 선봉군이 대승을 거두었고 감녕도 이미 소현산에 와서 크게 활약했다는 보고를 받았다.

주유는 한당과 주태와 함께 백 명쯤 되는 소부대를 이끌고 소현산으로 가서 정세를 살피기로 했다.

소현산으로 가는 길에 주둔해 있는 오군 병사들은 비단옷에 옥대를 맨 도독 주유의 차림과 그 단아한 풍모를 보고는 용기를 얻지 않는 자가 없었다. 모두 승리의 노래를 부르며 주유를 맞이했다.

원래 강동의 호걸이라면 첫째가 백부伯府 손책이고 둘째가 공근 주유다. 주유는 말 위에서 병사들의 사기가 올라가 살기로 가득 차 있는 것을 보고는 이를 크게 독려했다.

그러나 주유는 이때 손책을 생각지 않을 수 없었다. 지금 손책이 건재하다면 오군은 손책의 모습만 보고도 적과 맞서 싸우려는 의기로 가득 차, 조조군 따위는 안중에도 없다는 기세였을 것이다.

주유가 이렇게 진군하는 동안, 건업에서 북쪽으로 통하는 길 위에 깃발이 어지럽게 교차하더니 한 떼의 군마가 가까이 다가오는 것이 보였다. 멀리서 바라보니 깃발에는 '영릉의 황개'라고 커다랗게 씌어 있다. 주유는 손권이 황개를 원군으로 보낸 것을 알고 잠시 말을 세우고 그들을 기다렸다.

황개는 말에서 내려 땅에 엎드렸다. 주유는 황급히 황개를 일으키며 말머리를 나란히 하여 함께 가자고 말했다. 황개는 일단 군대를 그곳에 머물게 하고 자신만 주유와 동행하기로 했다. 이윽고 두 사람은 소현산 진지에 도착했다.

이것을 길가의 복병이 여몽에게 알리자 여몽은 여러 장수를 거느리고 나와 주유 일행을 안내했다.

모두 자리를 잡고 앉자 주유와 여몽은 황개에게 손권의 안부를 묻고, 황개는 일일이 그 질문에 대답했다. 그것이 끝난 뒤 주유가 여몽에게 물었다.

"자의(태사자)와 홍패(감녕)가 이 자리에 없는 것은 어찌 된 일이오?"

여몽이 대답했다.

"첫번째 전투에서 홍패가 악진을 쏘아 죽이고 조조군에 큰 타격을 주었습니다. 그래서 조조는 격분하여 맹공을 퍼부어왔습니다. 자의와 홍패는 소현산 입구에 진을 치고 있지만, 어쨌든 조조군은 강대하기 때문에 온힘을 다해 수비에 전념하면서 주 도독께서 오시기를 기다려 작전명령을 받으려 하고 있습니다."

주유는 이 말을 듣고 몇 번이나 찬탄하며 말했다.

"세 분은 임기응변에 뛰어나니, 나 같은 것은 도저히 미치지 못하오."

그러면서 주유는 몸소 말을 타고 전선으로 시찰하러 나가려고 했다. 여몽이 그를 말렸다.

"도독의 자리는 군 전체에서 가장 중요한 부분, 말하자면 군의 대들보나 마찬가집니다. 몸소 위험한 곳에 가서는 아니 됩니다."

그러자 주유는 웃으면서 말했다.

"나는 토역장군(손책)을 따라 오군吳郡과 회계군을 종횡으로 돌아다녔지만 지금까지 이렇게 큰 적은 만나본 적이 없소. 조조는 용병술이 교묘하다는 말을 자주 들었는데, 오늘 드디어 놈과 맞서 싸우게 됐소. 지극히 사소한 실수도 있어서는 아니 되오. 황 장군은 천릿길을 서둘러 오셨으니 하루이틀은 휴식을 취해야 하오. 그런 다음에 대오를 정비하여 적과 싸워주시오. 여 장군은 나와 함께 시찰하러 갑시다."

황개는 승낙했다.

명령을 받은 여몽은 말에 올라타고 주유와 함께 전선에 도착했다. 소현산 기슭에는 함성이 울려 퍼지고 조조군이 한창 공격하는 중이었다. 태사자와 감녕은 심복 부하를 거느리고 무기를 든 채 진지 주위를 굳게 지키고 있다.

진지를 지키고 있던 병사가 주유를 보고 급히 태사자와 감녕에게 알렸다. 두 사람은 이 소식을 듣고 크게 기뻐하며 주유에게 달려왔다.

주유는 한당과 주태에게 두 사람의 역할을 대신하게 하고, 태사자와 감녕의 공적을 극구 칭찬했다.

주유는 자기를 따라온 병사들에게 생황과 북과 현악기를 연주하게 하고, '수군 도독 주유'라는 깃발을 높이 내걸었다.

사실 주유는 원래 음악을 몹시 좋아했다. 그래서 『삼국지연의三國志演義』에는 적벽赤壁에서 조조의 수군을 정찰하러 갔을 때 선상에서 관악기와 현악기를 연주한 일이 묘사되어 있다. 이렇게 요란한 소리를 내면서 다가가면 적에게 자기가 정찰하러 온 것을 알리는 거나 마찬가지지만, 그래도 그렇게 한 것은 결국 음악을 그만큼 좋아하기 때문이다.

그래서 주유는 언제나 관현악단을 거느리고 다녔고, 오군 병사들은 음악소리가 들리면 주유가 온 것을 알았다.

그렇기 때문에 날마다 계속된 전투로 지쳐 있던 병사들이 이 특별군악대의 연주를 들으면 기분 좋게 휴식할 수 있다는 이점도 있었다.

한편, 소현산을 공격하던 조조군은 산 위에 주유의 깃발 두 개가 엇갈려 세워진 것을 보고는 급히 조조에게 알렸다.

　조조는 악진을 잃고 화가 머리끝까지 치밀어 있었지만, 날마다 오군 진영을 공격해도 태사자와 감녕에게 격퇴당하고 더 많은 병사를 잃을 뿐이었다. 이런 상황에서 주유가 왔다. 조조는 참모들을 거느리고 진지 밖으로 나와 적진을 바라보았다.

　소현산 높은 곳에 커다란 붉은 깃발이 세워져 있고, 금실로 '수군 도독 주유'라고 큼지막하게 수놓여 있다. 바람에 펄럭이는 그 깃발은 햇빛을 받아 선명하게 빛나고 있었다.

　조조는 공격을 중지하라고 명령했다. 그러자 오군은 진지를 나와 계속 싸울 태세를 보였다. 조조군이 퇴각하려 할 때 오군 병사들이 활과 쇠뇌를 들고 앞으로 나왔다. 조조군은 1리쯤 후퇴하여 다시 진형을 갖추었다.

　오군도 그것을 보고는 적당한 간격을 두고 진을 폈다. 왼쪽에 감녕과 태사자, 오른쪽에는 한당과 주태, 그리고 가운데에 있는 것은 비단 전포에 비단 투구를 쓰고 흰말에 은빛 안장을 얹은 주유다. 그 미모는 옥과 같고, 기품 있는 그 모습은 용이 노는 것 같으며, 강남 일대에 위세를 떨치고 있는 주유, 바로 그 사람이다.

　조조는 주유의 아름다운 모습을 보고, 속으로 혀를 내두르며 저도 모르게 자신의 볼품없는 풍채를 부끄러워했다.

　한편, 주유는 조조군 진지 앞에 참모와 무장들을 거느리고 서 있는 사람을 보았다. 참모와 무장들은 마치 뭇 별이 달을 받들어 모시듯 그 인물을 수호하고 있었다. 그 인물은 왕위를 가진 사람의 옷과 모자를 몸에 걸치고 있지만, 키가 작달막하고 천박한 느낌이며 어딘지 모르게 교활한 데도 있고 입과 눈이 병적으로 비뚤어져 있다.

'저놈이 조조인 게 분명하다.'

이렇게 생각한 주유는 말을 타고 앞으로 나아가면서 외쳤다.

"조조한테 할 이야기가 있노라."

조조는 게처럼 엉금엉금, 전갈처럼 어기적거리며, 허리를 구부정하게 굽히고 앞으로 나갔다.

이 모습을 본 주유가 다시 외쳤다.

"그대가 조 승상인가?"

"그렇다. 그럼 그대가 주 도독인가?"

"그렇다. 그대는 다섯 주를 갖고 있으면서도 그것으로 만족하지 못하고 군사를 일으켜 남의 경계를 침범하다니, 도대체 어디에 정의가 있는가?"

"강남 일대는 조정에 복종하지 않기 때문에 어쩔 수 없이 군대를 내보내게 된 것이다."

그러자 주유는 웃으면서 말했다.

"사람들은 모두 '조조는 영웅'이라고 평가하지만, 오늘 실물을 보니 일개 필부에 불과하구나. 그런 작자가 우연히 시운을 타고 높은 지위를 훔쳤을 뿐 아니라, 천자를 업신여기면서 '조정에 따르지 않는다'고 나불대다니! 사람이 뻔뻔스러운 것에도 정도가 있는 법이거늘, 그렇게까지 수치심을 잃어버릴 수 있다니 그저 놀라울 뿐이다. 오나라 장수들이여, 나와 함께 저기 있는 한나라의 역적을 사로잡지 않겠느냐?"

그러자 주태가 맨 먼저 뛰쳐나와 언월도를 치켜들고 조조를 향해 곧장 달려갔다. 조조군 진영에서는 허저가 말을 달려 뛰쳐나오면서 외쳤다.

"오나라 애송이야, 우리 주인에게 손대지 마라."

이렇게 맞붙은 두 사람의 실력은 막상막하, 손에 땀을 쥐게 하는 격투가 벌어졌다. 조조군 진영에 있던 악진의 아들 악침樂綝과 장요의 아들 장호張虎가 말을 달려 주태에게 덤벼들었다.

오군 진영에서는 한당이 뛰쳐나가 두 사람을 막는다. 이리하여 말 다섯 마리가 한 덩어리가 되어 빙글빙글 돌아간다.

한당이 약간의 틈을 발견하고 장호를 베어 말에서 떨어뜨리자 주유는 크게 기뻐하며 더욱 요란하게 북을 울려 기세를 돋운다. 태사자와 감녕이 몸이 단 듯 뛰쳐나가자 조조 쪽에서는 장요와 이전이 달려나와 열심히 싸운다.

이윽고 붉은 태양이 서산에 기울자 양쪽이 모두 군대를 거두어 진지로 돌아갔다.

주유는 여러 장수에게 후한 포상을 내렸다. 태사자는 주유에게 이렇게 말했다.

"오늘 싸움에서 조조는 악진과 장호를 잃어 예기銳氣가 꺾였을 것입니다. 오늘 밤에 기습하면 승리는 틀림없습니다."

주유는 웃으며 대답했다.

"조조는 반평생을 전쟁터에서 보낸 군인이오. 병법에도 정통하니 야습에 대해서는 충분히 계산하고 있을 거요. 자의도 홍패도 연일 계속된 전투로 지쳐 있을 테니 잠시 휴식을 취하는 게 좋겠소."

주유는 여몽을 가까이 불러 이렇게 명령했다.

"조조는 적의 의표를 찌르는 기발한 꾀를 갖고 있소. 오늘 아픈 꼴을 당했으니 반드시 방향을 바꾸어 대현산 뒤쪽으로 나가서 아군의 식량 운반로를 끊으려 할 거요. 장군은 황개와 함께 대현산 좌우에 매복해 있다가 조조군이 절반쯤 통과했을 때를 노려 공격하시오. 큰 승리를 거둘 게 틀림없소."

여몽은 명령을 받고 황개와 함께 현지로 떠났다. 주유는 이어서 한당과 주태에게 세심한 주의를 기울여 오군 진영을 순찰 경비하라고 명령했다. 그때 손소가 도착했다는 전갈이 왔다. 손소는 죽은 손책이 가장 귀여워한 동생이기도 하기 때문에, 주유는 당장 맞으러 나가서 장막 안으로 안내했다.

손소는 손권의 의향을 전하는 동시에, 전선에서 싸우는 병사들에게 손권이 내린 은상을 전하러 온 것이다.

주유는 장수들에게 손소를 후히 대접하라 이르고, 조용히 장수의 부대가 도착하기를 기다렸다가 다시 싸움을 시작하라고 지시했다.

한편, 조조는 군대를 거두어 진지로 돌아가자 여러 장수들을 모아놓고 이렇게 말했다.

"사람들은 모두 '주유는 젊은 영웅'이라고 말하지만, 오늘 실물을 보니 과연 그 평판이 거짓이 아닌 것을 알았소."

이 말을 들은 장수들은 입을 다물어버렸다. 그런 가운데 우금이 이런 방책을 제안했다.

"주유는 아직 나이가 젊고 혈기왕성하여 용감하게 전진하는 것만이 장기입니다. 제가 들은 바로는 적을 모욕함으로써 부하들의 사기를 올려 싸우는 것이 놈과 손책의 공통점이라고 합니다. 이번에는 소현산 요충을 굳게 지켜 우리를 방해하고 있지만, 우리가 어제 현지 주민에게 물어보니 소현산에서 오른쪽으로 10리쯤 떨어진 곳에 한 줄기 산길이 있는데 그 길을 따라가면 대현산 뒤쪽으로 나갈 수 있다는 것입니다. 거기에서는 유수를 직접 공격할 수가 있습니다. 오군은 연일 계속된 승리에 방심하여 경계심을 잊어버리고 있을 테니, 제가 다른 장군 한 명과 함께 3천 병력을 이끌고 그 산길을 넘어 적의 소굴로 쳐들어가 승상을 위해 싸우고자 합니다."

조조는 이 말을 듣고 크게 기뻐하며 좌중을 둘러보았다.

"우 장군과 함께 갈 사람은 없소?"

장합張郃이 곧 나섰기 때문에 조조는 우금과 그에게 작전을 명령했다.

그러고는 참모들에게 이렇게 말했다.

"오나라 수군은 아주 강력하오. 우리 육군이 승리를 거둔다 해도 수군에 대해서는 어찌해야 좋을지, 무슨 좋은 방책이 있으면 말해보시오."

그러자 가후가 이런 방책을 제안했다.

"우리가 급히 수군을 만들어봤자 잘 되지 않을 것입니다. 그러니 수군을 만들 생각은 하지 말고, 회수淮水와 비수淝水의 양쪽 연안에 있는 민간 선박을 전부 끌어모아, 그중에서 선체가 튼튼하고 빨리 달릴 수 있는 것을 골라서 우리 병사를 실어 나르게 하는 것이 어떻겠습니까. 그렇게 하면 패주하는 오군 병사를 실은 배를 추격하여 오나라 땅에 상륙한 다음 재빨리 추격할 수가 있습니다."

조조는 가후의 계책에 깊이 고개를 끄덕이고, 장요에게 명령하여 민간 선박을 모으게 하는 한편, 악진과 장호를 후히 장사지냈다. 그리고 우금과 장합의 첩보를 기다렸다.

우금은 현지 주민을 안내인으로 삼아 장합과 함께 3천 병력을 이끌고 야음을 틈타 소현산에서 10리 떨어진 길을 나아갔다.

오군의 복병은 그것을 알면서도 모르는 척하고, 적군이 마음대로 진격하도록 내버려둔 채 감시망을 펴고 있었다.

우금과 장합은 그것도 모르고 속으로 쾌재를 부르면서 조용히 숨을 죽인 채 질주했다. 산길은 구불구불하고 수목이 울창했다. 주위는 점점 더 어두워졌다.

대현산이 가까워지자 길이 더욱 좁아져 수레 한 대가 겨우 지나다닐 정도였다. 그리고 아래는 깊은 골짜기다. 장합은 전진을 망설였다. 우금은 제 작전이 적중했다고 믿어 의심치 않았기 때문에 빨리 가자고 재촉했다. 그러자 장합이 말했다.

"우 장군, 이 산길은 지형이 너무 험하고 길도 좁으니, 만약 적의 복병이 있다면 큰일입니다. 우리 병사들 가운데 하나라도 침착성을 잃고 허둥대면 아군 전체가 동요하게 될 것입니다. 신중하게 전진해야 한다고 생각합니다만……."

"장 장군의 말은 지당하지만, 여기까지 오면 쥐 두 마리가 구멍 속에서 다투는 것과 마찬가지로 용기 있는 자가 승리하게 마련이오. 오직 죽음 속에서 살길을 찾을 뿐이오."

이리하여 우금은 병사들에게 전진을 재촉했다.

일행이 삼거리로 접어들었을 때 별안간 북소리가 울리더니 양쪽에서 오군이 나타났다. 산 위에서는 아름드리 나무와 바윗돌이 비 오듯 쏟아져내려 조조군의 퇴로를 차단했다.

퇴로를 잃은 병사들은 차례로 절벽에서 떨어져 죽어갔다. 우금의 말도 넘어졌고, 말에서 굴러떨어진 우금은 황개에게 사로잡히고 말았다.

장합은 꽤 후방에 있었기 때문에, 사태가 이쯤 되자 투구를 벗어던지고는 패잔병을 데리고 산허리를 기어올라가 도망쳤다.

황개와 여몽이 진지로 돌아오자 주유는 크게 기뻐하며 두 사람을 치하했다. 그리고 우금의 두 귀를 자른 다음 조조의 진영으로 돌려보내어 오군의 위력을 과시했다. 우금은 머리를 감싸안고 산을 내려갔다.

장막 안으로 첩자가 달려들어오더니 이렇게 보고했다.

"조조가 민간 선박을 끌어모으고 병사들을 거기에 태워 유수를 떠나 장강으로 들어갔다 합니다."

주유가 웃으면서 말했다.

"조조가 제 장기인 지상전을 포기하고 우리와 강물 위에서 싸우려하다니, 반드시 패할 건 의심할 여지가 없다."

이 말이 미처 끝나기도 전에 노숙과 정봉이 도착했다. 인사를 끝내자 주유가 먼저 입을 열었다.

"장수의 부대는 아직 안 왔소?"

노숙이 대답했다.

"제가 강하에 도착했을 때 서성 장군은 이미 장수와 합류하여 출발할 때만 기다리고 있었습니다. 그런데 좀더 병력을 증원할 필요가 있을지도 모른다고 해서 저와 정 장군을 이리로 파견한 것입니다. 장수의 부대는 거소까지 이동하여 명령을 기다리고 있습니다."

주유는 당장 장막 안의 높은 자리로 올라가 앉아 노숙과 정봉에게 거소로 가라고 명령했다.

"장수에게 기마대를 이끌고 전선으로 오라고 전해주시오. 유수에서 거소까지 왕복하는 데 사흘 걸린다고 계산할 수 있소. 따라서 나흘째되는 날에는 장수가 합비 서쪽에 도착할 거요. 그러면 장수에게 조조의 퇴로를 차단하게 하시오. 이 날짜를 어겨서는 아니 되오."

노숙은 즉시 출발했다. 주유는 진무와 번장을 불러 명령을 내렸다.

"각각 전함 50척과 수군 천 명을 이끌고 회수를 거슬러 올라가 조조군을 중간에 차단하여 민간 선박으로 병력을 이동하는 것을 저지하시오."

두 사람은 병사들을 거느리고 출발했다.

이어서 주유는 감녕과 태사자를 불러 명령했다.

"각각 3천 병력을 이끌고 나흘째 되는 날 새벽녘에 조조군을, 흥패는 왼쪽에서 자의는 오른쪽에서 공격하시오. 하지만 일단 싸움이 시작되거든 즉시 퇴각했다가 산 위에서 뿔피리 소리가 들리거든 다시 공격하시오."

황개에게는 이렇게 명령했다.

"5천 병력을 이끌고 각자에게 유황 같은 인화물질과 화포와 불화살 따위를 준비케 하여 소현산 왼쪽에 매복하시오. 조조군이 나타나면 일제히 불로 공격하여 적군의 정신을 혼란시키시오."

세 장군은 명령을 받고 제각기 준비를 갖추어 떠났다.

여몽에게는 적군 포로를 데리고 소현산 앞의 오솔길을 지나 합비로 가게 했다.

주유 자신은 한당·주태와 함께 각 군을 응원할 태세를 갖추었다.

애당초 조조는 오나라가 아무 대비도 하고 있지 않다고 생각했기 때문에 천릿길 원정에 나섰던 것이다. 그런데 뜻밖에도 장수가 기밀을 누설하여 여몽과 태사자가 소현산의 요충을 굳게 지키고 감녕과 주유가 재빨리 구원하러 왔다.

이리하여 연전연패한 조조는 분노로 마음의 평정을 잃고, 우금과 장합에게 오군의 후방을 기습 공격하게 하는 모험을 감행했다. 그러나 누가 알았으랴, 한 사람은 투구를 벗어 던지고 달아났고 또 한 사람은 두 귀를 잘린 채 돌아왔다. 마음은 분노로 더욱 끓어올랐지만, 우선 우금에게는 휴양을 명령하고 장합에게는 위로의 말을 건넨 뒤, 참모들과 작전을 다시 짜기로 했다.

"오군은 아주 강하오. 주유의 작전도 뜻대로 되어가고 있소. 이런 상태로 싸움을 오래 끌면 우리는 군량이 떨어지고 피로가 쌓여 더욱 불리해질 뿐이오. 무슨 좋은 방책이 없겠소?"

유엽이 이렇게 진언했다.

"이번 원정은 신속하게 이루어졌기 때문에 오나라 놈들도 회수에서 우리를 막지 못하고 결국 소현산에 진을 친 것입니다. 냉정하게 상황을 분석해보면 그렇습니다. 요컨대 놈들은 장기인 수전을 포기하고 지상전을 벌였습니다. 이는 저들의 장점을 이용하지 않은 것입니다. 주유는 아직 경험이 적은 데다 호전적이기 때문에 가만히 오래 참고 있지는 못할 것입니다. 하루나 이틀만 지나면 그쪽에서 먼저 싸움을 걸어올 것입니다. 이 기회를 이용하여 적을 화나게 해서 끌어들이면 된다고 생각합니다. 우선 훌륭한 장수를 산의 좌우에 매복해둡니다. 적이 유인되어 깊이 들어오면, 완전히 포위하듯 둥글게 진을 치고 싸웁니다. 소현산 위에 있는 오군은 그것을 보고 구원하러 나올 테니, 그때 매복해 있던 복병이 기습하면 승상의 위광으로 큰북을 한 번 울리기만 해도 이곳을 차지할 수 있을 것입니다."

조조는 기뻐하며 말했다.

"이곳에 있는 오군은 모두 보병대이니, 우리가 정예 기마대로 추격하면 승리는 우리 것이오."

조조는 장패臧霸·한호韓浩·여건呂虔·장합에게 각각 2천 병력을 이끌고 산의 좌우에 매복해 있다가 오군이 구원하러 내려오면 그 중간을 차단하여 적을 섬멸한 다음, 그 기세를 타고 곧장 소현산 위로 올라가라고 명했다. 네 장군은 명령을 받고 출발했다.

또한 장요에게는 3천 병력을 이끌고 민간 선박으로 비수를 건너 오군의 후방을 교란하라고 명령했다. 그리고 이전·허저·하후돈夏侯惇·하후연夏侯淵·하후상夏侯尙·하후덕夏侯德·조진曹眞·조휴曹休 등 여덟 장군에게는 각각 3천 병력을 이끌고 오군을 맞아 싸우되 팔방으로 나뉘어 적을 포위, 일망타진하라고 명했다.

또한 진교陳矯와 정욱은 뒤에 남겨 합비의 진지를 지키게 하고, 조조 자신은 다섯째 아들인 조창과 함께 철기병鐵騎兵 3천을 이끌고 한가운데에서 응원 태세를 취했다.

나름대로의 생각을 갖고 배치를 끝낸 조조군과 오군은 둘 다 사흘 동안 휴식을 취하면서 다가올 전투를 준비했다. 그런데 사흘째 되는 날 밤 장요가 패하여 진지로 돌아왔다.

이것은 생각해보면 당연한 일이다. 투박하고 무거운 민간 선박이 경쾌하게 달리는 오군 전함을 어떻게 당해낼 수 있겠는가. 배의 설계부터가 다르다.

게다가 북방의 조조군은 말을 타는 데에는 익숙해져 있지만, 배를 타는 일에서는 난바다에 출몰하는 해적 같은 오군을 도저히 따라갈 수가 없다.

장요는 경험이 풍부하기 때문에, 오군이 앞을 가로막고 있는 것만 보고도 도저히 이길 수 없다는 것을 깨달았다.

그래서 장요는 당장 퇴각하여 3백 남짓한 병사를 잃었을 뿐, 피해를 최소한으로 줄이고 진지로 돌아와 처벌을 청했다.

조조는 평소에 장요를 가장 신뢰하고 있었기 때문에,

"이것은 장군의 죄가 아니오. 지리를 잘 몰랐기 때문이오. 장군은 군대를 정비하여 합비를 지키시오. 오군이 합비를 공격할 테니까."

이렇게만 말했을 뿐 더 이상 나무라지 않았다. 장요는 명령을 받고 합비성으로 갔지만, 이 이야기는 여기서 줄이기로 하자.

이튿날 동이 틀 무렵, 오군의 2개 부대가 조조군 진지를 기습했다. 그들은 용감무쌍했지만 조조 쪽에도 이미 준비가 되어 있었다. 조조군은 팔방으로 분산하여 적을 한가운데로 몰아넣으려고 했다.

오군을 이끌고 있는 감녕과 태사자는 적을 유인하기 위해 기습했기 때문에, 곧장 진격하지 않고 좌우의 변두리로만 병력을 전개했다.

조조군이 좌우에서 멀찍이 둘러싸려고 모여들자 감녕과 태사자는 말머리를 돌려 달아나기 시작했다. 조조군은 놓치지 않으려고 맹렬히 추격했다.

감녕과 태사자가 산 앞까지 왔을 때 조조군 복병이 일제히 나타나 오군 앞을 가로막았다. 그러자 감녕이 외쳤다.

"적군은 우리 도독의 작전에 말려들었다. 모두 용기를 내어 적을 죽여라!"

산 위에서 이 광경을 보고 있던 주유는 감녕이 불리하다고 생각하여 주태와 한당에게 명령을 내렸다.

"빨리 내려가 구원하시오."

주태와 한당은 언월도를 들고 말에 올라타자 부대를 이끌고 산을 내려갔다.

이를 본 조조군이 조금 후퇴했을 때, 왼쪽에서 나타난 오나라 장군 황개가 준비해둔 화포와 불화살을 일제히 쏘면서 하늘과 땅 사이를 온통 불꽃으로 뒤덮을 것처럼 공격하기 시작했다.

조조군 병사들은 머리가 불에 타고 이마를 그을린 채 뿔뿔이 흩어져 도망친다. 대장들이 그것을 막으려고 했지만 아무 소용이 없다.

그때 다시 여몽이 공격해왔다. 조조는 아군 진형이 이미 무너진 것을 보고 조창의 철기군을 보내어 오군의 연계를 끊으려고 했다.

그 철기군은 오환烏桓과 선비鮮卑에서 들여온 좋은 말을 다루는 기마대이고, 조창도 일당백의 용사다. 오군은 모두 보병이니 철기군을 당해낼 도리가 없다.

철기군이 뛰어들어 형세가 뒤집히는 듯 보였을 때, 조조군 진영의 뒤쪽에서 느닷없이 북과 뿔피리 소리가 울려 퍼지더니 완성의 기마대가 싸움판에 뛰어들었다. 이 부대를 이끌고 있는 것은 다름 아닌 장수와 정봉이었다.

그들은 조조군 진영을 향해 곧장 쳐들어왔다. 노숙도 그 뒤에서 병사들을 재촉하여 조조군의 후방을 공격했다. 조조군은 도대체 어디에서 온 군사인지 짐작도 하지 못하고 큰 혼란에 빠졌다. 그리고 조조의 생각과는 정반대로 오군이 오히려 조조군을 포위한 형세가 되었다.

용맹한 조창도 전의를 잃고 철기군과 함께 조조를 보호하면서 참모들을 데리고 합비성으로 달아났다.

돌아보니 조조군 장수들은 완전히 지쳐 있어서, 죽을힘을 다해 간신히 탈출한 몰골들이다. 그들 중 장요가 그나마 분투하여 간신히 합비성으로 달려들어가 성문을 굳게 닫았다.

대승을 거둔 오군은 성을 공격하지 않고, 성에서 20리쯤 떨어진 곳에 진지를 쌓았다. 주유는 진지에서 나와 장수를 맞이했다.

"오늘 싸움에 장군이 아니 계셨더라면 패할 뻔했소이다."

이에 장수는 대답하기를,

"배신자라는 죄를 등에 업고 멀리서 달려온 저를 도독께서 용납해 주신 은혜에 비하면 이 정도는 아무것도 아닙니다."

주유는 장수의 손을 잡아 장막 안으로 맞아들이고 주연을 베풀어 여러 장수들의 노고를 위로하는 동시에 전령을 손권에게 보내어 승리를 알렸다.

조조가 합비성으로 도망쳐 들어가 군마를 점검해보니 5만 남짓한 병사를 잃고 군량과 무기도 무수히 잃어버렸다. 무장들 중에서도 이전과 장합의 상처가 깊었다. 조조는 그들을 몸소 찾아가 위로하고 몸을 잘 돌보라고 말했다.

잇따라 패배를 맛본 조조는 대군을 일으켜 단숨에 주유와 결전을 벌이기로 결심했다. 순욱이 말렸다.

"그렇게 흥분하시면 안 됩니다. 승패는 병가兵家의 상사常事이니, 이길 때도 있고 질 때도 있는 게 싸움입니다. 오군은 분명 강하지만, 성을 공격할 만한 병력은 없습니다. 잠시 허도로 돌아가 병사들에게 휴식을 주고, 때를 보아 다시 원정을 도모해야 합니다. 게다가 관운장이 양양에 있습니다. 만약 우리가 오랫동안 오나라와 싸우고 있으면 관운장은 그 틈을 타서 허도를 공격할 것입니다. 그렇게 되면 근거지가 동요하여 참으로 불행한 사태를 당하게 될지도 모릅니다."

조조는 할 말이 없었다. 이튿날 조조는 유엽에게 합비에 남아서 장요의 보좌를 받아 성을 지키라고 명령한 다음, 여러 장수들을 거느리고 허도로 돌아갔다.

첩자가 이것을 주유에게 알렸다. 주유는 번장과 진무에게 태사자와 여몽을 도와 유수 주변을 굳게 지키라고 명령했다. 정봉에게는 당분간 장수 대신 장수의 부대를 지휘하다가, 장수가 손권을 만나고 돌아오면 임무를 교대하라고 명령했다.

또한 황개가 이끄는 보병 가운데 2천을 유수에 남겨 여몽의 부대에 편입시키고, 감녕은 구강군으로 돌아가 그곳을 지키고, 노숙은 선단을 이끌고 파양으로 돌아가라고 지시했다. 그리고 주유 자신은 장수·황개·손소·주태·한당을 거느리고 당당히 개선했다.

첩보를 받고 기뻐하던 손권은 주유가 귀환하는 것을 알고는 기쁨을 참지 못하고 문무백관과 함께 성밖으로 10리나 나와 주유 일행을 맞이했다.

주유는 손권이 길가에 나와 기다리고 있는 것을 보고는 구르듯 말에서 뛰어내려 손권을 배알했다.

손권은 그동안의 노고를 치하하고, 주유·장수와 나란히 말을 달려 건업성으로 들어갔다. 성내 곳곳에는 개선하는 주 도독을 환영하려고 백성들이 모여들어 큰 혼잡을 이루었다. 장수는 그 광경을 보고 크게 감복했다.

정청으로 들어가자 손권은 장수를 손님으로 대접하려고 그를 상석에 앉히려 했다. 장수가 거듭 사양해도 손권이 듣지 않기 때문에 장수는 하는 수 없이 상석에 앉았다. 여러 장수들이 서열에 따라 자리를 잡자 손권이 직접 술을 따라 돌렸고 장수들은 그 은혜에 감사했다.

손권은 또한 시종들을 시켜 양고기와 맛 좋은 술과 예물을 가져오게 한 뒤, 서성·감녕·여몽·태사자 등 여러 장수들에게 나누어주어 노고를 위로했다.

사흘에 걸친 잔치가 끝난 뒤 손권은 장수에게 거소로 가서 정봉과 교대하라고 명령했다. 주유는 파양으로 돌아가고, 그 대신 노숙을 건업으로 불러들여 정무를 맡기기로 했지만, 이 이야기는 여기까지.

한편, 조조군과 오군 사이의 전투가 조조의 철수로 일단 수습되었을 무렵, 사천四川 땅에서는 전쟁이 확대되고 있었다.

이 전쟁으로 백성들은 큰 피해를 입었다. 사천의 지형은 분지여서 백성이 도망치려 해도 달아날 만한 곳이 없었기 때문이다.

한중漢中을 다스리는 장노張魯는 촉의 유장에게 어머니를 잃고, 그것을 원망하여 항상 복수할 기회만 엿보고 있었다.

그리고 유장이 무능한 것을 틈타, 누에가 뽕잎을 갉아먹듯 서천(西川 : 촉) 영내로 야금야금 침입해 들어왔다.

무능한 유장은 이 침략에 대해 아무 대책도 생각해내지 못한 채, 그저 날마다 측근 신하들을 모아놓고 구체적인 방책을 의논하지만 결국에는 신하들의 의견에 질질 끌려갈 뿐이었다.

이 무렵 촉의 정부에 장송張松이라는 명사가 있었다. 그 풍모는 고대의 유적에서 출현한 것처럼 고풍스럽고, 게다가 자존심은 남보다 월등히 강하여 무능한 사람들을 깔보는 경향이 있었다.

그리고 유장이 자신을 중용하지 않는 것에 대해 강한 불만을 품고 있었다. 장송은 이 촉의 영토를 누군가에게 팔아넘겨 부귀영화를 누리려고 생각했지만, 지금까지는 좀처럼 좋은 기회를 얻지 못하고 있었다.

그런 장송에게 더 이상 바랄 수도 없을 만큼 좋은 기회가 찾아온 것이다. 장송은 이때라는 듯이 유장에게 진언했다.

"장노는 우리 영토를 야금야금 잠식하여, 언젠가는 영토 전체를 차지하려 하고 있습니다. 그러나 촉군은 유약하여 장노의 적수가 되지 못합니다. 제 어리석은 소견으로는, 중앙 정부에 조공을 바치고 이해 관계를 설득하여 응원을 청해야 한다고 생각합니다. 조 승상의 위광은 천지를 뒤덮고 있으니, 1개 사단의 원군을 얻어 한중 땅을 공격하면 이 서천 땅도 편안할 것입니다."

유장은 크게 기뻐하며 말했다.

"그러면 그대가 사절로 가주시오."

장송은 당장 승낙했다.

유장은 예물을 준비했고, 장송은 몰래 준비해둔 촉의 지도를 품에 넣고 중원으로 가서 촉을 살 사람을 물색할 속셈이었다.

아아, 안타까운지고. 유장은 사태가 이 지경에 이르렀는데도 여전히 장송을 굳게 믿고, 희망으로 가슴을 부풀리며 성도成都를 떠나는 장송을 전송했던 것이다.

촉의 금강錦江의 봄 경치는 당장 강릉에 봄 소식을 전하고, 무협巫峽에서 슬피 우는 원숭이 소리는 옛 추억을 슬퍼하는 두견새의 울음소리 같구나. 그러면 이 일은 앞으로 어찌 될 것인가. 궁금하거든 다음 회를 기대하시라.

제 6 회

조운, 장강을 순찰하다 촉의 지도를 얻다
하후연, 한중을 얻어 무공을 빛내다

모처럼 인간으로 이 세상에 태어난 이상, 누구나 신념을 가지고 살아가야 할 것이다. 그러나 태어난 시대가 사람에게 깊은 영향을 미친다. 시대의 흐름에 잘 영합하려면, 아무리 강직한 인간이라도 두 눈을 반쯤만 뜨고 반쯤은 감은 채, 지금이 어떤 세상인가를 가만히 살피면서 한편으로는 보고도 못 본 척하며 살아가는 법이다.

강직한 사람조차도 이러하니 우리처럼 평범한 사람들의 마음에는 자신도 모르게 악이 숨어들기 쉽다. 잘 생각해보면 조상들의 묘를 남에게 팔아버리는 행위는 선한 구석이 한 군데도 없는 나쁜 것이다.

무덤을 팔아서 떼돈을 손에 넣었다 해도 그게 도대체 무슨 소용이 있겠는가.

따라서 한푼어치밖에 안 되는 명성을 얻기 위해 1만 년 뒤까지 악취를 풍긴다면 그것이 얼마나 어리석은 짓인지는 두말할 필요도 없다.

그런데 오늘날(1920년대)에도 이런 무리들이 적지 않다. 크게는 나라를 팔아먹고 적게는 성省을 팔아먹으며, 아래로 내려가면 부모를 팔고 자식을 팔고 제 몸을 팔고 친구를 판다.

그 방법은 지극히 간단명료하기 때문에, 요즘에는 일세를 풍미하며 세상에 널리 퍼져 있다. 관직을 팔고 광산을 팔고 하천을 파는 것은 이미 관례가 되어버려서 새삼 무슨 말을 해도 아무 소용이 없는 상태다.

이런 무리들의 시조라고 할 만한 존재를 지난 2천 년의 역사 속에서 살펴보면 키 작은 역적 장송을 우선 꼽을 수 있을 것이다. 후세로 내려오면 남송南宋의 이약수李若水가 북방의 금金나라와 교섭할 때 몰래 장강을 국경으로 삼으려고 꾀했던 예를 들 수 있고, 청淸나라 시대에 초신焦愼이 군사지도를 팔아넘긴 것도 이런 예에 속한다.

그들처럼 인간의 탈을 쓴 늑대 무리는 죄가 너무 많아서 이루 다 열거할 수가 없다. 어쨌든 지금은 반역죄의 수괴인 장송에 대해서만 이야기하도록 하자. 그는 서천(蜀)이라는 문화의 고장에서 태어났으면서도 우아한 유학의 재능은 전혀 없고 말솜씨만 번드레한 일개 변사에 불과했다.

따라서 유장이 그를 중용하지 않았다는 것은 유장에게도 사람 보는 눈이 있었다는 것을 의미한다.

흔히 '악당에게는 꾀가 많다'고 하지만, 이 말은 어느 시대 어느 곳에서나 진리라고 말할 수 있다. 장송은 유장이 자기를 중용해주지 않았다는 사소한 원한 때문에 몰래 촉의 지도를 그려 밖으로 가지고 나가서 살 사람을 찾았다. 이런 인간에게 큰일을 맡길 수 없는 것은 지극히 당연하다. 유장은 어쨌든 주州의 목(牧: 주를 다스리는 지방장관)이다. 그런 유장이 장송을 보좌역인 별가別駕에 임명한 것만으로도 결코 작은 일은 아닐 것이다. 그런데 장송에게 이번처럼 큰 임무를 맡겼으니, 이제는 유장이 장송에게 주목州牧의 자리를 넘겨주는 것 말고는 수습할 도리가 없게 되었다.

그러나 유장이 주목의 지위를 장송에게 넘겨주려 해도 아랫사람들이 승복할 리가 없다. 승복하지 않을 사람은 한둘이 아니다. 아마 장송 한 사람만 빼고는 모두 반대할 것이다.

장송 같은 인간이 세상에 있으면 오곡은 짓밟히고, 옷감까지도 발로 더럽혀지는 지독한 상태가 된다. 『시경詩經』의 '국풍國風'편 〈상서相鼠〉라는 시에는 이런 구절이 있다.

사람으로서 염치가 없으면
어찌하여 일찍 죽지 않는가
人而無禮 胡不遄死

이 구절을 보면 아무리 부끄러움을 모르는 인간도 고개를 들지 못할 터인데, 장송은 달랐다. 그는 의기양양하게 성도를 떠났다.

그러나 설령 유장이 장송의 목을 베었다 해도 촉은 어차피 끝났을 것이다. 이민족이 침입하여 전쟁이 일어나면 쓰러진 시체가 백만이고 피가 천 리를 흐르는 상태를 면치 못할 것이다.

그 원인은 아무 재능도 없는 무리들이 조상들의 무덤을 파는 거나 똑같은 짓을 했기 때문이다. 다시 말해서, 촉은 중앙 정부에 알랑거려 보상을 받으려는 무리들이 활개치며 살 수 있는 나라였기 때문이다. 그렇게 되면 결국 고국에서는 봉화가 끊일 날이 없고 고향은 기마대의 말발굽에 짓밟히게 마련이다.

그제서야 양심의 눈을 뜬다 해도 이미 때는 늦는 법.

『양가부연의楊家府演義』에서 철경공주鐵鏡公主가 남편 양사랑(楊四郎: 연휘延輝)에게 "당신이 흘린 눈물은 아직도 마르지 않지만, 이제 와서 눈물을 닦아봐도 이미 늦었습니다" 하고 말한 것이나 다를 바 없다. 이야기가 약간 빗나갔다. 다시 본론으로 돌아가자.

유장은 한중의 장노에게서 압박을 받고 있었다. 그런데도 당황하여 허둥대기만 할 뿐 아무 계책도 머리에 떠오르지 않는다. 그래서 죽은 사람에게 환자의 간호를 시키듯 장송의 말에 넘어간 것이다.

이때 유장은 곳간에서 촉의 명산품인 비단 100필과 능라 50필, 황금 100냥 그리고 각지에서 운반해온 한약재를 골라 두 개의 꾸러미를 만들었다. 하나는 천자에게 바칠 예물이고, 또 하나는 승상 조조에게 바칠 예물이다.

뿐만 아니라 촉의 각지에서 나는 산물을 골라 중앙 조정의 귀인 및 조조 휘하의 유력자들에게 줄 선물로 준비했다. 그리고 다시 장송에게 은 천 냥을 여비로 주면서 일을 잘 성사시키라고 신신당부했다.

장송은 마음속에 흉계를 품고 장강을 따라 구당瞿塘에서 삼협三峽으로 떠났다.

그러나 누가 알았으랴. 복福은 두 가지가 한꺼번에 오는 법이 없지만 재앙은 모두 한꺼번에 닥쳐온다. 장송이 동쪽으로 내려간다는 정보를 장노가 강가에 풀어둔 첩자가 알아냈다. 첩자는 아낌없이 돈을 써서 모든 사정을 환히 알아낸 다음 당장 남정南鄭에 있는 장노에게 알렸다.

장노에게도 조조는 주는 것 없이 미운 놈이다. 장노는 당장 귀졸鬼卒들을 모아놓고 대책을 의논했다. 귀졸이란 장노가 교주로 있는 '오두미교伍斗米教'의 신자를 말한다.

장노를 모시는 참모로는 가장 높은 자리에 있는 염포閻圃가 이렇게 진언했다

"주공께서는 걱정하실 필요가 없습니다. 장송이 멀리 가기 전에 우리 교단의 용사를 기문夔門 일대에 파견하여 신자들을 불러모은 다음,

가벼운 배를 타고 장송의 뒤를 따르게 합시다. 놈이 밤에 배를 세우고 쉴 때를 기다려 놈을 죽여버리고 금은보화를 빼앗는 것입니다. 이렇게 하면 주공의 고민도 동시에 해소될 것입니다."

장노는 크게 기뻐하며 당장 귀졸 중에서 장위張威와 양목楊木이라는 두 용사를 선발했다. 이들 두 사람은 오랫동안 오두미교 신자여서 장노의 신임도 두터웠다. 장노는 두 사람에게 사정을 설명한 다음 이렇게 꾀었다.

"장송은 금은보화를 많이 갖고 있으니, 놈을 죽이면 너희들은 평생 놀고 먹을 수 있다."

이렇게 말하면 독자들은 "오두미교란 원래 종교적 치료를 받아서 병이 나으면 곡식 다섯 말만 예물로 바치는 종교였을 텐데" 하고 말할지도 모른다. 그러나 장노의 말은 무지한 백성의 마음을 다 계산한 뒤에 한 이야기다. 많은 금은보화가 있다는 말을 들으면 그들은 목숨을 걸고 빼앗으려 할 게 뻔하다.

두 귀졸은 교단의 '제주사공祭酒師公'인 장노의 말을 듣자,

"분부만 하신다면 끓는 물에 뛰어들거나 불을 밟고 가는 것도 사양치 않겠습니다."

이렇게 대답하고는 당장 준비를 갖추어 출발했다. 두 사람은 기문에 도착하자 신자들을 불러모았다.

본디 서천(촉) 땅은 요적妖賊과 비적匪賊의 발상지로서, 청나라 때는 왕삼괴王三槐 같은 영웅이 있고, 중화민국 시대 이후에는 당환장唐煥章 같은 비졸卑卒이 있다.

오두미교 신자들은 사천성에 널리 퍼져 있었는데, 한 사람이 부르면 백 사람이 "오오" 하고 대답할 정도였다.

장위와 양목은 싸움 잘하는 신자(이들을 오두미교에서는 도우道友라고 부른다)를 20여 명 선발하여 세 척의 배에 나누어 타고 장송이 오기를 기다렸다.

이윽고 장송의 배가 기문에 도착했지만, 그때는 이미 귀졸들의 감시를 받고 있었다. 귀졸들은 여기가 아직 사천 땅이고, 병사들이 장송을 전송하고 있었기 때문에 손을 대지 않고 놓아두었다.

아무것도 모르는 장송은 그저 즐겁고 통쾌하기만 했다.

"내가 고위직을 얻어 부귀한 신분이 되면 내 마음대로 해야지. 아무리 사소한 은혜도 보답하고 아무리 사소한 원수도 갚아줄 테다."

이렇게 속으로 다짐하고 다짐하면서 김칫국부터 마시는 식으로 이것저것 공상의 나래를 폈다. 날마다 술을 퍼 마시고는 큰 소리로 노래를 불렀다.

그가 탄 배를 따라오는 배가 있었지만, 장송은 그저 하류로 내려가는 장사꾼의 배일 거라고 생각했다. 이처럼 감쪽같이 속은 것도 당연하다. 귀졸들은 온갖 수단으로 장송의 배에 타고 있는 사람들에게 알랑거려 장송 일행의 마음을 달뜨게 해놓았기 때문이다.

한편, 장송은 그들이 사천 사투리를 쓰기 때문에 동향 사람에게 따라오지 말라고 매몰차게 말할 수도 없다고 생각했다.

때는 음력 4월. 파촉巴蜀의 눈 녹은 물이 장강으로 넘쳐흐르고 있었다. 당나라 이백李白은 〈백제성白帝城을 떠나며〉라는 시에서 이렇게 노래하고 있다.

백제성을 아침에 떠나면
천릿길 강릉도 하루 만에 돌아가네

朝辭白帝彩雲間 千里江陵一日還

이는 이 계절의 물살이 그만큼 빠르다는 것을 표현한 구절이다.

장송은 이윽고 촉 경계를 벗어나 강릉으로 다가갔다. 그곳은 로자탄 鸕鶿灘이라는 여울인데, 군산群山이 큰 골짜기를 이루고, 하늘만큼 자란 갈대가 온통 뒤덮여 있는 곳이었다.

그러나 하늘도 장송을 용서하지 않았는지, 키 작은 장송의 하찮은 목숨도 이 땅에서 종말을 맞이할 터였다.

장송은 배를 타고 장강을 내려오기 시작한 뒤로는 기분이 너무 좋아 날마다 술을 퍼 마시고는 뱃머리에서 강바람을 맞으며 머리를 식히곤 했다. 이런 상태로는 무슨 일이 일어나도 잠에서 깨어나지 못할 것이다.

장송이 술에 취하지 않은 맑은 머리로 생각했다면 이렇게 인적이 없고 다른 배가 들어올 가능성이 거의 없는 곳에서 위험을 느끼지 않았을 리가 없다. 이것이야말로 '취생몽사醉生夢死'가 아니겠는가.

그러나 한편으로는 술에 취한 덕분에 목숨을 건진 사람도 있었다. 다음 글을 읽어보면 아실 테니까 여기서 장황하게 설명하지는 않겠지만, 한마디로 말해서 '인명人命은 재천在天'이랄 수밖에 없다.

그 운좋은 인물은 장송을 따라온 하인인데, 이름을 장규張逵라고 했다. 사람 됨됨이는 재치가 있고 민첩하며, 주인을 닮아 눈 하나 깜짝하지 않고 태연히 거짓말을 할 수 있는 위인이었다. 날마다 술을 퍼마시는 것도 주인과 똑같아서, 그야말로 '그 주인에 그 하인'이었다.

장규는 이날도 주인을 따라 술을 몇 잔이나 들이켜고, 주인이 잠들어버리자 슬며시 뱃머리로 나와서 경치를 구경하고 있었다.

저 멀리 강가로 붉은 태양이 저물어간다. 주위의 푸른 나무들도 붉은빛으로 물들어 정말 아름다운 광경이었다.

장규는 감탄을 금치 못하고 이쪽저쪽으로 오락가락하면서 저녁 경치를 구경하고 있다가, 이윽고 뱃사공을 불러 널빤지를 뱃전에 걸치게 하고는 배에서 내려 뭍으로 올라갔다. 그리고 술집을 찾아가, 아직도 술이 모자란다고 아우성치는 고약한 배를 달래기 위해 '술'이라는 이름의 노란 액체를 뱃속에 들이부었다.

그러고 나서 달빛에 의지하여 조심조심 배로 돌아가려고 했다.

그런데 갈대숲으로 들어섰을 때 비릿한 바람이 불어와 장규의 콧속으로 들어갔다. 장규는 과음을 했기 때문에 그 자극에 대해 오장육부가 거부 반응을 일으켰다.

게다가 어찌 된 셈인지 용연향龍涎香 같은 냄새도 난다. 장규의 뱃속은 부글부글 끓어올라, 그의 의지와는 반대로 뱃속의 것을 단숨에 토해냈다.

술 마신 뒤에 토하면, 옛날의 장사인 사맹관士孟賁과 하육夏育이 힘을 다 써버린 것처럼 머리가 빙글빙글 돌고, 눈에서는 불꽃이 튀고, 손은 가볍지만 발은 무거워진다. 장규는 갈대숲에 벌렁 쓰러져 잠들어버렸다.

장규가 문득 눈을 떠보니 강가에서 사람들이 떠드는 소리가 들린다. 장규는 벌떡 일어나 두 눈을 비볐다. 그런데 이게 웬일인가. 배 위에서 수많은 횃불이 빛나고, 그 옆에 두세 척의 배가 바짝 붙어 있다. 횃불이 주위를 환히 비추는 가운데 20명 정도가 번쩍번쩍 빛나는 단도를 들고 배 안을 뒤져 사람들을 죽이고 있다.

이윽고 그들 중 하나가 사람의 목을 들어올리며 말했다.

"도우道友들, 이게 장송이란 놈 맞아?"

주위 사람들이 그렇다고 대답한다.

"배에 탄 사람은 전부 죽였나?"

"사가(師哥 : 형님이란 뜻), 모조리 죽였습니다."

이윽고 이것저것 지시하는 소리가 들리더니, 장송의 배에 있던 물건을 모두 자기네 배에 옮겨 싣고, 시체에는 돌을 매달아 장강에 풍덩 던져 넣는다.

끈이 잘린 장송의 배는 조용히 하류로 흘러간다.

모든 작업을 끝내자, 출발하라는 소리와 함께 세 척의 배는 물결을 거슬러 상류로 사라졌다.

장규는 갈대숲에 몸을 숨기고 이 자초지종을 지켜보고 있었다. 식은땀이 솟아나고 목소리도 나오지 않는다. 장규의 주위에는 모기가 몰려들어 그의 살을 찔렀다. 마치 가난뱅이들이 적선을 얻으려고 마차에 달라붙는 것 같았다.

그래도 장규는 습격자들이 멀리 사라질 때까지 정신나간 사람처럼 멍하니 서 있었다. 이윽고 정신을 차린 장규가 강둑으로 올라가 아까의 술집에 당도한 것은 자정이 지났을 무렵이었다.

문을 두드리자 곧 문이 열렸다. 장규는 숨을 헐떡이며 주인에게 말했다.

"나는 행상인인데, 도적의 습격을 받고……."

술집 주인은 장규의 당황한 모습을 보고 거짓말은 아니라고 생각했지만, 이렇게 말했다.

"손님, 그건 좀 이상하구려. 이 땅에 유황숙 어른이 오신 뒤로는 악당놈들을 쫓아내고 우리 같은 양민이 안심하고 살 수 있도록 특별히 애를 써주십니다. 게다가 조운 장군이 병선兵船을 거느리고 이 일대를 평정하신 지가 거의 1년이 됩니다. 그후로는 도둑질 같은 사건이 한 번도 일어나지 않았어요. 지금은 조조와 손권이 싸우고 있기 때문에, 형주 북부와 남부도 경계 태세를 갖추고, 조 장군이 직접 병선을 거느리고 강릉·자귀·이릉 일대를 밤낮으로 순찰하고 계십니다. 이런 상황에서 어떻게 비적이 횡행할 수 있겠습니까. 혹시 댁들이 금품을 많이 갖고 있는 것을 보고 사천의 비적들이 그곳에서부터 줄곧 뒤따라온 게 아닐까요?"

이 말을 들은 장규가 차분하게 다시 한 번 생각해보니 문득 짚이는 데가 있었다. 그놈들은 '도우'니 '사가'니 하는 오두미교의 용어를 쓰고 있었다. 주인 어른이 무슨 일로 촉을 떠났는지는 자세히 모르지만, 필시 그 일 때문에 장노가 보낸 자객에게 살해당한 것이 분명하다. 다행히 나 혼자쯤은 허도까지 갈 수 있는 노잣돈을 수중에 지니고 있다. 주인 어른의 명함도 갖고 있다. 허도로 가서 조조에게 이 일을 알려야 한다. 조조가 군사를 일으켜 한중을 정벌해준다면 주인의 원수도 갚을 수 있다.

계획을 세운 장규는 이렇게 말했다.

"주인장 말씀이 옳은 것 같소이다. 하룻밤 여기서 쉬고 내일 관청에 신고해야겠어요."

"그게 좋을 겁니다."

장규는 방으로 안내되어 하룻밤 푹 자고 이튿날 허도를 향해 떠났다.

한편, 장위와 양목은 도적 떼를 이끌고 장송을 죽여 금품을 빼앗은 다음 상류로 배를 몰았다. 그런데 장강의 물살이 빠르기 때문에 범행 현장에서 2,30리도 채 올라가기 전에 날이 새기 시작했다.

　그때 상류 쪽에서 2,30척의 병선이 다가온다. 그 뱃머리에 앉아 있는 대장이야말로 당양현當陽縣 장판파長坂坡에서 조조의 백만 군대 속으로 혼자 뛰어들어 유비의 아들 아두(阿斗: 유선)를 구해낸 상산常山의 조운, 바로 그 사람이다.

　조운은 장강을 순찰하는 중이었는데, 도적 떼가 탄 세 척의 배를 보고는 수상쩍게 생각했다. 무엇 때문에 날이 아직 밝기도 전에 강을 거슬러 올라가는 것일까. 무언가 이유가 있을 게 틀림없다.

　조운은 부하들에게 명령했다.

　"저 세 척의 배를 이리로 불러라. 할 이야기가 있다."

　조운은 선량한 백성과 상인을 보호하고 병사들의 약탈이나 협박 공갈을 엄금한다는 점에서는 가장 철저했다. 장강을 지나다니는 배들도 그것을 다 알고 있었다.

　병사들도 조운의 엄격함을 두려워했기 때문에 곧 세 척의 배를 가까이 불렀다. 도적 떼는 조운을 보자마자 완전히 겁에 질렸지만, 이 강 위에서는 도망칠래야 도망칠 수도 없고 싸워서 도망칠 기력은 더욱 없었기 때문에 할 수 없이 조운 쪽으로 다가왔다.

　조운은 우선 이렇게 물었다.

　"어찌하여 밤중에 강을 거슬러 올라가느냐?"

　"간밤에는 바람이 좋아서요."

　조운은 물살이 센 이 계절에 바람을 이용하지 않으면 상류로 거슬러 올라가기가 쉽지 않으니, 별로 이상할 것도 없다고 생각하여 그대로 보내려고 했다.

그런데 바로 그때 수병대장水兵隊長이 앞으로 나섰다. 어제 이 배는 조운의 순시선단 가운데 제5호선이 검사했는데, 수병대장은 그때 가까이에서 이 배를 본 적이 있었다.

"장군님, 이 세 척의 배는 어제 내려갔는데 어째서 이렇게 빨리 돌아오는 것일까요. 반드시 이유가 있을 것 같은데, 좀더 조사를 해보는 게 어떠신지요."

"이 세 척의 배를 어제 틀림없이 보았단 말이냐?"

조운은 이렇게 물으면서 도적 떼를 바라보았다. 모두가 부들부들 떨고 있었다. 수병대장이 대답했다.

"틀림없습니다."

조운은 세 척의 배에 닻을 내리게 한 뒤, 병사들에게 그 배를 자세히 조사하라고 명령했다. 병사들은 당장 그 배로 옮겨 타기 시작했다.

도적 떼는 저항하려고 했지만, 배가 고정되어버린 이상 어쩔 도리가 없다. 사람의 수도 이쪽이 훨씬 적다. 눈은 열려 있지만 서로 얼굴을 마주볼 뿐 조운의 부하들이 검사하는 대로 내버려둘 수밖에 없다.

그 한 번의 검사로 당장 들통이 났다. 병사들은 배 안에서 압수한 물건을 조운에게 바쳤다.

조운은 하나씩 자세히 조사하다가 그 안에서 자세한 서천(蜀) 지도 한 장을 찾아냈다. 여기에는 무언가 커다란 음모가 있는 게 분명하다. 취조해보면 알 거라고 생각한 조운은 도적 떼를 포박하라고 명령했다.

이리하여 도적 떼는 꼼짝 못하고 하나씩 얌전히 포승에 묶였다. 조운은 병사들을 시켜 도적 떼를 배 안으로 끌어들인 뒤 직접 심문을 시작했다.

도적 떼는 잔재주를 잘 부리는 교활한 인간들이었지만, 조운이 정확히 급소를 찌르자 더 이상 속이지 못하고, '장노는 어떻게 서천을 침략했고, 유장은 어떤 계책을 세웠으며, 장송은 무엇을 획책하고, 염포는 어떤 대책을 강구했는가' 등을 단숨에 속사포처럼 자백했다. 조운은 질문할 필요도 없이 그저 듣고만 있으면 되었다.

이런 자백을 조서로 꾸미자, 조운은 배를 강가에 대라고 명령한 뒤, 강가에 커다란 구덩이를 파게 하고 도적 떼를 모조리 처형하여 한 구덩이에 묻었다. 장강 연안의 안전을 유지하기 위해서였다. 적선 세 척은 민간인에게 주어 나룻배로 개조시켰다. 이런 조치를 끝내자마자 조운은 선단을 이끌고 급히 형주로 갔다.

하루도 지나기 전에 조운은 형주성에 도착하여, 몇몇 부하와 함께 도적 떼한테서 압수한 물건을 갖고 당장 유비를 찾아갔다.

이때 유비는 조조와 손권의 합비 싸움이 끝난 것을 알고, 조조가 다음에는 형주를 노리지 않을까 생각하여 제갈공명과 이야기를 나누고 있던 참이었다.

이때 조운이 많은 물건을 갖고 들어왔다. 조운이 그 물건을 압수한 상황에 대해 자세한 보고를 끝내자, 공명은 촉의 지도를 보고 웃으면서 말했다.

"주공의 하늘 같은 복덕으로 유계옥(劉季玉: 유장)이 서천 땅을 보내왔군요."

"군사, 그게 무슨 소리요?"

"주공께서는 모르실지도 모르지만, 익주(촉)는 장강 상류에 자리잡고 있어서 발 하나만 들어올리면 형주와 양양의 후방을 제압할 수 있습니다. 형주와 양양을 보유하고 있으면서 익주를 갖고 있지 않은 것은

천벌을 받아 목이 달아난 것이나 마찬가집니다. 옛날 진秦나라는 촉을
얻어 강해졌고, 초楚나라는 촉을 잃어 멸망했습니다. 소신 제갈량은 오
랫동안 익주 땅을 비옥한 식량 생산지로 앗고 싶었지만 자세한 지형을
알지 못했습니다. 이 지도를 얻은 이상, 이미 촉 땅을 얻은 것이나 마찬
가집니다."

유비는 압수품 가운데 촉의 비단 열 필을 조운에게 포상으로 주고
조운의 부하들에게도 은상을 내린 뒤, 남은 물건은 곳간에 보관하도록
했다. 조운이 사례하자 공명이 말했다.

"너무 성급한 얘기 같소만, 파구巴丘와 이릉에 가서 몰래 병사를 모
집해주시오. 그 병사들을 형주 변두리 땅에 나누어 주둔시키고, 명령
이 내려지자마자 진군할 수 있도록 준비를 갖추어주시오. 실수가 없도
록 거듭 조심하시오."

조운은 당장 그 준비를 시작했다.

다시 한 번 장규한테로 돌아가자.

주인 장송을 도적 떼에게 잃은 장규는 허도로 가는 길을 물어가면
서, 새벽에 출발하고 밤에 잠을 자며 부지런히 걸어서 허도에 도착하
자 승상부를 찾아갔다.

"중요한 일입니다. 우물쭈물하고 있을 수가 없습니다. 당장 승상께
말씀드리고 싶은 일이 있습니다."

장규는 이렇게 문지기에게 말했다.

조조는 문무백관을 모아놓고 오나라에 대한 보복전을 어떻게 할 것
인가에 대해 의논하고 있던 참이었다. 전갈을 받은 조조는 당장 장규
를 불러들여 자세한 이야기를 들었다.

장규는 유장이 어째서 허도에 공물을 바치기에 이르렀는가, 제 주인 장송이 어떻게 하여 사신으로 파견되었는가, 어떻게 장강에서 비적에게 살해되었는가, 자기는 어떻게 살아났는가 등을 아는 대로 모조리 말하고 나서, 이렇게 말을 맺었다.

"이는 반드시 장노가 보낸 자객의 소행입니다."

"그 세 척의 배는 어디서부터 네 주인의 배를 따라왔느냐?"

"기문 언저리부터 따라왔습니다."

조조는 시종들에게 장규를 밖으로 데려가라고 이르면서 장규에게 말했다.

"조금만 기다려라. 내가 반드시 네 주인의 원수를 갚아줄 테니."

장규는 머리를 조아려 사례하고 시종들을 따라나갔다.

조조는 다시 문무백관과의 이야기를 계속했다.

"유장이 공물과 함께 사신을 보냈는데 도중에 장노에게 살해당했소. 인간의 정리로 따지면 당장 군사를 일으켜 장노를 정벌해야 마땅하나, 우리 군사는 합비에서 오군에 패한 지 얼마 되지 않았으니 어떻게 하면 좋겠소?"

순욱이 대답했다.

"장노와 유장 사이에는 원한 관계가 있다고 들었습니다. 유장이 일찍이 장노의 어미를 죽였기 때문이지요. 유장은 어리석고 유약하며 무능하니, 장노가 침략해오는 것이 두려운 나머지 조정의 명령과 승상의 위광을 이용하여 한중 땅을 제압하고 싶었을 것입니다. 장노는 그것을 알고 자객을 보내어 장송을 죽였습니다. 이것은 지극히 당연한 일입니다. 한중 땅은 장안과 낙양 주변에서는 오른팔이라고 말할 수 있는 요충입니다. 이곳을 얻으면 중앙의 형세는 더욱 강해지고, 서천

을 노리면서 형주와 양양의 운명을 손아귀에 쥘 수도 있습니다. 장노
는 난세를 틈타 도당을 모은 놈으로서, 황건적 잔당이나 다를 바가 없
습니다. 버러지 같은 인간이 한중 땅에서 제 세상인 양 위세를 부리고
설치면서 오랫동안 해독을 퍼뜨리고 있으니, 승상께서는 한제국의 중
신으로서 마땅히 천자의 뜻을 받들어 한중을 정벌하셔야 합니다. 장노
정도의 무리라면, 상장군 한 사람에게 1개 사단을 주어 서쪽의 진천秦
川에서 남정으로 직접 공격하면 됩니다. 남정은 지형적으로 공략하기
가 어렵지만 불가능한 것은 아니고, 장노는 오두미교 신자들을 거느리
고 있지만 실제 병력은 대단치 않습니다. 천자의 뜻을 받들어 악의 무
리를 정벌하시면 한 번 싸움으로 승리할 것은 분명합니다. 여기서 승
리를 거두면 합비에서 당한 패배를 쉽게 돌이킬 수 있을 뿐더러 양梁에
서 익주로 들어갈 기회도 생길 것입니다. '때를 놓쳐서는 안 된다'는 말
은 바로 이를 두고 하는 말입니다."

조조는 "문약(순욱)의 말이 이치에 맞소" 하고는 당장 하후연을 승상
부로 불러 정서장군征西將軍에 임명하고, 조홍·장합·문빙·모개·하후
상·하후덕 등 여섯 무장과 병마 1만을 거느리고 장안으로 가게 했다.
그리고 장안에서 부풍에 있는 마등馬騰의 서량군西凉軍 1만과 합류하
여, 그들을 선봉으로 삼아서 한중으로 진격하라고 명령했다.

명을 받은 하후연은 장수들을 거느리고 그날로 당장 출발했다. 그리
고 종요鍾繇를 우부풍右扶風으로 보내기로 했다. 종요는 마등의 부대를
불러모은 뒤, 하후연의 지휘를 받아 선봉을 맡되 약속 기일을 어기지
말라고 마등에게 전하는 임무를 맡았다.

종요는 하인을 데리고 우부풍으로 떠났다.

하후연은 장수들을 지휘하여 한중 경계까지 오자 군대를 주둔시키고 사흘 동안 기다렸지만 마등의 부대는 도통 올 기미가 보이지 않는다. 하후연은 초조하게 애를 태우다가 마침내 화를 내기 시작했다.

이것은 도대체 어찌 된 일인가. 사실은 그럴 만한 이유가 있었다. 마등은 복파장군伏波將軍 마원馬援의 후손인데, 후한 시대에는 널리 알려진 명문 귀족으로서 조정의 두터운 은덕을 입었기 때문에 평소부터 '나라의 은혜에 보답하고 싶다'는 생각을 품고 있었다.

그래서 조조가 독재 권력을 휘두르며 조정을 업신여기는 것을 항상 불만스럽게 생각했다. 그러던 차에 하후연의 명령을 받자 평소의 불만이 폭발한 것이다.

한왕조에서는 무신 가운데 가장 높은 계급이 대장군大將軍이고, 제2위가 표기장군驃騎將軍이지만, 전한前漢의 위청衛青과 곽거병霍去病 이후 표기장군이 훨씬 중시되어온 전통이 있다.

그런데 후한의 영제靈帝 대에 이르러 하진何進이 대장군이 되고 동탁이 표기장군이 되었다. 그 무렵 동董 태후는 하何 황후에게 "표기장군에게 명령하여 네 목을 베는 것쯤은 식은 죽 먹기다"라고 함부로 말한 적이 있다. 이런 예로 미루어보건대 그 당시 대장군과 겨룰 수 있었던 것은 표기장군뿐이었다는 사실을 알 수 있다.

무신의 계급을 살펴보면 대장군과 표기장군 밑으로 전장군·후장군·좌장군·우장군 같은 여러 장군직이 있고, 그 밑에 정동征東·정서征西·정남征南·정북征北처럼 수시로 임명되는 장군직이 있다. 그리고 그 밑으로 탕구蕩寇·토역討逆·파로破虜·정난定難·정만征蠻·복강伏羌 같은 잡다한 관호冠號의 장군직이 있다. 또한 편장군偏將軍이나 부장군副將軍처럼 장군의 위계에서 밀려난 장군직도 있다.

본론으로 돌아가자. 마등은 전에 후장군의 지위를 받았다. 이것을 하후연의 정서장군과 비교하면, 당연히 후장군이 높은 자리다. 그런데 하후연은 담대한 대신 세심한 배려가 부족하여, 느닷없이 '한중을 공격하는 선봉이 되라'는 명령을 마등에게 내렸다. 곰곰 생각해보라. 누가 누구의 지휘를 받는 것이 당연한가를.

'대사마大司馬 대장군 승상 위왕魏王' 조조의 명령이라면 이해할 수도 있다. 그런데 기껏해야 정서장군인 주제에 직접 후장군에게 명령을 내리다니 어처구니없는 놈이라고 마등은 생각했다.

마등은 서량 출신이라서, 발끈 화가 나면 좀처럼 억누르기 어려운 성미였다. 게다가 세상을 뒤덮을 것 같은 영웅의 기질로 정예부대를 훈련하고, 아무도 두려워하지 않는 용기는 조금도 꺾일 줄 모르는 인물이었다. 그는 오로지 국가에 대한 충성심에만 매달리는 인물이었기 때문에, 사건은 이렇게 전개되었다.

종요가 보낸 전령이 왔을 때 마등은 간단명료하게 말했다.

"종요한테 가서, 마등이 정서장군에게 이렇게 전하라고 하더라고 보고해라. '나 마등은 조정의 명령을 받들어 우부풍을 지키며 이민족의 침입에 대비하고 있다. 이는 실로 중대한 임무다. 조정으로부터의 직접 명령이 없는 한 경솔하게 임지를 떠날 수 없다'라고."

전령은 마등의 말을 그대로 종요에게 전했고, 종요는 당장 하후연에게 알렸다.

하후연은 정서장군에 임명되어 우쭐해 있던 차에 마등이 제 말을 듣지 않았기 때문에 격분하여 당장 허도로 편지를 보냈다.

"마등은 제멋대로 행동하고, 위왕의 명령을 들으려 하지 않습니다. 빨리 처치하지 않으면 나중에 반드시 재앙이 될 것입니다."

이 한 통의 편지가 마등의 목숨을 빼앗게 된 것은 그렇다 쳐도, 하마터면 대승상 조조까지 마초(馬超: 마등의 아들)의 손에 목숨을 잃을 뻔했으니 무서운 일이다. 이것은 귀족의 자제에게 도끼를 주면서 자기를 정벌하라고 명령한 셈이나 마찬가지다. 청나라 때 복강안福康安이 무고한 시대기柴大紀를 죽이고, 전항傅恒이 장광사張廣泗를 이유 없이 죽인 것도 하후연의 행위를 본받은 것이다.

그러나 하후연은 비록 그릇은 작았지만 명령을 수행하는 데에는 실수가 없었다. 그는 마등을 처치하라는 편지를 허도로 보내는 한편, 장합을 선봉으로 삼아 2천 병력을 이끌고 양평관陽平關을 공격하게 했다.

이 무렵 장노는 장송을 죽이라고 파견한 사람들이 아무리 기다려도 돌아오지 않자, 무슨 재미없는 일이라도 일어난 게 아닐까 걱정하면서 신병귀졸神兵鬼卒과 신도들을 모아놓고 조조의 군사행동에 대한 대책을 의논하고 있었다.

그리고 동생 장위張衛에게 5천 병력을 이끌고 양평관을 지키면서, 도랑을 깊이 파고 보루를 높이 쌓아 적군을 맞아 싸우라고 명령했다.

장합이 관문 앞까지 오자, 장위는 나무와 돌을 던지며 양평관에 틀어박혀 사수할 태세를 보였다. 장합은 반나절 동안 공격을 계속했지만 전혀 진전이 없었다.

장합은 진지로 돌아가 하후연에게 전황을 보고했다. 하후연도 깊은 생각에 잠겼지만 좀처럼 방침을 정하지 못한다.

이때 장규가 이렇게 말했다.

"장군님, 요사스러운 도적 떼는 총수 장노를 우러러 받들고 있으니까, 병사들에게 관문 앞에서 장노의 험담을 외치게 하는 게 어떻겠습니까? 놈들은 틀림없이 스스로 관문을 열고 나올 것입니다."

하후연은 이 말을 듣고 크게 기뻐하며 장합에게 이 작전으로 적을 도발하라고 지시했다. 조조군 병사들은 장노에 대해 듣기에도 민망할 만큼 지독한 욕설을 일제히 외쳐대기 시작했다.

관문을 지키는 병사가 이런 사실을 장위에게 알리자 성난 장위는 관문을 열고 나가 싸우라고 명령했다.

이 이야기는 결코 꾸며낸 거짓말이 아니다. 나는 친구 한 사람과 함께 이슬람교 사원에서 이슬람교 승려의 이야기를 들은 적이 있는데, 그때 친구가 부주의하게도 무함마드를 조롱하는 말을 했다. 얼마나 어리석은 짓인가. 친구는 하마터면 이슬람 승려들에게 끌려가 크게 경칠 뻔했다.

어쨌든 장위는 부아가 하늘에 닿을 만큼 진노했다. 그는 당장 병사를 이끌고 단숨에 산을 내려가, 장합을 때려죽이겠다고 기세를 올리며 적진으로 돌진했다.

그러나 그들 '도우'는 날마다 재물을 얻고 신자를 모으며 향을 피워 신을 섬기는 것이 일과다. 선남선녀를 속일 수는 있어도 군사훈련은 전혀 받지 않았다.

이 점에서는 황건적 장각張角 일당이 요술을 부려 종이 인간과 종이 말을 조종한 만큼, 그들보다는 나은지도 모른다. 물론 장각의 요술도 새나 개의 피로 깨뜨려졌지만.

장위는 무술에서 변변치 못한 일개 졸장부에 불과하지만 장합은 당대의 명장이다. 장위 따위가 감히 장합을 상대할 수 있을 턱이 없다. 두 사람의 말과 말이 엇갈리면서 10합도 채 겨루기 전에 장합의 창이 장위를 꿰뚫었다.

장위가 말에서 떨어지자 장합은 다시 한 번 찔러 숨통을 끊었다. 장위의 시체는 뜨거운 햇살 아래서 녹고, 거기서 떠난 원혼만이 학명산鶴鳴山에 있는 형 노조사(老祖師: 장노)한테로 돌아갔다.

장합은 창을 번쩍 치켜들고 총공격을 명령했다. 병사들은 용감하게 전진하여 조교弔橋를 빼앗고 양평관을 함락시켰다.

장합은 하후연을 맞아들였다. 하후연은 양평관 백성들을 진정시킨 뒤 장합의 공적을 장부에 기록했다. 이어서 하후연은 장합과 하후상에게 3천 병력을 주고 조홍과 하후덕에게는 1천 병력을 주어, 양쪽으로 나뉘어 남정으로 진격하게 했다. 모개한테는 양평관을 지키게 하고 후방의 물자 조달을 맡기는 한편, 하후연 자신은 대부대를 이끌고 응원 태세를 갖추었다.

한중 땅은 장노가 지배하게 된 뒤 오로지 오두미교 신자를 늘리는 일에만 힘을 써서, 군사적인 대책은 아무것도 없었다.

또한 포사襃斜 일대에서는 오랫동안 전쟁이 일어나지 않았다. 아무리 '하늘의 감옥'이라고 불릴 만큼 험준한 곳이라 해도, 양쪽에서 공격해온 조홍과 장합의 정예부대에 저항할 수 있을 리가 없다.

게다가 현지 주민들이 길을 안내했기 때문에 조홍과 장합의 부대는 무인지경에 들어가듯 열흘도 지나기 전에 남정을 포위했다.

장노는 목욕재계하고 향을 피워 조사祖師에게 곤경을 호소했지만, 조사는 아무런 영험도 보여주지 않았다. 장노는 어떻게 할 도리가 없어서, 있는 기력을 다 짜내어 여러 두목들을 거느리고 적군을 맞아 싸우기 위해 성문을 열고 나갔다.

조홍은 장노를 보자마자 언월도를 한 번 휘둘렀다. 이 일격으로 장노는 어이없이 목이 달아나고 말았다. 장합은 양백楊伯을, 하후상은 양송楊松을, 하후덕은 염포를 죽였고, 잔당은 모두 땅에 엎드려 목숨만 살려달라고 애걸했다.

장합을 비롯한 네 장군은 하후연의 명령에 따라, 그리고 언젠가 하후연이 포간袍竿에서 송건宋建을 벤 것을 본받아, 장노의 부하들을 모조리 죽여 요기妖氣를 없앴다. 그리하여 항복해도 죽이고 항복하지 않아도 죽이는 대학살의 양상을 띠었다. 흐르는 피가 강을 이루고, 시체가 산더미처럼 쌓였다.

이리하여 오두미교는 근거지인 한중을 잃고 나중에 강서江西로 옮아갔다.

한중을 얻은 하후연은 전령을 허도로 보내어 조조에게 승리를 알렸다.

혜성(장노의 목숨)이 땅에 떨어져 민중은 복을 얻었지만, 요기는 아직도 이 세상에 가득 차 오늘에 이르렀다. 그러면 다음에는 어찌 될 것인가. 궁금하거든 다음 회를 기대하시라.

제 7 회

조조, 명령 불복을 이유로 마등을 소환하다
유비, 두 부인을 잃고 새 부인을 맞아들이다

하후연은 한중을 빼앗자 당장 전령을 허도로 보내 조조에게 승리를 보고했다.

이보다 조금 전에 조조는 하후연한테서 '마등을 처치해달라'는 편지를 받았지만 별로 마음이 내키지 않았다. 그래서 오로지 한중 공략책만 연구하며, 슬슬 증원부대를 보낼까 생각하던 중이었다.

그런데 장합이 이끄는 선봉대가 양평관에서 승리했다는 보고가 날아들었다. 조조는 장노를 무능한 인간으로 생각하여, 한중 공략은 잘될 테니 종요에게 2, 3천의 병력을 주어 응원군으로 보내면 되겠다는 결론을 내렸다.

그로부터 한 달도 지나기 전에 '하후연이 한중을 완전히 장악했다'는 소식이 들어온 것이다. 조조는 크게 기뻐하며 당장 헌제에게 아뢰어 하후연을 한중 태수로 임명하고 장합·하후덕·하후상을 그곳에 남겨 각지의 요충을 지키게 하는 한편, 조홍과 문빙은 허도로 불러들여 은상을 내렸다.

이 기회에 승세를 타고 서천(촉)을 공격하자는 것이 하후연의 생각이었지만, 조조의 생각은 조금 달랐다. 한중 땅은 이제야 막 얻었을 뿐이니 장노의 잔당도 아직 많을 테고, 서천에 전력을 쏟으면 마등이 무슨 짓을 저지르지나 않을까, 그게 걱정이었다. 마등은 우부풍에 주둔하고 있지만, 그 땅은 중국 정치의 중심부에 포함되어 있다. 조금이라도 실수하면 서천을 얻을 수 없을 뿐 아니라 동천(東川 : 한중)마저 잃어버릴지 모른다. 후한의 시조 광무제는 '농(隴 : 한중)을 얻어 촉을 바라본다'는 명언을 남겼지만, 농 땅을 얻은 지금 과욕을 부려 그 너머에 있는 촉까지 탐내서는 안 될 것이다. 이 문제는 천천히 검토해보기로 하자······.

조조는 이렇게 생각하고, 우선 마등을 어떻게 처리할 것인가를 참모들과 의논해보기로 했다.

화흠이 이런 방책을 내놓았다.

"마등은 대대로 서량에 살면서 강족羌族의 인심을 얻었고, 부하들은 모두 정예병력입니다. 지금 우리가 군대를 보내어 정벌하려 하면, 그가 저항했을 경우 일이 커질 염려가 있습니다. 수도 일대가 동요할 뿐 아니라 관중關中도 혼란을 면치 못할 것입니다. 일이 소규모로 끝난다 해도 마등이 소관蕭關에서 탈출하여 농판隴坂을 점거하면 역시 무사히 끝나지는 않습니다. 전에 하후연 장군이 포간의 송건을 공격했을 때는 계속 고전하다가 다행히 승리를 얻을 수 있었지만 큰 고생을 겪었습니다. 만약 마등이 반란이라도 일으키면 송건 정도의 소동으로는 끝나지 않습니다. 하후연 장군은 한중에서 포위당하고 농중의 강족도 마등에게 호응할 것입니다. 마등을 정벌하는 것은 최상책일 수 없습니다."

그러자 조조가 말했다.

"자어(子魚 : 화흠)의 견해는 적의 사정에 대한 정확한 지식에서 나왔다고 말할 수 있을 거요. 그러면 힘들이지 않고 좋은 결과를 얻을 수 있는 묘안은 없겠소?"

그러자 화흠이 말을 이었다.

"마등은 하후 장군이 보낸 전령에게 조정의 명령을 구실 삼아 반항했습니다. 바로 그 점을 이용하는 것입니다. 승상께서는 내일 조정에서 천자의 뜻을 받들도록 하십시오. 천자의 입을 빌려 '농중의 강족이 모반하려 하고 있다. 의논하고 싶은 일이 있으니 허도로 오라'고 마등에게 전하는 것입니다. 마등은 자신의 용기를 너무 믿는 나머지 경솔한 데가 있습니다. 또한 자신의 호위가 강력하기 때문에 아무도 자기한테 손을 댈 수 없다고 자부하고 있습니다. 호위부대도 조금만 데리고 올 게 분명합니다. 마등이 허도에 와서 승상께 인사하러 오기를 기다렸다가, 그가 조정의 명령에 거역한 죄를 열거하시면 한두 사람의 무사를 시켜도 마등을 죽일 수 있습니다. 부풍 방면에는 마등 이외에 마대馬岱가 있을 뿐이고, 마초는 멀리 양주凉州에 있습니다. 우선 마등 일행을 장안까지 오게 한 뒤 조홍 장군과 문빙에게 1만 병력을 주어 마대를 포위하면 후환을 없앨 수 있습니다. 또한 풍익馮翊에 주둔하면서 마등과 긴밀한 관계를 맺고 있는 한수韓遂는 사람이 경망스럽고 이익 앞에서는 의리를 헌신짝처럼 버리는 놈입니다. 한수는 우리 동료인 가후와 친하니까, 이를 이용하여 가후에게 한수 설득 공작을 맡기면 잘 될 것입니다. 관작官爵을 미끼로 삼으면 됩니다. 마등이 죽고 나면 한수에게는 별로 힘이 없습니다. 위협하면 겁을 먹을 테고, 덕을 보여주면 따르겠지요. 반드시 우리 뜻대로 될 것입니다. 이왕이면 한수에게 명령하여 부풍으로 돌아가는 마대의 앞길을 차단하게 하면 완전한 승리를 거둘 것은 의심할 여지가 없습니다. 일이 끝나면 한수를 금성金城 태수로 임명하여, 양주에 있는 마초를 공격할 때 앞잡이로 삼으면 됩니다. 마초가 아무리 용맹하다 해도, 많은 병사들에게 포위당하여 고립무원의 궁지에 빠지면 놈도 결국 망할 것입니다. 이리하여 서쪽의 근심거리가 사라지면 승상께서는 남동쪽의 오나라를 마음놓고 정벌할 수도 있습니다. 이것이 제 구상입니다."

조조는 크게 기뻐하며 말했다.

"자어는 참으로 강동의 명사로다. 임도 보고 뽕도 딴다는 거로군."

조조는 당장 장안에 사람을 보내 종요와 조홍 및 문빙에게 은밀히 준비를 갖추어두라고 지시했다.

이튿날 천자의 칙명을 받은 조조는 사람을 우부풍으로 보내어 마등을 소환했다. 한편 가후에게는 금성 태수의 임명장과 함께 황금 천 냥과 능라 백 필을 갖고 한수를 찾아가 설득 공작을 벌이게 했다.

마등은 종요가 보낸 전령을 돌려보낸 뒤, 조조군이 대승하여 한중을 평정했다는 소식을 잇따라 받고 속으로 당황했다. 그래서 마대와 방덕龐德에게 군사를 이끌고 보계(寶鷄: 진창)와 견양을 굳게 지키는 한편, 천수天水와 구지仇池에 있는 강족과도 협력하여 만반의 준비 태세를 갖추도록 지시하기로 했다. 소관 일대에서 고평高平까지는 이미 충분한 병력이 있다. 따라서 만약의 경우에는 남쪽 가도를 이용하면 쉽게 퇴각할 수 있을 것이다. 마등은 이렇게 생각했다.

예로부터 '지자智者의 천려千慮에도 반드시 일실一失이 있다'고 했다. 화흠이 공들여 계략을 짜고 조조나 다른 참모들도 탁월한 재능을 갖고 있었지만, 마등이 이런 배려를 할 줄은 미처 생각지 못했다. 이 '한 걸음'이 모자랐기 때문에 호랑이를 놓쳐 산으로 돌려보내듯 후환을 남기고 말았다. 마씨 집안 사람들이 베개를 나란히 하고 죽지 않았던 것은 이런 사정이 있었기 때문이다.

한편, 허도에서 칙사가 도착하자 마등은 그를 환대했다. 이어서 마등은 부하들을 모아놓고 칙명을 받들 것인가 말 것인가, 즉 허도로 갈 것인가 말 것인가를 물었다.

참모들의 의견은 뻔했다.

'위험하니 절대로 가서는 안 된다'는 것이다.

마등은 말했다.

"내가 만약 가지 않으면 너무 자주 천자의 뜻을 거스르는 결과가 되고, 조공曹公은 나에게 반역자라는 오명을 뒤집어씌울 거요. 이 우부풍 땅은 사방으로 적을 받아들일 수 있는 지형이라서 쉽게 공격당하고 말 거요. 그렇게 되면 많은 희생자를 내게 될 것이 슬프구려. 나는 역시 가야겠소. 그대들은 병력을 준비하여 뒤에서 후원해주시오. 조공은 나 한 사람만 잡으면 나머지는 필요 없을 거요. 하지만 나를 죽이려 해도 나는 사형당할 만한 일을 하지 않았으니, 세상 평판을 꺼려 결국에는 손을 대지 못하고 나를 무사히 돌려보내줄 거요."

이 말을 듣고 마대가 말렸다.

"숙부님께서는 하후연의 명령을 듣지 않았기 때문에 이미 눈 밖에 나 있을 것입니다. 허도로 가시는 건 그만두십시오."

그러나 마등은 이렇게 대답했다.

"나는 벌써 결심했다. 너는 나 대신 군대를 지휘해라. 나는 허도로 가면 숙소에 부하 한 사람을 놓아두겠다. 만약 불측한 사태가 일어나거든 너는 방덕과 함께 군대를 이끌고 진중秦中으로 나가서, 거기서 다시 남쪽으로 전개하여 천수까지 간 다음 견양을 취하여 근거지로 삼아라. 그리고 보병 수백 명을 주민으로 분장시켜 각 촌락에 분산해놓고 농사를 짓게 하면서 훗날의 권토중래에 대비하도록 해라. 네 형님인 마초한테는 소관 쪽에서 역습하라고 전해라. 너는 보계에서 진격해라.

양쪽에서 공격하면 내 원수는 틀림없이 갚을 수 있을 것이다."

마등의 결심이 너무나 분명했기 때문에 더 이상 말려봤자 소용없다고 생각한 마대는 머리를 조아려 명령을 받았다.

이튿날 마등은 마휴·마철과 병사 3백을 거느리고, 허도에서 온 칙사와 함께 허도로 떠났다. 하루도 지나기 전에 허도에 도착하자 관사館舍에 짐을 풀고, 그 이튿날 승상부로 가서 조조를 배알했다.

조조는 미리 허저에게 2백 명의 용사를 이끌고 접견실 좌우에 숨어 있다가 명령이 떨어지자마자 마등을 사로잡으라고 일러두었다.

마등이 들어와 인사를 마치자 조조가 말했다.

"먼 길을 오느라 수고했소."

마등은 공손히 절하여 예를 표했다. 이어서 조조는 이렇게 물었다.

"요전에 하후연이 장노를 칠 때 응원하라고 명령했을 터인데, 왜 가지 않았소?"

"저족氏族과 강족이 소동을 일으키고 있어서 임지를 떠날 수가 없었습니다. 또 하나는 조정의 명령이 아니라 하후 장군 개인의 명령이었기 때문에……."

조조는 이 말을 듣고 웃으면서 말했다.

"내가 정서장군 하후연을 파견하여 한중을 정벌케 한 거요. 하후연은 내 위임을 받은 사람이오. 따라서 한중 일대의 군마는 모두 그의 명령을 들어야 하오. 내가 그에게 위임한 이상, 그의 명령은 바로 나의 명령이오. 그대는 나를 좋게 생각지 않기 때문에 일부러 무시하고 거역해 보인 거요. 게다가 그것을 얼버무리려고 그럴듯한 변설을 늘어놓다니. 애들아, 나와서 이놈을 잡아라."

그러자 허저가 용사들을 거느리고 뛰쳐나와 마등을 사로잡았다. 마등은 묶이면서도 조조를 똑바로 바라보며 큰 소리로 욕했다.

"이 마등이 여기에 오면 이렇게 될 줄 알고 있었다. 그러나 조정의 소환이라면 어길 수가 없었다. 내 비록 죽더라도 너 같은 간신배가 언제까지나 제멋대로 굴게 내버려두진 않겠다."

조조는 부하들에게 명령했다.

"밖으로 끌고 나가 참수하라. 반드시 효수할 필요는 없다. 얄팍한 나무로 만든 관에 집어넣어 서쪽 교외에 묻어버려라."

허저는 관사로 가서 마등의 부하 3백 명을 모조리 붙잡아 참수하여 후환을 없애려고 했다.

허저가 부하들을 이끌고 관사에 도착했을 때 서량 병사들은 이미 사정을 다 알고 있었다. 마휴와 마철은 살아서 돌아가지 못할 것을 알고 한 병사에게 이르기를, 백성 차림으로 관사를 빠져나가 마대에게 급히 이 일을 전하고, 군대를 이동시키도록 하게 했다.

마휴와 마철은 마등의 죽음을 슬퍼하여 큰 소리로 울면서 병사들에게 알렸다.

"주공은 조조에게 살해당했다. 이제 곧 적병이 들이닥칠 것이다. 너희들은 빨리 도망쳐라."

그러나 병사들은 평소부터 마등에게 좋은 대우를 받고 있었기 때문에, 마등이 살해당했다는 말을 듣자 눈을 부릅뜨고 눈꼬리가 찢어지더니, 일제히 통곡하며 입을 모아 말하는 것이었다.

"저희들은 여기서 함께 죽겠습니다. 살아서 돌아갈 생각은 없습니다. 당장 활과 화살을 들고 칼을 뽑아 적을 맞이하여 마지막 싸움을 벌일 작정입니다."

서량 병사들이 전투 준비를 하고 있을 때, 어느새 허저가 병사 8백을 거느리고 도착하여 관사를 포위했다. 허저의 후방에서는 하후돈이 경비병 5백을 거느리고 지원 태세를 취했다. 이리하여 관사는 물샐틈없는 포위망에 갇혔다.

마휴와 마철은 기운을 내어 문루 위로 나가자, 활에 화살을 매겨 힘껏 잡아당긴 채 허저와 하후돈이 가까이 오기를 기다렸다. 그리고 잘 겨냥한 뒤 활시위를 놓자 마휴의 화살이 하후돈의 오른쪽 눈에 명중했다.

하후돈은 공중제비를 돌며 말에서 떨어졌다. 이 하후돈은 전에 여포군과 싸울 때 왼쪽 눈을 잃었다. 그런데 이번에는 오른쪽 눈이다. 이렇게 되면 힘을 쓸 수가 없다. 부하들이 급히 그를 도와 말에 태웠다.

그것을 본 허저는 깜짝 놀라 잠시 망설였다. 그때 문루 위에서 마철의 화살이 날아와 허저의 왼쪽 뺨을 꿰뚫었다. 이어서 마휴의 화살이 오른쪽 뺨에 맞았다.

허저는 통증을 견디면서 두 뺨의 화살을 뽑아내고 부하들에게 명령했다.

"공격하라!"

그때 관사 문이 열리더니 마휴와 마철이 앞장서서 허저 쪽으로 다가왔다. 원래 이 두 사람은 도저히 허저의 상대가 못 되었다. 그러나 허저는 두 뺨에 상처를 입었다. 게다가 죽음을 각오하고 다가오는 마씨 형제와 서량 병사들.

예로부터 '한 사람이 목숨을 던져 싸우면 만 명이 덤벼들어도 당해내지 못한다'고 했다. 격전을 거듭하며 실력을 쌓아 정예부대로 유명한 서량 병사 3백여 명이 함성을 지르며 조조군에게 덤벼든다.

조조군은 기가 질려 길을 열어주면서 달아나기 시작했다. 서량군은 지체 없이 그곳을 공격하여 한 줄기 혈로를 뚫으면서 허도의 서문 쪽으로 달렸다.

거기서 기다리고 있는 것은 조조군 대장 왕필王必이다. 3천의 어림군(御林軍: 근위병)을 이끌고 서량군을 맞아 싸운다.

마휴와 마철은 칼을 휘두르며 왕필에게 덤벼든다. 왕필은 당해내지 못하고 마휴의 칼에 찔려 죽었다. 서량군은 기세를 타고 서문을 빠져나간다. 대장을 잃은 어림군은 뿔뿔이 흩어져 이리저리 도망다닐 뿐이다.

허저는 마씨 형제가 성을 빠져나간 것을 알고 많은 병사들을 지휘하여 뒤를 쫓았다. 우물쭈물 낙오하는 자가 있으면 아군이라도 사정없이 베어 죽인다. 허저가 추격대의 선두에 서서 달리고, 병사들은 사방에서 포위하듯 서량군에게 다가간다. 서량군은 전투에 강하지만, 조조군은 죽여도 죽여도 끝이 없다.

마휴와 마철은 이제 끝장이라고 생각하여 자결해버렸다. 서량군 병사들은 이것을 보고도 전투를 계속했지만, 이윽고 밤이 되자 기진맥진했다. 서량군 3백여 명은 결국 모조리 전사했다. 한 사람의 투항자도 나오지 않았다.

허저는 마휴와 마철의 목을 조조에게 바쳤다. 조조는 왕필이 죽고 하후돈과 허저도 부상했다는 말을 듣고는 잔뜩 화가 나 있었지만, 허저가 공을 세우자 마음을 가라앉히고 몸소 허저의 뺨에 약을 발라주었다. 허저에게는 푸짐한 포상과 특별 휴가가 주어졌다.

조조는 또한 하후돈을 문병하고, 왕필의 시체를 거두어 후히 장사지내게 했다. 그리고 군대를 점호해보니 무려 천여 명이 목숨을 잃었다.

조조는 서량 병사들이 강한 것에 놀라 '조홍 혼자서는 마대를 죽일 수 없겠구나' 하고 생각했다. 그래서 조조는 자신을 호위하는 장군 가운데 등애鄧艾와 종회鍾會에게 3천 병력을 주어 조홍의 원군으로 보내기로 했다. 등애와 종회는 당장 출발했다.

마대와 방덕은 마등이 떠난 뒤 한참 되었는데도 아무 소식이 없자 몹시 조바심을 하고 있었다. 그때 한 사람이 달려왔다. 얼굴이 땀투성이가 되어 숨을 헐떡거리고 있다.

자세히 보니 그 사람은 마등을 따라 허도로 간 병사였다. 병사는 잠시 숨을 돌리고는 이렇게 말했다.

"주공께서는 조조에게 살해당하고, 마휴와 마철 장군께서는 결전을 준비하고 계셨습니다. 저는 특명을 받고 보고하러 왔는데, 도중에 조홍과 문빙이 군대를 이끌고 이쪽으로 오는 것을 목격했습니다. 여기서 4, 50리 떨어진 곳까지 와 있습니다."

마등이 죽었다는 소식을 듣고 마대는 통곡했다. 그러자 방덕이 말했다.

"지금은 울고 있을 때가 아닙니다. 적을 맞아 싸울 방책을 강구해야 합니다."

그러자 마대는 눈물을 거두며 말했다.

"숙부님께서는 떠나실 때 우리에게 천수로 가서 근거지를 쌓으라고 말씀하셨소. 지금은 어쨌든 천수로 군대를 이동시키고, 천수에 도착한 뒤에 다시 생각합시다."

방덕은 여기에 동의하고 당장 떠날 준비를 시작했다. 얼마 후 그들은 보계에 도착했다. 아까는 '천수에 도착한 뒤에 다시 생각하자'던 마대였지만, 여기서 이런 말을 꺼냈다.

"보다시피 이곳은 험준한 산악지대요. 우리가 각자 3천 병력을 이끌고 좌우에 매복하여 조홍군을 기다렸다가, 갑옷 한 조각도 돌아가지 못하도록 공격하는 게 어떻겠소? 첫째로는 숙부님의 원수를 갚고, 둘째로는 놈들이 두 번 다시 쫓아오지 못하도록."

방덕은 전적으로 동의하고 부장部將을 불러 5천 병력을 이끌고 먼저 가게 한 뒤, 자신들은 산길 양쪽에 매복하여 조홍군이 오기를 기다렸다.

한편, 조홍과 문빙은 장안에서 위왕 조조의 명령을 받자 7천 병력을 거느리고 우부풍으로 진군했다. 도중에 종요가 이끄는 5천 병력과 합류하여 부풍에 도착해보니 마대는 이미 도망친 뒤였다. 조홍과 문빙은 놀라면서도 수상쩍게 여겼다.

문빙은 무리하여 쫓지 않는 편이 낫다는 의견이었다. 반면에 조홍은 이렇게 주장했다.

"위왕 전하의 생각은 마대를 죽여 후환을 없애자는 거요. 우선 이 근처에 사는 백성에게 물어봅시다. 마대가 아직 멀리 가지 않은 것 같으면 서둘러 추격합시다."

문빙도 여기에 동의하여 두 사람은 군대를 전진시켰다.

꼬박 하루 만에 보계에 도착하여 마을 사람에게 물어보니, 대답이 이러했다.

"서량군은 아침 일찍 출발했습니다. 아직 3, 40리도 가지 않았을 겁니다."

두 사람은 크게 기뻐하며 마대를 추격하기로 했다.

이윽고 해가 서쪽으로 기울 무렵 제법 높은 언덕 기슭에 이르렀다.

그때 느닷없이 북과 뿔피리 소리가 들리더니, 왼쪽에서는 방덕, 그리고 오른쪽에서는 마대가 일제히 화살을 퍼붓기 시작했다. 한쪽은 계산대로였고, 또 한쪽은 허를 찔린 셈이었다. 조홍군은 공격을 막아내지 못하고 패주하기 시작했다. 마대와 방덕이 기세를 타고 추격하자 조홍군은 서로 짓밟아 수많은 사상자를 냈다.

8할 정도의 병력을 잃고 패주한 조홍과 문빙은 40여 리 도망쳤을 때 종요를 만나 진지로 돌아오자 겨우 한숨을 돌렸다.

마대와 방덕은 너무 멀리까지 쫓아가지 않고, 천수를 향해 길을 서둘러 닷새 만에 천수에 도착했다. 천수 태수인 마준馬遵은 성으로도 알 수 있듯이 마씨 일족이다. 마대가 왔다는 말을 듣고는 문을 열고 맞아들여 관청으로 안내했다.

마대가 울면서 마등의 비극을 설명하자 마준도 따라 울면서 말했다.

"아우님, 너무 슬퍼하지 말게. 운다고 돌아가신 숙부님께서 살아 돌아오시는 것도 아니니까. 지금은 냉정하게 마음을 가라앉히고 양주의 맹기(孟起: 마초)에게 급히 알려야 하네. 그리고 원수를 갚기 위한 군대를 일으키세. 나한테도 천수의 병력이 1만 남짓 있으니, 아우님 병력과 합쳐 3만 정도면 전투하기에는 충분한 병력이라고 말할 수 있겠지."

마준은 당장 부장인 강유姜維를 불러들였다.

강유는 기현冀縣 출신으로 무예가 뛰어나고 재능이 남다른 용사였지만 마준 밑에서는 일개 부장을 맡고 있을 뿐이었다. 마준의 부름을 받고 가보니 거기에 마대가 있었다. 마준은 강유에게 이렇게 말했다.

"노장군께서 조조에게 살해당하고 젊은 장군이 이 땅으로 피난을 오셨다. 조조의 추격대가 계속 덤벼들면 안 되니, 백약(伯約: 강유)이

5천 병력을 이끌고 견양으로 가서 그곳을 굳게 지켜 조조의 침입을 막아라. 곧 원군을 보내주마."

강유는 당장 출발했다. 이어서 마준은 방덕에게 5천 병력을 주어 견양에서 30리 떨어진 곳에 주둔하면서 강유를 응원하게 했다.

방덕이 떠나자 마준은 마대에게 군마 5백을 주면서 임조臨洮를 지나 양주로 가서, 이쪽 상황을 보아 즉시 군대를 출동시킬 수 있도록 마초를 도와 출전 준비를 하게 했다.

마대가 떠나자 마준 자신은 부하들에게 명령하여 비상 태세를 폈다.

한편, 조홍과 문빙이 진지에 머문 지 사흘째 되는 날 종회와 등애가 도착하여 조홍에게 전황을 들었다. 등애가 우선 이렇게 분석했다.

"마대가 승리한 뒤 급히 도망쳤을 때 우리가 경기병을 보내 추격했다면 이길 수 있었겠지만, 지금은 너무 멀리 가버렸습니다."

종회는 이렇게 제안했다.

"마대는 반드시 천수로 도망쳐 갔을 것입니다. 천수 태수 마준은 마등의 친척이므로 반드시 연합하여 군대를 출동시킬 것입니다. 아군은 멀리서 왔기 때문에 승패의 행방은 아직 확실치 않습니다. 우선 위왕 전하께 말씀드려 재가를 얻는 것이 상책일 듯합니다."

조홍은 이 말에 따라 군대를 쉬게 하고 조조에게 정황을 보고한 뒤 그 지시를 기다리기로 했다.

한수는 풍익 일대에 주둔하면서 마등과 긴밀한 연계를 유지하고 있었지만, 마등이 허도로 소환당했다는 말을 듣고는 이렇게 생각했다.

'얼마 안 되는 군사를 데리고 남의 세력권에 뛰어드는 건 상책이 아니다. 마등의 이번 상경은 나쁜 결과로 끝날 게 분명하다.'

한수가 부하인 양추楊秋와 정은程銀 등을 모아놓고 대책을 논의하고 있을 때 허도에서 사자가 도착했다는 전갈이 왔다. 한수는 황급히 사자 가후를 진지로 맞아들였다.

자리에 앉자 가후는 조조가 보낸 황금·능라와 금성 태수의 인수印綬를 한수에게 주었다.

한수는 일일이 머리를 조아려 사례하고 사흘 동안 잔치를 베풀어 가후를 대접하면서, 한편으로는 금성으로 부임할 것에 대비하여 부하에게 여행 준비를 갖추게 했다.

한수는 가후를 배웅한 뒤 여러 장수들에게 물었다.

"내가 만약 조조를 편들어 마씨를 공격하면, 마씨가 멸망한 뒤에는 내가 당할 차례다. 그렇다고 해서 마씨를 편들면, 내가 마씨의 대역이 되어 마씨보다 먼저 조조의 공격을 받을 것이다. 무슨 좋은 수가 없을까?"

정은이 이렇게 말했다.

"가후가 이번에 온 것은 분명 '독으로써 독을 없앤다'는 수법입니다. 맹기는 개세蓋世의 영웅이니 아버지의 원수를 갚지 않을 리가 없습니다. 주공과 마씨는 대대로 교류가 깊고 군사적으로도 연계가 있어서, '마씨가 없으면 한씨도 없다'고 말할 수 있는 사이입니다. 그러나 조조군은 관중 일대에 널리 퍼져 있기 때문에, 우리가 궐기한다 해도 조조의 공격을 받아 진퇴양난에 빠질 것입니다. 이럴 때는 병력을 셋으로 나누어 하나는 경수涇水와 위수渭水 주변에 머물게 하고, 또 하나는 금성으로 보내고, 나머지 하나는 안정安定과 고평高平 방면에 주둔시키는 것이 상책입니다. 우리가 모든 군사를 뿔뿔이 흩어버린 것처럼 조조한테 보이자는 것입니다. 조조의 부하들은 우리가 움직이는 것을 보아도 전혀 의심치 않을 것입니다. 만약 맹기가 군대를 출동시키면 금성에서 합류하여 관중으로 들이닥칩니다. 맹기가 군대를 출동시키지 않으면 우리는 금성에서 유유히 실력을 쌓으면 됩니다."

한수는 기뻐하며 곧 보유 병력 1만여 명을 셋으로 나누어, 자신은 제1대인 3천 병력을 이끌고 먼저 금성으로 떠났다. 양추는 제2대인 5천 병력을 이끌고 안정과 고평 방면에 주둔했다. 정은도 제3대인 5천 병력을 이끌고 경수와 위수 주변에 주둔했다. 그리고 모두 조용히 마초의 소식을 기다렸지만, 이 이야기는 여기까지.

손권은 조조에게 대승을 거둔 이후 날마다 조조의 보복전에 대비하여 수비를 강화하고 있었다. 그런데 조조가 한중을 얻고 마등을 죽여 그 위세가 전보다 더 높다는 말을 듣자 급히 주유와 정보를 비롯한 참모들을 불러들여 대책을 논의했다.

주유가 먼저 입을 열었다.

"주공께서 방위에 힘쓰고 계시는 것은 정말 높은 견식입니다. 제가 파양에서 문향(서성)의 보고를 들은 바에 따르면 유현덕과 미부인이 전염병에 걸렸다 합니다. 현덕은 워낙 건강한 체질이어서 지금은 다 나았지만, 미부인은 용태가 날로 나빠졌습니다. 감부인도 밤낮으로 두 사람을 간병했기 때문에 역시 전염병에 걸렸는데, 날씨가 불순하고 형주에는 명의가 없다는 악조건이 겹쳐 반달쯤 전에 감부인과 미부인이 모두 병사했다는 것입니다. 현재 형주에서는 문무백관이 모두 상복을 입고 있습니다. 그런데 주공의 누이께서는 결혼 상대를 찾고 계십니다. 적당한 중매인을 내세워 형주에 가서 유현덕과의 혼담을 꺼내는 것입니다. 현덕과 토역장군(손권의 형 손책)은 함께 나라를 위해 일어섰고, 주공과는 달리 아무 원한도 없습니다. 우리가 강하를 빼앗은 것은 유표가 살아 있을 때였으니, 결국 유표한테서 뺏은 것입니다. 만약 현덕과 주공의 누이가 혼인한다면 상당한 힘을 얻게 될 것입니다. 혼인으로 동맹관계를 맺는 것이지요. 관우·장비·조운은 모두 의리 있는 무인들이니, 주인의 뜻을 어기고 멋대로 아무 명목도 없는 군대를 출동시키지는 않습니다. 제갈량과 방통은 기발한 꾀와 계략으로 가득 찬 모사謀士들이지만, 천하 사람들을 모두 적으로 돌리면서까지 일을 도모하거나 불확실한 도박을 하지는 않을 만큼 신중합니다. 요즘 그들은 서천을 공격하기 위해 상류로 거슬러 올라갈 계획입니다. 그러니 우리와의 혼인관계는 그들에게도 마침가락일 것입니다. 혼인관계를 맺으면, 우리는 강하를 수비하지 않아도 되므로 그 수비대를 전부 합비로 돌릴 수 있습니다. 설령 조조가 대거 남정해 온다 해도, 관우가 양양에 있고 장비가 남양에 있으니, 전령을 형주로 보내기만 하면 그들의 군대가 완성과 낙양 방면으로 나갈 수 있습니다. 조조는 근거지인 허도가 위협받는 것이 걱정스러워서 남정 따위를 생각할 틈이 없어질 것입니다."

손권은 기뻐하며 말했다.

"공근의 말은 보석처럼 훌륭하오. 유현덕이라면 천하의 영웅이오. 내 누이의 남편으로 그보다 잘 어울리는 사람은 없을 거요. 내가 어머님께 아뢰어 허락을 얻는 대로 사람을 보냅시다. 공근은 유수로 가서 수비대를 감독하면서 조조의 움직임에 대비해주시오."

주유는 명령을 받고 당장 유수로 떠났다.

손권은 안채로 들어가 어머니인 국태부인國太夫人에게 누이의 혼인 이야기를 꺼냈다. 국태부인은 이렇게 말했다.

"여자가 시집을 가는 것은 당연하오. 유현덕은 경제景帝 폐하의 피를 이어받은 인물로 개세의 영웅이오. 당장 일을 추진하시오."

손권은 즉시 여범呂范을 형주로 파견하여 혼담을 꺼내게 했다.

한편, 유비 쪽은 감부인과 미부인이 잇따라 세상을 떠나 외톨이가 되자 심한 비탄에 빠져 있었다. 제갈공명과 조운은 기회가 있을 때마다 유비를 위로했다.

어느 날 유비와 공명 그리고 조운 셋이서 오붓하게 술잔을 나누고 있었다. 그때 공명이 웃음을 지으면서 말했다.

"주공의 얼굴에 붉은빛이 서려 있으니 아마 후취를 얻으실 모양입니다. 며칠 내로 이야기가 결정될 것입니다."

유비는 땅이 꺼지게 한숨을 내쉬며 말했다.

"두 아내는 지금까지 나와 고락을 함께해왔는데 나보다 먼저 가버렸소. 그 몸이 아직 식지도 않았는데 어찌하여 느닷없이 후취 이야기 따위를 꺼내는 거요."

유비가 이 말을 끝내기가 무섭게 전갈이 들어왔다.

"오나라 사신 여범이 면회를 요청해왔습니다."

공명이 웃으며 말했다.

"주공, 축하드립니다. 하늘이 내려주신 기회입니다. 기뻐해주십시오."

"군사, 왜 그런 말을……."

"여범을 불러들이시면 확실해집니다. 좀 번거로우시겠지만, 주공 자신의 외모나 연령 같은 것은 걱정하지 마시고 이야기를 받아들여주십시오. 부인들이 불행을 당한 경우 중매를 서는 사람이 나오는 것은 당연한 일이고, 거기에 휘둘리면 나중에 좋지 않은 경우도 물론 많습니다. 그러나 우리와 오나라는 평소에 교류가 없고, 두 부인께서 서거하셨을 때 오나라는 조문 사절도 보내지 않았습니다. 그런데 일부러 사신을 보낸 것입니다. 손권에게는 아직 시집가지 않은 누이가 있으니, 여범은 혼담을 꺼내러 온 게 분명합니다."

유비는 그 말을 듣고 반신반의하며, 어쨌든 여범을 불러들였다. 인사가 끝나자 여범은 손권의 조문하는 말을 전하고, 손권이 얼마나 유비를 경모하고 있는가를 이야기하면서 차츰 혼인 이야기로 옮아갔다.

유비는 속으로 공명의 통찰력에 감탄하면서 여범의 이야기를 듣고 공명을 바라보았다. 공명이 말했다.

"오후(吳侯: 손권)의 후의를 받아들이도록 하십시오."

유비는 일어나서 여범에게 감사의 뜻을 표했다. 여범도 황급히 답례했다. 유비는 손건과 간옹에게 여범을 관사로 안내하여 대접하라고 명령했다.

여범이 나간 뒤에 유비가 공명에게 물었다.

"여범이 중매인 노릇을 하러 온 데에는 무언가 속셈이 있을 터인데, 군사는 어찌하여 한마디로 승낙하라고 하셨소?"

"이건 주유가 조조의 보복을 두려워하여, 우리에게 조조를 견제하는 역할을 맡기려는 속셈인 게 분명합니다. 우리도 사천을 공략하기 위해 장강을 거슬러 올라갈 때 오나라의 배후 공격을 받으면 견딜 수 없으므로, 이 혼인은 우리에게도 '마침가락'입니다. 이 혼인이 성사되면 적어도 강남 방면에서는 조조의 움직임을 쉽게 막을 수 있습니다. 그다음은 오로지 사천으로 진격하면 되고 주공께서도 후취를 얻으실 수 있으니, 온통 좋은 일들뿐이 아닙니까. 부디 기쁜 마음으로 받아주십시오."

유비는 고개를 연신 끄덕이면서 승낙했다.

이튿날 유비는 여범에게 한발 먼저 오나라로 돌아가 손권에게 보고해달라고 부탁하고, 간옹을 답례 사신으로 삼아 여범과 함께 보내기로 했다.

두 사람이 떠난 뒤, 유비는 전날 받은 황금과 능라를 가지고 강가로 나와 관현악을 연주하면서, 뱃머리를 용 모양으로 장식한 배를 전송했다. 이 배에 탄 사람은 납채納采 사절인 군사중랑장 제갈량과 친영親迎 사절인 우장군 조운이었다. 아름다운 비단옷으로 몸을 감싼 두 사람은 하인들을 거느리고 강남으로 떠났다.

두 사람이 강하에 도착하자 서성이 마중을 나왔다. 조운과 서성은 같은 무장이라서 서로 의기투합했지만 너무 오래 머물 수는 없었다. 조운은 곧 여로에 올랐다.

공명과 조운은 구강에서도 감녕의 환대를 받은 뒤 순풍에 돛을 달고 얼마 후 건업에 도착했다. 손권은 노숙과 정보 등을 구복주九洑洲로 파견하여 두 사람을 마중하게 했다.

노숙과 공명은 보자마자 첫눈에 서로 우정을 느꼈다. 공명은 강가로 올라가 노숙과 나란히 말을 달려 성으로 들어간 뒤, 손권의 사저와 정청을 겸한 오후부吳侯府에 이르러 말에서 내렸다.

손권은 예의를 갖추어 두 사람을 후히 대접하고, 어머니인 국태부인에게도 소개했다. 국태부인은 공명의 우아한 풍모와 조운의 위풍당당한 모습을 보고, 사위가 될 현덕에게는 이런 보좌관들이 있으니 장차 반드시 큰일을 이룩할 거라고 확신하여 크게 기뻐했다.

국태부인은 딸의 의장을 갖추고 길일을 택한 다음, 제갈근諸葛瑾과 손소에게 딸을 소중히 데려다주고 오라고 명령했다. 혼인이 이루어져 손부인으로 불리게 된 손권의 누이는 장강을 거슬러 올라가 유비에게 갔다. 손권과 국태부인은 강가까지 나와서 이별의 눈물을 흘렸다.

열흘 만에 일행은 형주에 도착했다. 형주 성내는 집집마다 붉은 등을 내걸어 화려하기 그지없었다. 유비는 강가까지 나와서 손부인의 가마를 맞이했다. 성내까지 십릿길을 가는 동안 길가에는 줄지어 향이 피워져 있다. 남편은 나이가 많고 아내는 젊지만, 부부가 잘 어울린 것은 새삼 말할 필요도 없다.

유비와 손부인의 혼례가 이루어지자 관우와 장비도 형주로 와서 새 형수님께 인사를 올리고 다시 각자의 임지로 돌아갔다.

제갈근과 손소는 유비에게 융숭한 대접을 받고, 충분히 만족한 상태로 돌아가 손권에게 보고했다.

결혼은 잘 이루어졌지만, 훗날 상황이 변하여 서로 원망하는 사이가 되면 곤란하다. 전처가 살아 있다면 후처와 비교 검토할 수도 있을 텐데. 그러면 다음은 어찌 될 것인가. 다음 회를 기대하시라.

제 8 회

태사자, 합비 싸움에서 화살에 맞다
마초, 동관으로 쳐들어가 앙갚음하다

손권과 유비가 혼인으로 친분을 맺은 일은 허도에도 전해졌다. 조조는 그때 조홍한테서 '마대가 천수로 도망쳤다'는 보고를 받고, '이거 참 곤란하게 되었구나' 하고 생각하던 참이었다.

다행히 가후는 한수를 설득하는 데 성공하여 한수가 금성으로 갔기 때문에 관중의 서쪽은 당분간 걱정할 필요가 없었다.

그래서 조홍에게 "우선 견양을 빼앗고, 그런 다음 천수로 진격하여 마대를 죽이라"는 명령을 내리려는 찰나, 손권과 유비가 제휴했다는 소식이 들어온 것이다.

조조는 저도 모르게 냉정을 잃고 문무백관을 소집하여 대응책을 논의하기로 했다.

순유가 이렇게 진언했다.

"손권은 합비에서 우리와 싸워 원한을 샀습니다. 그래서 우리가 보복전을 걸어올 때 형주의 유비가 옆에서 끼어들어 강하를 탈환하러 올까 봐 두려워했을 것입니다. 그 때문에 누이를 정략결혼 시켜 멀리 형주의 유비한테 준 것입니다. 형주 방면의 현상황을 보면 자귀와 이릉 일대에 병력이 집결해 있으니, 반드시 촉으로 진격할 계획을 꾸미고 있을 것입니다. 그렇다면 형주 쪽에서도 저들이 한창 촉으로 진격하고 있을 때 오나라가 후방을 공격하면 견딜 수 없습니다. 그리하여 마침가락으로 혼인을 맺은 것입니다. 양쪽에 그런 사정이 있으니 눈 깜짝할 사이에 일이 성사된 것이겠지요. 저는 이렇게 들었습니다. '이익을 얻기 위해 사귀는 자는 권세가 같아지면 친밀함이 사라진다'고. 손권과 유비는 이익을 얻기 위해 사귀는 것에 불과하므로, 장차 이해관계가 충돌하면 순식간에 적이 될 것입니다. 승상께서는 차분히 실력을 기르면서 둘 중 하나나 양쪽이 모두 피폐해지기를 기다리시기만 하면 됩니다."

이 말을 들은 조조가 다소 미심쩍은 표정을 지었다.

"그대의 말은 참으로 지당하오. 하지만 촉의 유장은 무능하고 유약하여, 유비가 촉으로 진격하면 쉽게 무너져버릴 거요. 촉(서천)이 유비의 수중에 들어가면 한중(동천)이 위험하오. 여기에 대한 묘안이 없겠소?"

순유가 계속하여 이렇게 대답했다.

"승상의 심모원려에는 그저 놀랄 뿐이옵니다. 제 어리석은 소견을 말씀드리면, 손권이 유비와 손을 잡은 것은 원군을 얻기 위함이고, 유비가 손권과 손을 잡은 것은 촉을 얻기 위해섭니다. 이를 이용해서 문원(文遠: 장요)에게 유격대를 주어 합비를 공격하게 하십시오. 오군이 나와서 싸우려 하면 후퇴하고, 오군이 진지로 돌아가면 다시 공격하는 일을 되풀이하는 것입니다. 오나라는 형주에 구원을 청하겠지요. 형주와 오나라가 새로 혼인을 맺었으니 반드시 완성과 섭현 일대의 군대를 보내어 오나라를 구원할 것입니다. 그렇게 되면 형주는 촉으로 진격할 수가 없습니다. 우리는 그 틈을 노려 단숨에 천수를 짓밟아 발판으로 삼고 검각劍閣에서 광한廣漢을 노리며, 하후연 장군에게 기회를 보아 촉을 공격하라고 명령하면 형주의 생명줄을 손에 쥘 수 있을 것입니다."

조조는 기뻐하며 말했다.

"모든 국면을 두루 바라보는 그대의 구상은 참으로 훌륭하오. 오나라·형주·촉의 세 방면을 모두 처리할 수 있는 멋진 계략이오."

그러고는 당장 장요·하후연·조홍 등에게 계략을 일러주었지만, 이 이야기는 여기까지.

주유는 손권의 명령을 받고 유수와 거소 일대를 순찰하며 수군과 육군의 대비 태세에 완벽을 기하고 있었다. 그때 첩자가 달려와 알렸다.

"합비성의 조조군이 몇 개 부대로 나뉘어, 차례를 정해놓고 잇따라 공격해오고 있습니다."

주유는 이 말을 듣고 여몽에게 말했다.

"이건 우리가 형주와 제휴했다는 말을 들은 조조가 우리를 혼란시키고 형주의 동정을 살피면서 어부지리를 얻으려 하고 있는 게 분명하오. 우리는 도랑을 깊이 파고 보루를 높이 쌓아 지키면서, 적군을 맞아 싸우지 않는 게 좋겠소. 자의(태사자)에게 장수와 함께 기병 3천을 이끌고 요소요소를 공격하게 하면 될 것이오."

여몽은 감복하여 말했다.

"도독의 고견에 그저 놀라울 뿐입니다."

주유는 태사자에게 명령을 내리는 한편, 자신은 건업으로 돌아가 손권에게 보고하기로 했다.

위왕 조조의 명령을 받은 장요는 유엽과 의논하여 악침·방분龐奮·호열胡烈 등 세 장수에게 각각 2천 병력을 배당한 뒤 오나라의 방어기지를 혼란시키라고 명령했다. 세 장수는 명령을 받고 오군 진지 앞까지 와서 북을 울리며 함성을 질렀다. 그러나 주유의 명령을 받은 오군은 도발에 응하지 않는다.

조조군은 제1대가 후퇴하면 제2대가 나타나고, 제2대가 후퇴하면 이번에는 제3대가 온다. 이렇게 연달아 치고 빠지면서 물레처럼 빙글빙글 돌며 차례를 바꾸기 때문에 오군 병사들은 몹시 이상하게 생각했다. 또한 조조군은 날마다 장소를 바꾸어, 여기 있는가 싶으면 다음 날에는 저쪽에 가 있는 것이었다. 이런 일이 사흘 동안 계속되었다.

그러던 조조군이 어느 날 거소에 나타났다. 호열이 이끄는 제1대가 장수의 진지 앞에 나타나 한바탕 욕설을 퍼부었다. 장수의 부하들은 모두 거친 사람들뿐이기 때문에 참지 못하고 진지 밖으로 뛰쳐나갔다. 호열은 재빨리 후퇴했다.

장수의 부하인 장사 호거아가 뒤를 쫓았지만, 제2대와 제3대가 나타났기 때문에 멀리 쫓지 않고 추격을 멈추었다. 조조군은 유유히 후퇴하여 어느 산기슭을 돌아 사라졌다.

마침 그때 태사자가 군대를 이끌고 도착했지만, 주유가 전투를 허락하지 않았기 때문에 조조군을 그대로 통과시키고 자신은 영문 뒤에서 그 모습을 지켜보았다.

이때 태사자의 모습을 발견한 호열이 가만히 활에 화살을 매겨 쏘았다. 이 화살이 태사자의 안면에 맞았다.

태사자는 고통을 참으며 호열에게 덤벼들어 단칼에 쓰러뜨렸다. 오군 병사들은 대장이 다친 것을 보고 용기를 내어 전진했고, 이를 본 호거아도 군대를 이끌고 덤벼들었기 때문에, 조조군은 헤아릴 수 없을 만큼 많은 전사자를 내며 참패하고 말았다.

태사자가 상처를 입고 진지로 돌아오자 장수는 놀라서 태사자의 얼굴에 박힌 화살을 뽑아주었지만 상처는 의외로 깊었다. 그 상처를 입은 채 조조군의 대장 호열을 죽이며 격렬하게 활동했기 때문에 화살을 뽑자마자 피가 쏟아져나왔다.

장수가 황급히 약을 발랐지만 피는 멈추지 않았다. 태사자는 한 시간 동안 두세 번이나 의식을 잃었다.

밤이 되어 장수와 호거아 및 정봉이 태사자를 둘러싸고 걱정스러운 얼굴로 지켜보고 있는데, 느닷없이 태사자가 두 눈을 부릅뜨더니 큰 소리로 말했다.

"대장부 된 사람이 전쟁터에서 이름을 떨치지 못하고 국가를 위해 큰 공도 세우지 못한 채, 아무 가치도 없는 싸움에서 애송이의 손에 죽다니 늙으신 어머님께 면목이 없구나."

태사자는 이어서 주위에 둘러앉아 있는 장군들을 둘러보며 말했다.

"주공께 이렇게 전해주시오. '손씨 집안과 유씨 집안은 절대로 등을 돌려서는 안 된다'고."

이 말을 마치자 큰 소리로 한 번 외치고는 울컥 피를 토하고 숨을 거두었다.

오군 병사들은 통곡하지 않는 사람이 없었다. 이 일은 당장 손권에게 알려지고, 당분간은 정봉이 태사자 대신 군대를 지휘하면서 밤낮으로 순찰하며 조조군의 공격에 대비하기로 했다.

손권은 이 소식을 듣고 통곡했다. 문무백관도 모두 눈물을 흘렸다. 손권은 손소를 거소에 보내어 태사자의 유해를 가져오게 했다. 관이 건업에 도착하자 손권은 주유와 정보 및 문무백관을 거느리고 성밖까지 나가서 관을 맞이했다.

장례가 끝나자 태사자의 유해는 손책의 무덤 옆에 매장되고, 태사자의 어린 아들 태사향太史享은 손권의 저택에서 자라게 되었다. 태사자의 부대는 정봉이 그대로 인수했다. 합비 방면에서는 조조군과 오군이 둘 다 대장을 잃었기 때문에 잠시 휴전 상태가 되었지만, 이 이야기는 여기까지.

이 무렵 마대는 천수에서 적도狄道와 조주洮州로 나가, 밤낮을 가리지 않고 강행군하여 닷새 만에 양주凉州에 도착했다.

일이 일인만큼 마대는 문지기를 시켜 마초에게 통보하는 절차도 생략하고 곧장 관아로 들어갔다.

마초는 그때 누이동생 마운록馬雲騄과 아내 양봉楊鳳과 함께 세상 돌아가는 이야기를 나누고 있었다. 마등은 슬하에 3남 1녀를 두었는데, 장남이 마초, 차남이 마철, 삼남이 마휴, 그리고 외동딸이 마운록이었다. 운록은 뛰어난 미모와 무예를 겸비한 여자였다.

운록은 어려서 어머니를 여의었기 때문에, 아버지 마등은 아들들보다 딸을 더 귀여워했고, 뛰어난 영웅에게 시집보내고 싶어했기 때문에 당시의 여자로서는 드물게 스물두 살이 되도록 처녀로 남아 있었다.

마초와 운록과 양봉은 부풍 이야기를 하면서, 요즘 부풍의 아버지에게서 아무 소식도 없는데 무슨 일일까 하고 걱정하던 참이었다.

그때 마대가 상복을 입고 달려 들어와 방바닥에 무릎을 꿇었기 때문에 세 사람은 넋이 하늘 밖으로 달아나버릴 만큼 놀랐다.

마대는 조조가 마등에게 출전을 요청했는데 마등이 그것을 거부했고, 나중에 마철과 마휴를 데리고 허도로 갔다가 모두 전사한 자초지종을 눈물을 흘리며 상세히 이야기했다.

마초 남매는 가슴을 도려내는 듯한 아픔으로 눈물을 흘리며 이야기를 듣고 있었지만, 갑자기 분노가 끓어올라 둘 다 현기증을 일으키며 쓰러져버렸다.

마대는 눈물을 꾹 참고, 형수인 양봉에게 강탕(姜湯 : 생강차)을 받아 각성제 대신 남매에게 먹였다. 남매는 숨을 돌이키자 다시 큰 소리로 울기 시작했다.

'마등 부자가 죽었다'는 비보는 마대의 하인을 통해 양주성 전역에 전해졌다. 한 사람이 열 사람에게, 열 사람이 백 사람에게 소식을 전했기 때문에 순식간에 널리 퍼졌던 것이다. 양주성 사람들은 모두 제 가족이 죽은 것처럼 슬퍼했고, 병사들도 비통한 소리로 한탄했다. 양주의 유력자 몇 사람은 마초를 찾아와, 당장 군대를 보내어 마등 부자의 넋을 달래는 싸움을 벌이라고 권했다.

마초 남매가 통곡하다 쓰러지고 다시 정신을 차리는 일을 되풀이하자, 보다 못한 장수들이 "그러시면 몸을 상하십니다" 하고 저마다 외쳤기 때문에 마초는 겨우 눈물을 거두었다.

이윽고 마초가 마대에게 물었다.

"너는 어떻게 도망쳐 올 수 있었느냐?"

마대는 마등이 모든 일을 낱낱이 지시해둔 덕분이라고 말한 다음, 천수에 주둔하면서 마초의 군대와 함께 조조군을 협공하라던 마등의 지시를 설명하기 시작했을 때 갑자기 바깥이 시끄러워졌다. 문에서 보초를 서고 있던 병사가 달려들어와서 알렸다.

"성내 백성과 병사들이 대표를 내세워 장군께 면담을 청하고 있습니다."

마초는 이 말을 듣고 눈물을 글썽거리며, 마대와 함께 양주의 공회당으로 가서 대표들을 만났다. 대표 하나가 앞으로 나와 이렇게 말했다.

"저희는 노장군께서 허도에서 해를 당하셨다는 말을 듣고 슬픔과 분함을 참을 수가 없습니다. 빨리 보복군을 내보내주십시오."

마초는 눈물을 닦으며 말했다.

"여러분이 그렇게 생각해주시니 이 마초는 감격을 억누를 수 없소이다. 저희 형제의 절을 받아주십시오."

그러고는 마대와 함께 깊이 고개 숙여 사례했다. 대표들도 거기에 답례했다.

이윽고 자리에서 일어난 마초는 영전을 꺼내면서 지시했다.

"당장 군마 3만을 점호하라. 사흘 안으로 흰 옷과 흰 갑옷을 준비하여 출발하라. 늦는 사람은 용서하지 않겠다."

군정관은 곧 준비에 착수했다.

마초는 대표들을 돌려보내고 정청으로 돌아오자 마대를 쉬게 하고 자신이 직접 보복전을 지휘하기로 했다. 그리고 누이에게는 양주성을 지키게 할 작정이었다. 그러나 누이는 무예도 뛰어날 뿐더러 성질도 괄괄했기 때문에, 자기도 가겠다고 우기면서 오빠의 말을 듣지 않는다.

그래서 마초는 부장인 마룽馬龍과 마기馬驥에게 양주성 수비를 맡기고, 아버지 마등과 두 동생의 위패를 만들어 마대와 누이 및 아내와 함께 제사를 올리면서 복수를 맹세했다.

그리고 나흘째 되는 날, 마대에게 3천 병력을 주면서 천수로 가서 마준을 만나 함께 북쪽의 부풍으로 진격하라고 명령하고, 자신과 호응하여 장안을 협공할 태세를 취하게 했다. 마대가 먼저 떠나자 마초는 몸소 선봉장이 되어 3만 병력을 이끌고, 누이 운록은 중군을 이끌며 가족을 지켰다. 그리고 편장군 마개馬凱가 후군을 이끌었다. 흰 깃발과 흰 갑옷이 끝없이 이어지는 모습은 마치 하얀 눈으로 뒤덮인 산과 같았다. 그들은 양주를 떠나 금성으로 도도히 밀어닥쳤다.

마초가 금성에 도착했을 때, 금성 태수 한수는 사정을 잘 알고 있었다. 한수는 성문을 열고 나아가 마초의 진영을 찾았다.

마등과 한수는 서로 마음을 터놓고 사귀던 사이였기 때문에 마초는 한수를 숙부처럼 맞아들여 마등의 죽음을 슬퍼했다.

한수는 조조가 가후를 보내 황금·비단·관작으로 자신을 낚으려 했던 일, 그에게는 그것을 물리칠 힘이 없기 때문에 잠시 시키는 대로 해두었다는 것, 부하인 정은과 양추를 고평·경수·위수·소관 일대에 배치해두었으니 마초가 출전하면 장안을 쉽게 제압할 수 있으리라는 것 등을 순서대로 차근차근 이야기했다.

마초는 한수의 말을 듣고 머리를 조아려 사례했다. 한수는 마초와 그의 부대를 금성으로 맞아들였다.

마초는 금성에서 하룻밤을 보내고, 한수에게는 당분간 금성에 있으면서 지원해달라고 요청했다. 마초가 군마를 이끌고 고평으로 가자, 정은과 양추는 교차로의 푸른 신호등처럼 마초군을 통과시켰다. 마초는 아무 저항도 받지 않고 거침없이 진군했다.

도중에 만난 위강韋康과 양부楊阜도 감히 저항하지 않았다. 이리하여 보름 만에 마초는 장안의 서문 밖에 진을 쳤다.

장안 태수를 맡고 있는 종요는 반평생을 흰 종이에 검은 글씨만 쓰면서 살아온 문관이다. 그래서 어찌해야 좋을지 몰랐지만, 어쨌든 성을 지키라고 명령하는 한편, 허도로 전령을 보내 위급을 알렸다.

'멀리 떨어져 있는 물로는 가까이 일어난 불을 끌 수 없다'는 속담이 있지만, 종요는 아들 종회가 현재 조홍 휘하에 있다는 것을 생각해내고, 황급히 심복 부하를 조홍에게 보내 구원을 청했다.

한편 마초는 장안성이 견고하여 쉽게 무너질 것 같지 않다는 것을 알고 있었다. 우물쭈물하다가 원군이 오면 안팎으로 적을 맞이하게 되어 불리하다. 그래서 다음과 같은 계략을 실행에 옮기기로 했다.

수십 명의 병사를 선발하여, 무기를 품속에 감추고 백성으로 분장하게 한다. 그리고 자신은 장안성을 포위하지 않고 일부러 주변 마을들을 공격한다. 그러면 장안 주변의 주민들은 모두 장안성으로 피난할 것이다. 장안 태수 종요는 성문을 함부로 열 수도 없다. 난민이 몰려들어오면 수습할 수가 없기 때문이다.

그러나 성 위에서 난민 아녀자들이 울부짖는 것을 보면 문관의 필독서인『맹자』에 나오는 '측은지심惻隱之心'이 발동할 것이다. 그래서 성문을 열고 난민을 맞아들일 게 틀림없다.

이리하여 진짜 난민들은 태수의 은덕에 감격하고, 백성으로 분장한 가짜 난민도 무사히 성내로 잠입할 수 있다는 계산이다.

이 계산대로 일이 진행되어 그날 밤 자정 무렵 장안성 동문에 불길이 올랐다. 종요는 급히 불을 끄라고 명령했다.

마초의 서량군은 가짜 난민이 열어준 서문으로 몰려들어갔다. 서량군 병사는 범처럼 사납고, 말은 용처럼 용맹하다. 성내 수비병들은 뿔뿔이 흩어져 달아난다.

종요는 의관을 벗어 던진 채 가까운 측근들을 거느리고 동관潼關 쪽으로 도망쳤다.

장안을 얻은 마초는 백성들을 진정시킨 뒤, 정은과 양추에게 1만 병력을 주면서 종요를 추격하여 동관을 빼앗으라고 명했다. 누이 운록에게는 장안 수비를 명하고 자신은 2만 병력을 이끌고 부풍 공략에 나섰다. 마대는 계속 응원 태세를 취한 채 대기하게 되었다.

한편, 조홍은 위왕 조조의 명령을 받고 당장 등애를 보내 견양을 공격하게 했다. 견양을 지키는 강유는 오로지 수비에만 전념할 뿐, 나와서 싸울 생각을 하지 않는다.

등애는 온갖 수법을 다 써보았지만 도무지 유인에 넘어가지 않는다. 그래서 아들 등충鄧忠에게 군마를 주어, 야음을 틈타 견양 후방으로 돌아가서 강유의 귀로를 차단하려고 했다.

그러나 이 계획은 완전히 빗나가고 말았다. 매복해 있던 방덕의 복병에게 기습당하여, 등충은 혼자 간신히 도망쳤지만 등충에게 준 천여 명의 병력은 전멸하고 말았다.

등애가 고민하고 있을 때 조홍의 전령이 와서 본진으로 오라는 명을 전했다. 중요한 군사회의가 열린다는 것이다. 등애가 가서 보니 종요가 보낸 구원 요청 때문에 열린 회의였다. 동료인 종회가 부자지간의 정리로 아버지를 구원하러 가겠다고 자청했다.

결국 조홍은 종회에게 3천 병력을 주어 제1대로 삼고, 등애에게도 3천 병력을 주어 제2대로 삼았으며, 자신은 5천 병력을 이끌고 제3대가 되어 장안 구원에 나서기로 했다. 견양에는 문빙이 이끄는 7천 병력을 남겨 마대의 북상에 대비하게 하고 급히 장안으로 출발했다.

종회는 안달이 나 있었다. 당장 장안으로 달려가 아버지 종요를 구하고 싶은 마음뿐이었다. 그러나 장안은 이미 함락되었고 마초는 조조군의 원병을 공격하러 오고 있었다.

종회가 장안에서 50리 떨어진 곳까지 왔을 때, 앞쪽에 서량군의 하얀 조기弔旗가 땅에서 솟아난 백설의 파도처럼 소용돌이치며 오는 것이 보였다. 굉장한 기세였다.

종회는 급히 군대를 세우고 진형을 갖추어 서량군을 맞이했다. 서량군은 지금까지 전투다운 전투를 거의 하지 않았기 때문에 기세가 왕성했다.

우선 마초가 창을 높이 치켜들고 종회 쪽으로 달려왔다. 종회도 언월도를 휘두르며 맞아 싸웠지만, 10합도 겨루기 전에 마초의 강함에 그만 주눅이 들어 말머리를 돌려 달아나기 시작했다.

종회가 물러나자 등애와 등충 부자가 그 뒤를 이어 마초에게 덤벼들었다. 마초는 온힘을 모아 버럭 고함을 지르면서 등충을 찔러 죽였다. 도망치던 종회는 그 모습을 보고는 다시 말머리를 돌려 등애를 응원하러 왔다.

그러나 서량군이 우르르 몰려들자 조조군은 견디지 못하고 참패하여 도망쳤다. 다행히 조홍이 이끄는 본대가 도착했기 때문에 겨우 진형을 정비하고 진지를 쌓아 마초를 맞아 싸울 태세를 갖추었다.

한편, 견양성의 강유는 조조군이 얼마 전부터 공격해오지 않았기 때문에, 사람을 풀어 조사해보니 '이미 퇴각했다'는 것이었다. 그래서 천수의 마준에게 그 일을 보고하기 위해 전령을 보내려 할 때, 앞쪽에서 흙먼지를 자욱이 날리며 마대와 방덕이 달려왔다.

두 사람을 성으로 맞아들인 다음 강유가 말했다.

"이쪽에 있는 조조군은 이미 퇴각했습니다."

그러자 마대가 말했다.

"아마 형님이 장안을 공격했기 때문에 그쪽을 구원하러 갔을 거요. 강 장군은 이대로 여기를 지키면서 우리를 후원해주시오. 나는 방 장군과 함께 병력을 이끌고 장안으로 갈 테니."

강유도 승낙했다.

마대와 방덕의 부대가 보계에 당도하니, 전에 이곳에 배치해둔 몇몇 부대의 부장들이 마대가 온 것을 알고는 이렇게 보고했다.

"적장 문빙이 이 근처에 주둔해 있습니다."

마대는 각 부대를 소집하여 명령을 내렸다.

"오늘밤 문빙의 진지 사방에다 불을 지르라."

한편 문빙은 마대가 온 것을 알고는 싸우지 않고 세심한 주의를 기울여 진지를 지키기로 방침을 정하고, 특히 불을 조심하라고 명령했다.

이윽고 새벽 두 시경에 문빙의 본진 사방에서 불길이 솟았다. 문빙이 낮에 '불조심하라'고 말해두었는데 불이 나고 보니 조조군은 오히려 몹시 당황했다.

게다가 서량군이 얼마나 강하고 무서운지는 충분히 알고 있다. 싸우기도 전에 불안과 동요가 교차하여 공포심을 부추겼기 때문에 완전히 침착성을 잃어버렸다.

그 혼란을 틈타 왼쪽에서는 방덕, 오른쪽에서는 마대가 북과 뿔피리를 울리며 덤벼들었다.

조조군의 혼란은 수습할 도리가 없어서, 문빙은 맞아 싸울 겨를도 없이 패잔병을 이끌고 장안으로 도망쳤다.

방덕과 마대는 문빙을 추격했다. 문빙은 겨우 조홍의 진영으로 도망쳐 들어가 자초지종을 보고했다. 조홍은 놀란 얼굴로 말했다.

"앞에는 마초, 뒤에는 마대라…… 이 일을 어찌하면 좋겠소?"

그러자 등애가 대답했다.

"한중으로 퇴각하여 하후연 장군과 합류한 뒤, 위왕의 재가를 얻어 역습하는 것이 상책인 줄 압니다."

"그런가? 일이 이 지경에 이르렀으니 그럴 수밖에 없겠군."

조홍은 총퇴각 명령을 내리고 한중을 향해 쉬지 않고 달렸다. 당연히 마대와 마초도 그들을 추격하여, 조조군은 8천 명을 잃었다.

마초와 마대 형제는 여기서 다시 재회했다. 마초는 마성馬成에게 5천 병력을 주어 포사도褒斜道 입구를 지키게 하고, 자신은 마대·방덕과 함께 장안으로 돌아가 동관 공격을 계획했다.

이 동관은 전략적 요충으로서, 동서로 통하는 길은 짐마차 한 대가 겨우 지나다닐 수 있을 만큼 좁고, 삼면이 산으로 둘러싸여 있으며 한쪽은 황하다. '한 사람이 관문을 지키면 만 명이 와도 열지 못한다'는 말은 바로 이를 두고 하는 말이다. 함곡관函谷關에 비하면 열 배나 견고한 관문이다.

한편, 앞에서도 말했듯이 장안에서 쫓겨난 종요는 구멍으로 도망쳐 들어가는 생쥐처럼 동관으로 달아나고, 정은과 양추가 그 뒤를 쫓았다. 원래는 임동현臨潼縣에서 종요를 사로잡을 수도 있었지만 잡지 않은 것은 양추의 작전이었다. 종요를 안내인이나 도화선으로 삼아, 자기들도 동관으로 달려들어가려는 속셈이다.

과연 종요는 정은과 양추의 손아귀에서 놀고 있는 줄도 모르고 열심히 도망쳤다. 양추와 정은은 유성이 달을 쫓듯, 너무 달라붙지도 너무 떨어지지도 않은 채 동관으로 다가갔다.

동관 수비병들은 가까이 온 사람이 장안 태수 종요라는 것을 알자마자 당장 관문을 열어 맞아들였다. 그 틈을 놓치지 않고 정은과 양추는 말을 채찍질하여 단숨에 동관 안으로 돌진했다.

수비병들은 너무 갑작스러운 일이라 아무 저항도 하지 못했다. 정은과 양추에 뒤이어 서량군도 한 무더기가 되어 관문 안으로 우르르 들이닥쳤다. 종요는 관문을 막 빠져나갔을 때 사로잡혔다.

서량군은 또한 위남渭南 현령 정비丁斐도 사로잡아 감옥에 처넣고 마초의 판결을 기다렸다.

며칠 뒤 마초가 도착하자 정은과 양추가 관문 밖으로 나가서 그를 맞아들였다. 마초는 크게 기뻐하며 곳간의 재물을 두 장군에게 내주어 부하들에게 상으로 나누어주게 했다. 여기서 군마를 쉬게 하고 다시 새로운 전진이다.

서쪽에서 온 천마天馬는 아침에 악와渥洼 골짜기를 떠나 황하가 북쪽을 향해 구부러지는 언저리에서부터 경수와 위수까지 수중에 넣었다고 할 수 있을 만큼 순조롭게 전진했다. 그러면 이 다음은 어찌 될 것인가. 다음 회를 기대하시라.

제 9 회

조조, 계책을 써서 임동현을 사수하다
제갈량, 백수관으로 진격하다

앞에서 마초가 원수를 갚기 위한 군사를 일으켜, 한수의 도움을 얻고 마대와 견양에서 합류하여 피 한 방울 흘리지 않고 장안에 이른 자초지종을 이야기했다. 이 장안은 진나라와 한나라의 수도였던 곳인데, 이곳을 중심으로 한 '관중關中' 일대에서는 모든 산업이 번창했기 때문에 흔히 '천부天府', 즉 '하늘 나라'라고 불리게 되었다.

그런데 조조는 이 시대를 대표하는 인재다. 병법에 정통하고 지리에 밝을 뿐만 아니라, 힘이 남아돌아 『손자孫子』 13편을 흉내낸 『맹덕신서孟德新書』라는 책까지 쓴 인물이다.

이런 조조가 전략적 요충인 산이나 강을 굳게 지키지 않을 리가 없다. 그런데 마초는 아무도 없는 무인지경에 들어가는 것처럼 마음대로 통과할 수 있었다. 사실 여기에는 까닭이 있었다. 그 이유가 뭐냐고? 그렇게 서두르지 말고 차분히 기다려달라. 이제부터 차차 이야기할 테니까.

애당초 조조는 마등과 한수를 부풍과 풍익에 각각 주둔시켜 강족과 저족의 반란을 막게 했다. 따라서 두 사람에게는 상당한 병력을 주었다.

또한 종요를 장안 태수로 삼아 2만여 병력을 주고, 고평 태수 양부와 역양 태수 위강韋康과 북지 태수 장서張緖한테도 3천 내지 5천의 병력을 주었다.

게다가 조홍과 문빙이 이끄는 1만여 병력, 종회와 등애가 이끄는 수천 병력을 합하면 전부 6,7만에 이르는 상당한 병력이었다.

따라서 설령 마등이 배반하고 한수가 마음을 바꾸었다 해도, 전체적으로 보면 병력의 3분의 1을 잃었을 뿐이다.

마초의 부하는 3만 남짓이다. 이 마초군이 정은과 양추가 이끄는 1만 병력과 함께 소관에 이르러 동쪽으로 전진했다. 마초는 그저 원수 갚을 생각으로만 가득 차 마음이 조급했고, 하루라도 빨리 조조를 죽이고 싶어서 안달했다. 그렇기 때문에 도중에 투항한 사람은 모두 원래의 자리에 유임시켰다.

마초가 지나는 길목에 있는 군현郡縣에서는 태수부터 나루터 관리인에 이르기까지 모두 마초를 환영했고 방아깨비처럼 굽실거리며 투항했다. 그렇기 때문에 도중에 아무 장애물도 없었던 것이다.

게다가 마대가 남쪽 길을 지나왔기 때문에 마초의 세력은 더욱 강대해졌다.

종요라는 인물은 평소부터 인도주의를 외치고 있었던지라, 순순히 장안을 넘겨주었다. 조홍이 연전연패하여 한중으로 퇴각해버렸는데 화주華州와 위남의 각 현이 무슨 힘이 있어서 마초에게 대항할 수 있겠느냐는 것이 종요의 생각이었다.

정은과 양추의 다급한 추격을 받으며 정신없이 도망치던 종요도 결국 동관에서 사로잡혔다. 당나라 말에 이존효李存孝가 황소(黃巢: 농민반란 지도자)를 추격한 것과 비슷하지만, 이존효는 바깥쪽으로 쫓았고 서량군은 대담하게도 안쪽으로 파고들었다. 어느 쪽이 쉬웠는지는 곧 알게 될 것이다.

한편, 허도의 조조는 장안이 함락되었다는 소식이 잇따르자, 마초가 강하고 서량군도 정예이기 때문에 자신이 직접 나서지 않으면 안 되겠다고 생각했다.

둘째아들 조비에게 허도 수비를 맡기고 사마의를 직무대리로 임명한 뒤, 자신은 허저·서황·조휴·조진·하후패夏侯霸·하후화夏侯和·하후혜夏侯惠·왕쌍王雙·한덕韓德·장패·후성侯成 같은 무장과 순유·순욱·가후·화흠 같은 참모들을 거느리고, 귀여워하는 아들 가운데 창과 충沖을 대동했다.

이 조충은 이제 갓 약관이 된 젊은이인데, 옥처럼 아름다운 용모와 총명한 두뇌를 가졌지만, 평소에는 책을 읽지 않고 형 창에게 봉술과 창술을 배우고 있었다. 그 밖에도 팔괘권八卦拳·만승도萬勝刀·육합곤六合棍·회마창回馬槍 등 갖가지 무술에 능통했다.

조조는 슬하에 일곱 아들을 두었다. 이렇게 말하면 소동파蘇東坡가 왕안석王安石의 해석을 조롱한 이야기가 생각나는 사람도 많을 것이다. 『시경詩經』의 '국풍國風'편 〈시구(鳲鳩: 뻐꾸기)〉라는 시에 이런 구절이 있다.

뻐꾸기가 뽕나무에 앉아 있는데
새끼가 일곱이네
鳲鳩在桑 其于七兮

왕안석은 이것을 '자식 일곱이 한 몸이 되어 가정을 충실히 하라'고 노래한 구절로 해석했다.

그러자 소동파는 '그렇다면 부모를 포함해서 아홉 명이라고 노래하지 않으면 안 되었을 텐데' 하고 비꼬았다.

다시 본론으로 돌아가자. 조조의 맏아들은 첩의 소생인 조앙인데, 조조가 완성에서 장수의 숙모와 간통한 일이 발단이 되어 살해되었다. 둘째가 앞서 말한 오관중랑장 조비, 셋째가 조웅曹熊, 넷째가 재능이 뛰어난 조식曹植, 다섯째가 조창, 여섯째가 나중에 백마왕白馬王에 봉해진 조표曹彪, 그리고 일곱째이자 막내아들이 바로 조충이다.

그들은 위대한 아버지 덕분에 삼국시대에는 명망이 높았다. 그러나 조웅은 유약하고 재능도 없는 주제에 충의를 다하려고 애쓰기 때문에 조식이나 조표·조충 같은 동생들까지도 그를 업신여기고 있었다. 조웅은 어쨌든 형제이기 때문에 아무리 놀려도 웃으면서 받아넘겼다.

이런 쓸데없는 이야기를 한 것은 다름아니라 앞으로 조조가 집안의 가계를 어떻게 수정하게 되는지, 주의 깊게 살펴봐주기를 바라기 때문이다.

조조는 마초의 기세가 워낙 강대하기 때문에 정예병력 7만을 특별히 선발했다. 그리고 서황을 선봉장으로 삼아 8천 병력을 이끌고 당장 영보靈寶로 가서 함곡관을 지키라고 명령했다. 그러다가 제2대가 도착하면 이들과 함께 함곡관을 나와 동관으로 쳐들어가라고 지시했다.

왕쌍과 한덕에게는 5천 병력을 주어 제2대로 삼고, 서황과 합류하게 한다. 하후패와 하후화는 5천 병력을 이끌고 동관 맞은편에 있는 봉릉도鳳陵渡로 가서 배와 뗏목을 준비하여, 마치 배를 타고 건너가 공격할 것처럼 보이게 했다.

그렇게 해놓고, 봉릉도에서 상류로 10리쯤 거슬러 올라간 지점에서 야음을 틈타 바람을 넣은 소가죽 주머니를 타고 강을 건너 동관의 뒤쪽으로 이동한다. 조조의 본대가 도착하기를 기다려 동관 주위와 여산

山 기슭에 일제히 조조군 깃발을 꽂아 서량군을 동요시킨다.

후성은 부하들을 거느리고 상어商飫에서 낙수洛水를 따라 한중까지 거슬러 올라간 다음, 조홍과 장합 같은 장수들과 함께 포사襃斜의 잔도棧道를 통해 장안을 공격한다.

첩자들은 유림楡林을 통해 소관을 빠져나가 양부와 위강에게 마초의 퇴로를 끊게 한다.

사실 양부와 위강은 마초에게 투항했지만, 조조의 위세를 두려워한 나머지 샛길로 사람을 보내 조조에게 모든 것을 알리고 있었다. 요컨대 그들은 눈으로는 날아가는 기러기를 지켜보면서 손에는 활과 화살을 쥐고 언제라도 쏠 준비를 갖추고 있었는데, 이것은 오늘날에도 전국적으로 널리 유행하고 있는 방식이다. 이 유행은 하늘이 내리는 전염병보다 더 기승을 부리고 있으니 어이가 없다.

조조는 부대 배치를 끝내자 직접 대군을 이끌고 그날로 당장 허도를 떠났다. 허도에서 동관까지는 보름쯤 걸리는 거리였다. 그러나 조조는 밤낮으로 강행군하여 아흐레 만에 동관에 도착했다.

이 무렵 마초는 동관을 얻은 직후였다. 병사들은 양주를 떠난 뒤 아직 하루도 제대로 쉬지 못했기 때문에, 여기서 하루나 이틀쯤 쉬었다가 함곡관을 공격하러 가려는 참이었다.

그러나 어찌 알았으랴. 조조군이 벌써 도착한 것이다. 마초는 조조군이 온 것을 알고, 정은과 양추를 동관 수비대로 남겨놓고 자신은 마대·방덕과 함께 3만 병력을 이끌고 동관에서 20리 떨어진 곳에 진을 쳤다.

조조도 진을 편 뒤 여러 장수들을 거느리고 진지 앞에 나와 말을 세웠다. 그리고 서량군 진영을 바라다보니 영문이 열리면서 한 장수가 왼쪽에는 방덕, 오른쪽에는 마대를 거느리고 20여 명의 부장들과 함께 모습을 나타냈다.

용 같은 눈썹에 봉 같은 눈, 원숭이처럼 긴 팔에 벌처럼 잘록한 허리. 얼굴은 분을 바른 것처럼 하얗고 이도 하얗고 입술은 붉다. 일곱 척 가까운 당당한 체구에 나이는 스물서넛 정도. 머리에는 은투구를 쓰고, 몸에는 은으로 만든 갑옷을 걸치고, 하얀 비단 저고리를 입고, 허리에는 하얀 띠를 둘렀다. 손에는 맑은 샘물로 씻은 강철 창을 들었다. 타고 있는 말은 대완大宛에서 나는 백룡마白龍馬. 위풍이 당당하고 모습이 늠름한 미남 대장부다.

서량군 병사들도 모두 하얀 깃발을 들고 하얀 갑옷에 하얀 투구를 쓴 상복 차림이다. 그 흰빛이 산야에 가득 차, 끝없는 은세계에 피어 있는 하얀 매화 같다.

조조는 저도 모르게 "남쪽에는 주유가 있고 서쪽에는 마초가 있으니, 참으로 영웅은 젊다는 말이 그르지 않구나" 하고 찬탄하는 것이었다.

이런 것은 아무래도 좋다고 생각하는 사람도 있겠지만, 조충은 아버지가 이렇게 말하는 것을 듣고는 발끈 화가 났다.

조충은 자기야말로 '젊은 영웅'이라고 자부했고, 허도에서 여러 장수들과 솜씨를 견주어보아도 허저 하나만은 제법 뛰어나지만 나머지는 별로라고 생각하고 있었다. 그래서 어느 날 조충은 허저에게 시합을 제의했다. 조조는 허저를 가장 신뢰하고 있었지만, 조충은 조조가 사랑하는 아들이다. 몇 번이나 시합을 하자고 졸라대자 허저는 할 수 없이 그 제의를 받아들였지만 정말로 있는 힘을 다해 싸울 수는 없었다. 상대에 맞추어 적당히 손을 움직일 뿐이었다.

교만한 조충은 허저의 이런 배려를 전혀 눈치 채지 못하고, 오히려 자신의 솜씨에 대해 더한층 자부심을 품었다.

"이제 천하에 나보다 강한 자는 존재하지 않는다."

그런데 아버지가 마초를 칭찬하는 소리를 듣자 뱃속에서 불꽃이 활활 타올랐다. 그래서 아버지의 명령도 기다리지 않고 제멋대로 말을 몰아 마초에게 덤벼들었다.

마초는 진지 앞으로 온 젊은 무장의 몸차림과 무기가 훌륭한 것을 보고 이름을 물었다.

"나로 말할 것 같으면 위왕의 일곱째 아들 조충이다."

마초는 조조의 아들이라는 말을 듣자마자 당장 창을 꼬나쥐고 덤벼들었다. 10합도 겨루기 전에 조충이 마초에게 밀려 위험해졌다. 그것을 본 조창이 동생을 도우러 나갔다.

그러나 그보다 먼저 마초는 자세가 허물어진 조충에게 창을 꽂았다. 조충은 말에서 떨어져 죽었다. 허저와 서황이 달려나가 마초에게 덤벼들었다. 조창은 아우의 시체를 안고 본진으로 돌아왔다.

조조는 사랑하는 아들이 죽는 것을 보고 노기가 하늘에 닿을 만큼 격분하여 장수들에게 총공격을 명령했다. 서량군 쪽에서는 방덕과 마대가 부하들을 지휘하여 조조군을 맞아 싸운다. 조조군은 밤낮을 가리지 않고 먼 길을 강행군해 왔기 때문에 완전히 지쳐서 지금은 기운이 하나도 없었다.

오른쪽에서 서량군의 기마대가 메뚜기 떼처럼 화살을 퍼붓자 조조군 본대는 슬금슬금 후퇴하여 20리쯤 후방으로 물러간 뒤에야 겨우 걸음을 멈추었다.

어쨌거나 이 단계에서는 조조가 마등을 죽이고 마초가 조충을 죽였으니 피장파장인 셈이다. 참으로 하늘의 배려에는 감탄할 뿐이다. 서량군은 승리를 얻고 진지로 돌아가 장병들에게 후한 상을 내리고 승리의 기쁨에 들끓었다.

조조는 진지로 돌아간 뒤에도 여전히 호흡을 조절하지 못하고 조충을 생각하며 통곡했다. 여러 장수와 참모들은 열심히 조조를 위로한다. 조조는 마침내 조창에게 조충의 시체를 관에 넣어 허도로 돌아가라고 명령했다.

그리고 이튿날 여러 장수들을 모아놓고 물었다.

"내 아들의 원수를 갚아줄 사람은 없소?"

그러자 허저가 맨 먼저 앞으로 나섰다. 조조는 허저에게 3천 병력을 주고, 서황과 왕쌍에게는 좌우에서 응원하라고 명했다. 허저는 진지 앞으로 나아가더니 큰 소리로 외쳤다.

"이놈 마초야, 어서 나와서 죽음을 받으라."

마초가 그 소리를 듣고 나가려 했을 때에는 이미 방덕이 진지에서 뛰쳐나가 허저를 향해 곧장 달려가고 있었다.

언월도를 휘두르며 달려오는 방덕을 허저가 눈을 가늘게 뜨고 자세히 살펴보니, 검게 탄 신상神像이라고나 할까, 냄비 바닥에 방울로 두 눈을 붙인 듯한 모습이다.

다시 말해서 안색이 검고 눈동자도 새카맣다는 뜻인데, 그렇게 까만 방덕이 흰 갑옷으로 몸을 감싸고 달려오는 모습은 마치 숯덩어리가 하얀 눈 속을 데굴데굴 굴러오는 것 같았다.

허저도 언월도를 치켜들며 빈정거렸다.

"그대는 마초 대신 나왔지만, 존안을 뵈오니 도저히 마초의 대리는 될 수 없을 것 같소."

방덕은 화가 나서 대꾸했다.

"네가 우리 정의의 군대에 대해 칼을 들이대는 것이야말로 무도한 이야기가 아니냐. 자, 어서 겨루어보자. 네가 언월도로 나오면 언월도, 창을 갖고 나오면 창으로 상대해주마. 나는 누구한테도 지지 않는다. 내 고귀한 풍모에 대해 이러쿵저러쿵 말할 겨를이 없다."

그러고는 언월도를 휘둘러 바람을 가르며 덤벼든다.

허저는 방덕의 잇따른 공격을 받으면서 '이건 얕볼 수 없는걸' 하고 생각하자 기운을 내어 언월도를 휘둘렀다. "에잇" 하고 내리치면 "오옷" 하고 받아내고, 두 장수의 얼굴은 흙먼지로 더러워진다. 한쪽은 붉은 구리로 만든 언월도, 또 한쪽은 쇠로 만든 언월도. 기량이 막상막하인 두 사람이 흙먼지를 날리며 싸우는 모습은 악귀들이 원수를 만났거나 난폭한 사나이들끼리 격투를 벌이는 것 같아서 양쪽 진영의 병사들은 넋나간 듯 멍하니 지켜볼 뿐이다.

두 사람은 3백 합 이상을 싸웠지만, 마침내 해가 저물었기 때문에 싸움을 그만두고 각자 진지로 돌아갔다.

이튿날 두 사람은 다시 하루 종일 싸웠지만 승부가 나지 않는다. 그래서 사흘째 되는 날 조조는 몰래 서황을 불러 궁수弓手 20여 명을 준비하게 하고, 허저에게는 적당한 때에 진 척하고 도망치라고 명령했다. 방덕이 허저를 쫓아오면 활로 쏘아 죽여버릴 속셈이었다.

서황은 명령을 받고 당장 준비를 시작했다.

결국 방덕은 죽어야 할 운명이었던 것이다. 허저와 이틀 동안 싸웠지만 승부가 나지 않았는데, 사흘째 되는 날에는 왜 허저가 도망치는지, 깊이 생각해보지도 않고 뒤를 쫓았으니 말이다. 결국 공을 세우려는 초조한 마음이 자신을 파멸시키는 결과가 되었다. 그는 쫓아가는 것만 생각하고 물러서는 것은 아예 염두에도 두지 않았다.

사실 허저는 지난 이틀 동안 싸우면서 속으로 남몰래 방덕을 존경하게 되었기 때문에, 가능하다면 이렇게 비겁한 방법으로 죽이지 않고 정정당당하게 승부를 겨루어 결말을 짓고 싶었다. 그러나 위왕의 명령이니 거역할 수도 없다.

허저는 백여 합을 싸우다가 말머리를 돌려 달아나기 시작했다. 그러자 방덕은 "이놈 허저야, 도망치지 마라"고 외치면서 뒤를 쫓았다.

방덕이 사정거리까지 다가온 것을 본 궁수들은 허저가 지나간 순간 방덕을 겨누어 화살을 빗발처럼 퍼부었다. 방덕은 갑옷을 입고 있었지만 스무 발이 넘는 화살이 몸에 꽂혔다. 그 가운데 몇 발은 급소를 맞혔기 때문에 방덕은 몸을 지탱하지 못하고 말머리를 돌려 도망칠 뿐이다.

그것을 본 마초는 격분했다. 부장에게 돌아온 방덕을 보호하라고 명령한 뒤, 직접 마대와 함께 대군을 이끌고 조조의 본진으로 쳐들어갔다.

예로부터 '분노한 병사에게는 대적하기 어렵고, 죽기를 각오한 무장에게는 맞서기 어렵다'고 말하지만, 마초 형제로서는 아버지 마등의 원수를 아직껏 갚지 못했고 대장 하나가 부상당했기 때문에, 자신의 생사를 돌보지 않고 조조군 진영으로 뛰어든 것이다.

서량군 병사들은 그렇지 않아도 용맹한데, 대장이 목숨을 걸고 뛰어드는 것을 보면 분발하지 않을 리가 없다. 한 사람의 낙오자도 없이, 혼자서 조조군 병사 예닐곱을 죽일 정도로 기세가 등등했다.

조조는 아군 진영이 혼란에 빠진 것을 보고는 말에 안장을 얹고 후방으로 달아나기 시작했다. 허저와 조진이 좌우에서 보호했다.

이 무렵 조조군 장수 장패는 언월도를 휘두르며 마초와 싸우고 있었다. 그런데 마초의 창이 어찌나 빨리 움직이는지 눈에 보이지도 않는다. 스무 합도 싸우기 전에 마초가 자유자재로 놀리는 창을 받아내지 못하고 도망치려고 했지만, 마초의 창이 한발 먼저 장패를 꿰뚫었다.

조조군 장수들은 마초의 강함을 직접 보고 간담이 서늘해져 싸울 마음이 전혀 없다. 이윽고 허저가 돌아와 마초와 수십 합을 겨뤘지만, 마대가 기회를 놓치지 않고 화살을 쏘게 했다.

서량군의 특징은 강력한 활과 말이다. 서량군 병사들이 일제히 활을 쏘자 조조군 부장 스무 명 정도가 단번에 맞아 죽었다. 허저·서황·조휴도 모두 중상을 입고 겨우 문향현까지 달아나 진형을 갖추었다.

마초 일행이 병사들을 거두어 진지로 돌아와보니 방덕은 이미 죽어 있었다.

마초와 마대는 통곡했고, 병사들도 소리내어 울었다. 관을 마련하여 부근에 매장한 뒤 조조군을 추격하려 할 때 동관 병사가 이런 소식을 가지고 달려왔다.

"정은 장군과 양추 장군이 동관을 굳게 지키고 있었지만, 뜻밖에도 조조군이 영제永濟에서 황하를 건너 동관 뒤쪽으로 돌아왔습니다. 정 장군은 동관을 열고 적군을 맞아 싸웠지만, 하후패와 맞붙어 수십 합도 싸우기 전에 칼에 찔려 돌아가셨습니다. 조조군은 이미 동관에 들어와서 양 장군과 시가전을 벌이고 있습니다. 제발 빨리 구원하러 가주십시오."

이 말을 듣고 마초는 아연해졌지만, 급히 마대와 함께 병사를 이끌고 동관으로 가보니 동관 사방에서 불길이 치솟고 사방의 산에는 모두 조조군의 깃발이 꽂혀 있었다.

그 용맹한 서량군도 이를 보자 몹시 동요하여 도망치려는 사람이 나오고, 전체가 심한 혼란에 빠졌다. 또한 양추도 이미 하후패에게 죽음을 당했으니 이 구원도 아무 소용이 없게 되었다.

마초는 우물쭈물하고 있으면 조조군 본대가 올지도 모르기 때문에, 결국 어쩔 도리가 없어서 동관을 버리고 화양華陽으로 퇴각했다. 그러나 그 앞길에는 하후화가 임동臨潼에 진을 치고 기다리고 있었다.

조조는 '동관 탈환' 소식을 받자마자 동관으로 진격하여 사로잡혀 있던 종요와 정비 등을 석방하고, 여러 장수에게 명령하여 당장 마초를 추격하게 했다.

하후패가 이끄는 조조군은 하루 낮 하룻밤 만에 임동현에 도착했다. 마초는 병사들을 향해 크게 외쳤다.

"앞에는 길을 가로막는 도적이 있고 뒤에서는 추격자가 따라온다. 한 줄기 혈로를 뚫지 않으면 살아 돌아갈 가망이 없다!"

이렇게 외치자마자 몸소 말을 달려 앞을 가로막고 있는 하후화의 진영으로 뛰어들었다.

하후화는 불과 천여 명의 병력을 이끌고 있을 뿐인데, 때마침 마초의 틈을 노려 이 땅에 와 있었지만, 결국에는 병력이 많다는 것을 적에게 과시하기 위한 의병疑兵에 불과하고, 게다가 '병력이 많은' 것처럼 보이기 위해 병력을 뿔뿔이 흩어놓았기 때문에 실제 전투 능력은 거의 없는 것이나 마찬가지였다.

하후화는 마초가 다가오자 할 수 없이 맞서 싸우러 나갔지만, 순식간에 마초의 창에 찔려 죽고 말았다. 조조군은 뿔뿔이 흩어져 달아날 뿐이다.

그때 뒤쪽에서 하후패가 공격을 시작했다. 마초는 이를 갈면서 말머리를 돌려 맞아 싸운다. 삼 합도 싸기 전에 하후패는 마초의 창에 뚫리고 말았다.

서량군은 대장이 잇따라 두 적장을 죽였기 때문에, 용기백배하여 다시 기세를 얻어 조조군을 무찔렀다.

그런데 마초가 진지를 쌓으려 할 때 장안 병사가 달려와 이렇게 알렸다.

"우리한테 일단 항복했던 양부와 위강이 연합하여 농서의 귀로를 차단하고 다시 장안으로 진격하는 중입니다. 조홍이 한중에서 병력을 잇따라 내보냈기 때문에 마성은 이를 막지 못하고 지금 호현으로 퇴각하여 구원을 청하고 있습니다."

마초는 저도 모르게 하늘을 우러러 장탄식을 했다.

"먼저 한중을 굳게 지켜두고 나서 진격하지 않았기 때문에 결국 세 방면에서 적을 맞이하는 꼴이 되어버렸구나. 이는 하늘이 나로 하여금 아버지 원수를 갚게 해주시지 않는 것이다."

마대가 이렇게 진언했다.

"형님, 이제 와서 후회해도 소용없습니다. 장안을 포기하고 천수로 돌아가 다시 작전을 짭시다."

마초도 "그 방법밖에는 없을 것 같구나" 하고 동의하고, 병사들과 함께 당장 장안으로 돌아가 누이를 데리고 장안을 포기한 채 천수로 달아났다. 다행히 장안에서 마성을 구원하러 간 원군이 때를 놓치지 않았기 때문에 마성은 호현을 사수할 수 있었고, 그래서 이 남쪽 도로는 조조군에게 차단당하지 않았다.

서량군이 보계까지 퇴각하여 잠시 발을 멈추고 인원을 점검해보니 2만 명 남짓한 병사가 죽거나 흩어졌다. 이 소식을 들은 천수 태수 마준은 강유에게 5천 병력을 주어 구원하게 했다.

보계에 있던 조홍과 문빙은 그런 움직임을 알고 깜짝 놀라, 군대를 세워놓고 조조의 지시를 기다렸다.

한편, 장안을 얻은 조조는 장수들에게 후한 상을 내리고 큰 잔치를 베풀어 병사들을 위로했다. 그러나 술을 마시면 죽은 막내아들 충이 생각나 저도 모르게 눈물을 뚝뚝 흘리곤 했다.

그러나 정치를 잊은 것은 아니다. 조조는 사위인 하후무夏侯楙에게 한중의 정무와 군사를 맡기고, 양부와 위강에게는 관내후關內侯의 작위를 내렸다. 조홍은 잠시 부풍에 주둔하면서 마초를 섬멸할 기회를 노리게 하고, 자신은 여러 장수들을 이끌고 허도로 돌아갔다.

마초는 견양과 위수 사이에 주둔하면서 뿔뿔이 흩어진 병사들을 모아 보복할 기회를 노렸지만, 나중에 조조군에게 사방을 포위당하여 몇 번이나 혈전을 벌인 뒤 견양을 지나 천수로 돌아갔다.

조홍은 마초가 퇴각한 것을 알자, 너무 멀리까지 추격하지 않고 1만 병력을 남겨놓는 한편, 등애와 종회에게 위수 북쪽 연안에서 농사를 지어 군량을 자급하면서 마초의 도발에 대비하라고 명령했다. 그리고 자신은 문빙과 함께 허도로 돌아왔다.

등애와 종회는 명장의 그릇을 갖고 있어서, 전투와 수비가 모두 병법에 맞을 뿐 아니라 후방에는 두터운 지원 태세가 갖추어져 있다. 이래서는 제아무리 마초라 해도 손을 댈 수가 없다.

그래서 마초는 양평陽平과 무도武都에서 백룡강白龍江을 따라 내려가 서쪽의 낭중으로 진격하여 근거지로 삼으려 했지만, 이런 후일담은 잠시 뒤로 미루어두자.

이제 유비 이야기로 돌아가자. 유비는 손권의 누이와 혼인이 이루어져 신혼의 기쁨으로 충만해 있고, 이 결혼 덕분에 형주 일대도 평온 무사하여 '바람이 자니 파도도 잔잔한' 상태였다.

군사 제갈량은 마초가 아버지 마등의 원수를 갚기 위해 군사를 일으켜 장안을 공략하고 동관을 얻었으며, 마침내 조조가 몸소 군대를 이끌고 관중으로 갔다는 정보를 얻자 유비의 저택으로 갔다.

"군사, 무슨 좋은 일이라도 교시해주겠소?"

"지금 장강 남쪽에서는 관계가 아주 좋습니다. 조조군은 마초와 싸우기 위해 서쪽의 장안으로 나갔기 때문에 지금 상태로는 우리를 공격하지 못할 것입니다. 더없이 좋은 이 기회를 틈타 서천(촉)을 빼앗으면, 첫째 장강 상류 지역이 편안해져 후방의 근심거리가 사라집니다. 둘째로는 촉의 풍부한 물자를 수중에 넣어 형주의 군비를 조달할 수 있습니다. 그리고 셋째로는 하후연이 촉 방면을 바라보고 있을 수 없기 때문에 우리가 촉을 공략하기는 아주 쉽습니다. 이것이야말로 천재일우의 기회입니다. 절대로 놓쳐서는 안 됩니다."

"좋소. 그럼 군사에게 맡기겠소."

사실 공명은 오래전부터 준비를 하고 있었기 때문에, 당장 조운에게 육군 8천을 수군 선단에 싣고 자귀에서 촉을 향해 장강을 거슬러 올라가 지강枝江에서 기문을 빼앗으라고 명령했다.

이어서 황충에게는 5천 병력을 이끌고 시남施南을 경유하여 석규石硅로 가서 당장 부관涪關을 빼앗으라고 명령했다. 조운과 황충 두 사람은 급히 형주를 떠났다.

이어서 공명은, 관우와 서서에게는 형주를 지키게 하고 장비와 방통에게는 양양을 지키게 하는 한편, 형주의 종사從事 조루趙累에게는 관우의 맏아들 관흥關興을 보좌하여 남양을 지키도록 하기 위해, 전령을 보내어 각자에게 그 명령을 전하게 했다.

전령을 보낸 지 대엿새 만에 관우와 서서가 먼저 형주에 도착했다. 유비는 관우에게 인수印綬를 주면서 "세심한 주의를 기울여 지키라"고 일렀다.

그런 다음 유비는 별채로 가서 손부인에게 작별인사를 했다. 결혼한 지 반 년도 지나지 않았기 때문에, 거기에는 무어라 말하기 어려운 분위기가 흐르고 있었다.

그 건물 밖에서는 공명이 1만 7천여 병력을 점호하느라 바빴다. 그는 장비의 둘째아들 장포張苞에게 제2대를 이끌고 조운을 응원하러 가라고 명령했다.

그리고 나머지를 제1대로 삼아 위연·유봉劉封·오반吳班·요화寥化·풍습馮習·장남張南 같은 장수들을 거기에 배속시키고, 유비를 따라 그날로 당장 출발했다.

선봉장 조운은 진작부터 공명의 명령을 받고, 몰래 사람을 서천에 잠입시켜 기문 일대의 정세를 탐지하면서 서천을 빼앗기 위한 준비를 하고 있었다.

때마침 하후연이 한중에서 오두미교 신도들을 사냥하고 있었기 때문에 많은 신도들이 외지로 피난하고 있는 중이었다.

그런 사람들 중에는 자귀 방면으로 달아난 교단의 제주祭酒나 사형師兄 같은 간부들도 섞여 있었기 때문에, 조운은 그런 간부들을 찾아내어 많은 황금과 비단을 주고 포섭했다. 이들 종교 난민들은 이에 감격하여, 반드시 은혜에 보답하겠다고 마음속으로 맹세했다.

그래서 조운은 그들을 우선 서천으로 보내고, 가는 도중에 같은 교단의 건장한 동료들을 모아 "아군이 서천을 공격하면 안에서 내응하라"고 명령했다. 근래에 웅극무熊克武가 채악蔡鍔 대신에 사람을 모아 진이안陳二安을 타파한 것은 조운의 이 지혜를 흉내낸 것이다. 오두미교 신도들은 조운의 명령을 받고 곧 사방으로 흩어져 갔다.

한편, 촉의 주인 유장은 천성적으로 어리석고 유약하여 준비 태세를 갖추지 못하고, 그래서 장노의 공격조차 주체하지 못하는 형편이었다는 것은 앞에서도 이야기한 바와 같다.

장노는 다행히 하후연이 처치해주었지만, 유장은 이것도 모두 승상 조조의 덕분이라고 감격하여 열심히 공물을 보내며 조조의 비호에만 매달려 있었다. 그러나 거꾸로 말하면, 조조만 비호해주면 염려 없다고 생각한 것이 가장 큰 오산이었다.

형주의 유비는 유장과 마찬가지로 한왕실의 피를 이어받았기 때문에, 설마 친척을 공격해올 리가 없다고 굳게 믿었던 것이 유장의 두 번째 오산이었다.

유장이 촉에 부임한 이후 변두리 땅은 줄곧 평화로웠기 때문에, 백성들은 전쟁의 '전'자도 알지 못했다. 이것이 유장에게는 세 번째로 불리한 점이었다.

조운의 부대가 기문에 도착했을 때에도 수비병들은 싸우지도 않고 항복했다. 여기에는 조금 동정할 만한 점도 있다. 오두미교 신도들이 가는 곳마다 요란하게 유언비어를 퍼뜨려 잔뜩 허세를 부렸기 때문에, 서천의 병사들은 형주에서 실제로 어느 정도의 병력이 오고 있는지도 알지 못한 채 미리부터 잔뜩 겁을 먹고 있었다.

그렇다고는 하지만, 촉의 병사는 워낙 약해서 애당초 전쟁에는 어울리지 않았다. 조운이 통과하는 곳마다 병사들은 모두 바람처럼 재빨리 도망쳤다. 조운은 곧 부관에 도착하여 싸움을 걸었다.

부관을 지키고 있는 사람은 양회楊懷와 고패高沛라는 장수였는데, 두 사람은 "조운의 군대가 온다"는 말을 듣고도 어디의 군마인지 모를 만큼 군사에는 깜깜했다. 그래서 무모하게도 관문을 열고 둘이 합세하여 조운에게 덤벼들었다.

두 사람이 조운과 20여 합을 싸우고 있을 때, 관문 위에서 함성이 들리더니 촉군 진영이 어지러워지기 시작했다.

황충이 5천 병력을 이끌고 운양隕陽 방면에서 강을 따라 이민족 부락을 통과하여 부관의 배후에 도착해 있었던 것이다.

양회와 고패는 관소關所를 잃으면 곤란하다고 생각하여 허둥지둥 관소로 돌아가려고 했다. 그러나 양회는 뒤쫓아간 조운의 창에 찔려 죽고, 고패도 관소에서 달려 내려온 황충의 언월도에 두 동강이 나고 말았다.

조운은 크게 기뻐하며 황충과 함께 부관으로 들어가자 부하들에게 호령하여 약탈을 엄금하고, 여기서 다시 군마와 군량을 점검했다.

촉의 병사들 가운데 항복한 자는 목숨을 건졌고, 왕평王平이라는 장수도 항복하여 형주 쪽에 가담했다. 병사들에게 휴식을 준 지 사흘 만에 유비의 대군이 도착했다. 유비는 조운과 황충에게 맛 좋은 술을 내려 공적을 치하하고, 이어서 두 장수에게 파주巴州로 진격하라고 명령했다.

파주를 다스리고 있는 사람은 엄안嚴顏이라는 용맹무쌍한 인물이다. 그는 부관이 함락되었다는 정보를 얻자 당장 군을 정비하여 맞아 싸울 태세를 갖추는 한편, 성도로 급히 사람을 보내어 응원을 청했다. 그리고 드디어 형주군이 오자 부장인 장억張嶷과 장익張翼에게 성을 지키게 한 뒤, 몸소 3천 병력을 이끌고 진형을 갖추어 형주군을 기다렸다.

조운이 말을 타고 진지 앞으로 달려나오자 엄안이 물었다.

"장군의 이름은 무엇이오?"

"나는 상산의 조운이오."

"오오, 장군의 명성은 오래전부터 듣고 있었소. 그러나 형주와 익주는 모두 한왕실의 피를 이어받은 친척 사이인데, 무엇 때문에 무력으로 침공해 오셨소?"

"노장군이야말로 오랫동안 파촉 땅에 있으면서도 유계옥(유장)이 유약하고 무능하다는 것을 모르시오? 하후연이 한중에서 호시탐탐 촉을 노리고 있어서 촉의 영토는 이대로 가면 조만간 남의 손에 넘어갈 테니, 잘못해서 조조에게 넘겨주기보다는 차라리 유씨가 병합하는 편이 낫지 않겠소. 노장군, 부디 잘 생각해보시오."

조운이 이렇게 말하자 엄안은 장탄식을 하며 말머리를 돌려 퇴각해버렸다. 조운도 뒤쫓지 않았다. 이리하여 며칠이 지났지만 전혀 싸움이 벌어질 기미가 없었다.

유장은 10여 개 군현이 형주군 손에 넘어가고 파주도 위급하다는 것을 알자, 급히 대장 장임張任에게 3천 병력을 주어 원군으로 파견했다.

조운과 황충은 엄안이라는 인물을 대하자 몹시 애석하여, 어떻게든 귀순시키고 싶은 마음을 품었다. 그런 인물을 무력으로 짓밟고 싶지 않았다. 그래서 파주로 온 유비와 공명에게 이야기했더니 공명은 이렇게 말했다.

"파주는 지세가 험한 곳이어서 공격하기가 쉽지 않소. 무리하게 공격해도 헛되이 병사들만 피로하게 만들 뿐이오. 촉은 이제 곧 원군을 보내올 테니, 그 원군을 쳐부숩시다. 그러면 촉군의 사기가 떨어지겠지요."

그러고는 유비 쪽을 돌아보며 이렇게 말을 이었다.

"제가 들은 바로는 맹기(마초)가 천수로 퇴각했다고 합니다. 주공과 맹기의 아버지 마등은 황제(헌제)께서 피로 쓰신 밀조를 받아, 역적 조조를 죽이겠다고 맹세한 사이입니다. 그러니 주공께서 편지를 쓰시어 샛길을 통해 천수로 그 편지를 전하고, 맹기로 하여금 낭중을 노리게 하십시오. 촉에서는 그쪽 방면에도 병력을 나누어야 하므로 힘이 더욱 약해질 테고, 그러면 우리는 동남潼南에서 성도로 쉽게 전진할 수 있을 것입니다."

유비는 크게 기뻐하며 당장 편지를 써서, 항복한 장수 왕평에게 명령하여 천수로 가져가게 했다.

이렇게 말하면 여러분은 이상하게 생각할지도 모른다. 왕평은 얼마 전에 항복한 무장인데, 유비는 왜 그렇게 중요한 임무를 그에게 맡겼을까 하고.

사실 왕평은 양회와 고패에게 미움을 받고 있었기 때문에, 항상 살아 돌아올 가망이 거의 없는 곳에만 배치되어 있었다. 그래서 왕평은 이번 기회에 조운에게 항복했다. 조운은 왕평이 용모도 당당하고 기골도 있다고 보아 크게 기뻐하며 형제처럼 대접했다. 이번에 왕평이 천수로 파견된 것은 조운이 은밀히 추천했기 때문이다. 따라서 왕평이 이 은혜에 감격하여 부지런히 천수로 간 것은 말할 나위도 없는 일이다.

촉의 장수 장임은 파주에 도착하자 엄안에게 물었다.

"요즘 적과 싸웠을 때의 상황은 어땠소?"

엄안이 설명하기를,

"병력이 약소하여 잘 되지 않을 가능성이 크기 때문에 지금까지 싸우러 나가지 않았습니다."

장임은 당장 명령을 내려 관문을 열게 한 뒤 몸소 병력을 거느리고 싸우러 나갔다.

공명은 조운에게 나가 싸우라고 명령하고, 황충에게는 장임의 진영을 습격하라고 명령했다.

조운은 나타난 무장이 제법 강해 보였기 때문에 이렇게 물었다.

"장군의 이름은 무엇이오?"

장임은 이름을 대고는 창을 꼬나쥐고 조운에게 덤벼들었다. 조운도 반격에 나서서 두 사람의 창날이 맞부딪치려는 순간, 공명이 징을 울려 퇴각을 명했다.

진지로 돌아온 조운은 불만스러운 얼굴로 물었다.

"어째서 퇴각을 명하셨습니까?"

"자룡, 그 장수는 만만치 않기 때문에 꾀를 써서 이기기로 했소. 장군은 잠시 쉬고 계시오."

그 이튿날 공명은 위연을 부르더니 이렇게 일렀다.

"장임과 싸워 일부러 패하시오. 이겨서는 아니 되오."

위연은 몹시 불만스러워 보였지만, 그래도 병력을 이끌고 나갔다.

공명은 조운과 황충을 불러, 각각 병력 1천을 거느리고 파주 관소의 좌우에 매복해 있다가 장임이 위연을 쫓아 달려가는 것이 보이거든 즉시 관소를 빼앗으라고 명했다. 두 사람이 맡은 곳으로 가자, 공명은 요화와 유봉에게 각각 궁수 1천을 거느리고 파주성에서 10리 떨어진 산림의 좌우에 숨어 있다가 장임이 위연을 쫓아오면 위연을 그냥 보낸 다음 일제히 화살을 쏘라고 명령했다.

위연은 본디 남에게 지기를 싫어하는 무인다운 성격이어서, 황충과 조운이 몇 번이나 공을 세우는 것을 보며 속으로 조바심을 내고 있었다. 드디어 출전 명령이 떨어졌는데, 그 명령이라는 게 '이기지 말고 지라'는 것이었다. 속으로 더없이 불만스러웠음은 말할 나위도 없다.

그러나 명령인 이상 거역할 수는 없는 노릇. 할 수 없이 장임과 십여 합 싸우다가 일부러 빈틈을 만들고, 진 척하면서 말머리를 돌려 열심히 달아나기 시작했다.

장임은 놓칠까 보냐는 듯이 뒤쫓았다. 위연은 조금 가다가 말을 세우고 잠시 싸우다가, 다시 진 척하고 달아나기를 거듭했다. 이윽고 어느 산굽이를 지났을 때 장임은 퍼뜩 정신이 들어 부하들에게 퇴각을 명했다. 하지만 때는 이미 늦어, 요화와 유봉의 복병들이 일제히 화살을 퍼부었다. 장임은 순식간에 커다란 고슴도치 꼴이 되어 숨을 거두었다.

위연은 장임의 목을 베어 들고 요화·유봉과 함께 파주성으로 향했다.

엄안은 파주성에서 장임이 위연을 쫓아가는 것을 보고 위험을 느꼈다. 그래서 장억과 장익에게 성을 지키게 한 뒤 몸소 3천 병력을 이끌고 성밖으로 나가 장임을 구원할 태세를 취했다.

엄안이 성을 나가 5리쯤 가자 조운은 성안으로 쳐들어가고 황충이 엄안을 맞아 싸우기 시작했다. 촉군은 뿔뿔이 흩어져 항복했다.

병사들만이 아니라 장익과 장익도 평소부터 조운의 명성을 알고 있었기 때문에, 스스로 말 앞에 무릎을 꿇고 조운에게 투항할 뜻을 밝혔다. 조운은 병사들에게 명령하여 두 사람을 일으켜 세우고, 파주 관아로 들어가 정좌한 뒤 본대를 성안으로 불러들였다.

장포가 맨 먼저 들어왔기 때문에, 조운은 그에게 성내 백성들을 안심시키게 하고, 자신은 다시 성밖으로 나가 황충에게 가세하러 갔다.

조운이 보아하니 황충·위연·유봉 셋이서 엄안을 둘러싸고 싸우는데, 엄안은 전혀 기가 꺾이는 기색이 없었다. 조운은 황급히 그쪽으로 달려가 다시 한 번 엄안을 설득하기 시작했다.

"노장군, 파주성은 이미 함락되었소. 우리 주공은 유계옥과 같은 집안의 형제뻘입니다. 우리 주공께 충성을 바치는 것은 한왕실에 충성을 다하는 것이 됩니다. 말에서 내려 투항해주십시오."

엄안은 단신으로 싸우는 상황이었기 때문에, 일이 이 지경에 이르자 어쩔 수 없이 조운의 설득을 받아들이기로 했다. 황충 같은 장수들도 당연히 그에게 손을 대지 않는다. 엄안은 조운과 함께 성으로 들어갔다.

『수경주水經注』의 전설에 따르면, 촉에는 다섯 명의 장사가 있어 산도 무너뜨릴 만큼 힘이 셌다고 하는데, 이는 결국 상장군 조운을 두고 하는 말이다. 수만 명의 병사가 장강을 건너 마침내 한실 중흥의 틀을 잡았다. 그러면 이 다음은 어찌 될 것인가. 다음 회를 기대하시라.

제 10 회

마초, 샛길로 서천에 들어가다
관녕, 동해에 몸을 던져 사라지다

조운과 황충은 파주를 얻고, 엄안과 그 부장인 장억과 장익의 투항을 받은 뒤, 유비와 공명이 오기를 기다렸다.

공명은 파주성에 들어가자 우선 백성을 안심시키고 장임의 시체를 거두어 장사지내도록 명령한 뒤, 아군 병사들에게 명령하기를,

"민가에 들어가 약탈하는 행위는 엄금한다. 이 지시를 어기는 자는 사형에 처한다."

그 결과 약탈행위는 전혀 일어나지 않았다.

엄안·장억·장익은 유비를 배알하고 엎드려 죄를 청했다. 유비는 당황하여 세 사람을 부축해 일으키며 말했다.

"내가 어쩌다 보니 시대의 흐름에 따라 내 형제라고도 할 수 있는 유장을 치기 위해 군대를 내보내고 말았소. 장군들한테는 아무 죄도 없소. 그러니 너무 성급한 부탁인지 모르겠소만, 장군들이 소속한 고을에 가서 그 고을의 수령들을 설득해주지 않겠소? 헛된 저항으로 무고한 백성에게 재난을 주지 말라고 말이오."

엄안은 머리를 조아려 명령을 받고 당장 출발했다. 유비는 다시 황충·위연·장포를 불러 장강 연안의 각 현으로 진격하라고 명했다.

촉의 명장이라면 흔히 '앞에는 엄안, 뒤에는 장임'이라고 말했지만, 그토록 빛나는 명성을 가진 두 사람도 하나는 전사하고 하나는 투항했

으니 거목이 쓰러진 거나 마찬가지였다. 나머지는 모두 태양을 향해 부지런히 방향을 바꾸는 해바라기 같은 무리들뿐이다.

"형주군이 왔다"는 말을 듣고는 바람에 휩쓸리는 풀처럼 차례로 투항했다.

이리하여 보름도 지나기 전에 서천(촉)의 동쪽 일대는 모조리 유비의 땅이 되었다. 황충·위연·장포 등은 이미 성도에 접근하여 진을 치고 있었다.

유장은 "장임이 전사하고 엄안은 투항했으며, 형주군이 성도에 바싹 다가와 있다"는 소식을 듣자 급히 문무백관을 모아놓고 회의를 열었다.

장군인 맹달孟達이 계책을 내놓았다.

"형주군 가운데 서천에 온 것은 4, 5만에 불과하다고 들었습니다. 지금 성도에 있는 우리 병사는 7만입니다. 식량과 사료도 3년 이상 버틸 수 있을 만큼 비축되어 있습니다. 형주군은 먼 길을 오느라 지쳐 있고, 군량 보급선이 너무 길어졌기 때문에 속전속결을 꾀해야 할 입장입니다. 따라서 우리는 도랑을 깊이 파고 보루를 높이 쌓아 적의 사기를 떨어뜨려야 합니다. 그리고 남부의 군현에 사람을 보내 우리에게 협력할 사람을 모집하여 적의 배후를 위협하는 것입니다. 그리고 북부의 여러 장수들도 불러들이면 세 방향에서 적을 공격할 수 있습니다. 다시 말해서 형주군 앞에는 아무리 공격해도 끄떡하지 않는 견고한 성이 버티고 있고, 뒤에는 계속 공격해오는 적군이 버티고 있는 형세가 되어, 형주군은 퇴각할래야 퇴각할 수도 없습니다. 주공께서 이래도 승리에 확신을 가질 수 없으시다면, 한중에 사람을 보내어 하후연에게 구원을 청하면 될 것입니다."

유장은 이 계책을 받아들여 당장 구원을 청하는 편지를 써서, 맹달을 한중의 하후연에게 보냈다. 그리고 왕루王累를 남부에 파견하여 협력자들을 모집하고, 오의吳懿를 북부에 파견하여 원군을 모으게 했다.

세 사람이 떠나자, 유장은 유괴劉璝·황권黃權·유파劉巴·법정法正·허정許靖·장숙張肅 등에게 명하여 성을 굳게 지키게 했다.

그런데 남부로 가라는 명령을 받은 왕루는 형주군 진지 사이를 살짝 빠져나가려다 위연의 부하에게 사로잡히고 말았다.

위연 앞으로 끌려나간 왕루는 위연이 아무리 심문해도 입을 열 생각을 하지 않는다. 이에 화가 난 위연은 보검을 빼들어 왕루를 죽여버렸다.

마침 그때 엄안이 와서 왕루의 시체를 보고는 깊은 한숨을 내쉬며 유비에게 보고했다. 그리고 왕루의 시체를 인수하여 매장해주고 싶다는 뜻을 밝혔다. 옛 동료에 대한 엄안의 애틋한 마음이었다.

한편, 북부로 간 오의는 면죽綿竹에 이르러 태수 이엄李嚴을 만났다. 이엄은 오의를 보자마자 이렇게 말했다.

"대체 어찌 된 일인지 장군은 모르시오? 요즘 첩자들이 계속 가져오는 정보에 따르면 서량의 마초가 조조에게 참패하고 천수로 달아났는데, 거기에 안주하지 않고 백룡강을 따라 침입해 왔다는 거요. 이미 양평관을 지나 지난달에 검각을 빼앗고 지금은 낭중에 주둔해 있소. 나는 전에 주공께 급보를 올려 원군을 받아서 나가 싸울 작정이었는데, 형주군이 급히 진격해 왔기 때문인지 아직도 원군을 받지 못하고 있소. 척후병의 보고에 따르면 마초군 병사들은 아주 강한데, 그런 병사들이 착착 이 성으로 다가오고 있다는 거요. 이제 백 리도 떨어져 있지 않소. 조만간 이 성벽 아래까지 밀어닥칠 거요. 나 자신조차 구할 수 없는 판인데 성도를 구원할 병력이 어디 있겠소?"

오의와 이엄이 이야기하고 있을 때 파발마가 달려와서 보고했다.

"마초가 파죽지세로 남하하여, 이 성에서 30리 떨어진 지점까지 와 있습니다."

이엄은 다시 가서 자세히 조사해 오라고 명령한 뒤에 당장 장수들을 불러모았다.

이 면죽이라는 곳은 서천에서도 가장 중요한 요충이기 때문에, 이엄은 1만 병력을 거느리고 종사從事 이회李恢의 협력을 얻어 성을 지키고 있었다.

드디어 마초가 왔기 때문에 이엄은 오의에게도 협력을 청하여 이회와 둘이서 성을 지키게 한 뒤, 자신은 5천 병력을 이끌고 성을 나가 진을 치고 마초를 맞아 싸울 태세를 취했다.

그런데 마초는 어떻게 이처럼 빨리 진군해올 수 있었을까. 사실 마초는 유비의 편지를 받고 이렇게 생각했다. '현덕은 아버지와 친분이 있었고, 한왕실의 피를 이어받은 분이기도 하다. 그리고 휘하에 거느린 참모와 무장들은 모두 이 시대의 호걸들뿐이다. 현덕을 따르는 것은 나한테도 바람직한 일이다. 그의 역량을 빌리면 아버지의 원수인 조조를 죽일 수도 있지 않겠는가.'

이리하여 마초는 뜻을 굳히고, 왕평에게 3천 병력을 주어 앞장서서 길을 뚫게 하고, 마대에게는 3천 병력을 주어 왕평을 응원하게 했다. 마성에게도 역시 3천 병력을 주어 낭중을 지키는 한편 천수와 연계를 유지하라고 지시했다. 그리고 자신은 1만 대군을 이끌고 누이 운록과 함께 성도를 향해 출발했다.

서량군은 '강인함과 용맹함'의 대명사 같은 존재이고 왕평도 지리를 잘 알고 있었기 때문에, 서량군의 앞길을 가로막는 견고한 성은 하나도 없었다.

이리하여 순식간에 면죽에 이르렀다. 왕평은 마대에게 말했다.

"나는 본시 서천 출신이라서 이엄과 싸우는 건 아무래도…… 그러니 이엄은 장군이 맡아서 싸워주시오. 나는 적진을 공격하겠소."

마대는 이를 승낙하고 진지 앞으로 말을 몰았다. 이엄도 나와서 서로 이름을 밝힌 뒤, 드디어 전투가 시작되었다. 마대는 무위武威 출신의 영웅이고, 이엄은 익주의 호걸이다. 두 사람의 언월도가 바람을 가르고 말발굽이 흙먼지를 일으킨다. 마치 소나기가 연꽃잎을 뒤집는 듯한 기세다. 두 사람이 탄 말도 회오리바람을 일으키며 빙글빙글 돌아간다.

싸움은 백 합이 넘게 진행되었지만 도무지 승부가 나지 않는다. 마대가 피로해질 것을 걱정한 왕평이 징을 울려 두 사람을 갈라놓았다. 이엄도 자기 진지로 돌아갔다.

마대는 진지로 돌아와 자리에 앉자마자 이엄의 무예를 칭찬했다. 왕평이 말하기를,

"서천에는 뛰어난 장수가 세 사람 있는데, 장임과 엄안, 그리고 이엄이오."

그러자 마대는 이렇게 대꾸했다.

"정말 그 이름에 부끄럽지 않은 명장이오. 형님이 도착하기를 기다려, 계략으로 이엄을 사로잡아 어떻게든 설득해서 그 힘을 빌리고 싶소."

이튿날 마초의 본대가 도착했다. 마초를 맞이한 마대와 왕평은 이엄

의 용맹을 칭찬하고, 무언가 계략을 써서 이엄을 사로잡고 싶다는 뜻을 이야기했다.

그러자 마초는 웃으면서 마대에게 말했다.

"그야 간단한 일이 아니냐. 너는 오늘 이엄과 싸우면서 조금씩 후퇴해라. 내가 이엄의 말을 쏘아 쓰러뜨리기를 기다려 사로잡으면, 그도 도망칠 수 없을 것이다."

그런데 이 말이 끝나기가 무섭게 병사가 달려와서 이엄이 도전해왔다고 알렸다.

마대는 곧 언월도를 치켜들고 말에 올라타더니, 아무 말도 하지 않고 다시 이엄과 치열한 싸움을 시작했다. 마대는 마초가 시킨 대로 한 걸음씩 뒤로 물러선다. 이엄은 마대를 생포하려고 한 걸음씩 앞으로 전진한다. 성에서 그 모습을 보고 있던 이회는 위험을 느끼고 징을 울려 이엄을 돌아오게 하려고 했다.

그러나 시간의 흐름이 한발 빨라서, 마초는 그때 이미 활을 쏘아 이엄이 탄 말의 눈을 맞혔다. 말은 앞발을 높이 치켜들었고 이엄은 말에서 굴러떨어졌다. 서량군 병사들은 그 기회를 놓치지 않고 미리 준비해둔 밧줄로 이엄을 꽁꽁 묶어 진지로 돌아왔다.

서천 병사들은 대장이 사로잡힌 것을 보고 성안으로 달려들어가 문을 꽉 닫고 농성에 들어갔다.

마초는 병사들이 이엄을 데려오자 몸소 그 밧줄을 풀어주고 흙먼지로 범벅이 된 얼굴을 씻어준 다음, 상석에 앉히려고 했다.

그러자 이엄이 말했다.

"나는 패장이오. 그런 나를 왜 죽이지 않고 오히려 극진한 예로 환대해주는지, 그 까닭을 모르겠소."

마초는 이렇게 설명했다.

"장군은 모르시겠지만, 어제 장군과 싸운 내 동생 마대가 장군의 탁월한 무예에 감복해서, 아까 나한테 그 이야기를 합디다. 나도 장군 같은 인물과 천하 대사를 함께하고 중원을 나란히 달리고 싶어서, 실례인 줄 알면서도 화살을 쏘았던 것이오. 그 점은 부디 용서해주시오."

이어서 마초는 마대와 왕평을 불러 이엄을 만나게 했다.

이엄은 두 사람에게 인사를 하고는 왕평에게 물었다.

"자균子均이 어떻게 여기에?"

왕평은 부관에서 조운에게 항복했다는 것, 그때까지는 상관인 양회에게 미움을 받아 부당한 대우를 받고 있었다는 것, 유비에게 신임받는 사람이 아니면 맡을 수 없는 중책을 맡아 유비의 친서를 마초에게 전했다는 것 등을 간단히 설명했다.

이엄은 이 말을 듣고 저도 모르게 장탄식을 했다.

마초는 시종들에게 명령하여 잔치 준비를 시키고, 이엄에게는 목욕하고 옷을 갈아입게 했다. 이윽고 잔치가 시작되어 술이 몇 순배 돌았을 무렵, 마초는 이엄에게 여러 가지를 이야기하기 시작했다. 어째서 자신이 군사를 일으켰는가, 조조가 현재 조정에서 얼마나 제멋대로 권력을 휘두르고 있는가를 이야기했다. 그리고 이런 말도 했다.

"한실의 장래는 모두 형주의 유현덕에게 달려 있습니다. 유계옥(유장)은 평범하고 용렬하며 무능하기 때문에, 결국 촉의 영토를 지키지 못할 것입니다. 이 장군, 우리한테만이 아니라 현덕에게도 항복해주십시오. 그렇게 하면 유계옥 일가도 안전을 보장받을 수 있습니다. 예로부터 이런 말도 있지 않습니까. '지자知者는 지자를 알고, 호한好漢은 호한을 사랑한다'고 말입니다."

이엄은 마초를 만난 순간부터 이미 마음을 열고 있었지만, 이렇게 마초가 진심에서 우러나오는 말로 천하의 도리에 대해 이야기하자, 생각하면 할수록 그 말이야말로 진리라고 여겨졌다. 그래서 이엄은 자리에서 일어나 큰절을 하며 말했다.

"보잘것없는 이 몸은 원래부터 장군한테 귀순하고 싶었습니다. 장군이 성도에 가셨을 때 유계옥 일가의 목숨만 보장해주신다면 저는 더이상 바랄 게 없습니다."

마초도 맞절을 하면서 말했다.

"유현덕은 천하의 영웅입니다. 절대로 피를 나눈 친척을 해치지 않습니다. 내 동족 백 명의 목숨을 걸고 유계옥 일가의 목숨을 보장하겠습니다."

이엄은 다시 머리를 조아려 사례했다.

이엄은 이날부터 마초를 따라 양천(兩川 : 동천인 한중과 서천인 촉을 함께 이르는 말) 순찰대 제1대 대장으로서, 마대·왕평·강유와 함께 4개 대대를 조직했다. 그리고 장차 제갈량은 한중을 얻고 장안을 얻은 뒤 허도를 공격한다. 그때 마초가 선봉장을 맡아서, 아까 말한 네 장수를 거느리고 중원을 회복하여 빛나는 명성을 떨치게 되는데, 이는 아직도 한참 뒤의 일이니 잠시 뒤로 밀쳐두자.

잔치가 끝난 뒤 마초는 부하에게 이엄의 언월도와 갑옷을 가져오게 하고, 이엄에게 청해황총마靑海黃驄馬라는 준마를 주어 면죽성으로 투항을 호소하러 가게 했다.

이엄은 명령을 받고 혼자 면죽성으로 향했다. 성내 군사들은 태수가 돌아오는 것을 보고 성문을 열어 맞아들였다.

이엄은 이회와 오의를 만나자 마초의 말을 전했다.

이회는 "모두 한왕실의 신하인데 공연히 싸워서 백성을 괴롭힐 필요는 없겠지요" 하면서 당장 투항에 동의했다. 이렇게 되면 오의도 어쩔 수 없다. 이리하여 면죽은 성문을 열고 마초군을 맞아들였다.

마초는 하루 휴식을 취한 뒤, 마대를 선봉으로 삼고 왕평을 부장副將에 임명하는 한편, 이회에게는 면죽성을 지키게 하고, 자신은 오의와 함께 중군을 이끌었다. 그리고 이엄이 후방을 맡아, 드디어 성도를 향해 출발했다.

이 소식이 성도에 전해지자 유장은 내장이 갈기갈기 찢어져버릴 만큼 큰 충격을 받고, 급히 문무백관을 모아 회의를 열었지만 모두 속수무책인 상태였다.

이런 가운데 오직 유괴만이 나서서 말했다.

"군을 이끌고 나가 마초와 싸우고 싶습니다."

유장은 다른 묘책도 없기 때문에 유괴에게 1만 병력을 주고 황권을 보좌로 임명하여 성도 북문으로 내보냈다.

한편, 마초는 형주군이 성도 남문 쪽에 바싹 다가와 있을 테니 그쪽으로 가라고 마대와 왕평에게 명령했다.

그때 촉군이 성밖으로 나왔다는 소식이 들어왔다. 마초는 이 말을 듣고 직접 나가려고 했지만, 누이동생 운록이 나서서 말했다.

"저는 지난번에 장안을 지켰을 뿐 싸움에 나가보지 못해서 불만입니다. 촉군은 반드시 제가 무찌르겠습니다."

누이가 워낙 강하게 나오고, 이엄한테서 "이제 촉에는 좋은 장수가 없다"는 말을 들었을 뿐 아니라, 누이에게도 무언가 공을 세우게 해주지 않으면 안 되겠다고 생각하던 참이었기 때문에, 마초는 이런 말로 누이의 출전을 허락했다.

"꼭 가야겠다면 조심해서 행동해라. 나는 적진을 공격할 테니까."

출전을 허락받은 운록은 크게 기뻐하며 창을 꼬나쥐고 진영을 나가, 유괴의 모습을 보자마자 다짜고짜 덤벼들었다. 두 사람은 20여 합을 싸웠지만, 먼저 지친 유괴가 말머리를 돌리더니 성 주위를 돌아 달아나기 시작했다.

운록은 놓칠까 보냐는 듯이 뒤를 쫓는다. 금방이라도 따라잡으려 할 때 촉군의 황권이 병력을 이끌고 구원하러 왔다. 마초가 황권의 앞을 가로막는다. 황권 따위가 어찌 마초의 적수가 될 수 있겠는가. 10합도 싸우기 전에 창을 놓치고 갑옷 끈을 붙잡혀 생포되고 말았다.

촉군은 대혼란에 빠졌다. 진형을 유지한다는 것은 생각도 못 할 일이었다. 촉군 병사들은 뿔뿔이 흩어져 성으로 도망쳐 들어갔다. 그러자 마초는 누이를 응원하러 갔다.

운록은 유괴를 쫓다 보니 어느새 성도 남쪽에 와 있었다. 잘 보니 앞쪽에 한 무리의 형주군이 있었다. 깃발을 뒤에 꽂은 한 대장이 황금 갑옷과 투구로 몸을 감싸고 긴 창을 꼬나쥔 채 백마에 올라앉아, 감히 범접하기 어려운 당당한 모습으로 우뚝 서 있었다. 그 깃발에는 '상산 조자룡'이라는 글씨가 큼직하게 적혀 있었다.

조운도 촉군 장수 하나가 도망쳐 오고 여장군이 그 뒤를 쫓아오는 것은 보고 있었다. '아마 서량군이겠지.' 이렇게 생각한 조운은 말을 달려 유괴 앞을 가로막았다.

당황한 유괴는 급히 말머리를 돌리려고 했지만, 그때는 이미 운록에게 목덜미를 붙잡혀 땅바닥에 내동댕이쳐져 있었다.

조운은 그 여장군이 흰 옷과 흰 갑옷으로 몸을 감싸고, 여자라고는 하지만 호걸 같은 분위기를 풍기고 있기 때문에 한눈에 마초의 누이인 모양이라고 짐작했다. 그는 부하들에게 유괴를 묶게 한 뒤 여장군에게 다가가 물었다.

"마 장군의 누이 되십니까?"

"그렇습니다. 그런데 장군은 뉘신지요?"

"상산의 조운이라고 합니다. 마 장군의 진영은 어디에 있습니까?"

운록은 뒤를 돌아보며 "오라버니가 오시는군요" 하고 말했다.

이 말이 끝나기가 무섭게 마초가 도착했다. 조운은 말 위에 올라앉은 채 몸을 굽혀 인사했다. 마초는 왕평한테서 조운 이야기를 들었기 때문에 급히 답례하고는, 누이에게 진지로 돌아가 촉군의 움직임에 대비하라고 명령했다.

그리고 마초는 조운과 함께 유비의 본진으로 향했다.

길가에 매복해 있던 복병이 한발 먼저 유비에게 그것을 알렸다. 유비는 선봉장 마대와 대면하고 있던 참이었지만, 마초가 왔다는 말을 듣자 공명과 황충을 비롯한 문무백관을 거느리고 진지를 나와 마초를 맞이했다.

마초는 조운과 함께 말에서 내려 유비를 배알했다. 유비는 마초의 손을 잡고 본진 사령부로 데려가 마초를 상석에 앉히려고 했다.

마초는 바닥에 엎드리면서 말했다.

"저는 유황숙의 대인대의大仁大義하심을 오래전부터 듣고 있었습니다. 돌아가신 아버님(마등)께서 유황숙과 친하게 지내셨으니, 제가 상석에 앉을 수는 없는 일입니다."

유비가 마초를 부축하여 일으키며 말했다.

"맹기(마초)의 지략과 용맹함은 천하에 적수가 없소. 내가 촉을 평정한 뒤에는 반드시 아버님의 원수를 갚을 작정이오."

그러자 마초는 머리가 땅에 닿도록 숙이면서도 절대로 상석에는 앉으려고 하지 않았다.

할 수 없이 유비는 공명과 마주 앉게 하는 것으로 마초에 대한 경의를 표하려고 했다. 그러나 마초는 이것도 거듭 사양한다. 그러자 공명이 나서서 말했다.

"모처럼 오셨으니 그 자리에 앉는 게 법도에 맞는 일인 줄 압니다."

그제서야 마초는 공명의 맞은편에 자리를 잡았다.

곧 술상이 들어오고, 마초는 무위에서 출병했을 때의 상황 등에 대해 자세히 이야기했다. 유비는 탄식하면서 그 이야기를 들었다.

마초는 이엄을 투항시켰을 때 유장 일가의 목숨을 보장하겠다고 약속한 이야기를 꺼냈다. 그러자 유비는 이렇게 대답했다.

"계옥과 나는 친척 사이요. 내가 여기 온 것은 시운의 흐름에 따랐을 뿐, 만약 계옥이 성문을 열고 만나러 온다면 그를 영릉 태수로 임명하고, 지금 영릉 태수를 맡고 있는 마량을 불러들여 군권도 맡길 작정이오."

마초는 이 말을 듣고 안심하는 동시에 깊은 고마움을 느끼고 바닥에 엎드려 사례했다.

이윽고 잔치가 끝나자 공명은 사로잡은 유괴와 황권을 풀어주면서 성도로 돌아가 유장에게 투항하라고 전하게 했다. 마초는 마대·왕평과 함께 진영으로 돌아가 남북에서 협공할 경우에 대비했지만, 이 이야기는 여기까지.

유장은 유괴와 황권이 나간 뒤 좀처럼 돌아오지 않기 때문에 크게 당황하고 있었다. 그때 두 사람이 느닷없이 돌아오자 급히 이유를 물었다.

두 사람은 이렇게 대답했다.

"형주군은 아주 강대합니다. 게다가 지금 마초는 낭중의 여러 현을 함락시키고 면죽도 얻었으며, 직접 이 성도에 바싹 다가와 있습니다. 유현덕은 저희에게 이렇게 전하라고 했습니다. '만약 성문을 열고 투항하면 절대로 해치지 않겠다'고."

유장은 이야기를 다 듣고는 눈물을 흘리며 말했다.

"성 하나를 포위당하고 밖에는 원군도 없으니, 가능성도 없는 승리를 꿈꾸면서 백성들에게 도탄의 고통을 맛보게 하느니 차라리 투항하는 게 훨씬 상책이겠지……."

문무백관은 서로 얼굴만 마주 볼 뿐 아무 말도 하지 않는다.

유장은 법정과 유파를 유비에게 보내어 성을 공격하지 말아달라고 전한 다음, 그 이튿날 성문을 열고 유비를 맞아들였다.

유장은 의관을 정제하고 길 왼쪽에 서서 유비를 맞이했다. 유비는 무어라 말할 수 없는 감정이 복받쳐올라, 말에서 내려 유장의 손을 잡고 말에 태운 뒤 말머리를 나란히 하여 정청으로 들어갔다.

공명은 병사들에게 나무 한 그루 풀 한 포기도 민간의 물건을 약탈하는 일이 없도록 엄명을 내렸다. 부동의 명령이란 바로 이를 두고 하는 말이다. 형주군은 일사불란하게 행진하여 성도에 입성했다. 한눈을 파는 사람은 하나도 없다. 촉군도 갑옷을 벗고 조용히 명령을 기다렸다.

유장은 정청에서 '익주목'의 관인을 꺼내어 유비에게 바쳤다. 유비는 익주 관리들의 배알을 받고 각자에게 자신의 직분을 지키라고 말했다. 병사들에 대해서는 원대 복귀하여 훈련을 받도록 했다.

또한 곳간에 쌓인 재물로 형주군 병사들에게 상을 내리고, 유장의 개인 재산은 모두 본인에게 주어 가족과 함께 임지인 영릉으로 가게 했다.

유장이 떠날 때 유비는 촉의 관리들과 함께 성의 남문 밖까지 따라나가 전송했다. 유괴는 호위병 5백을 이끌고 유장을 임지까지 바래다 주는 역할을 맡았다. 유장과 유괴의 모습이 점점 작아져갔다.

유비는 익주목이 된 뒤 임시로 대장군이라는 칭호를 쓰기로 했다. 그리고 마초를 우장군, 마대를 평북장군平北將軍, 왕평을 효기장군驍騎將軍, 엄안을 낭중 태수, 황권을 파주 자사, 법정을 익주 감군사監軍事, 이엄을 탕구장군蕩寇將軍에 각각 임명하고, 다른 문무백관에 대해서도 제각기 포상을 주었다.

황충과 조운에게는 각각 황금 열 근, 위연과 장포에게는 각각 비단 20필, 공명에게는 대장군부大將軍府의 사무를 맡겼다. 이리하여 익주의 각지는 완전히 유비에게 복속되었다.

또한 한수는 정원장군定遠將軍 겸 금성 태수, 마준은 정서장군定西將軍 겸 천수 태수, 강유는 정로장군征虜將軍에 임명하고, 죽은 방덕에게는 정난장군靖難將軍이라는 칭호를 추증했다. 이 새로운 체제 밑에서 문무백관은 마음을 하나로 합하고 촉의 백성들은 기꺼이 따랐다. 한편, 유비는 형주에도 사람을 보내어 장수와 병사들을 위로했다.

어느 날 유비는 공명과 이런 이야기를 했다.

"자룡은 나를 따른 이후 크고 작은 전투를 수십 번이나 거치면서 고난을 함께해왔소. 그런데 벌써 어엿한 어른이 되었는데도 여태 아내를 얻지 못했소. 맹기에게 무예가 뛰어난 누이가 있다는 얘기를 들었는데, 어떻소? 한번 이 혼담을 추진해주지 않겠소?"

그러자 공명은 웃으면서 대답했다.

"저도 전부터 그 문제를 생각하고 있었습니다만, 군사가 아직 안정되지 않았기 때문에 그럴 틈이 없었습니다. 주공께서 그렇게 생각하신다면, 제가 맹기에게 가서 이야기를 꺼내보겠습니다."

그러고는 당장 마초의 집으로 갔다. 마초는 공명을 존경하고 있었기 때문에 집 밖까지 나와서 공명을 맞이했다. 이윽고 자리에 앉자 공명이 용건을 꺼냈다.

마초도 평소 누이의 태도로 보아 평생 시집가지 않고 처녀로 늙을 것 같아서 속으로 조금은 걱정하고 있었다. 조운이라면 누이도 한번 만나보고 존경심을 품은 모양이니, 더없이 좋은 신랑감이라면서 그 자리에서 승낙했다.

공명은 유비에게 보고했고, 유비는 곧 조운을 불러 이 뜻을 전했다. 조운은 머리를 조아려 사례했다.

이리하여 유비가 이 결혼의 주례가 되고, 공명이 신랑 쪽 중매인, 법정이 신부 쪽 중매인이 되었다. 그날로 당장 납채(신랑 쪽이 신부 쪽에 예물을 보내는 것)와 친영(신랑이 신부를 맞이하는 것)의 의식을 끝내고 혼인이 성립되었다.

조운은 마운록을 아내로 삼아 신혼의 기쁨에 가득 찼는데, 유비와 손부인에 비하면 부부 사이가 열 배나 더 정다웠다. 유비와 손부인의 혼인에는 양쪽의 속셈이 얽혀 있어서, 시집가는 쪽이나 장가가는 쪽이나 제각기 마음에 기대하는 바가 있었다. 당시 유비는 형주목에 불과했다. 그는 천성적으로 술을 좋아했지만, 적지에서 정략적인 결혼식을 올릴 때는 아무래도 마음껏 술을 마실 수가 없었다.

그러나 조운과 운록은 다르다. 각자가 순수하게 서로를 원했고, 결혼은 성도 안에서만 이루어졌다. 문무백관도 모두 결혼식에 참석하여 이 신혼부부를 축하해주었다.

그중에서도 특히 노장 황충의 흥분은 대단했다. 그는 위연과 이엄 등을 대동하고 잔치에 참석하여 신랑 신부의 술잔을 받고는 마음껏 취했다. 그러나 장포와 유봉은 부모와 숙부 내외가 있는 자리이기 때문에 조심스러워서 도가 지나치게 마시지는 않았다.

이 결혼 피로연은 그야말로 술이 바다를 이루고 고기가 산더미처럼 쌓인 호화판이었다. 양쪽의 중매인도 한쪽은 대장군부 감사監事인 공명, 또 한쪽은 익주군 감사인 법정이지만, 이 자리에서는 체면을 잠시 밀쳐놓고 통쾌하게 술잔을 거듭하는 것이었다.

이 잔치는 사흘 낮 사흘 밤 동안 계속되었다. 조운 부부는 친척과 중매인에게 작별을 고하고 집으로 돌아갔다. 이날부터 마초와 조운은 처남 매부가 되었고, 그에 따라 서량군과 형주군도 무형의 결합을 한 셈이다.

대저 천하의 일이란 한쪽이 번성하면 그 옆에는 쇠망하는 세력이 있는 법. 한쪽이 기운차게 뻗어 올라가면 다른 한쪽에는 비참하게 쇠락하는 세력이 있게 마련이다. 중국의 시조 반고(盤古: 중국 전설에 나오는 천지 창조의 거인)가 등장한 이후 수많은 기록이 있지만, 어느 시기 어느 왕조에서나 그런 예가 적지 않다는 것을 여러분도 아실 것이다.

성도는 이처럼 기운차게 번영했지만, 그 무렵 허도에서는 처참한 사건이 일어나고 있었다. 유비가 성도에 들어갔다는 정보는 허도에도 전해졌다.

"유비가 익주를 얻고 마초를 휘하에 거두었으며, 익주와 형주에 두 다리를 벌리고 걸터앉아 금성·천수의 병력과 연계해 언젠가는 북쪽으로 나와 중원을 다투고, 동쪽으로 나와 한중을 엿볼 태세입니다."

이런 정보를 듣고 조조는 속이 부글부글 끓어올랐다.

"별 볼일 없는 놈인 줄 알았더니, 꽤나 건방진 짓을 하는군."

조조는 당장 문무백관을 소집하여 방어책을 논의했다.

그때 한 사람이 벌떡 일어나더니, 희색이 만면한 얼굴로 헌제에게 보고하러 갔다. 그 인물은 환관인 목순穆順이다. 보고를 들은 헌제는 크게 기뻐하며 복황후伏皇后에게 이렇게 말했다.

"황숙이 뜻을 이루었소. 우리 내외도 이제 이 고해를 벗어날 수 있을 거요."

그러나 이 말이 너무 부주의했다. 헌제를 모시는 시종들은 대부분 조조의 조종을 받는 자들이었기 때문에 이 말이 당장 조조에게 들어갔다.

조조는 유비가 힘을 얻은 것만으로도 불같이 화가 나 있는 판에, 헌제의 말을 보고받자 인내의 한계를 넘어섰다. 조조는 이미 칼을 찬 채 어전에 들어가는 것을 허락받았고, 황제를 배알할 때 이름을 대지 않아도 될 뿐 아니라, 조조를 따라다니며 시중드는 하인들도 궁전에서 허리를 굽히지 않고 꼿꼿이 서 있어도 된다는 등 여러 가지 특권을 부여받고 있었다.

그래서 조조는 칼을 집어들고 어전으로 들어가 헌제에게 말했다.

"역적 유비가 조정에서 임명한 자사를 내쫓고 익주를 빼앗았습니다. 여기에 대해 폐하께서 하실 말씀이 있으실 텐데요."

헌제는 조조가 격분한 얼굴로 나타났기 때문에 좀전의 실언을 깨닫고 전전긍긍하면서 대답했다.

"짐은 궁전 깊숙이 틀어박혀 있어 아무 얘기도 듣지 못했소."

그러자 조조는 냉소를 띠면서 말했다.

"호오, 모르신다구요? 그러면 왜 그렇게 기뻐하셨습니까? 유비가 만약 중원을 침공해 오면, 풀이 잠깐 바람에 흔들린 정도라 해도 우선 폐하의 목을 베고, 다음으로는 유비의 목을 벨 것입니다. 폐하, 그때는 폐하가 고해를 빠져나가는 것도 폐하 자신의 눈으로는 보지 못하실 것입니다."

조조는 이 말만 남기고 궁전을 나갔다. 헌제는 궁궐 속에서 눈물을 삼키며 황후와 둘이서 대책을 의논했지만, 이 이야기는 여기까지.

예로부터 이런 말이 있다.

'만일 아무한테도 알려지고 싶지 않으면 아무 일도 하지 마라.'

조조가 궁중에서 칼을 차고 헌제를 협박했다는 이야기는 바람을 타고 중국 각지로 전해져, 저 멀리 동해 땅에 있던 사람의 귀에까지 들어갔다. 그 사람은 얼음이나 눈처럼 맑은 정절을 가진 인물이었다.

그 인물은 삼국시대에 태어난 단 하나의 완전무결한 인간으로서, 제갈공명보다도 한 수 위였다.

제갈공명은 이렇게 말했다.

"담박함으로 뜻을 뚜렷이 밝히고, 평온함으로 원대함을 이룬다."

조용한 마음으로 욕심을 품지 않고 자신의 뜻을 확립하여 원대한 이상을 실현한다는 뜻인데, 이 점에서 그는 제갈공명보다 한 수 위다.

제갈공명은 또 이런 말도 했다.

"난세에 수명을 다하는 것으로 만족하고, 제후에게 명성을 구하지 않는다."

난세에는 그저 무사히 살아남을 수 있는 것만도 다행이니, 제후에게 자신을 팔아 넘기는 짓은 하지 않는다는 뜻이다.

그러나 공명은 한편으로 자신을 고대의 유명인사인 관중과 악의에 못지않은 재능의 소유자라고 말했다. 그것은 상표를 높이 내걸어 자신을 파는 행위나 마찬가지다. 언행이 일치하지 않는다는 말을 들어도 별수 없다.

그 인물은 공명의 말과 똑같은 방식으로 살면서도 무욕의 경지에 이른, 삼국시대에 단 하나뿐인 완벽한 인간이었다. 그 인물이란 바로 '용두龍頭' 화흠華歆, '용복龍腹' 병원邴原과 나란히 '용미龍尾'라는 별명으로 불린 관녕管寧이다.

자를 유안幼安이라 하는 관녕은 화흠과 함께 공부했는데, 밖을 지나는 마차 소리를 듣고 마음이 산란해진 화흠이 공부하다 말고 밖으로 구경하러 갔다. 그러자 관녕은 그것을 비난하면서,

"너는 내 친구가 아니다."

이렇게 말하고는 깔고 앉아 있던 방석을 둘로 잘라버렸다.

관녕은 그렇게 화흠과 절교한 뒤, 병원과 함께 공부에 열중했다. 동해의 바닷가에서 농사를 지어 그것으로 식량을 삼으며 오로지 공부에만 힘을 쏟았다.

그리고 이날도 병원과 둘이 집 뒤꼍의 텃밭에서 가래로 잡초를 뽑고 있었다. 때는 초가을. 여름에 뿌린 씨에 새싹이 돋아나고, 뽕잎은 말라서 땅에 떨어지려 하고 있었다. 바닷바람이 뭍으로 불어오자 사방의

수목이 솨아솨아 소리를 내며 운다. 이제 곧 쓸쓸한 가을 풍경으로 변할 것이다.

관녕은 한숨을 내쉬며 말했다.

"공을 이룬 다음에는 물러나는 것이 만물의 이치야. 저 낙엽수는 일찍이 어떤 시대를 보았을까. 지금 잎을 떨어뜨리면서 무슨 말을 하고 싶어할까."

이 말을 들은 병원은 감상적인 기분이 되어 조금 풀이 죽어버렸다.

그때 이웃집 노인이 와서 말했다.

"전에는 동탁이 소제少帝를 독살하더니 결국 미오郿塢에서 제 시체를 불태워 인과응보의 본을 보였는데, 이번에는 조조가 칼을 차고 어전에 들어가 천자를 협박했다는군. 금상(今上: 현재의 황제)께서도 소제와 같은 꼴이 되지 않을까 몰라."

관녕은 들고 있던 가래를 내팽개치며 한탄했다.

"신하가 주상을 업신여기다니, 천하의 질서도 땅에 떨어졌구나."

병원이 말을 받았다.

"유현덕이 형주와 익주를 통합했다니, 이제 곧 중원도 회복할 걸세. 나와 자네는 느긋하게 앉아서 그날을 기다리는 게 어때?"

그러나 관녕은 더욱 깊은 한숨을 내쉬고는 이렇게 말했다.

"현덕은 한실을 부흥하겠지만, 그의 부하들은 모두 자신의 사리사욕 때문에 따르고 있는 무리들이 아닌가. 그 무리가 왜 다시 금상을 받들어 모시겠나. 세상이 어지러우면 황제를 이용하여 대의명분을 꾸며내고, 세상이 평화로울 때는 바늘방석에 앉히겠지. 전한前漢을 세우기 전에 항우項羽에게 추대된 의제義帝가 침주郴州에서 살해당한 것과 똑같은 일이 되풀이될 게 틀림없네."

관녕과 병원은 말없이 초막으로 돌아갔다. 그곳에서 관녕은 시 한 수를 지어 자신의 심정을 이렇게 노래했다.

아름다운 인간이 진실의 그늘을 펼친 지 오래되었구나
사람들은 오로지 명리를 쫓아 내달릴 뿐이니.
나는 왜 좋은 시대에 태어나지 못하고
하필이면 이런 말세에 태어났는가.
저 드넓은 동해를 바라보며
도대체 누구와 더불어 내 마음을 이야기할꼬.
안개에 감싸인 저 산도
이 몸 하나 숨기는 데에는 좋겠지만
나는 남쪽 땅으로 달아나
탄식 다섯 번으로 세상을 하직한 양흥을 따르고 싶구나.
그러나 남쪽에서는 유서 깊은 건물들이 어느새 기울고
옛 자취를 찾으려 해도 아는 사람이 없도다.
세상에는 싸움배들이 돌아다니며
백성을 괴롭히고 또한 먹이로 삼고 있으니
수레를 타고 서쪽으로 갈까 보다.
그러나 서쪽은 금성도 흐리고 구름이 자욱한 데다
조상 대대로 내려온 땅을 태연히 팔아 넘기고 있구나.
누에에 뜯기듯 야금야금 침략당하고 있으니
성제가 다시 태어나도 옛날의 영화를 돌이킬 수 없도다.
세상은 너무나 어지럽고 어두운데도
성덕도 없는 인간이 차례로 왕위를 이으니

마침내 오줌도 못 가리는 어린 황제가 등장했구나.

궁지 높은 선비는 끝까지 명분을 지키고

간과 뇌가 흙투성이 되는 것도 사양치 않는 법.

지혜를 다하여 세상을 구하는 것이 의무일지나

세상은 운명의 결과인 듯 어지럽고

태양은 너무 멀어 보이지 않으니

그런데도 이 한 몸 안락을 구하려는가.

옛 글에 이르듯이 동해 바닷물이 맑고 깨끗하다면

받은 명패를 저 바닷물에 씻으리.

동해 바닷물이 파도치면

내 영혼을 그 물로 씻으리.

동해의 신에게 예를 올리고

곤어鯤魚와 함께 바다 속을 헤엄치리.

그리고 바다에 뜨고 지는 태양을 바라보리

영원히 쓸쓸한 마음을 안은 채.

이튿날 병원이 눈을 떠보니 관녕이 보이지 않는다. 책상 위에 시 한 수가 놓여 있을 뿐이다. 병원은 그 시를 몇 번이나 되풀이해 읽고, 관녕이 세상에 분개하여 동해에 몸을 던진 것을 알았다. 관녕은 맑은 영혼과 뛰어난 재능을 갖고 있으면서도 세상에 나아가 수완을 발휘하지 않은 채 생애를 마치고 말았다.

야만스러운 전쟁은 진실한 인간의 비웃음을 받을 뿐이다. 물고기와 용이 춤추면서 열사烈士의 영혼을 맞이했다. 그러면 이 다음은 어찌 될 것인가. 다음 회를 기대하시라.

제 11 회

복황후, 책략을 써서 나라의 옥새를 넘겨주다
고국로, 동방의 소국에서 통곡하다

앞에서 이야기한 관녕의 투신자살은 원래 관녕이 염세주의자였던 것에도 원인이 있지만, 결국에는 조조가 칼을 차고 황제를 협박함으로써 그의 무한한 분개를 불러일으킨 것이 가장 큰 원인이었다.

그러나 관녕은 동해에 은둔해 있었다. 말하자면 세상의 '방관자'다. 이런 방관자조차 그처럼 절박한 감정을 품고 자살해버렸다. 그러니 당사자인 헌제의 심정이 어떠했을지는 상상하기 어렵지 않다.

헌제는 조조에게 협박당한 뒤, 후궁으로 가서 복황후에게 사태를 이야기하고는 서로 끌어안고 울었다. 언제까지 목숨을 부지할 수 있을지, 짐작조차 하기 어려운 지경이었다.

대체로 조상이 악덕을 행하면 거기에 따른 비난은 후손이 받게 되는 법이다. 전한의 건국자인 고조 유방은 양심이라고는 티끌만큼도 없는 인물이었다. 한신韓信·팽월彭越·영포英布 등은 전쟁터를 달리며 죽도록 고생하여 건국에 이바지했건만, 그들도 결국은 '주구走狗'로 이용되었을 뿐이다. 천하가 통일되고 태평세월이 되자 쓸모없는 존재로서 차례로 처단되어, 이른바 인육절임이 되고 말았다.

그런데 그후 백등白登에서 흉노족의 모돈선우冒頓單于에게 포위되자 유방은 예물을 주어 화평을 청하고, 상대의 마음을 달래려고 딸까지 주었다. 그러고는 풍패豊沛로 돌아오자 술로 마음을 달래며 이렇게 말했다고 한다.

"어떻게든 호걸 용사를 얻어 사방을 지키게 하고 싶다."

참으로 어처구니없는 이야기다. 하지만 요즘 세상에서도 이런 천박한 인간이 남을 이용하여 토끼를 잡으려 하는 경우가 얼마나 많은가.

눈을 돌리면, 그후 유방의 마누라 여후呂后가 마음대로 권력을 휘두른 시기가 있었고, 전한 말에는 왕망王莽이 출현하여 자신의 망상을 억지로 현실에 적용한 시기가 있었다.

왕통이 후한으로 계승되어 안제安帝 · 순제順帝 · 환제桓帝 · 영제靈帝 시대에는 환관이 세력을 얻어, 황제를 꼭두각시처럼 조종하고 조정 대신들을 개나 닭처럼 간단히 살육했다. 그 시대에는 청렴한 관리들도 환관이 하는 일에 참견할 수 없었다.

뿐만 아니라, 그나마 명맥을 이어가던 청렴한 관리들도 나중에는 '당고黨錮의 금禁'에 따라 온갖 탄압을 받았다(득세한 환관들은 반대파이던 청렴한 학자들을 "도당을 만들어 모반을 꾀했다"는 혐의로 종신 금고에 처하여 벼슬길을 막아버렸다). 실로 웃기는 이야기가 아닐 수 없다.

그 시대의 흐름을 타고 인과응보적으로 등장한 것이 장각 형제가 이끄는 황건적이었다. 그들은 하늘을 대신하여 정의를 행한다고 자칭했다. 그러나 이들의 난은 결국 진압되고, 조조의 말대로 "이 세상에 내가 없었다면 누가 황제를 자칭하고 누가 왕을 자칭하게 되었을지 모르는" 상태가 되었다.

확실히 이 말은 정곡을 찌르고 있지만, 절반은 거짓말이다. 조조 자신이 '내가 황제'라고 자칭하기 위해서는 헌제를 처치할 필요가 있을 터인데, 표면상으로는 이 속셈이 전혀 언급되지 않았기 때문이다.

조조가 헌제에게 100푼을 훨씬 넘어 120푼쯤 치욕을 준 것은 유방에게 처치당한 한신과 팽월의 앙갚음인 게 분명하다.

옛 사람이 만든 노래 가사에 이런 말이 있다. 명나라 시조인 홍무제洪武帝 주원장朱元璋에서 마지막 황제인 숭정제崇禎帝에 이르는 역대 황제들, 그리고 이자성李自成·장헌충張獻忠·사탑천射塌天·일좌성一座城 등 여러 영웅들은 모두 호사濠泗 땅에서 일어났다가 모함으로 비명횡사한 한나라 공신들이 되살아나 현재의 인물로 활약한다는 것이다. 이것은 구구단 계산법에 비추어 다시 생각해보아도 한치의 오차도 없는 멋진 추론이다. 따라서 조조는 한신과 팽월이 환생한 존재이고, 나중에 헌제를 감금하여 박해하는 화흠과 치려郗慮는 영포나 정공丁公의 재생일 것이다.

요즘 세상에서의 응보는 현세현보現世現報여서, 자신이 한 짓은 곧 자신에게 되돌아온다. 나도 날마다 거기에 대응하느라 바빠서, 도저히 그런 영웅들의 대역을 맡을 여유가 없다. 하다못해 포룡도包龍圖가 유금휘柳金輝를 조사하기 위해 지옥까지 간 것을 본받아, 그런 영웅들이 호분을 섞은 그림물감처럼 모두 한 가지 색깔로 보기 흉하게 덕지덕지 칠해져버린 듯한 혼돈 상태를 정밀 조사해보려는 생각은 갖고 있지만.

그러나 헌제에게만 국한하여 생각해보면, 그는 조상의 업보를 받았다고 말할 수 있을 것이다.

이제 본 이야기로 돌아가자. 헌제는 생사를 같이하는 복황후와 함께 비통한 눈물을 흘렸지만, 겨우 눈물을 거두고 복황후에게 이렇게 말했다.

"우리 내외의 목숨은 조조에게 달려 있소. 그 간사한 역적은 조금이라도 마음에 들지 않는 일이 있으면 당장 우리를 죽여버릴 거요. 그놈은 오래전부터 황제 자리를 노려왔소. 조정 대신들 중에서는 공융孔融이 조금 줏대가 있었지만, 그는 이미 죽어버렸소. 순욱과 그 조카인 순유도 나라의 은혜에 보답하여 힘껏 충의를 다해주었지만, 둘 다 조조에게 핍박을 받고 자살해버렸소. 이제 우리를 둘러싸고 있는 자들은 모두 조조의 주구들뿐이오. 그놈들은 조조가 조금이라도 암시를 주면 매나 사냥개처럼 사냥감에게 덤벼들 무리들이오. 그때가 되면 우리는 어쩔 수 없이 칼날을 달게 받지 않으면 안 되오. 내 목숨이 아까운 것은 아니나, 그렇게 되면 조상 대대로 내려온 이 나라가 순식간에 물거품처럼 사라져버릴 테니, 나는 그게 안타까울 뿐이오."

"유황숙이 좌장군으로서 형주와 익주를 영유하고 장병도 많이 갖고 있습니다. 몰래 조칙詔勅을 보내어 나라를 위해 진력하도록 하는 게 어떻겠습니까?"

헌제는 한숨을 내쉬며 이렇게 말했다.

"조조 세력은 황숙보다 더 크오. 황숙은 아직 충분히 날개를 펴지 못하고 있기 때문에, 경솔한 행동을 일으키면 반드시 실패할 거요. 한 왕조 역대 조상들의 혼백도 국난을 구할 사람의 등장을 바라고 계시겠지만, 내 부덕함 때문에 결국 찾아내지 못한 게 분명하오. 그리고 요전에 조조는 이렇게 말했소. 만일 황숙이 중원을 넘보면 내 목부터 먼저 베겠다고 말이오. 황숙이 완성과 낙양을 향해 군대를 내보내는 그날이 바로 우리가 죽을 날이오. 우리는 지금 이런 지경에 몰려 있소. '국가를 위해 진력하라'고 말할 만큼 한가로운 판국이 아니오."

"하지만 조조가 세력을 떨치고 있는 한 우리는 포위망을 빠져나갈 수 없지 않습니까. 황숙은 허전許田에서 사냥할 때 조조의 교만함을 보고도 '쥐새끼에게 물건을 던지고 싶어도 그릇이 깨질까 걱정스러워' 그 자리에서는 손을 대지 않은 분이 아닙니까. 그처럼 신중한 황숙이 노골적으로 북벌에 나서서 일부러 우리를 위험에 빠뜨리는 일은 하지 않을 것이옵니다. 폐하, 황숙의 진군을 저지하여 국가 대계를 그르쳐서는 아니 되옵니다."

헌제는 복황후의 굳센 마음에 감동하여 저도 모르게 한숨을 내쉬며 말했다.

"이 위난을 해결할 수 있는 묘안은 없겠소?"

복황후는 잠시 생각에 잠겨 있다가 입을 열어 이렇게 말했다.

"저에게 한 가지 생각이 있사옵니다. 폐하, 나라의 옥새를 몰래 형주로 보내어 황숙에게 제위를 넘겨버리는 것입니다. 그리고 한왕조의 회복을 의뢰하는 것입니다. 황숙이 그 뜻을 받아주면 저와 폐하는 더이상 황제·황후가 아니라 허창許昌에 사는 일개 평민에 불과합니다. 그때는 허창도 더 이상 허도가 아니겠지요. 조조는 우리를 붙잡아봤자 아무 명분도 얻을 수 없고, 죽여봐도 대단한 존재가 아닙니다. 따라서 오히려 폐하를 살려두고 황숙을 낚는 미끼로 삼으려 할 것입니다. 이렇게 하면 헛된 자리에 매달려 재앙을 불러들이는 것보다 몇 배 낫지 않겠습니까."

"나는 왠지 마음이 어지러워 어찌해야 좋을지 모르겠소. 나 대신 조칙을 써주지 않겠소?"

복황후는 붓을 들어 곧 글을 쓰기 시작했다.

'좌장군 익주목 유비에게 알리노라. 짐이 부덕한 소치로 어려서 흉악하고 간사한 신하를 만나, 요즘에는 점점 더 외롭고 위험한 지경에 빠져 목숨도 경각에 달려 있소. 이제 내신 목순을 시켜 옥새를 숙(叔: 유비)에게 맡기니, 옥새가 도착하는 날로 당장 제위에 올라 천하의 민심을 안정시키시오. 짐을 생각하느라 시기를 놓쳐서는 아니 되오. 종묘의 사직이 다시 빛나고 조상들의 위패가 무사할 수 있다면, 짐이 죽는 날은 곧 짐이 새로 태어나는 날이 될 것이오. 원컨대 천하를 좀더 소중히 여기고 짐 한 사람을 가벼이 여겨, 고조(유방)와 세조(광무제 유수)의 영령을 위로하시오. 짐의 육신은 비록 죽임을 당할지라도, 짐에게 하고 싶은 말이 있거든, 공을 이루는 날 소뢰小牢의 예禮(양고기를 통째로 제물로 바쳐 제사를 올리는 일)로 짐의 영전에 고해주시오. 건안 ○년 ○월 ○일.'

헌제는 이 글을 읽고는 눈물을 흘리며 말했다.

"한왕조가 부흥한다면 모두 그대 덕이오. 내가 박덕한 탓으로 그대한테도 몹쓸 고생을 시키는구려."

복황후도 눈물을 흘렸지만, 마냥 울고만 있을 수는 없다. 당장 목순을 불러 이 일을 명령했다. 목순은 황제 앞에 엎드려 목숨을 걸고 임무를 수행하겠다고 맹세한 뒤, 조칙과 옥새를 품에 집어넣고는 태연한 모습으로 궁문을 나가 국장(國丈: 황제의 장인) 복완伏完의 집으로 가서 상세한 내용을 보고했다.

마침 그 무렵 복완의 막내아들이 죽었기 때문에, 목순은 그것을 이용하여 하인 복색으로 갈아입고 상여꾼들과 함께 복씨 집안의 본적지인 완성宛城으로 가서 매장을 끝냈다.

이것은 장례로는 지극히 당연한 일이었기 때문에 아무도 수상쩍게 여기지 않았다. 이리하여 목순은 천라지망(天羅地網: 하늘과 땅에 쳐진 그물이라는 뜻으로, 피할 수 없는 경계망이나 벗어날 길이 없는 재앙을 이르는 말) 같은 조조의 마수에서 벗어날 수 있었다. 그래도 그는 더욱 세심한 주의를 기울여 장사꾼으로 변장한 뒤, 복완의 하인들의 협력을 얻어 그럭저럭 남양에 도착했다.

　그 남양 땅을 지키고 있는 사람이 바로 관우의 아들 관흥이다. 관흥은 허창 방면에서 오는 사람에 대해서는 당연히 주의를 기울여 엄하게 심문했다. 목순은 수비병한테서 이 땅에 주둔해 있는 대장이 관흥이라는 말을 듣고는 당장 관흥에게 면회를 청했고, 관흥도 곧 면회에 응했다.

　목순은 허창에서 관우를 만난 적이 있었다. 그리고 이번에 관흥을 만난 것인데, 관우와 관흥은 부자지간인만큼 아주 비슷했다. 다만, 관우가 자랑하는 긴 수염이 관흥에게는 없을 뿐이다.

　목순이 앞으로 걸어나오자 관흥은 그 모습이 우아한 분위기를 갖고 있는 것을 보고, 이 사람은 장사꾼이 아니라 무언가 다른 용건이 있어 이 땅에 온 사람이라는 것을 한눈에 알았다. 그래서 주위 사람들을 물리치고, 이 땅에 온 까닭을 물었다.

　목순은 황제의 칙명을 받고 왔다는 것을 자세히 이야기했다. 관흥은 자세한 내용을 알자, 급히 목순을 안으로 안내하여 목욕하고 옷을 갈아입게 한 뒤 잔치를 베풀어 환대했다. 또한 보좌관인 조루에게도 인사를 시켰다.

　이튿날 관흥은 한 부장에게 명령하여 50명의 병사를 이끌고 양양까지 목순을 호위하게 했다.

　양양에 주둔해 있는 사람은 장비와 방통이다. 두 사람은 목순을 관청 안으로 맞아들여 잔치를 열었다. 그 자리에서 목순은 조조가 얼마나 흉악한 인물이며, 또 헌제가 얼마나 핍박을 당하고 있는지를 이야기했다. 장비는 그 말을 듣고는 그렇지 않아도 둥근 퉁방울눈을 더욱 크게 부릅뜨고 돼지털 같은 수염을 곤추세우며 으르댔다.

"당장 군대를 이끌고 허창으로 가서 조조 놈을 죽여버리겠다."

방통이 당황하여 그를 말렸다.

"장군, 그렇게 난폭한 짓을 하시면 안 됩니다. 오히려 황제 폐하께 누를 끼치는 결과가 됩니다."

장비는 순순히 그 말을 받아들여 사과했다.

"선생 말씀이 옳소. 내가 잠시 격분해서 말이 지나쳤소."

"사태가 긴박합니다. 우물쭈물해서는 안 됩니다. 목 선생을 빨리 형주로 보내드리고, 관 장군의 명령을 기다립시다."

장비는 이 말을 받아들여 당장 목순을 형주로 호위하게 했다.

목순이 형주에 도착하자 관우와 서서가 마중 나와 관청 안으로 안내했다.

목순은 관우를 보자 이렇게 말했다.

"장군께서 허창에 계실 때 뵙고 그 두터운 충의심에 감복하고 있었습니다. 이제 성지를 받들어 좌장군(유비)을 뵈오러 가야 하는데, 좌장군께서는 지금 어디 계십니까?"

관우가 대답했다.

"황숙께서는 익주(촉)에 계십니다. 그보다 허창의 현재 상황은 어떻습니까? 목 선생은 황제의 어떤 성지를 전하러 오셨습니까?"

"장군은 모르실지도 모르지만, 황숙이 서천(촉)을 얻으셨다는 정보는 허창에도 전해져 황제 폐하께서 몹시 기뻐하셨습니다. 그때 그만 그 기쁨을 섣불리 입 밖에 내시어 그것이 조조 귀에 들어갔기 때문에, 조조는 칼을 찬 채 궁중에 들어가 폐하를 협박하는 무도한 짓을 했습니다. 그래서 폐하와 황후 마마께서는 하루 종일 눈물로 날을 보내셨습니다. 이윽고 황후 마마께서 계략을 내시어 옥새를 좌장군께 넘기시기로 하셨습니다. 저는 그 조칙을 갖고 허창을 탈출하여 황숙을 만나 옥새를 드리는 임무를 맡았습니다. 좌장군께서 제위에 오르신다면 조조는 더 이상 '황제를 수중에 넣어 천하를 호령할' 수 없게 되고, 폐하와 황후 마마께서도 조조에게 살해당하지 않고 목숨을 보전할 수 있으리라고 생각하신 것입니다."

관우는 그 말을 듣고 장탄식을 했다.

"허전에서 사냥할 때 내가 놈을 죽였더라면 오늘날 사태가 이 지경이 되지는 않았을 것을."

그러고는 당장 관평關平에게 10척의 병선을 이끌고 목순을 서천의 유비에게 모셔다드리라고 명했다. 하지만 이 이야기는 여기까지.

관우가 목순을 성밖까지 전송하고 관청으로 돌아와 막 자리에 앉은 순간, 파발마가 급히 달려와 알렸다.

"오나라 수군 도독 주유가 죽었다 합니다."

관우는 깜짝 놀라 중얼거렸다.

"공근은 젊지만 재능이 출중한 인물인데, 그런 인물이 홀연히 세상을 떠나다니 강남은 큰 타격을 입겠군."

그러고는 유비의 집으로 가서 손부인에게 이 소식을 전했다. 손부인은 깊은 슬픔에 빠졌다. 이어서 관우는 서서를 조문 사절로 파견하여, 누가 주유의 후임이 될지를 탐지하게 했다. 서서는 서둘러 출발했다.

주유가 이처럼 갑자기 죽은 것에 대해, '주유는 젊은 나이에 뜻을 이루어 강남을 지키고 있었는데, 병에 걸려 죽은 것도 아니라면 무엇 때문에 갑자기 죽었을까' 하고 의아하게 생각하는 분도 있을 것이다. 이

급사의 원인은 한마디로 말할 수 없는 복잡한 것이었다.

원래 총명한 인물은 여색을 좋아하게 마련이고, 의기가 왕성한 인물은 술을 좋아하는 법이다. 주유는 재지총명才智聰明하고 풍정고랑風情高朗하며, 그 눈은 중국 전체를 뒤덮고 마음은 천 년의 시공을 뛰어넘는 인물이었다.

당시 사람들은 입을 모아 주유의 재주를 칭찬했다. 손책은 진심으로 주유에게 반했고, 손권은 주유에게 진심에서 우러나오는 정성을 다했으며, 정예 병사들과 용맹한 무장들은 기꺼이 그의 지령에 따랐고, 땅을 달리는 말과 물 위를 가는 배의 돛까지도 주유의 뜻대로 움직였다.

그뿐만 아니라, '북방의 수령' 조조와 '남양의 관중' 제갈량도 얕보지 못할 만큼 재능 있는 인물이었다. 게다가 아내는 미녀 중의 미녀인 소교小喬였다. 물고기도 그녀를 한번 보면 물밑으로 기어들고, 날아가던 기러기도 그녀를 보면 하늘에서 떨어질 정도였다. 옛날 소설에도 나오듯이, 주유가 '아침에는 피로가 남아 있지만 밤이 되면 다시 원기가 왕성해진' 것도 결코 무리가 아니다.

호색은 그렇다 치더라도, 주유는 둘째가라면 서러워할 만큼 술을 좋아했다. 한 번에 백 잔을 마실 때도 흔했는데, 그렇게 마시고 취해도 안색은 전혀 달라지지 않았다. 그 때문에 주유와 마주 앉은 사람은 이야기하는 동안 주유가 풍기는 술 냄새에 취해버릴 정도였다.

그러나 한 사람의 정력에는 당연히 한도가 있다. 낮에는 군사를 다스리고 빈객도 접대하며, 커다란 술잔에 탁주를 부으면서 웅변으로 이야기한다. 밤에는 또 밤대로 새벽 4시경까지 아내와 함께 서로 뒤엉킨 용과 호랑이처럼 껴안고 씨름을 하니, 이래서는 체력이 소모되지 않는 것이 오히려 이상하다. 이런 생활을 계속하면 오래 살 수 있을 턱이 없다. 게다가 주유의 죽음을 재촉한 저승행 차표가 또 하나 있었다.

이것을 멋지게 표현한 인물이 있다. 그 사람은 바로 당나라 때의 시인인 이단李端이다. 그가 쓴 시 가운데 〈쟁소리를 듣다[聽箏]〉라는 제목의 오언절구가 있다.

쟁을 켜는 김속주

하얀 손을 아름다운 방 앞에서 움직이네.

주유의 관심을 끌려고

이따금 일부러 잘못 켜고 있네.

鳴箏金粟柱 素手玉房前 欲得周郎顧 時時誤拂弦

사실 주유는 파양에서 수군을 훈련할 때, 이것은 어디까지나 군무였기 때문에 가족을 데려가지 않았다. 그러나 아직 젊은 주유는 불끈불끈 솟아오르는 욕정을 주체하지 못하고 팽택현彭澤縣을 돌아다니다가 김속주金粟柱라는 예명을 가진 기녀를 알게 되었다.

그녀는 절세미인으로 세련된 도회적 분위기를 지니고 있을 뿐 아니라 금기서화琴棋書畵에도 뛰어났다. 또한 쟁을 즐겨 켰다.

김속주는 수군 진영 근처에서 쟁을 켰는데, 이럴 경우 대개는 병사들의 기강이 해이해지는 법이지만 주유가 워낙 엄격한 규율에 따라 훈련하고 있었기 때문에, 다소 흥미를 느낀 병사가 있었지만 실제로 그 소리가 나는 곳까지 찾아가 누가 켜는지를 확인하려는 사람은 거의 없었다.

그날 주유는 진지로 돌아오다가 김속주의 집 앞을 지나가게 되었다. 예로부터 여자는 미남자를 좋아한다. 그녀는 이미 주유의 미모에 마음이 끌려 있었다. 주유가 음악을 좋아하고 음률에도 정통해 있다는 것을 알고, 그녀는 주유가 돌아올 무렵에 맞추어 칠현금을 타기 시작했다.

현 위를 기러기 떼가 날듯 손가락을 움직여, 하얀 은으로 만든 갑옷이 튕기는 듯한 소리를 낸다. 그 소리 하나하나에는 그녀의 애절한 심사도 담겨 있다.

주유는 그녀의 집 앞에서 말을 세우고 귀를 기울였다. 음악이 절실하게 마음속으로 스며든다. 주유는 시종들에게 이 집 주인을 불러내라고 명령했다. 주인인 김金 노인은 오나라 도독이 불러내자 허둥지둥 밖으로 나와 주유의 말 앞에 무릎을 꿇었다.

주유가 물었다.

"저 칠현금을 타는 사람은 누구인가?"

"제 딸년이옵니다."

주유가 웃으면서 말했다.

"훌륭한 연주이긴 하나, 저만큼 탈 줄 아는 사람답지 않게 도중에 몇 번이나 틀렸다."

김 노인은 주유에게 청했다.

"안으로 드시어 차라도 마시고 가시지요."

주유는 백성에게 언제나 은덕을 베풀고, 군무가 한가할 때에는 수행 장교 두셋과 함께 산책을 하며 백성들이 농사짓는 모습을 보는 것이 습관이었다. 그럴 때면 백성들은 주유를 집으로 초대하여 차나 술을 대접했다. 주유는 그때마다 그 백성의 형편에 맞는 접대를 받고 격식이나 신분으로 차별하지 않았기 때문에 강서와 강남의 백성들은 모두 주유를 존경하고 사랑했다.

그런데 이번에 김 노인의 초대를 받자, 주유는 노숙과 시종 두 사람을 데리고 김 노인의 집으로 들어갔다. 나머지 수행원들은 한발 먼저 진지로 돌려보냈다.

집 안은 한적한 뜰에 꽃나무가 무성하고, 방으로 안내되어 꾸밈새를 보니 꽤 사치스러운 물건들도 있다.

김 노인이 딸을 부르자 딸이 나와 절을 한다. 아아, 이 딸이야말로 재앙의 근본 원인이지만, 주유는 아가씨에게 앉으라고 말하고는 누구한테 쟁을 배웠느냐고 물었다. 그리고 중간에 여기와 여기를 잘못 켰다면서 일일이 그 부분을 지적했다.

아가씨는 거기에 대해 자세히 대답했는데, 그 목소리도 아름답고 대답에도 조리가 있었다. 주유는 또다시 의문을 느꼈다.

'이만큼 음악의 깊은 뜻을 터득하고 있는 아가씨가 왜 그런 실수를 했을까?'

그러자 갑자기 김 노인과 딸이 주유 앞에 엎드렸다. 주유는 그들을 일으키며 물었다.

"도대체 어찌 된 일이냐?"

김 노인이 대답했다.

"딸년은 늘 영웅을 가까이에서 모시기를 염원하고 있었습니다. 부디 첩으로 삼아 가까이에 두어주십시오."

주유가 노숙을 돌아보자 노숙이 말했다.

"이 아가씨의 소원을 이루어주시지요."

그래서 주유는 그 자리에서 대답하고, 정식으로 김속주를 첩으로 삼았다. 주유의 아내 소교는 머리가 좋은 여성이었기 때문에, 시앗을 보았다고 해서 이성을 잃고 흐트러진 모습을 보이지는 않았지만, 주유는 두 미녀 사이를 오락가락해야 할 형편이 되었다.

흔히 '즐거움이 지나치면 슬픔을 낳는다'고 한다. 어느 날 주유는 수군 요새에서 손님을 위해 잔치를 베풀고, 언제나 그렇듯이 몇 잔이나 술을 들이켰다. 술자리가 차츰 무르익자 귀가 화끈화끈 달아올랐기 때문에 주유는 옷깃을 열고 바람을 들여보냈다. 그때 가슴에 서늘한 바람이 들어가 심장이 한 번 크게 고동쳤다.

그러나 주유는 젊은 나이만 믿고 전혀 걱정하지 않았다. 잔치가 끝나 집으로 돌아가자 김속주와 물과 물고기 같은 교접을 가졌다.

그때 갑자기 팔다리가 뻣뻣하게 굳어 움직이지 않게 되었다. 김속주에게 일러 옷을 갈아입히게 하고 겨우 침대에 기대어 앉았지만 식은땀만 줄줄 흘러내린다.

주유는 당황하여 하인에게 진지로 데려다달라고 명령했다. 그때 찬바람을 무릅쓰고 밖으로 나간 것이 좋았을까 나빴을까. 어쨌든 의사를 불렀더니, 온 사람은 명의 화타華佗의 제자인 하반夏磐이라는 의사였다. 하반은 침상 앞으로 가서 맥을 짚어보고 안색을 살핀 뒤 처방전을 썼다.

그러나 그 뒤에 하반은 방에서 나와 노숙에게 이렇게 속삭였다.

"도독의 병은 손을 쓰기에 이미 늦었습니다. 기운을 너무 써서 육맥六脈이 끊어지고, 의약이 닿을 수 없는 곳에 병마가 들어가 있습니다. 오늘밤 11시경에 목숨이 다할 것입니다."

노숙은 뒷일에 대비하는 한편, 주유의 상태를 유심히 살폈다. 주유가 약을 다 마시고 정신도 또렷해졌기 때문에 노숙은 여러 장수들과 함께 교대로 간호했다.

그런데 한밤중에 상태가 급변했다. 주유는 온몸에 흠뻑 땀을 흘리고는 죽음을 각오했다. 주유는 노숙을 가까이 불러 "자경子敬, 내가 죽은 뒤에는 자네가 수군을 통솔해주게" 하고 말한 다음, 여러 장수들을 향하여 명령했다.

"나를 섬겼듯이 자경을 섬기도록 하라."

장수들은 노숙에게 충성을 다할 것을 맹세했다. 주유는 괴롭게 숨을 몰아쉬면서 다시 한 번 노숙을 불러,

"형주와의 유대는 절대로 끊어서는 안 되네."

이 말을 겨우 끝냈을 때 숨이 막혀, 오후 11시경 숨을 거두었다. 주유의 나이 불과 스물여덟이었다.

노숙은 장수들과 함께 통곡하며 주유의 시신을 깨끗이 씻어 관에 넣고, 오후 손권에게 이 비보를 알렸다. 김속주는 주유가 죽었다는 소식을 듣자마자 스스로 목숨을 끊어버렸다. 장수들은 이 말을 듣고 더욱 깊은 슬픔에 휩싸였다.

주유가 죽었다는 이 놀라운 소식은 당장 건업에 전해졌고, 손권은 가슴을 주먹으로 치면서 통곡했다. 오나라 군사와 백성들도 모두 애도했고, 부인 소교는 "나도 죽고 싶다"면서 슬퍼했다. 당연히 그녀도 주유를 뒤따라 죽고 싶었다. 그러나 아들 주순周循이 아직 어렸기 때문에, 어머니의 설득을 받고 자살할 생각을 버렸다.

건업의 군사와 백성들 가운데 주유의 죽음을 가장 슬퍼한 사람은 교국로喬國老일 것이다. 그의 두 딸 가운데 언니인 대교大喬는 손책에게 출가했고 동생인 소교는 주유에게 출가했는데, 두 사위 모두 누구에게도 뒤지지 않는 강남의 호걸이요 젊은 영웅이었다.

그런데 언니가 남편 손책의 상을 채 벗기도 전에 동생마저 미망인이

되었으니, 그의 늙은 눈에 떠오르는 것은 이제 젊은 나이에 죽은 두 젊은이의 모습뿐이었다.

그래서 주유의 영구가 건업에 도착했을 때 그는 관에 매달려 통곡하며 정도를 벗어날 만큼 큰 슬픔을 보였다. 대교와 소교 자매는 나이 많은 아버지가 그토록 슬퍼하는 것을 보고 더욱 가슴이 아팠다.

그러나 대교는 굳센 여성이어서, 눈물을 속으로 삼키며 아버지를 위로하고 격려했다. 소교는 주유를 뒤따라 자살한 김속주의 마음을 불쌍히 여겨, 그녀를 주유와 함께 조상들이 잠들어 있는 무덤에 묻어주었다.

손권은 주유의 유언에 따라 노숙을 수군 도독에 임명하고, 조정에 속해 있는 모든 관리에게 사흘 동안 상복을 입으라고 명령했다. 오나라의 국태부인은 교국로와 마찬가지로 나이가 많았기 때문에 주유의 죽음에 충격을 받고 몸져누웠다.

주유는 손권의 형 손책과 동갑으로 불과 한 달 늦게 태어났을 뿐이어서, 국태부인에게는 친자식이나 다름없는 존재였다.

그리고 손책은 임종할 때 이렇게 유언했다.

"나라 밖의 일은 공근(주유)에게, 나라 안의 일은 자포(子布: 장소)에게 맡기라."

따라서 손책의 뒤를 이은 손권도 주유를 형 손책이 살아 있을 때와 똑같이 대우했다. 그리고 주유는 합비 싸움에서 조조를 참패시키고 개선하여 손권에게 승리를 보고하고 국태부인에게도 찾아가 인사를 했다.

국태부인은 그것을 기뻐하여 주유를 더욱 귀여워했다. 나이를 먹으면 기쁜 일이 있을 때는 용기백배하지만, 슬픈 일이 있으면 괴로움이 백 배가 아니라 천 배 만 배가 된다. 손책이 죽은 뒤 상복을 입은 대교가 시어머니인 자신에게 바지런히 효도를 다하는 모습을 보는 것도 슬펐는데, 주유의 죽음으로 그 슬픔은 더욱 깊어졌다.

국태부인은 괴로워지면 항상 손책을 생각하곤 했다. 그리고 손책을 생각하면 죽은 남편 손견이 생각나는 것이었다. 또한 나라 안의 일을 생각하면 대외적인 문제를 강하게 의식하게 된다.

조조는 오나라에게 깊은 원한을 품고 있다. 주유가 죽은 것을 알면 그 원한을 갚기 위해 싸움을 걸어오지나 않을까. 그렇게 되면 누가 조조를 처부술까. 사위인 유비는 지금 촉 땅에 있다. 딸은 형주에서 남편이 없는 집을 지키고 있다. 도대체 앞으로는 어떻게 될까. 그렇게 생각하다 보면 이것저것 걱정거리가 끊이지 않아 밤에도 잠을 이루지 못한다. 음식도 목으로 잘 넘어가지 않는다. 이런 상태가 계속되자, 손권은 이러다가 어머니까지 잘못되시는 게 아닐까 걱정하기 시작했다.

이런 상태를 종합하여 비유해보면, 옛날 노魯나라의 칠보읍漆寶邑에 살던 한 부인은 주周나라의 국가 체제를 걱정하여 자살했다고 한다. 그러나 문헌에 따르면 기둥에 기대어 무언가를 슬퍼하고 있었다니까, 다른 슬픈 일도 있었을 것이다. 춘추시대 노나라에 장공莊公이라는 사람이 살았는데, 이 사람의 부인인 애강哀姜은 음탕한 악녀였지만 노나라를 떠날 때에는 눈물을 흘리며 걱정하는 말을 남겼다고 한다.

그러면 이 다음은 어찌 될 것인가. 다음 회를 기대하시라.

제 12 회

손부인, 친정에 간 뒤 형주로 돌아오지 않다
헌제, 밀조를 내린 비밀이 탄로나다

국태부인의 병세는 나날이 악화하여, 손권은 옷도 갈아입지 않고 밤낮으로 간병을 계속했다. 국태부인은 헛소리로 주유를 계속 불렀다. 손권은 그 소리를 들을 때마다 가슴이 아파, 눈물을 꾹 참으면서 어머니를 위로했지만 아무 효과도 없었다.

손권에게는 조趙씨라는 젊은 아내가 있었다. 그녀는 절세미인이고 머리도 좋을 뿐 아니라, 삼국시대를 대표하는 바느질의 명인이기도 했다. 그녀는 사방 한 척짜리 헝겊에 여러 나라의 상세한 지도를 수놓는 것도 식은 죽 먹기로 해치웠다.

마음씨도 상냥하고 둘도 없는 미인이기도 한 그녀는 국태부인의 병환이 깊어지고 그에 따라 남편 손권도 초췌해지는 것을 보다 못해 손권에게 이렇게 속삭였다.

"주공, 어머님께서는 평소에 두 사람을 사랑하셨어요. 그중 하나인 공근 장군은 일찍 돌아가셨어요. 어머님께서는 그래도 항상 생각하고 계시지만, 아무리 생각해봤자 공근 장군은 살아 돌아오지 않아요. 하지만 아가씨(유비의 아내인 손부인)는 강 하나를 사이에 둔 형주에 계세요. 사람을 보내어 어머님의 병환을 알리면, 어머님이 걱정스러워서 반드시 돌아오실 거예요. 유사군(유비)은 촉에 계시므로 금방 허락을 받을 수는 없을지 모르지만, 형주를 지키고 있는 관 장군은 신의를 중히 여기는 것으로 유명하신 분이에요. 잠시 조조에게 항복했을 때 촛불을 들고 밤새도록 형수님들(감부인과 미부인)의 방 앞에 지켜 서서 예를 다 했다는 이야기는 중국에서 모르는 사람이 없어요. 반드시 이해심을 보여, 아가씨가 친정에 돌아오는 것을 막지 않을 거예요. 어머님께서는 공근 장군의 죽음으로 병을 얻으셨어요. 하지만 아가씨를 보시면 쾌차하시지 않을까요? 의약 따위는 효과가 없을 것 같아요."

이런 지적을 받자 손권은 문득 꿈에서 깨어난 듯한 기분으로 말했다.

"말씀 잘해주었소. 공근의 죽음으로 어머님께서 몸져누우셨기 때문에 너무 당황한 나머지 내가 미처 그 생각을 하지 못했구려."

손권은 바깥채로 나가 손소에게 두 통의 편지를 주면서 형주로 가져가게 했다. 한 통은 관우와 서서의 조문에 대한 답례 편지였고, 또 한 통은 손부인에게 '어머님의 병이 위중하다'고 알리는 편지였다. 손소는 곧 형주로 떠났지만, 이 이야기는 여기까지.

여기는 형주. 서서는 관우의 명에 따라 유비를 대신하여 건업에 가서 주유의 장례식에 참석했다. 그리고 형주로 돌아와 관우에게 오나라의 정치 상황을 자세히 보고했다. 따라서 관우는 노숙이 주유의 후임으로 수군을 통솔하게 되었고 내정은 장소가 맡고 있다는 것을 알고 있었다.

관우는 안채로 가서 손부인에게 오나라의 사정을 알렸다. 손부인은 깊은 한숨을 내쉬며 이렇게 말했다.

"공근이 죽었으니 오라버니는 보좌관을 잃은 셈이오. 틀림없이 어머님도 낙심하여 병을 얻으셨을 거요."

그러고는 눈물을 뚝뚝 흘리기 시작했다. 젊은 부인은 혼자 있으면 그만 감상적이 되어버리는 법이다. 하물며 이번에는 슬픈 소식을 들었으니 더욱 감상적이 되는 것도 당연하다.

관우는 손부인을 위로했다.

"형수님, 안심하십시오. 제가 당장 황숙께 알려 형수님께서 친정에 돌아가실 수 있도록 하겠습니다."

손부인은 눈물 젖은 얼굴로 "그렇게 해주세요" 하고 부탁했다.

관우는 즉시 유비에게 보내는 편지를 쓰기 시작했다.

그런데 관우가 전령에게 편지를 주어 촉으로 막 보내려 할 때 손소가 형주에 도착하여 관우를 찾아왔다. 손소는 우선 주유의 장례식 때 조문을 보내주어 고맙다고 말한 다음, 손부인을 만나게 해달라고 부탁했다.

관우는 손소를 안쪽 방으로 안내했다. 손부인이 안쪽 방에 모습을 나타내자 손소는 앞으로 나아가 예를 올린 다음 손권이 쓴 편지를 바쳤다.

손부인은 그 편지를 읽고는 눈물을 흘리며 소리내어 통곡했다. 그러고는 시녀를 불러 편지를 관우에게 건네주었다. 관우는 편지를 공손히 받아들고 읽기 시작했다.

편지에는 국태부인이 무엇 때문에 병에 걸렸으며 그 병세는 어떠한지가 자세히 적혀 있었다. 읽는 사람이면 누구나 비통한 마음을 불러일으킬 수밖에 없는 내용이었다.

관우는 신의가 구름보다 두텁고, 하늘의 강도 건널 수 있을 만큼 고귀한 성품을 가졌으며, 그중에서도 특히 인륜에 대해서는 남달리 중요하게 생각하는 인물이었다.

관우는 손을 맞잡고 일어나 몸가짐을 가다듬고 말했다.

"지금 국태부인께서 중병에 걸리셨는데 황숙께서는 멀리 촉 땅에 계십니다. 아무리 급히 황숙께 알린다 해도 허락을 받고 있을 틈이 없습니다. 형수님께서는 오나라와 가까운 이 땅에 계시므로, 얼른 친정으로 돌아가시어 국태부인께 약을 권하셔야 합니다."

"하지만 나는 남의 아내 된 몸이에요. 남편의 허락을 받고 나서 친정에 가야 합니다. 황숙의 허락을 받지 않고 행동하는 것은 좋지 않은 일이 아닐까요?"

손부인은 한숨을 섞어서 말했다.

"형수님의 그 말씀은 정말 지당하지만, 촉까지는 길이 멀어 왕복하는 데 한 달은 걸립니다. 국태부인께서는 고령이신 데다 병환이 위중하십니다. 만일 살아 계실 때 뵙지 못하면 형수님께서는 평생 후회하시게 됩니다. 황숙께서는 인의가 두터운 분입니다. 절대로 이상히 여기지는 않으실 것입니다. 형수님께서는 당장 오나라로 출발해주십시오. 제가 다시 황숙께 알릴 테니까요. 국태부인의 병환이 쾌차하신 뒤에는 즉시 형주로 돌아와주십시오. 촉 땅은 지금 평정되어 있고 아무 문제가 없습니다. 곧 사람을 보내시어 형수님을 모셔오실 것입니다."

관우의 말을 들은 손부인은 자신을 타이르듯 몇 번이나 고개를 끄덕였다. 관우는 손소와 함께 밖으로 나가 그를 편히 쉬게 했다. 손부인은 급히 여행 준비를 갖추고, 아두(유비의 아들 유선)를 관우의 부인에게 맡긴 다음, 잠시 친정에 돌아가기로 했다.

이튿날 아침 일찍 관우는 전함과 커다란 배를 준비하여 강가에서 기다렸다. 서서와 마량을 비롯한 문무백관이 공손히 손부인을 배에 태웠다.

손부인이 배에 타자 관우는 몸을 굽히며 말했다.

"국태부인의 병환이 쾌차하시면 곧 형주로 돌아와주십시오. 미리 날짜를 정해주시면 사람을 보내어 모셔오겠습니다."

손부인은 알았다고 대답했다.

이윽고 손부인을 태운 배가 멀리 사라지고 문무백관은 성으로 돌아 갔다. 그때 서서가 장탄식을 하면서 관우에게 말했다.

"공근의 죽음으로 오나라 체제는 통일성을 잃었습니다. 이럴 때 만약 조조가 무언가 책략을 쓰면 부인께서는 언제 돌아오실 수 있을지."

"아니, 원직은 모르네. 형수님은 아주 당찬 성격이고 대의를 분별할 줄 아는 분이지. 걱정할 필요는 없네. 이제 곧 돌아오실 테니까."

"장군 말씀은 이론이고 도리입니다. 제가 말씀드리고 싶은 것은 실제의 일에 관해섭니다. 옛날 진秦나라 목공穆公이 진晉을 정벌한 것도, 정鄭나라 무공武公이 이민족을 멸망시킨 것도, 모두 양국간의 혼인관계가 발단이 되어 서로 원수지간이 되어버린 경우입니다. 세상일에는 '절대'라는 것이 없습니다. 설령 천하의 정도正道라 해도, 그것으로 모든 것을 개괄할 수는 없습니다. 부인께서는 분명 총명하고 굳센 성격을 갖고 계시지만, 그 때문에 오히려 끝을 잘 마무리하지 못할 가능성도 있습니다. 이 일 때문에 오나라와의 관계에 틈이 생기지 않으면 좋겠지만……."

이 말을 듣고 관우는 장탄식을 했다.

"자네 말이 옳다면 장강 일대는 또다시 전란에 휘말리겠군."

관우와 서서는 탄식을 되풀이하며 관청으로 돌아와 유비에게 이 일을 보고하는 편지를 썼다.

한편, 손부인은 손소와 함께 강릉을 출발했다. 장강 유역의 강하에서는 서성이, 구강에서는 감녕이 사람을 보내어 손부인을 맞이했다. 그러나 한시라도 빨리 어머니를 만나고 싶은 손부인은 손소에게 명령하여 그 모든 접대를 사절하고, 가벼운 배로 강을 따라 내려가 순식간에 건업에 도착했다.

손권은 누이가 도착하기를 이제나저제나 하고 기다리면서 날마다 척후병을 보냈는데, 이날 드디어 누이가 도착하자 뛸 듯이 기뻐했다. 그러나 기뻐하고만 있을 수는 없었다.

손부인은 시녀들의 마중을 받고 어머니 국태부인의 병실로 걸음을 서둘렀다. 국태부인은 병으로 마른 나뭇가지처럼 여윈 채 금방이라도 끊어질 것처럼 약한 숨을 몰아쉬며 누워 있었다.

손부인은 침대로 달려가 들뜬 목소리로 "어머니, 제가 돌아왔어요" 하고 불렀다. 그러자 국태부인은 눈을 크게 뜨고 사랑스러운 딸을 바라보았다. 딸이 돌아온 것을 보자 다시 기운이 솟아났지만, 겨우 손을 들어 딸의 손을 잡고는 괴롭게 숨을 몰아쉬며 말했다.

"애야, 언제 돌아왔느냐. 이게 꿈은 아니겠지?"

손부인은 눈물을 삼키며 대답했다.

"어머니, 꿈이 아니에요."

국태부인의 병은 원래 정신적인 원인에서 비롯했기 때문에, 딸의 모습을 보자 적이 안심하여 조금씩이나마 죽을 먹게 되었다. 손권이 기뻐한 것은 말할 나위도 없다.

손부인이 줄곧 어머니 곁에 붙어 앉아 세심한 주의를 기울여 간병했기 때문에 국태부인의 병세도 나날이 좋아졌다. 건강을 되찾자 국태부인은 딸에게 형주로 돌아가라고 말했다. 그러나 손부인은 어머니의 병이 아직 완쾌하지 않았기 때문에 다시 재발하면 큰일이라고 생각하여, 친정에 한 달가량 머물기로 하고 편지를 두 통 썼다.

한 통은 관우에게 쓴 것인데, "어머니의 병세가 조금씩 좋아지고 있기 때문에 좀더 이곳에 머물다가 다시 통지할 테니, 그 통지를 받으면 나를 데려갈 사람을 보내달라"는 내용이었다. 또 한 통은 관우를 통해 유비에게 보내는 것이었다. 그리고 형주에서 온 전함과 배는 먼저 돌려보내고, 국태부인의 병환이 완전히 나으면 즉시 오나라 배를 타고 형주로 돌아가겠다고 말했다. 이리하여 형주 병사와 하인들은 형주로 돌아갔지만, 이 이야기는 여기까지.

손부인이 오나라에 돌아가 있을 무렵 목순이 관평과 함께 성도에 도착했다. 유비는 사무를 보고 있던 책상을 옆으로 밀쳐놓고 헌제의 조칙을 읽으며 통곡했다.

유비는 그후 잔치를 베풀어 목순을 환대했지만, 목순은 술을 한 방울도 마시지 않고 말했다.

"허창으로 돌아가겠습니다."

그러자 공명이 말했다.

"목 선생이 여기 온 것은 허창 사람들도 이미 눈치 채고 있을 터, 돌아가면 오히려 위험하지 않겠습니까?"

"군사, 나는 황제의 명령을 받든 그날 이미 목숨을 버렸습니다. 이번에는 하늘의 도우심으로 다행히 관문을 통과하여 성도에 올 수 있었습니다. 그리고 황숙의 위대한 군용軍容을 보면서 한왕실의 영광이 되살아날 수 있다는 확신을 갖게 되었습니다. 하루라도 빨리 황제 폐하께 보고를 드려 그분의 근심을 덜어드리지 않으면 안 됩니다. 군사, 어서 빨리 황숙을 제위에 오르게 하시어, 위로는 하늘의 뜻을 받들고 아래로는 백성들의 소망에 따라주십시오. 그리고 역적 토벌군을 내보내어 한왕조를 부흥시켜주십시오. 이 한 몸의 생사 따위는 생각지 않으셔도 됩니다."

공명은 여러 장수들과 함께 목순의 말을 들으면서, 아무리 말려도 그가 듣지 않으리라는 것을 알았다.

"목 선생이 아무래도 허창으로 돌아가야겠다고 고집하신다면, 황제를 뵈었을 때 이렇게 전해주십시오. '황숙은 그날로 당장 대사를 일으켜 동쪽의 한중으로 출격하고 남쪽의 관보關輔를 얻었으며, 관운장은 완성과 낙양으로 군대를 보내어 허창으로 향하고 있습니다. 폐하께서는 잠시 고초를 겪고 계시지만, 저희가 전력을 다해 조씨를 멸망시키겠습니다' 하고 말입니다."

목순은 자리에서 일어나 바닥에 엎드려 말했다.

"부디 그 말을 잊지 말아주십시오."

유비는 바닥에 술을 부으면서 맹세했다.

"하늘이여 땅이여, 이 말을 들으시오. 우리가 아까 한 약속을 어길 때에는 멸망을 내려주십시오."

목순은 거듭 고개를 숙여 사례했다.

잔치가 끝나자 유비는 목순을 형주까지 모시라고 관평에게 명령했다.

목순은 형주로 돌아가자 관우를 만났지만, 곧 형주에 작별을 고하고 양양을 거쳐 남양으로 갔다. 남양에서 옷을 갈아입고 즉시 허창으로 향했다.

며칠 뒤 허창에 도착한 목순은 우선 복완의 집으로 가서 모든 일을 보고한 다음 궁중으로 돌아가려고 했다. 그러자 복완이 말했다.

"조조는 요즘 사람을 파견하여 궁문 안팎을 밤낮으로 감시하고 있소. 궁중으로 가면 불측한 사태를 면치 못할 것이오."

"제가 궁중을 나왔을 때에는 품에 중요한 물건을 지니고 있었지만, 그때도 조조를 두려워하지 않았습니다. 지금은 아무것도 갖고 있지 않습니다. 전혀 걱정할 일이 아닐 것입니다."

목순은 이렇게 말하고는 복완에게 작별을 고하고 떠났다. 복완은 겁에 질린 듯 식은땀을 줄줄 흘렸다.

목순이 궁문에 도착했을 때, 때마침 궁중에서 나오던 조조와 딱 마주쳤다. 조조는 목순의 얼굴이 먼지투성이인 것을 보고는 이상하게 생각했다.

'목순은 환관이라 하루 종일 천자 옆에서 시중을 들고 있을 터인데, 왜 얼굴에 먼지가 잔뜩 묻어 있을까. 반드시 무슨 곡절이 있을 것이다.'

빈틈없는 조조다. 목순이 인사를 하자 몇 마디 말을 걸고 목순을 보낸 뒤, 헌제의 후궁이 되어 있는 딸 조비曹妃에게 "목순의 태도를 주의 깊게 살펴보라"고 일렀다.

목순은 조조가 꼬치꼬치 캐묻지 않고 보내주었기 때문에 속으로 크게 기뻐하며 당장 어전으로 올라가 헌제와 복황후를 배알했다.

헌제와 복황후는 목순이 무사히 허창에 돌아온 것을 보고 크게 기뻐하며, 시종들을 물리치고 목순에게서 자세한 보고를 받았다.

그런데 조비도 행동이 재빨라서, 복황후의 시녀를 매수하여 병풍 뒤에 숨어서 귀를 기울였다. 그리고 실정을 파악하자 당장 서찰을 써서 아버지에게 보냈다.

조조는 딸 조비의 편지를 읽고 옥새가 이미 궁중에서 외부로 빼돌려

진 것을 알고는 불같이 화를 냈다. 조조는 줄곧 나라를 빼앗아 황제가 되려는 꿈을 품고 있었다. 옥새에는 다음과 같은 여덟 글자가 새겨져 있었다.

受天明命 旣受永昌
(하늘의 밝은 명을 받으라
이미 받은 뒤에는 영원히 번창하라)

조조는 자신이 이 축복을 받으려고 생각하고 있었다. 그런데 이게 무슨 일인가. 복황후의 계략에 따라 목순이 몰래 옥새를 촉의 유비에게 갖다 주어버리다니.

원래 그 옥새는 원술이 죽었을 때 서구徐璆라는 자가 원술의 관 속에서 빼내어 조조에게 갖다 준 것이었다. 이 옥새가 가까이 있으면 황제는 자기 손아귀에 있다. 황제에게 선위禪位를 강요하면 싫다고는 하지 못할 터. 그리하여 세상 사람들에게 "헌제가 조조에게 제위를 물려주었다"고 선전하며 정식으로 선위식을 거행할 때 옥새를 물려받으면 금상첨화가 아닌가. 옥새는 그 의식을 더욱 그럴듯하게 꾸며주는 꽃이 될 예정이었다. 그런데 그 옥새가 이제 유비의 손에 가 있다. 촉을 멸하지 않는 한 옥새는 자기 손에 돌아오지 않는다.

생각하면 할수록 분하기 짝이 없었다. 조조는 당장 화흠에게 명하여 군대를 이끌고 궁중으로 가서 헌제에게 "옥새를 내놓으라"고 강요하게 하는 한편, 치려에게도 군대를 이끌고 복완의 집으로 가서 복완을 잡아오라고 명령했다.

화흠은 칼을 들고 궁중으로 들어갔다. 헌제는 일이 난처하게 되었다고 생각했지만, 짐짓 시치미를 떼고 물었다.

"어인 일이냐?"

그러자 화흠은 분노의 빛을 드러내며 난폭하게 말했다.

"위왕의 영지를 받들어 옥새를 확인하러 왔소."

"옥새는 천명을 받은 증표요 나라의 보배다. 그런데 위왕은 하늘도 황제도 아니고 '신하'가 아니냐. 옥새에 무슨 볼일이 있다는 것이냐."

화흠은 눈을 부릅뜨고 고함을 질렀다.

"어쨌든 보여주시오."

"옥새는 남에게 빌려주거나 보여주는 게 아니다."

"그 보물은 위왕이 입수하여 폐하에게 맡긴 것이오. 그것을 위왕이 잠시 빌려다 보고 싶다지 않소. 거절할 이유라도 있소? 좋소. 어차피 끝까지 시치미를 떼진 못할 테니. 경솔하게도 촉의 유비에게 옥새를 보낸 건 어찌 된 일이오. 어떻소? 대답할 수 있겠소?"

목순은 일이 이미 탄로난 것을 알고는 앞으로 달려나가면서 외쳤다.

"역적 화흠아, 옥새를 유비에게 갖다 준 건 바로 나다. 내가 혼자 생각해서 한 일이다. 폐하와 황후 마마와는 아무 관계도 없다."

화흠은 부하들에게 명하여 목순을 꽁꽁 묶어 궁전 밖으로 끌고 나가면서 이렇게 말했다.

"사정을 낱낱이 조사한 뒤에 당신들을 처단해주겠다."

그러고는 당장 목순을 끌고 조조에게 갔다.

조조는 잡아온 복완을 고문했지만, 복완은 죽어도 자백하지 않을 태도였다. 조조는 목순을 보자 웃으면서 말했다.

"너는 먼 길을 다녀오느라 고생한 모양이구나."

"나는 역적인 네가 칼을 찬 채 궁중에 들어와 폐하를 겁박하는 것을 보고 분노를 참지 못하여, 몰래 옥새를 훔쳐서 형주로 가서 관 장군에게 촉으로 도망치게 해달라고 부탁했다. 그리고 황숙에게 제위에 올라 한왕실을 부흥시켜달라고 부탁했다."

"네가 관우를 만났을 때, 관우는 뭐라고 하더냐?"

"관 장군은 네가 한 짓을 듣고는 노발대발하여, '허전에서 사냥할 때 네놈 같은 역적을 죽이지 않은 것이 애통하다'고 말씀하셨다."

조조는 격분하여 두 사람을 참수하고 복완 일족을 몰살하게 했다. 두 사람은 죽기 직전까지 조조에게 저주와 욕설을 퍼부었다.

조조는 화흠을 다시 한 번 궁중에 보내어 헌제를 감시하면서 다음 명령을 기다리게 했다.

비밀이 유지되지 못했기 때문에 충신을 잃고, 용에 비유되는 황제는 그물 속에 갇혀 몸부림친다. 무엇으로 사람은 역적이 되어, 황제와 황후의 술잔을 가로채려 하는가. 그러면 이 다음은 어찌 될 것인가. 다음 회를 기대하시라.

제13회

동작대 잔치에서 수수께끼를 논하다
조식, 금봉교에서 천명을 이야기하다

예로부터 중국에는 박학다식한 사람들이 있어 온갖 격언을 남겼고, 그것이 여러 종류의 책에 기록되어왔다. 이런 수많은 격언들 가운데 특히 암시로 가득 찬 구절이 있으니, '살아서 출세하고 싶거든 죽기를 무릅쓰고 실적을 올리라'라는 말이 그것이다. 그러나 이 말이 생겨난 이후 얼마나 많은 젊은이들이 목숨을 잃었는지 모른다.

이 말이 오늘에 이르러 개량된 나머지, 양옥집에 사는 대신들이 조강지처라고도 할 수 있는 중국의 오랜 미덕을 내팽개치려 하는 문제로 발전했다. 이 소동은 많은 외국의 책동을 유발하여 대소동이 벌어졌고, 이 아름다운 중국을 기왓장과 자갈의 도시로 만들어버리기에 이르렀다.

이것도 앞의 격언이 초래한 광대무변한 죄악의 하나다. 이는 도대체 어찌 된 일일까.

잘 생각해보면 알 수 있다. 앞의 격언에 표현되어 있는 사람은 현재 '살아 있으면서 출세하지 못한' 인간이다. 즉, 실직하여 자신의 본분을 다하지 못하는 인간을 대상으로 한 말이다.

옛날 전국시대에 '허풍선이'라고 평할 수밖에 없는 소진蘇秦이라는 인물이 있었다. 그는 농사도 짓지 않고 공업에도 종사하지 않고 장사도 하지 않고, 그렇다고 해서 선비도 아니지만, 우마를 채찍질하여 여러 제후를 찾아다니며 유세하고, 책상자를 열어 책을 읽고, 졸리면 송곳으로 허벅지를 찌르면서 입술과 혀를 열심히 놀렸다. 그것이 커다란 꽃으로 결실을 맺어, 그는 여섯 나라의 재상이 되어 황금마차를 타는 신분이 되었다.

그러고는 집으로 돌아가 지금까지 그를 업신여긴 처첩을 조롱하고, 형수를 강요하여 '그가 돈과 권력을 얼마나 많이 얻었는가'를 말하게 하면서 회심의 미소를 지었다. 하지만 그게 어쨌단 말인가. 오로지 권력과 돈에만 탐닉한 한 사내가 존재했다는 것뿐이잖은가.

그후 진秦나라 말에는 진승陳勝이 농사를 때려치우고 천하를 얻을 뜻을 세웠으며, 그것을 다시 항우가 가로채려 했다. 그 결과는 어떻게 되었는가. 자신의 본분을 다하는 착실한 생활방식보다는 인생을 걸고 죽든 살든 도박을 해보는 편이 낫다는 무서운 인생관이 평민과 농민들한테까지 침투해버렸다.

당연히 그들은 죽음을 두려워하지 않는다. 세상은 언제나 전란 상태다. 이런 상태를 계속 보고 있으면, 지금까지 착실하게 일했던 국민도 이런 생각을 품게 된다.

아름다운 샘물과 신기한 약초도 대대로 내려온 핏줄은 아니다.
남송南宋의 무제 유유劉裕도 옛날에는 농가의 주인이었다.
醴泉芝草無根脈 劉裕當年田舍翁

중화민국이 성립한 이후, 소진에 못지않은 허풍선이 유학생들이 귀국하여 공리공론을 지껄이고, 참모총장과 참모차장에, 독군督軍이나 성장省長 등에 발탁되어 관료 조직의 겉모양을 완전히 바꾸어버렸다. 이것이 인심을 혼란시키지 않을 수 있겠는가.

만약 이것이 '구체제에 반역하여 천하를 얻은 뒤에는 정도正道로 국가를 운영하고, 성심 성의껏 국민을 위해 온힘을 다한다'는 것이라면 불평 불만이 있을 수가 없다. 설사 관 속에 한 발을 들여넣고 있는 노장의 지휘를 받아 모든 관료들이 부지런히 일했다고 말하기는 어렵다 해도, 국민은 그것으로 구제를 받았다고 말할 수 있을 것이다.

그러나 현실은 어떠한가. 허풍선이들이 그럴듯한 변설로 지위를 얻거나 목숨을 걸고 도박을 하면서 그것을 혁명이라고 부르려 한다. 이것이야말로 '살아서 출세하고 싶거든 죽을 각오로 실적을 올리라'라는 말이 퍼뜨린 해독이 아니고 무엇이겠는가.

이 말을 실천하는 것은 양옥집에 사는 벼락부자 관리가 조강지처나 다름없는 중국의 오랜 미덕을 쫓아내는 것이나 마찬가지다. 이렇게 하여 한 사람이 뜻을 이루면 일족이 모두 벼락출세를 한다.

이런 시대에는 제갈공명이 되살아나고 공자와 맹자가 환생한다 해도 서구화를 주장하는 사람들한테는 손을 쓸 도리가 없다. 청나라 때의 유음거劉蔭渠는 평생 관직에 나가지 않고 평민으로 지냈고, 최근의 왕사진王士珍은 평생 가난하게 살면서 나귀를 타고 다녔지만, 이런 예는 기린의 뿔이나 봉황의 날개만큼이나 보기 어렵다.

삼국시대의 조조에 대해 생각해보자. 그는 시문詩文에서는 후세 문인들이 본보기로 삼을 만한 작품을 썼고, 군사 전략도 그 당시에는 으뜸이었다.

봄과 여름에는 독서를 하고 가을과 겨울에는 사냥을 하는 이 영웅의 기개는 초가집에서 쓸쓸히 무릎을 끌어안은 채 세상을 등지고 사는 인물에 비하면 분명 한 수 위다.

또한 촉의 난쟁이 장송이 조조를 위해 지은 송가에 따르면, 조조는 강자아姜子牙, 즉 흔히 강태공이라고 부르는 태공망太公望 여상呂尙 이후 으뜸가는 인물이다. 중국의 오랜 미덕을 따른다면, 조조는 만년에는 '요천지명樂天知命', 즉 천명을 알고 즐기는 경지에 이르러야 했다. 그러나 『갈석편碣石篇』에 나오는 조조의 〈보출하문행步出夏門行〉이라는 시는 이렇게 노래하고 있다.

명마는 비록 늙어서 마구간 가로대에 기대 있어도
마음은 여전히 천릿길을 달리네.
열사인 내 몸도 늙었지만,
여전히 젊은 정열이 용솟음치네.
驥老伏櫪 志在千里 烈士暮年 壯心未已

여기에 중국의 미덕이 어디 있는가.

조조는 원소를 평정한 뒤 허도에서 베개를 높이 베고 잘 수 있게 되었다. 그러자 장수漳水 강가에 동작대銅雀臺를 짓고, 조량화동彫梁畵棟이라 하여 모든 대들보와 기둥에 그림을 그리거나 조각을 새기고, 곡실유방曲室幽房이라 하여 미로처럼 복잡한 저택의 깊숙한 곳에 자신의 방을 만들었다.

좌우의 별채 사이에는 옥룡교玉龍橋와 금봉교金鳳橋라는 두 개의 다리를 걸고, 저택 안에 미녀를 가득 채워놓고 음악을 연주하게 했다. 게다가 교현橋玄의 딸인 대교大喬와 소교小喬도 손에 넣으려고 했다.

이것이야말로 '양옥집에 살면서 중국의 전통적 미풍양속을 무시하는' 태도가 아니고 무엇인가. 이 시대를 대표하는 영웅부터 이 꼴이니, 영웅이 아닌 자가 어느 정도였는지는 짐작하기 어렵지 않다.

흑산黑山·관도·복양濮陽·동관 주변의 양민들은 조조의 참모습을 모르고 정예부대를 마음대로 다루어 승리한 조조만 알고 있기 때문에 '조조는 영웅'이라고 생각했지만, 이 동작대 건설에 동원되어 피땀을 흘린 백성들에게 있어 동작대 건설은 몹시 힘겨운 일이었다.

동작대 안에 비축된 군수물자들은 모두 백성의 피와 땀과 눈물이 모인 통곡의 집적물이다. 지금도 골동품을 좋아하는 사람들 사이에서는 이 동작대의 기왓장이 벼루 재료로 소중히 여겨지고 있는데, 이들은 반쯤 떨어져나간 기왓장을 주워다가 벼루로 만들어 높은 곳에 올려놓고, '건안 몇 년에 제조된 진짜 동작대 기와로 만든 벼루'라고 역설한다.

아아, 얼마나 우스꽝스러운 산술인가. 이것이야말로 후진後晉의 고조 석경당石敬塘이 자신에게 충고하는 상유한桑維翰을 상대도 하지 않고 웃어넘긴 것이나 마찬가지 이야기로, 어느 쪽이 시야가 더 좁은지 판단하기 어렵다.

석경당은 양성陽城에서 거란군을 격파한 이후 교만해져 사치에 탐닉했지만, 전쟁터에서 고생한 부하들에게는 상을 거의 내리지 않고, 일시적인 웃음을 제공해준 예인藝人에게는 막대한 포상을 주곤 했다. 그래서는 계산이 맞지 않는다고 상유한이 충고했지만, 석경당은 들은 체도 하지 않았다는 것이다.

한담은 그만 하고 본 이야기로 돌아가자. 조조는 복완과 목순을 죽이고, 화흠에게 명하여 헌제 내외를 감금한 뒤, 정식으로 대위大魏 황제가 되기로 결심했다. 그리고 어느 날 문무백관을 동작대에 모아놓고 큰 잔치를 베풀었다.

염라대왕이 "자정에 오라"고 초대장을 보냈는데, "새벽 두 시경이라면 갈 수 있겠는데요" 하는 식의 태평스러운 대답은 용납되지 않는다.

무서운 조조가 동작대로 초대했으니, 아직 해가 중천에 떠 있을 때부터 조정에 속한 관리들은 모두 동작대에 집합하여 두 줄로 나뉘어 늘어선 채, 조조의 수레가 도착하기를 기다렸다.

조조는 문무백관이 모두 왔다는 말을 들은 뒤에야 천천히 수레에 올라, 근위병을 거느리고 "물럿거라!" 소리도 요란하게 동작대에 나타났다. 문무백관들은 당장 땅에 엎드려 조조를 맞이한다.

조정의 구성원에 대해 다시 한 번 살펴보자. 강직하여 조조에게 절대로 알랑거리지 않았던 공융은 조조의 명을 받은 치려에게 일가족이 몰살당하여 지금은 없다.

순욱과 그의 조카인 순유는 본래 조조 휘하의 제1급 참모였다. 그러나 그들은 대대로 한왕실의 명문 집안으로서 왕실의 은총을 받아왔기 때문에, 어쩌다 조조를 섬기게 된 뒤에도 천하의 대의에 대해서는 올바른 인식을 갖고 있었다. 이들은 조조가 위왕 자리에 오를 때 반대 의견을 밝혀 조조의 분노를 샀다. 두 사람은 고민하다가 결국 음독 자살했다.

그 밖에 한왕실의 대신으로 유명한 사람은 태위太尉 양표楊彪, 태부太傅 왕랑王朗, 사예교위司隸校尉 종요 정도인데, 모두 한 가마에서 구워낸 오뚝이 같아서, 조금만 밀어도 고개를 끄덕거릴 뿐이다. 목구멍에 가래가 가득 찼는지, 끽 소리도 내지 못하는 형편이다. 그러니까 그들에 대해서는 말할 것도 없다.

이윽고 동작대에 나타난 조조는 전후좌우를 근위병에게 둘러싸인 채 자기 자리로 향한다. 대 위에는 온통 모전(毛氈 : 양탄자)이 깔려 있다.

조조가 가운데에 앉자, 왼쪽에는 조홍, 오른쪽에는 허저가 완전 무장을 갖추고 선다. 백관이 서열에 따라 자리를 잡고 술이 세 순배쯤 돌았을 때, 조조가 잔을 들어올리며 말했다.

"내가 한마디 말씀드리고 싶은 일이 있소. 조용히 들어주시오."

문무백관은 순식간에 조용해져 귀를 기울였다.

"예로부터 이런 말이 있소. '천하는 한 사람을 위한 천하가 아니라, 천하 만백성을 위한 천하다.' 그런데 한왕실은 황제와 영제 이후 어리석은 군주가 제위를 물려받았고, 그 때문에 권력이 남용되어 충의심을 가진 인물들이 차례로 죽음을 당했소. 그리하여 세상은 질서를 잃어, 장각이 황건적을 이끌고 각지를 혼란시키게 되었소. 이윽고 장각이 죽자 이번에는 동탁이 권력을 잡았고, 그 동탁이 주살당한 뒤에는 이각과 곽사 같은 잔당이 창궐했소. 중국 전역이 동요하고, 이제는 대대로 이어져 내려온 한왕실의 사직도 끊어질 지경이 되었소. 나는 효렴孝廉에게 등용되어 군사를 일으켜 도적 떼를 토벌하고, 여러 문무백관의 협력을 얻어 진군을 거듭한 끝에 오늘에 이르렀소. 나는 한왕실에 대해 큰 공을 세웠고 인덕仁德도 갖추고 있다고 자부하오. 그런데 금상今上은 어리석고 유약하기 짝이 없는 군주로서, 간사한 아첨꾼들에게 놀아나고 황후의 속닥거림에 넘어가, 나라를 다시 일으킨 나에게 전혀 은의를 느끼고 있지 않소. 뿐만 아니라 나를 죽이려고까지 했소. 나는 나라의 옥새를 구강군 태수 서요에게서 받았지만 결코 내 것으로 삼지 않았소. 그것을 관부官府에 보관해두고 줄곧 맑은 마음을 유지하고 있었소. 만약 의심하는 자가 있다면 귀신한테 물어보시오. 그런데 어리석은 금상은 나를 인덕이 있다고 생각하기는커녕 원수로 여겨, 몰래 환관을 보내어 그 옥새를 촉의 유비에게 건네주고는 나를 정벌하라고 명령했던 거요. 나는 어린 시절 전한前漢의 이릉李陵이 소무蘇武에게 보낸 편지를 읽고, 전한 건국에 큰공을 세운 회음후淮陰侯 한신과 양왕梁王 팽월이 살해되어 시체가 소금에 절여지고 강후絳侯 주발周勃과 연상燕相 관부灌夫조차 형벌을 면치 못했다는 대목을 읽을 때마다 '쓸모가 없어지면 처단당하는' 비애를 알았소. 그러나 나는 이런 생각도 했소. 춘추시대의 오자서伍子胥나 문종文種은 결국 노예가 되는 정도의 재주밖에 없었기 때문에 인생을 그르쳤고, 아까 말한 주발과 관부, 한신과 팽월 같은 이들은 둔마鈍馬 정도의 재능밖에 갖지 못했기 때문에 독립할 수 없었다고. 그렇기 때문에 용이 바람을 이용하여 높이 날아오르듯 출세하지 못하고, 귀함과 천함이 모두 남의 의지에 따라 좌우되는 형편이었소. 그러다가 막판에는 목을 길게 늘여 참수당했으니, 그래서는 죽어서도 눈을 감지 못했을 것이오. 나는 그것을 가장 슬프게 생각했소. 『맹자』의 '이루편離婁篇'에는 이런 말이 있소. '임금이 신하 보기를 티끌같이 하면 신하가 임금 보기를 원수같이 한다'고. 나는 이 맹자의 말에 따라 주발과 관부, 한신과 팽월의 원수를 갚고 한왕실을 여기서 종결시킬 작정인데, 여러분의 생각은 어떠하오?"

조조는 여기서 말을 끊고 번개 같은 눈빛으로 주위를 둘러보았다. 그 박력에 문무백관은 그만 주눅이 들어 아무 말도 하지 못한다.

바로 그때였다. 귀족 자리에 앉아 있던 한 젊은이가 앞으로 나오더니 조조에게 두 번 절하고 입을 열었다.

"그것은 절대로 아니 됩니다."

조조는 노기를 띤 눈으로 젊은이를 바라보았다. 그 젊은이는 다름 아닌 조조의 넷째아들 조식이었다. 그는 뛰어난 재능의 소유자로서, 그 학식은 다섯 수레에 가득 찬 책의 내용을 훨씬 뛰어넘고 두뇌도 명석했기 때문에, 조조는 막내아들 충보다도 그를 더 귀여워하고 있었다.

조식은 아버지가 한왕실을 대신하여 나라를 갖겠다고 말을 꺼냈는데도 문무백관이 끽소리도 못한 채 조용히 앉아 있는 것을 보고는 이렇게 생각했다.

'만약 지금 아버지가 황제가 되면 황태자가 되는 건 형 조비다. 나는 황태자가 될 기회가 없을 것이다. 그렇다면 지금은 반대 의견을 말하여 좋은 평판을 얻어두는 것이 이익이다.'

조조는 앞으로 나선 사람이 다름 아닌 조식이었기 때문에 다짜고짜 호통을 쳐서 물리치는 대신 우선 이렇게 물었다.

"어린애들은 모르는 일이다. 너는 도대체 무슨 말을 하고 싶은 거냐?"

"위왕 전하, 예로부터 선위가 이루어질 때는 하늘과 백성의 소망에 따라 이루어지는 것이 정례입니다. 전한 고조의 군대가 패상霸上에 이르렀을 때에는 해와 달이 동시에 나타나 포개졌고, 다섯 별이 염주처럼 이어졌습니다. 광무제가 한나라를 중흥할 때에는 곤양昆陽에서 격전을 벌일 때 폭풍과 우박이 그 군대를 도왔고, 북방의 조趙 땅을 진군할 때에는 앞길을 가로막아야 할 강물이 갑자기 꽁꽁 얼어 진군을 도왔습니다. 하늘이 난세를 싫어하면, 어느 한 인물을 도와 천하를 안정시키라고 명하는 법입니다. 지금 유주幽州와 기주冀州에서는 지난 몇 년 동안 가뭄이 계속되어 흉년을 겪고 있으며, 허창에도 사방에 노란 안개가 자욱합니다. 위왕부魏王府 건물에서는 화재가 일어났습니다. 이로 미루어, 아직 한왕조의 운세는 다하지 않았습니다. 시기상조라고 생각합니다."

이 말을 들은 조조는 화가 나서 말했다.

"예언서에도 '금도金刀의 운세는 다하고, 이를 대신하는 자는 당도고當塗高니라'라고 적혀 있다. '금도'는 한왕조의 성인 유劉자의 일부를 풀어 쓴 것이고, '당도고'는 '길에 임하여 높다'는 뜻이니 곧 '위魏'(높다는 뜻이 있다)를 말한다. 당대 제일의 석학인 정현鄭玄이 그렇게 풀이했으니 틀림없다."

조식은 머리를 조아리며 다시 반론을 제기했다.

"예언서 따위는 모두 요설입니다. 아무렇게나 꾸며낸 말에다 나중에 억지로 현실을 뜯어맞추는 것입니다. 정현은 책이나 해석하고 있으면 됩니다. 아무리 정현이 그렇게 말했다 해도, 견식이 높은 사람들은 모두 큰 소리로 웃고 있습니다. 위왕 전하, 무엇 때문에 그런 엉터리 해석을 믿으십니까. 또한 천하 만백성이 여기로 돌아오면 '왕'이고, 온 세계가 군주로 떠받들어야 비로소 '황제'가 되는 것입니다. 지금 손권은 강남에 발호해 있고, 유비는 형주와 초楚 땅을 종횡으로 달리고 있어서, 우리에게 귀속해 있는 땅은 황하 유역밖에 없지 않습니까. 장강 남쪽에는 세력이 미치지 못하는데, 이래서는 요堯가 순舜에게, 순이 우禹에게 제위를 물렸듯 금상 폐하가 위왕 전하께 제위를 물렸다고 천하에 선언한다 해도, 어떨까요. 사해四海 안이 평정되고 그 바깥에 있는 오랑캐들도 복속한 뒤에 국호를 바꾸어도 늦지 않습니다."

조식의 말에는 조리가 있었다. 조조가 대답하려고 잠시 생각에 잠겼을 때, 맏아들 조비가 나서서 입을 열었다.

"넷째 아우의 말은 틀렸습니다. 옛날 주나라는 건국하기 전에 서기西岐 땅에서 임시로 국호를 정하고, 최종적으로 은을 멸망시켰습니다. 전한도 고조가 관보 땅에서 왕을 칭한 뒤, 결국 항우를 죽여 천하를 얻었습니다. 예로부터 황제들은 '금金·목木·수水·화火·토土'라는 오행의 운행에 따라 제위를 계승해왔습니다. 때를 얻은 사람이 오행의 운행을 개척하는 법입니다. 이것이야말로 참된 인간이며, 우물쭈물하면서 아무것도 하지 않는 사람이야말로 적인賊人이라고 해야 할 것입니다. 한나라의 명운은 붕괴하기 직전인데, 그것을 떠받치고 있는 사람이 다름 아닌 위왕 전하이십니다. 참으로 국가의 주춧돌이신 아버님의 노력으로 겨우 명맥을 유지하고 있는 것이 누가 보아도 명백합니다. 여기서 국호를 바꾸면, 하늘과 사람이 모두 우리에게 돌아올 것은 틀림없습니다. 남쪽의 손권과 서쪽의 유비는 선위한 뒤에 언제든지 멸할 수 있습니다. 선위 날짜를 늦추면 백년하청百年河青, 즉 '황하의 물이 맑아지기를 기다린다'는 비유대로 헛일이 되고 말 것입니다. 옛날 월越나라 왕이 '하늘이 주시는데 받지 않으면 오히려 하늘의 책망을 받는다'고 말했듯이, 때를 놓쳐서는 아니 됩니다."

조조는 이 말을 듣고 크게 기뻐하며, "네 말이 옳다"고 말하고는 조식을 물리치고 다시 문무백관에게 물었다.

그러자 백관들은 입을 모아 말했다.

"세자의 말씀대로 하늘과 사람의 소망에 따라주시는 것이야말로 저희들의 소원입니다."

이어서 화흠이 권하기를,

"승상께서 이미 결심하셨고 문무백관도 그것을 바라고 있으니, 전원이 이름을 쓴 문서를 작성하여 금상 폐하를 폐하십시오."

그러자 조조는 큰 소리로 웃으며 말했다.

"자어子魚, 그대는 번거롭게 에둘러 말하는 썩어빠진 유생이로군. '지혜로운 자는 법을 만들고, 어리석은 자는 법을 지킨다' '백성은 따르게 해야 하고, 알게 해서는 안 된다'는 말도 모르는가. 실행할 때에는 그저 실행하면 되는 것이지, 어마어마한 문무백관의 권유 따위는 필요 없소. 백관이 연명으로 권해야 실행할 수 있다면, 만약 권유가 없을 경우에는 실행할 수 없다는 얘기가 되어버리지 않소. 일은 무조건 실행하면 되는 거요. 어마어마하게 백성에게 알릴 필요는 없소. 나는 그런 연출로 명성을 얻는 짓은 하지 않겠소."

화흠은 송구스러운 듯 두 번 절하고는 이렇게 말했다.

"승상의 고명하심은 타의 추종을 불허하는 훌륭한 것입니다. 그런데 옛 사람이 천하를 얻은 경우를 분석해보면 두 종류로 나눌 수 있습니다. 하나는 정벌이고, 또 하나는 선위입니다. 감히 질문드리겠습니다. 승상께서는 어느 길을 택하시겠습니까?"

조조는 다시 웃으면서 여유를 보이며 이렇게 대답했다.

"금상 폐하는 고립무원이니 정벌 따위는 필요 없지 않소. 옥새도 갖고 있지 않은 황제에게서 '선위'를 받는다는 것도 하나의 의식일 뿐 별로 의미가 없소. 나는 스스로 황제임을 선언하면 되는 거요. 그렇게 하면 곤란한 일이라도 있소?"

"하지만 금상 폐하께 확실히 선위의 형식을 취하게 하여 천하 만백성에게 널리 알리는 편이 좋지 않겠습니까?"

조조는 다시 웃으면서 말했다.

"그러면 형식에 대해서는 그대에게 일임하지. 나는 잠시만 더 기다리면 될 테니까."

이리하여 잔치가 끝나고 모두 집으로 돌아갔지만, 화흠만은 선위식 준비에 착수했다.

황제가 될 때도 왕이 될 때도 형식적인 문서나 겉치레 의식 따위는 필요 없다. '반은 가리고 반은 덮는다'는 말은 백낙천白樂天의 시 〈비파행琵琶行〉에 나오는 상인 아내의 비파 연주 솜씨를 일컫는 말이지만, 동시에 백성에게는 되도록 정보를 주지 말고 속이는 것이 낫다는 정치의 호흡을 비유하는 말이기도 하다. 그러면 이 다음은 어찌 될 것인가. 다음 회를 기대하시라.

제 14 회

손부인, 눈물을 쏟으며 장강에 몸을 던지다
유현덕, 눈물을 흘리며 무단에 장사지내다

조조는 조비의 말을 받아들이고 조식의 말을 물리쳤지만, 화흠의 말대로 요堯가 순舜에게 그리고 순이 우禹에게 선위한 것과 같은 형식을 갖추는 것도 나쁘지 않다고 생각했다.

그는 결국 권모술수가 뛰어난 인물이다. 빨리 욕심을 채우고 싶어서 바작바작 애를 태우고는 있었지만, 넓은 시야에 바탕을 둔 행동이 나쁠 리는 없다.

조조는 이렇게 생각하고 있었다.

지금까지는 황제를 수중에 넣고 그 조칙으로 천하의 제후들을 호령하며, 군사를 내보낼 때는 언제나 '역적 토벌'이라는 대의명분을 내걸었다. 따라서 싸우면 승리하지 않을 수 없고, 손권과 유비도 명목상으로는 허도 정권에 따르고 있다. 하지만 일단 내가 황제를 폐하고 새 나라를 세워버리면 '황제를 수중에 넣고 천하를 호령하는' 상황은 사라지게 된다. 그리고 남에게 나를 공격할 수 있는 구실을 주게 된다.

조조는 이 점 때문에 고민하고 있었다.

조조는 남몰래 가후·유엽·화흠·치려 등 네 사람을 불러 자신의 생각을 밝히고, 어떻게 하면 좋은가를 의논했다.

유엽이 먼저 이렇게 말했다.

"제가 들은 바에 따르면, 강동의 주유는 이미 죽고 노숙이 대신 수군을 통솔하게 되었다고 합니다. 노숙은 충성심이 강한 인물이지만 전략적으로는 대단치 않습니다. 또한 내정을 맡고 있는 장소는 일개 학자일 뿐이어서 결단력이 모자라기 때문에, 노숙과 장소를 동요시키는 것은 쉬운 일이라고 생각합니다. 오나라에 사람을 보내어 '옥새는 촉으로 갔고, 유비는 이제 곧 황제를 칭할 것이다'라고 말하십시오. 그 옥새는 원래 손권의 아비인 손견의 죽음과 얽혀 있는 물건이기 때문에, 손권도 몹시 탐을 내고 있습니다. 또한 손권도 오래 전부터 황제가 되고 싶다는 야심을 품고 있습니다. 손씨 집안은 금상 폐하를 받든 지 오래되었지만 억지로 따르고 있을 뿐이어서, 그저 간신히 한왕실과 관계를 유지하고 있는 형편에 불과합니다. 유비가 형주와 익주에서 뜻을 이루고, 이제 옥새를 이용하여 '한漢'을 칭하면서 천하를 호령하기 시작하면, 한왕실은 중흥할 수 있지만 강동 땅이 계속 손씨의 소유로 남아 있는다는 보장은 전혀 없습니다. 광무제가 한왕실을 중흥했을 때, 보융寶融은 광무제가 즉위했다는 소식을 듣자마자 자기가 갖고 있던 하서河西 땅을 바치고 장안에서 일개 평민이 되었습니다. 손권이 아무리 유비와 인척관계가 있다 해도, 새로 황제가 된 유비에게 보융처럼 제 영토를 바치게 되면 재미있을 리가 없습니다. 게다가 손권의 부하들한테도 제각기 욕심이 있어서 '강하는 유비한테 넘겨줄 수 없다'고 고집을 부리면, 인심이 한왕실에 기울어 무언가 불온한 행동을 할지도 모릅니다. 그래서 손권한테는 걱정거리가 끊이지 않을 것입니다. 손권은 전에 우리와 합비를 둘러싸고 싸운 원한이 있지만, 그렇게 되면 이번에는 유비를 분노의 표적으로 삼을 것입니다. 그때 합비의 원한을 잊고 물밑 교류를 통해 손권을 포용하면, 손권도 틀림없이 우리 말을 들을 것입니다. 이리하여 승상께서는 마음대로 손권을 조종하여, 손권

과 유비 사이에 싸움을 붙일 수 있습니다. 옛날 초楚·연燕·제齊·한韓·
위魏·조趙 등 여섯 나라는 진秦에 대항하여 동맹을 맺고 '합종合從'이라
고 불렀지만, 그 연계가 끊어지자 여섯 나라는 멸망해버렸습니다. 한
나라가 오환烏桓·월씨月氏와 연계를 끊었기 때문에 흉노는 쇠퇴했습
니다. 저는 이렇게 생각하는데, 승상께서는 어떻게 생각하시는지요."

조조는 이 말을 듣고 크게 기뻐하며 말했다.

"그 책략은 정말 훌륭하오. 그 책략을 좀더 유효하게 만들기 위해,
한나라 황제의 이름을 빌려 손권을 대사마大司馬 오왕吳王에 봉하도록
합시다. 그대가 오나라에 사신으로 다녀오시오."

조조는 그 자리에서 거침없이 임명장을 써서 유엽에게 주고, 당장
오나라로 떠나게 했다. 유엽에게는 만약을 위해 부절(符節: 황제의 칙사)
의 증표를 주었다.

유엽은 명령을 받고 급히 건업으로 향했다. 칙사니까 그의 앞길을
가로막는 사람은 아무도 없다. 손권은 책상을 옆으로 밀쳐놓고 조칙을
받았다.

손권을 대사마 오왕으로 봉한다는 칙령에 오나라의 문무백관은 모
두 기뻐하며 잔치를 베풀어 유엽을 환대했다. 그 자리에서 허창의 근
황을 묻자, 유엽은 '과거의 원한을 잊고 우호관계를 맺고 싶다'는 위
왕 조조의 뜻을 전한 다음, 유비가 새로 익주(촉)를 얻었으며 황제를 참
칭할 생각이라는 것, 유비가 옥새를 빼돌리기 위해 몰래 허창에 사람
을 보내어 복완과 복황후를 움직였고, 그리하여 옥새는 이미 유비 손
에 들어가 있다는 것, 따라서 유비가 조만간 황제를 참칭할 것은 확실
하다는 것 등을 이야기했다.

그리고 일부러 덧붙이기를,

"오왕 전하와 유비는 친척이므로, 오왕 전하께서는 틀림없이 좋은 미래를 기대할 수 있겠군요."

이 말을 듣고 손권은 고개를 흔들었다.

"그렇지 않소. 유비가 마지막까지 신하의 도리를 지킨다면 나는 유비의 친척이지만, 만약 옥새를 이용하여 황제를 참칭하는 사태가 일어난다면 천하의 대의에 따라 인연을 끊을 것이오."

유엽은 손권이 이미 책략에 넘어간 것을 보고 속으로 희희낙락하며 열심히 고개를 끄덕였다.

"그럼요. 지당하신 말씀입니다."

유엽은 며칠 동안 건업에서 쉰 뒤 허창으로 돌아갔다.

손권은 문무백관을 모아놓고 방침을 논의하기로 했다. 그러나 이미 손권의 마음속에서는 불길이 이글이글 타오르고 있었다. 노숙은 때마침 병이 들어 파양에서 요양하고 있었기 때문에 이 회의에 참석하지 않았다. 서성과 감녕도 변경을 방위해야 할 임무 때문에 오지 못했다. 그러나 합비의 여몽은 위나라가 방침을 전환하는 바람에 여유가 생겨 유엽과 함께 건업에 와 있었다.

손권은 이렇게 생각하고 있었다. 아버지가 죽은 원인의 절반은 옥새 탓이다. 따라서 옥새가 있는 곳에 원수가 있다. 그런데 그 옥새가 지금 유비의 수중에 있다는 말을 듣자 마음속에서 불길이 활활 타오르기 시작했다. 세상에서 흔히 하는 말이지만, 혼인을 통해 인척이 된 사람들이 결혼식에 이어 두 번째로 모일 때는 전함을 타고 서로 싸울 때라고 한다.

이는 혼인이 반드시 양가의 화목을 보장해주지는 않는다는 것을 빗

댄 말이지만, 이때의 손권이 바로 그런 상태였다.

회의에서 손권은 유엽의 말을 그대로 빌려다가 모두 자신의 의견인 것처럼 되풀이했다. 문무백관은 서로 얼굴만 마주 볼 뿐 아무 말도 하지 않는다.

손권의 말대로 하면 형주와의 우호관계는 끝난다. 그러나 형주와 우호관계를 유지하려고 애써도, 유비가 황제를 참칭하면 손권은 유비의 친척으로서 유비를 따르지 않으면 안 되고, 그렇게 되면 모처럼 이루어진 천하삼분天下三分의 형세가 무너져버린다. 그래서 문무백관은 서로 얼굴만 마주 본 채 아무 말도 못 했던 것이다.

손권은 그런 모습을 보고, 그들도 쉽게 판단을 내리지 못하는 것을 알아차리고는 여몽에게 말을 걸었다.

"자명子明, 여러 장수들이 시세時勢에 사로잡혀 아무 말도 하지 않으니, 장군이 이 자리에서 이해관계를 이야기하고, 우리 강동에 이로운 방침을 제시해주시오. 다른 건 생각지 않아도 좋소."

"알겠습니다. 주공께서 현재와 같은 '천하삼분'의 상태를 유지할 생각이시라면 무엇이 중요하고 무엇이 중요하지 않은지를 정확히 파악하지 않으면 안 됩니다. 우리는 조조가 번성하고 있을 때에는 유비에게 가담하고, 유비가 번성할 때에는 조조에게 협력해야 합니다. 다시 말하면 그때그때의 정세에 따라 원조하거나 공격하면서 이익을 챙기는 것입니다. 전에는 조조가 번성했기 때문에 주공께서는 유비와 인척관계를 맺고, 유비를 오나라의 방벽으로 삼으셨습니다. 두 사람이 협력하여 한 사람에게 대항하는 태세를 취하신 것이지요. 그러나 조조와 우리는 회수 북쪽이 누구의 영토가 되느냐를 둘러싸고 분쟁을 일으키고 있을 뿐이지만, 지금 유비는 형주와 익주를 영유하여 서쪽으로는 천수와 금성, 남쪽으로는 월남越南과 교지交趾, 동쪽으로는 강하와 구강·여주盧州에 접해 있습니다. 게다가 마초를 포용하고 천하의 요충을 차지하고 있을 뿐 아니라, 문무백관도 모두 인재들이어서 인심을 얻고 있습니다. 만일 주공께서 영원히 한왕실의 신하로 남고 싶으시다면 조조와 절교하고 유비를 섬기면 될 것입니다. 만일 유비 앞에 엎드려 그에게 복명하는 것을 치사하게 여기신다면 조조와 손을 잡고 형주를 제압하여 유비의 날개가 돋아나지 못하게 해둔 다음, 촉까지 먼 길을 원정하여 유비를 정벌하셔야 합니다. 유비를 격파한 뒤에 중원을 정벌하여 조조를 쓰러뜨리면 천하를 통일할 수 있습니다. 주공의 누이는 지금 마침 건업에 돌아와 계시므로 형주와 전쟁을 하게 되어도 아무 걱정이 없습니다. 지금이야말로 결단을 내려야 할 때입니다."

손권은 여몽의 말을 듣고 크게 기뻐하며 말했다.

"자명의 분석은 내 생각과 똑같소."

그때 육손이 간언했다.

"주공, 태사자의(太史子義: 태사자)와 주공근(주유)이 임종할 때 무슨 말을 남겼는지 돌이켜 생각해주십시오. 둘 다 오나라와 유비의 연계를 끊어서는 안 된다고 말하지 않았습니까. 주공, 부디 통촉해주십시오."

그러자 손권은 웃으면서 육손의 입을 막았다.

"자의와 공근이 오늘날 살아 있다면 자명의 견해에 이의를 외치지는 않았을 거요. 더 이상 아무 말도 하지 마시오."

손권은 당장 육손을 유수로 보내고, 여몽을 하구로 보내어 명령을 기다리게 했다. 지금 외지에 있는 서성과 감녕에게도 지휘를 기다려 행동하라고 전하게 했다. 육손과 여몽이 떠난 뒤, 손권은 가까운 신하들에게 함구령을 내려 이 이야기가 손부인의 귀에 들어가지 않도록 배려했다.

국태부인의 병세는 완전히 호전되었다. 손부인은 너무 오래 친정
에 와 있는 것도 좋지 않다고 생각하여, 어머니 국태부인과 의논한 뒤
형주로 돌아가려고 했다. 국태부인은 너무 오래 시집을 떠나 있어서
는 안 된다면서, 형주는 가까우니 또 만나고 싶어지면 얼마든지 왕래
할 수 있다고 말하여 딸이 형주로 돌아가는 것에 당연하다는 듯이 동의
했다.

그래서 손부인은 오빠인 손권에게 알렸지만, 손권은 이리저리 핑계
를 대며 허락하지 않는다. 손부인은 당찬 성격이라서, 손권이 국태부
인을 문안하러 온 기회를 잡아 어머니가 보는 앞에서 "형주로 돌아가
겠어요" 하고 잘라 말했다. 그러고는 무엇 때문에 형주로 돌려보내려
하지 않느냐고 캐물었다. 손권은 그만 말문이 막혀 아무 대답도 하지
못했다.

이 모습을 본 손부인은 오빠가 무언가를 숨기고 있다는 것을 눈치
채고, 더욱 강력하게 말을 이었다.

"오라버니는 애초에 조조의 공격을 두려워하여 유황숙께 저를 시집
보내셨어요. 그때는 제가 머나먼 형주로 가는 것을 오히려 기뻐하시지
않았습니까? 그런데 어머니께서 병을 얻으시자 오라버니는 편지로 그
것을 저에게 알려주셨지요. 원래는 황숙의 허가를 얻어야만 어머니를
문병하러 돌아올 수 있는데, 관운장이 워낙 신의가 두터우신 분이라
저를 친정으로 보내준 것입니다. 이제 어머니께서 쾌차하셨으니 저는
당연히 남편 곁으로 돌아가야 합니다. 그런데 오라버니는 이 핑계 저
핑계로 얼버무릴 뿐, 한 번도 만족할 만한 대답을 해주시지 않는군요.

이건 어찌 된 일입니까. 오라버니는 소인배들의 부추김을 받고 황숙과 원수 사이가 된 것이 분명합니다. 그래서 제가 형주로 돌아가는 것을 막으려 하는 것이지요? 아버님(손견)과 큰오라버니(손책)는 이미 이 세상 사람이 아니니까 저를 가엾게 여겨줄 사람은 아무도 없어요. 그렇지 않습니까?"

이렇게 말한 손부인은 하염없이 울기 시작했다.

국태부인은 딸이 가슴 아파하는 것을 보고 따라 울면서 손권을 호되게 나무랐다. 손권은 더 이상 발뺌하지 못하고, 무엇 때문에 이런 사태를 맞게 되었는지를 털어놓기 시작했다.

손부인은 이야기를 듣고는 아무 말도 하지 않고 손으로 얼굴을 덮은 채 안으로 들어갔다. 손권은 어머니를 위로하고 밖으로 나왔다.

손부인은 방에서 손권의 말을 곱씹어보고 이렇게 생각했다.

'오라버니가 아버지와 큰오라버니의 유업을 보전하려고 애쓰는 마음은 이해할 수 없는 것도 아니야. 하지만 나는 한 여자로서 형주로 돌아가지 못하고 있으니, 나를 사랑해주는 남편도, 내 처지를 헤아려 친정으로 보내준 관 장군도 볼 낯이 없어. 나는 정략적으로 이용당했을 뿐이야. 이 눈으로 손씨와 유씨 집안이 제휴하는 모습을 보았구나 생각했더니, 그 제휴도 금방 깨져버렸어. 나는 정절을 지키는 것도 허락받지 못하고 진퇴양난에 빠져버렸구나. 이제 나는 죽을 수밖에 없어. 죽어서 정절을 보일 수밖에, 다른 방법이 없어.'

손부인은 이렇게 결심하고 이튿날 아침에는 억지로 웃는 얼굴을 지어 국태부인을 돌보았다. 그로부터 보름 동안 '형주'라는 말은 한 번도 입에 올리지 않았다. 그래서 손권은 완전히 안심했다.

하루는 손부인이 국태부인에게 말했다.

"기분이 울적해서 잠시 성밖 감로사甘露寺에 다녀오고 싶어요."

국태부인은 딸이 병이라도 나면 큰일이라고 생각하여 당장 허락하고, 손권에게 명하여 딸을 감로사로 보내게 했다.

손부인은 어머니와 헤어질 때 속으로만 눈물을 흘리며 작별인사를 하고, 시녀들과 함께 수레에 올라탔다. 수레가 감로사에 이르자 손부인은 정원을 둘러보았다.

손부인이 난간에 기대어 바라보니 건업성이 눈 아래 보인다. 완성도 이렇게 가까운가 하고 놀랄 만큼 또렷이 보이고, 만 리를 흐르는 장강은 눈 아래를 지나 도도히 동쪽으로 흘러간다.

'저 강물은 남편이 계신 촉에서 흘러오고 있어. 강물은 흘러가면 두 번 다시 돌아오지 않아. 내 신세도 마찬가지야. 지금 죽지 않으면 다시는 기회가 없어.'

이렇게 생각한 손부인은 난간을 뛰어넘어 눈 아래 보이는 장강으로 몸을 날렸다. 아아, 가엾은지고. 총명하고 지혜로운 절세가인이 푸른 강물의 한 가닥 수초가 되어 사라져버리다니.

시녀들은 황급히 손부인을 말리려고 했지만 이미 때가 늦었다. 그들은 모두 당황하여 어찌할 바를 모른다. 감로사까지 손부인을 호위하라는 명을 받은 하인들은 급히 고깃배를 띄워 수색하려고 했지만, 이날은 장강의 물살이 유난히 거세었다. 하늘도 손부인의 정절을 받아들인 모양인가. 수색은 완전히 헛수고로 끝났다.

하인들이 손권에게 급히 이 소식을 알리자, 손권은 깜짝 놀라 그저 통곡할 뿐이다. 국태부인도 이 소식을 듣고 혼절했다. 국태부인은 겨우 숨을 돌이켰지만, 계속 울부짖기만 할 뿐 누가 뭐라고 위로해도 듣지 않는다.

노인이 사랑하는 딸을 비명에 잃었으니 감정이 폭발하는 것은 너무나 당연한 일인지도 모른다. 국태부인은 그로부터 사흘 동안 물 한 모금 마시지 않고 계속 울기만 하다가 죽어버렸다.

'나중에 후회해봤자 소용없다'는 말은 손권을 두고 하는 말이다. 그는 오로지 가슴을 치고 통곡하며 두 사람의 장례를 치렀다.

이 일은 장강 연안에서 큰 소동을 일으켜 형주까지 그 소식이 전해졌다. 관우는 그때 마침 유비의 편지를 받았는데, 편지에서 유비는 "친정에 간 일이 끝났으면 손부인을 촉까지 모셔오라"고 명하고 있었다. 그래서 관평을 파견하여 손부인을 모셔오려던 참이었는데, 손부인이 자결했다는 소식이 들어온 것이다.

관우는 깜짝 놀라 당장 서서를 불러 물었다.

"그 이야기가 사실인 것 같소?"

그러자 서서는 말했다.

"제가 보기에는 십중팔구 사실입니다. 요즘 허창의 정보를 모았는데, 목순과 복완이 살해되었다는 것입니다. 조조는 오랫동안 나라를 빼앗으려는 마음을 품고 있었는데, 형주와 오나라의 연합이 두려웠기 때문에 어떤 이익을 미끼로 삼아 손권을 부추긴 게 분명합니다. 손권은 '천하삼분' 세력의 하나로 계속 남아 있을 생각이었는데, 그러기 위해서는 손부인을 형주로 돌려보낼 수 없었을 것입니다. 부인은 그처럼 강한 성격이니까, 정절을 지키지 못하게 된 것을 괴로워한 나머지 스스로 목숨을 끊으시는 것은 충분히 있을 수 있는 일입니다. 또한 국태부인은 고령인 데다 병환을 앓으셨기 때문에, 딸이 죽었다는 말을 들으면 슬픈 나머지 세상을 떠나는 것도 당연히 일어날 수 있는 일입니다. 누군가를 조문 사절로 파견하면 자세한 내용을 알 수 있을 것입니다."

그러자 관우는 격분하여 말했다.

"오나라가 장례를 통지해오지 않았는데 조문할 도리가 없지 않소. 손권은 이익에 눈이 멀어 의를 잊어버리고, 결국 우리 주공의 부인을 죽음으로 몰아넣었소. 이 원수는 반드시 갚아야 하오. 군사, 수고스럽지만 여러 장수에게 명을 전하여 지금 수비하고 있는 곳의 방비를 더욱 강화하게 하고, 유기와 이적에게는 수군 출동 태세를 갖추라고 명해주시오. 또한 촉에도 즉시 사람을 보내어 주공께 알리고, 자룡 내외 및 장포와 요화에게도 출동 태세를 갖추어 명령이 떨어지는 대로 진군하도록 전해주시오."

서서는 고개를 끄덕이고 당장 각 방면에 대한 대응 태세를 마쳤다. 관우는 소문을 확인하기 위해 종사從事를 강하의 수비대장 서성에게 보내어, 손권에게 "손부인을 빨리 형주로 돌려보내주십시오" 하고 전하게 했다. 그러나 며칠이 지나도 아무 대답이 없다. 관우는 마침내 지령을 내렸다.

"손부인의 상喪을 공포하고, 동시에 강남에 절교를 선언한다."

양양에 주둔해 있던 장비는 손부인이 강남에서 비참한 최후를 마쳤다는 소식을 듣고는 불같이 노했다. 장비의 생각은 당장 모든 군대를 동원하여 원수를 갚아야 한다는 것이었지만, 군사軍師로서 장비를 보좌하고 있는 방통은 조조의 참뜻을 꿰뚫어보았다. 게다가 양양과 번성은 전략적인 요충이기도 하다.

방통은 장비에게 그 점을 말하고 경솔한 행동을 해서는 안 된다고 자세히 설명했다. 그래서 장비도 납득하고 조용히 관우의 명령을 기다리기로 했다.

이 무렵 유비는 헌제의 성지를 받고 제갈공명과 함께 한중 침공을 준비하는 한편, 언젠가는 장안을 빼앗으려고 마초와 황충을 먼저 보내어 낭중과 하변下弁 일대에 주둔시켰다.

그때 느닷없이 관우에게서 새로운 편지가 날아왔다. 편지를 읽은 유비는 눈물을 뚝뚝 흘리며 손권을 깊이 원망했다. 유비도 '당장 군사를 일으켜 앙갚음을 해주겠다'고 생각했지만, 공명이 말렸다.

"부인의 불행은 마땅히 보복해야 합니다. 그러나 지금은 한중 공략에 막 착수했기 때문에, 동시에 두 곳을 적으로 삼을 수 없습니다. 장안을 함락시킨 뒤 관운장에게 출병을 명령해도 늦지 않습니다."

유비는 공명의 권고를 받아들여, 오히려 관우가 경솔한 행동으로 내닫지나 않을까 걱정했다. 그래서 조운 부부에게 장포·요화와 함께 형주군 8천과 서량군 5천을 이끌고 장강을 따라 형주로 내려가서, 관우와 합류하여 오로지 수비에만 전념하라고 명령했다. 또한 관우에게도 다시 "군대를 움직이지 말라"고 명령했다.

조운과 운록 내외가 떠난 뒤, 유비는 공명에게 군대를 낭중으로 진군시키고 여러 장수에게 자세한 지시를 내려 한중 공략에 착수하라고 명령했다. 공명은 명령을 받고 떠났다. 유비는 법정과 함께 형주군 1만을 거느리고 성도에 머물면서 후방 지원 태세를 갖추었다.

군사가 일단락되자, 손부인을 깊이 사랑했던 유비는 무단산武担山 남쪽에 묘를 만들어 장례를 치르고 동쪽을 향해 제사를 올렸다.

죽은 사람의 영혼을 부르는 '초혼제'를 거행하여 유해가 없는 매장식을 치렀다. 문무백관이 상복을 입고 장례에 참석했다. 그들은 유비가 통곡하는 모습을 보고 모두 깊은 슬픔에 휩싸여 무거운 걸음으로 정청에 돌아갔다.

한편, 조운 내외는 군대를 이끌고 장강을 내려가 형주에 도착하여 관우를 만났다. 운록 부인은 관우의 부인에게 인사하러 가고 장포와 요화는 앞에 섰다.

조운은 거기서 유비의 명령서를 읽었고, 관우는 삼가 그 명령을 받았다. 조운은 며칠 동안 휴식을 취한 뒤, 드디어 군대를 거느리고 장강 연안에 나누어 주둔했다.

장강의 남쪽 연안을 지키는 오나라 서성은 오후 손권의 실책이 불씨가 되어 형주와 익주 군대가 집결해 오는 모습을 보고 전란이 눈앞에 다가왔음을 알았다. 그러나 먼저 전쟁의 도화선에 불을 당길 수는 없었다. 오로지 수비에 전념하는 것 외에는 다른 방법이 없었다.

명리名利는 돌고 돌지만 모두가 백성의 피와 눈물이고, 권모술수도 자칫 잘못하면 장사의 머리를 깨뜨리는 법이다. 그러면 이 다음은 어찌 될 것인가. 궁금하거든 다음 회를 기대하시라.

제 15 회

오와 촉이 원수가 되고, 조조가 황제를 칭하다
한과 위의 선위가 이루어지고, 조식이 가출하다

유엽은 허도로 돌아가 손권이 책략에 빠졌다는 것을 조조에게 보고했다. 조조는 기뻐서 어쩔 줄 몰랐다. 그로부터 두 달 동안 합비의 수비대장 장요는 전령을 보내어 이렇게 보고했다.

"유비의 부인 손씨는 장강에 몸을 던져 자살하고, 관우는 오에 절교를 선언했습니다. 관우는 현재 조운과 마량에게 병력 2만을 주어, 파구 및 하구 북쪽 연안 일대에 주둔시켰습니다. 이에 대해 오나라 쪽에서는 육손에게 유수를, 여몽에게 하구 남쪽 연안을 각각 지키게 하고, 서성과 감녕에게는 임전 태세를 갖추게 했습니다. 양쪽 병력은 나날이 접근하여 조만간 전투가 시작될 것 같습니다."

조조는 이 소식을 듣고 손뼉을 치며 큰 소리로 웃었다.

"형주와 오가 멋대로 싸우기 시작하면 나한테는 아무 걱정도 없다."

조조는 당장 조홍에게 명하여 허창의 남쪽 교외에 '수선대受禪臺'를 짓게 했다. 밤낮을 가리지 말고 공사를 강행하라는 명령이었다. 그곳에서 선위식을 거행하려는 것이다.

조홍은 명령을 받고 병사와 인부 3만을 동원하여 공사에 착수했다. 수선대는 불과 열흘 만에 완공되었다.

조홍에게서 보고를 받은 조조는 화흠을 시켜 헌제에게 '제위를 조조에게 물려주노라'는 조칙을 강제로 쓰게 하고, 길일을 택하여 선위식을 올렸다. 문무백관이 새로운 황제 조조를 배알하고, 헌제는 신하의 지위로 떨어졌다.

조조는 국호를 '대위大魏'로 고쳤다. 한왕조에서는 황제가 새로 즉위할 때마다 연호를 바꾸었기 때문에 여러 가지 혼란이 생겨 번거로웠다. 그래서 조조는 연호를 국호와 같이 '대위'로 하여 '대위 원년'으로 개원開元하고 이를 천하에 공포했다.

조조는 헌제를 산양공山陽公으로 격하시켜 그날로 당장 떠나게 하고, 아울러 천하에 대사령大赦令을 내렸다. 그리고 조홍을 대장군, 조인을 대사마, 조휴를 사예교위, 조진을 성문교위城門校尉에 임명하고, 하후연을 남정후南鄭侯, 하후돈을 합양후郃陽侯, 허저를 무양후舞陽侯, 장요를 와양후渦陽侯, 이전을 관군후冠軍侯, 서황을 익양후翊陽侯, 장합을 동향후桐鄉侯에 봉했다. 또한 사마의를 승상, 화흠을 어사대부, 치려를 정위廷尉, 유엽을 승상부연丞相府掾, 가후를 시중侍中에 임명했다. 문무백관 가운데 관내關內 땅을 영지로 받는 '관내후關內侯'로 봉해진 사람이 80명이고, 나머지 사람들은 각자의 공로에 따라 적당한 관직에 임명되었다.

둘째아들 조비를 태자로 삼고, 조웅을 유양왕濡陽王, 조식을 동아왕東阿王, 조창을 임성왕任城王, 조표를 백마왕白馬王에 봉하고, 이미 죽은 맏아들 조앙에게는 '완宛의 애왕哀王', 막내아들 조충에게는 '영보靈寶의 열왕烈王'이라는 지위를 추증했다. 조조의 부인 변卞씨는 당연히 황후가 되었다.

이것을 읽고 부럽다고 생각할 필요는 없다. 나는 조조가 옛날 성왕이었던 주나라 문왕文王을 자처한 것이 가증스러워서, 그를 무력으로 나라를 빼앗은 주나라 무왕武王으로 묘사할 작정이기 때문이다. 어쨌든 그를 이글이글 타오르는 난로 위에 올려놓고 천천히 그러나 확실하게 괴롭혀줄 작정이다. 이 책 후반에 이르러 그것이 점점 무르익으니, 부디 기대하시라.

이렇게 쓸 수 있는 이유를 조사해보면 확실한 증거가 있다. 『서경書經』 '주서周書 무성편武成篇'에는 주나라 무왕이 은나라 주왕紂王을 정벌했을 때 피가 넘쳐흘러 절굿공이가 둥둥 떠오를 정도였다고 적혀 있는데, 이는 물론 황당무계한 표현이지만 그 상징적인 의미는 이해할 수 있다. 그런데 조조의 '선위' 뒤에는 무슨 말을 사용해도 도저히 말로는 표현할 수 없는 사건이 숨어 있었다.

그 주모자는 화흠이다. 그야말로 모든 악의 근원인 대악당이었다. 그는 조조의 허락도 기다리지 않고 남몰래 자객을 산양공 내외와 함께 산양 땅으로 보냈다. 그리고 도중에 틈을 보아 두 사람을 칼로 찔러 죽이게 했다.

지방 장관은 '급환으로 두 분 다 돌아가셨다'고 꾸며 보고했다.

조조도 이 보고를 받고는 '화흠이 처치해버린 게 틀림없다'고 생각했지만, 겉으로는 사흘 동안 식사를 끊고 애도의 뜻을 표했다. 그리고 몸소 장례식에 참석하여 천하의 이목을 가렸다.

오나라의 손권은 조조가 제위에 오른 것을 알고, 장굉을 허창에 보내 '신臣'을 칭하여 귀순할 뜻을 전했다. 공물을 받은 조조는 장굉에게 대사마의 직무를 맡기기로 하고, 오나라의 여러 장수에게도 관작을 주었다. 장굉은 머리를 조아려 사례하고 오나라로 돌아갔다.

이런 격동의 정세 속에서 또다시 기괴한 사건이 일어났다. 동아왕에 봉해진 조식이 그 자리를 버리고 어딘가로 행방을 감추어버린 것이다.

동아왕의 시종들은 조식이 남기고 간 편지를 조조에게 바쳤다. 조조는 깜짝 놀라 그 편지를 읽기 시작했다.

"신臣 조식 아뢰옵니다. 신은 항상 은혜와 사랑과 가르침을 받자와, 독서에 힘써 역사를 통람하고 언제나 성현과 철인이 사라진 세상을 개탄했사옵니다. 정치를 사유화하고, 해와 달처럼 밝은 지혜를 가로막았으며, 좌우의 간사한 무리들에게 현혹당하여 마침내 대의를 잃고 정절이 날로 흐려졌사옵니다. 동해의 유민(遺民: 관녕)은 농사를 그만두고 장탄식하며, 서산西山의 결왕潔王은 들풀도 맛있게 먹었사옵니다. 아버님께서는 어찌하여 천하를 밝게 하겠다는 당초의 마음을 잃고, 효렴에게 발탁되었을 때의 본뜻으로 돌아가기를 잊으셨나이까. 신은 이런 말도 들었사옵니다. '공功이 배倍가 되지 않으면 일을 도모하지 말고, 이익이 열[十]이 되지 않으면 공工을 일으키지 말라'고. 옛날 아버님께서는 유주幽州·기주冀州·서주徐州·연주兗州·옹주雍州·청주青州의 각 주에서 중원의 백성들과 더불어 고귀하신 천자를 모시고 모사를 모으는 한편 장수의 재목을 끌어 모으셨습니다. 그런데도 동쪽의 합비에서 손권과 싸우고, 서이(西夷: 마초)는 관보에서 반란을 일으켰습니다. 서모徐母를 탈취당했을 때는 조운이 병사 몇 명을 이끌고 허창에 잠입했는데도 장수와 관리들이 알지 못했고, 목순이 옥새를 품에 넣고 익주로 달아날 때에는 마음대로 가게 내버려두었으니, 그야말로 눈뜬장님이나 마찬가지옵니다. 사태가 이러하온대, 여기에 왕의 위의를 더해봤자 어찌 흥국興國을 영유했다고 말할 수 있으리이까. 지금 이미 전 왕조를 폐하고 대사를 이룩하셨다 해도 과연 역신逆臣이라는 오명을 피할 수 있으리이까. 주공은 손권과 유비의 불화를 초래하여 자신의 이익을 도모하고, 시대의 흐름을 타고 나라를 경영하기 시작하셨습니다. 천재

일우의 기회이긴 하나, 어찌하여 눈앞의 기회에만 눈이 멀어 백년대계를 잊으셨사옵니까. 손권은 모반과 복종을 손바닥 뒤집듯 하는 소인배로, 그저 오랫동안 강동에 뿌리를 내릴 생각으로 제 속마음을 속이고 일시적인 이익에 기울어져 있을 뿐입니다. 세상에 양쪽 모두에게 이로운 일은 없는 법이옵니다. 우리에게 이로우면 그에게는 이로움이 없습니다. 그에게 이로움이 없으면, 우리를 따라봤자 무슨 소용이 있으리이까. 아침에는 유씨를 버리고 조씨에게 붙었으니, 저녁에는 또다시 조씨를 버리고 유씨에게 붙을 것이옵니다. 정벌하여 이것을 막는 것도 아무 이익이 없고, 물자를 주어 상대를 키우면 원수를 키우는 것이나 다름없사옵니다. 군대로 공격하면, 그의 장수들도 거만하게 일어나서 융마戎馬를 맞이하고 전선을 움직일 것입니다. 이때 쓸데없이 '황제'라는 이름을 내세운다 한들 무슨 이익이 있으리이까. 유비는 효웅梟雄의 모습을 갖고 몸을 굽혀 뜻을 키우다 서徐와 패沛 사이에서 홀연히 일어나 양襄과 번樊 땅에 육박하였지만, 우리는 그를 멸하지 못하고 오히려 형주를 빼앗겼사옵니다. 근래에는 서천(촉)에 웅거하여 남정을 엿보고, 금성과 천수는 여기에 호응하며, 농서의 강족과 저족도 마씨에게 복속했습니다. 마초는 우리와 원한이 있는데, 이번에 유비에게 투항하고 제 누이를 조운과 혼인시켜 우의를 다졌습니다. 마초가 한 번만 호령하면 단숨에 모이는 관서 병졸이 무려 10만에 이르옵니다. 유비의 웅무雄武와 마초의 흉한凶悍, 강족과 저족의 용맹, 군사 제갈량의 지모智謀, 조운과 황충의 무예, 한수와 마준의 호응이 있으니, 만일 유비가 하변으로 나오면 하후정서(夏侯征西: 하후연)는 적수가 되지 못합니다. 일단 남정을 잃으면 관중은 삼면이 적으로 둘러싸이게 됩니다. 관운장은 형주에서 호시탐탐 노리고, 장익덕은 하河와 낙洛을 엿보며, 방사원과 서원직이 그들을 보좌하고 있습니다. 정예병력을 비축해놓고, 틈만 있으면 즉시 움직일 것입니다. 우리가 만약 서쪽의 관중을 구원하러 달려가면 그는 반드시 허창으로 진격할 것입니다. 우리는 진퇴양난에 빠지고, 그는 동서로 연락하고 호응할 것입니다. 지금 눈앞에서는 손권과 유비가 불화를 일으키고 있지만, 과연 이것이 우리에게 얼마나 이익이 있으리이까. 또한 듣자하니 '운장은 오나라와 단교하고, 마량을 조운의 보좌로 삼아 장강 하류 유역을 엿보고 있다' 하옵니다. 마량은 노련하고 신중하며 조운은 당세의 영웅으로서, 수륙이 연계하고 문무가 조화를 이루고 있습니다. 오나라가 우리에게 구원을 청한다 해도 조운이 강물을 타고 공격할 테니 구원병도 도달하지 못할 것입니다. 형주는 편안하고, 강을 거슬러 올라가느라 지친 오군은 비록 여몽과 서성이 있다 해도 조운과 마량에게는 미치지 못합니다. 이처럼 오나라는 형주와 양양 병사를 견제하지 못하고, 우리 혼자 관중과 농과 한중의 병화兵禍를 당해야 합니다. 여기에 대해 '국가 수호'나 '반군 토벌'의 명분을 내건다 해도, 인심은 한왕실을 그리워하고 있으니, 자칫하면 차마 말할 수 없는 사태를 맞게 될 것입니다. 어찌하여 나라를 훔치는 일은 서두르시고, 태평스럽게도 이것은 생각지 않으시옵니까. 화자어(華子魚: 화흠)는 효렴의 천거를 받아 한왕실의 두터운 은덕을 입었는데, 일신의 이익을 위해 고주(故主: 헌제)에게 칼날을 돌렸습니다. 만일 누군가가 화흠에게 많은 이익을 약속하면, 화흠은 고주에게 한 일을 서슴없이 우리에게 할 것입니다. 원하옵건대 이를 숙고하시옵소서. 신은 원래 책이나 읽는 사람일 뿐 무인이 아니지만, 화환禍患이 깊이 염려되옵니다. 그래서 이 일은 말씀드리지 않을 수 없사옵니다. 전에 일을 이루려 할 때는 모든 것을 간언하지 않았습니다. 이제 일이 완전히 이루

어졌는데 간언하지 않으면 신은 충절을 다할 수 없사옵니다. 원하옵건
대 치세와 난세의 근원을 숙고하시어 임기응변의 조치를 베푸소서. 신
이 융성한 세상을 돌아다니며 남은 여생을 마칠 수 있다면 폐하의 은덕
이옵니다. 만약 제 행방을 찾으실 때는 관유안(管幼安: 관녕)의 뒤를 이
어 동해에 몸을 던져 죽을 뿐이옵니다. 이제 궁전을 둘러보니 차마 발
길이 떨어지지 않사옵니다. 눈물을 흘리며 이만 줄이옵니다."

조조는 편지를 다 읽고는 깊은 한숨을 내쉬며 고통스러운 얼굴로 궁
전으로 들어갔다.

아버지는 악인이지만 뛰어난 아들은 국가 경영의 재주가 있다. 여우
나 오소리는 기껏해야 언덕 하나가 세력권이기 때문에 봉황과는 쉽게
구별할 수 있다. 그러면 이 다음은 어찌 될 것인가. 다음 회를 기대하시
라.

제16회

유비, 원수를 갚기 위해 군을 출동하다
작은 승리를 얻은 하후연이 패배하다

조조는 한나라 대신에 위나라를 일으키고, 천하에 대사령을 공포했다. 역적 화흠은 산양공(헌제) 내외를 죽였다. 이 이야기는 한 사람이 열 사람에게 전하고 열 사람이 백 사람에게 전하여, 이윽고 형주에까지 전해졌다.

형주를 다스리는 관우는 헌제에게 각별히 후한 대우를 받았다. 헌제는 그를 '미염공美髥公'이라는 별명으로 부르면서 수염주머니를 하사한 적도 있었다. 그래서 헌제가 살해되었다는 소식을 듣자 관우는 목놓아 통곡했다.

관우는 당장 촉의 유비에게 급보를 보내는 한편, 형주의 관리와 장수들에게 상복을 입게 하고, 형주성 북쪽 교외로 나가 사흘 동안 장제葬祭를 올렸다. 그러고는 병사들을 점호하고 군량과 장비를 정비하며, 유비의 명령만 떨어지면 언제라도 역적 토벌군을 내보낼 수 있는 태세를 갖추었다.

관우의 통보를 받은 유비는 눈물을 흘리며 대장군 자리에 앉아 법정을 통해 명을 내렸다. 우선 황제의 상喪을 공포하여 모든 장수와 관리들에게 상복을 입게 했다. 그리고 돌아가신 황제에게 '효헌황제孝獻皇帝'라는 존호를 추증하고, 계속 '건안'이라는 연호를 사용하기로 했다. 그리고 군사중랑장 제갈량을 좌장군에 임명하여 조조 토벌에 대한 제

반 문제를 총괄하게 했다.

낭중에서 이 명령을 받은 제갈량은 당장 군사회의를 열었다. 마초·황충·위연·마대·이엄·왕평·장억·장익·진식陳式·뇌동雷銅·마충馬忠·유염劉琰·요립寥立·오란吳蘭·이풍李豐 등 여러 장수가 부하와 함께 장막 앞에 모여 조용히 명령을 기다렸다.

공명은 장막 앞으로 나와 두 손을 공손히 맞잡고 이렇게 말을 시작했다.

"장군 여러분, 지금 역적 조조는 한왕조를 뒤엎고 주군을 시해했으니 참으로 대역무도한 일이오. 대장군께서는 선제의 조칙을 받아 단절된 한나라 정치를 계승하고, 나라를 어지럽힌 역적 조조를 토벌하시게 되었소. 나는 비록 재주 없는 인간이나 이번에 분에 넘치는 중책을 맡았소. 장군 여러분, 나라로부터 두터운 은덕을 입은 우리가 힘을 합치고 마음을 하나로 뭉쳐 한왕실을 중흥하는 대사업을 이룩하지 않겠소. 여러분의 명성은 오래 기념되고 끝없는 영광을 누릴 것이오."

장수들은 입을 모아 여기에 대답했다.

"원컨대 명령을 내려주십시오."

공명은 영전을 한 개 빼내어 마대에게 주면서 이렇게 명령했다.

"아군은 지금부터 한중으로 진격할 것이오. 한중의 수비대장 하후연은 장안에 구원을 청할 것이오. 마 장군은 3천 병력을 이끌고 양평과 무도에서 천수로 돌아가 태수 마준과 강유에게 협력을 구한 다음, 제각기 3천 병력을 이끌고 견양과 보계 일대에서 소란을 피우는 의병疑兵이 되어주시오. 세력을 넓히는 척하면서 수시로 진퇴를 거듭하되, 절대로 깊이 들어가서는 아니 되오. 이 의병의 목적은 적군의 농중 수비군을 끌어내는 것인데, 그들의 대병력을 엉뚱한 땅에 묶어두면 되는 것이오."

마대가 군사를 이끌고 떠나자, 공명은 황충을 불러 이렇게 명했다.

"하후연은 위나라의 명장으로 병법에 정통할 뿐 아니라, 우리가 한중을 노리고 있다는 것을 오래전부터 알고 있기 때문에 여러 가지 방비 태세를 갖추고 있을 것이오. 장군께서는 장억·장익과 함께 5천 병력을 이끌고 파욕관巴峪關을 통해 파산巴山을 넘으시오. 장억에게는 3천 병력을 주어 장군의 깃발을 내걸고 미창산米倉山을 공격하게 하시오. 장군과 장익은 각각 1천 병력을 이끌고 미창산 좌우에서 습격하여, 하후덕이 장억을 맞아 싸우러 나올 때 재빨리 미창산을 가로채시오. 그리고 미창산을 얻거든 즉시 천탕산天蕩山을 공격하시오. 실수 없도록 거듭 부탁하오."

황충은 두 장수를 데리고 떠났다. 공명은 이어서 마초를 불러 이렇게 명했다.

"양평관을 지키는 장합은 조조의 부하들 중에서도 상위에 있는 장군이오. 장합을 거꾸러뜨릴 수 있는 사람은 장군밖에 없소. 전에 유장이 한중으로 맹달을 파견하여 구원을 청했지만, 그사이에 성도成都가 함락당해버렸기 때문에 맹달은 그대로 하후연 휘하에 남았소. 그자가 지금은 장합 밑에서 양평관을 지키고 있다는 정보가 들어왔소. 맹달은 이엄과 친하니, 장군은 이엄과 왕평 두 장군과 함께 8천 병력을 이끌고 양평관을 직접 공격하시오. 그리고 장합을 유인해서 끌어내시오. 장합은 용맹한 사람이지만 쓸데없이 만용을 부리기 좋아하므로, 도전하면 반드시 관에서 나올 거요. 그때 이엄에게 편지 한 통을 쓰게 한 뒤, 전투의 혼란을 틈타 심복 부하를 양평관 안으로 잠입시켜 맹달에게 편지를 전하게 하시오. 그렇게 하면 양평관은 쉽게 손에 넣을 수 있을 거요. 양평관을 얻거든 왕평에게 2천 병력을 주고 약양略陽을 빼앗아 서쪽으로 통하는 도로를 확보한 뒤, 천수의 움직임에 호응할 태세를 취하게 하시오. 장군은 이엄과 함께 나머지 6천 병력을 이끌고 장합을 추격하여, 면수沔水를 따라 동쪽으로 내려가 포성襃城을 빼앗고 남정에 집합하도록 하시오. 그동안 나는 직접 군대를 이끌고 양평관을 굳게 지키겠소."

마초는 이엄과 왕평을 대동하고 출발했다. 공명은 이어서 이풍을 불러, 병력 3천을 이끌고 군량 10만 석을 양평에 보급하라고 명했다. 이풍은 즉시 출발했다.

작전 지시를 모두 끝낸 공명은 엄안에게 낭중을 지키게 하고 군량 보급을 당부한 뒤, 자신은 위연을 비롯한 여러 장수들과 병력 3만을 이끌고 미창산을 공격하는 황충을 후방에서 지원할 태세를 갖추었다.

황충의 부대는 미창산에 도착했다. 미창산을 지키고 있는 사람은 하후덕과 하후상 형제다. 하후연은 언젠가는 서천(촉)을 공략할 생각이었기 때문에, 서천으로 가는 길목에 상당수의 병력을 배치하고 식량도 많이 쌓아놓았다.

그중에서도 미창산은 한중과 촉을 잇는 요충이어서, 형제에게 미창산 수비를 명령한 것이다. 이 형제가 촉군의 동태에 대해 이야기하고 있을 때, 촉군이 들이닥쳤다는 보고가 들어왔다.

"촉군이 산기슭에서 도전해오고 있습니다. 보아하니 그 군대는 '장사長沙의 황충'이라는 깃발을 내걸고 있습니다."

하후덕이 "병력은 어느 정도냐?"고 묻자, "3천밖에 안 됩니다"는 것이었다.

하후덕과 하후상은 전에 하후연을 따라 한중으로 진격했을 때 마른 나무를 쓰러뜨리는 정도의 반응밖에 느끼지 못했기 때문에, 완전히 자만하여 '나는 천하 무적'이라고 굳게 믿고 있었다. 그래서 촉군이 왔다는 말을 듣고도 코웃음만 치고 있었다.

하후덕은 하후상을 남겨 산 위를 지키게 하고, 갑옷과 투구를 걸친 뒤 3천 병력을 이끌고 산을 달려 내려갔다.

장억은 하후덕이 산을 내려와 공격해 오는 것을 보고는 재빨리 퇴각 명령을 내리고, 자신은 하후덕과 10합쯤 싸우다가 말머리를 돌려 달아나기 시작했다.

하후덕은 놓칠까 보냐는 듯이 그 뒤를 추격하여, 산에서 2리쯤 떨어진 곳까지 따라왔다. 거기서 문득 뒤를 돌아보니 산 위에서 불길이 치솟고 있는 것이 보였다. 하후덕은 당황하여, 이번에는 산 위로 돌아가 얼른 불을 꺼야 한다는 생각밖에 염두에 없었다.

하후덕이 산 위로 돌아가려 할 때 장억이 쫓아와, 아까와는 싹 달라진 기세로 언월도를 휘둘렀다. 하후덕은 단칼에 목이 달아나 땅바닥으로 굴러 떨어졌다. 이것을 본 위군은 대혼란에 빠졌다. 그 틈을 놓치지 않고 촉군이 추격한다.

불빛에 비친 황충은 이미 대장의 목 하나를 손에 들고, 장익과 함께 위군을 사방으로 쳐부수며 눈 깜짝할 사이에 미창산을 점령했다. 위군은 천탕산을 향해 열심히 달아난다.

황충은 장익에게 미창산 수비를 명령하고 군량과 무기를 수습한 뒤, 장익을 데리고 당장 위군을 추격하여 순식간에 천탕산으로 들이닥쳤다.

천탕산을 지키는 사람은 위나라 장수 한호韓浩다. 그가 아군 병사들이 도망쳐 오는 것을 보고 관문을 열어 패잔병을 받아들이기 시작했을 때, 황충이 군대를 이끌고 돌진해 왔다. 위군은 완전히 혼란에 빠져, 아군끼리 서로 짓밟고 짓밟히는 형편이었다.

한호는 "아뿔싸" 하고 혀를 차면서 자기가 지휘하는 병사들만 데리고 어쨌든 그 자리를 빠져나갔다. 그리고 산 속의 샛길을 지나 정군산定軍山으로 도망쳐 하후연에게 보고했다.

황충은 미창산과 천탕산을 얻고 병사들을 쉬게 한 뒤, 제갈량 원수의 훈령을 기다렸다.

이렇게 말하면 독자 여러분은 "하후연이 왜 남정을 지키지 않고 정군산에 와 있었을까?" 하고 의아하게 생각할지도 모른다. 남정은 한중의 중심 도시이기 때문에 그곳에서 명령을 내리기는 좋지만, 정군산이야말로 촉으로 통하는 요충이다. 나가면 싸울 수 있고 물러서면 지킬 수 있는 절호의 지점이다.

하후연은 오랫동안 촉을 노리고 있었지만 유비에게 선수를 빼앗겼기 때문에, 이번에는 촉군의 동진을 저지하기 위해 이 정군산에 주둔하면서 미창산·천탕산과 호응하는 태세를 취하고 있었던 것이다.

이 지점을 장악해두면 적의 전진을 막을 수 있다. 그런데 오늘날의 군인들은 그저 시가지만 노려 약탈하고, 번화한 곳에 주둔할 생각밖에 하지 않는다. 그런 곳에서 작전회의를 열면 '마시고飮, 때리고打, 사는買' 게 고작이다. 이것이야말로 현대인이 고대인의 지혜에 미치지 못하는 점이다.

하후연은 제갈량이 군대를 지휘하여 한중으로 진격하기 시작했다는 것을 알고, 허창에 급히 이 소식을 알리는 한편 장안에서 1만 병력을 징발했다.

장안을 지키고 있던 하후무는 하후연의 아들이기 때문에, 아버지가 그렇게 명령하면 거절할 도리가 없다. 당장 1만 병력을 징발해서 보냈다.

한편, 하후연은 양평관과 미창산·천탕산에 전령을 보내어 명령하기를,

"굳게 지키고 싸우지 마라. 촉군을 지치게 하라."

그러나 누가 알았으랴. 이 훈령이 도착했을 때는 이미 세 곳이 모두 함락된 뒤였다. 자세한 이야기는 나중에 하기로 하고, 하후연은 천탕산을 지키고 있던 한호가 달려오는 것을 보고는 깜짝 놀라 병사들에게 명령했다.

"이 산을 사수하라. 싸우러 나가면 안 된다. 장안에서 원군이 도착하면 다시 명령을 내리겠다."

반면에 정군산에서 10리쯤 떨어진 곳에 진을 친 공명과 황충은,

"산에 올라가 공격하여 쓸데없이 병사를 다치게 할 필요는 없다. 마초가 남정을 함락시키면 위군은 저절로 무너질 것이다."

이렇게 여기면서 침착하고 여유가 만만하다. 황충은 진지의 방비를 강화했다.

다시 한 번 마초에게 돌아가보자. 마초는 양평관에 도착하자 혼자 나가서 장합에게 도전했다. 장합도 오래전부터 마초의 명성을 들었기 때문에, 언제고 한번 겨루어보고 싶어하던 참이었다.

그런데 마초가 습격해 왔다는 소식이 들어오고, 게다가 자신을 지명하여 단독 대결을 요청했다는 것이다. 장합은 속으로 기쁨을 참지 못

하고, 맹달에게 양평관 수비를 맡긴 다음, 3천 병력을 이끌고 마초를 맞아 싸우기 위해 산을 내려갔다.

마초와 장합은 80여 합을 치열하게 싸웠다. 맹달은 양평관 위에서 그 모습을 지켜보고 있었다. 그 맹달의 모습을 본 이엄은 심복 부하를 시켜 맹달에게 편지를 전하게 한 다음, 위군과 뒤얽혀 혼전으로 몰고 갔다.

장합은 촉군 세력이 크기 때문에 급히 병사들을 후퇴시켰다. 그때 이엄의 부하는 예정대로 위군 틈에 섞여 양평관 안으로 숨어 들어갔다. 그리고 야음을 틈타 맹달을 찾아가 면회를 청했다.

맹달은 수상한 놈이라고 생각하여 꼬치꼬치 캐물었다. 그러자 그 사람은 품속에서 이엄의 편지를 꺼내 바쳤다. 그것은 맹달이 잘 아는 이엄의 필적인 것이 분명했다. 맹달이 읽어보니 이런 내용이었다.

"촉의 옛 중신들은 모두 무사하며, 여전히 높은 지위를 유지하고 있네. 효직(孝直: 법정)이 보호해준 덕분이지. 이번에 조조가 제위를 찬탈하고 천자를 시해했기 때문에 제갈 원수가 군대를 이끌고 조조를 정벌하러 나선 참일세. 우리는 지금까지 승리를 거듭하고 있네. 자네도 어느 쪽이 정의이고 어느 쪽이 악인가를 다시 생각해보게. 판단하기가 어려우면 자네가 태어난 고향인 촉 땅의 모습을 참고하게."

맹달은 잠시 생각에 잠겨 있다가 이엄의 부하를 잠시 쉬게 한 뒤 장합을 만나러 갔다.

장합이 물었다.

"촉군 세력은 강대하오. 어찌하면 좋겠소?"

이에 맹달이 대답했다.

"내일 장군께서 싸우러 나가실 때 저는 3천 병력을 이끌고 왼쪽에서 적의 옆구리를 공격하겠습니다. 그렇게 하여 마초군의 진형을 교란하면 승리할 수 있을 것입니다."

"그거 참 묘안이오."

장합은 이렇게 말하면서 기뻐했다.

이튿날 장합은 군대를 이끌고 관문 앞으로 나갔다. 한편, 마초는 맹달에게 편지를 전하러 간 사람이 아직 돌아오지 않기 때문에 걱정이 되었다. 그러자 이엄이 말했다.

"맹달은 꽤 지모가 뛰어난 사람이므로, 오늘 안으로 무언가 행동을 취할 것입니다. 장군은 장합과 싸우기만 하면 됩니다. 왕평 장군은 적진을 기습하고, 나는 2천 병력을 이끌고 산 위로 공격해 올라가겠습니다."

마초는 이 말에 동의하고, 작전대로 이엄이 오른쪽에서 양평관 안으로 공격해 들어가게 되었다.

마초와 장합은 아무 말도 하지 않고 말을 달려 전투를 시작했다. 맹달 쪽에서 보아 '왼쪽'은 마초 쪽에서 보면 '오른쪽'이다. 그래서 맹달은 이엄과 딱 마주치는 꼴이 되었다.

이엄과 맹달은 눈짓으로 신호를 교환하고, 맹달이 도망치기 시작하자 이엄이 그 뒤를 쫓는다. 그대로 가까운 거리를 유지하면서 맹달은 양평관 안으로 달려들어갔다. 바로 뒤따라 들어오는 이엄을 양평관의 위군은 막을 수가 없었다.

이엄은 당장 한나라 깃발을 내걸었고, 맹달은 자신을 따르는 병사들더러 이렇게 외치게 했다.

"항복하면 목숨은 건질 수 있다."

예로부터 '머리 없는 뱀은 앞으로 나아갈 수 없다'는 말이 있다. 머리에 견줄 수 있는 대장 맹달이 적군 편으로 홱 돌아서버렸으니, 부하 병사들에게는 아무 저항력도 없다. 모두 무기를 버리고 투항했다.

이엄은 4, 5천 병력과 수많은 군량 및 무기를 얻고, 맹달에게 양평관을 지키게 한 뒤, 자신은 수십 기를 이끌고 아래로 달려내려가 마초에게 가세하여 장합을 협공하려 했다.

장합은 양평관에서 달려내려오는 사람이 촉군 장수인 것을 보고 사태를 깨달았다. 그는 패잔병을 이끌고 한 줄기 혈로를 뚫으면서 양평관 앞의 오솔길을 따라 달아났다.

마초는 이엄에게 양평관을 지키고 있다가 후속 부대가 도착하기를 기다려 다음 작전으로 들어가라고 명령했다. 왕평에게는 예정대로 병력을 나누어주고 약양을 공략하라고 명령했다. 그리고 마초 자신은 양평관에는 올라가보지도 않은 채 4천 병력을 이끌고 바람처럼 장합을 추격했다.

장합은 화살을 두려워하는 새처럼 곧장 도망친다. 마초는 한 발, 또 한 발 다가간다. 그리하여 순식간에 포성에 이르렀다. 겨우 성안으로 달려 들어간 장합은 이제 '사수死守'라는 두 글자에만 매달린 채, 아무리 도발해도 나올 생각을 하지 않는다.

마초는 급히 추격해 오느라 지친 병사들을 생각하여, 여기서 잠시 쉬게 했다. 이엄은 아들 이풍이 후속 부대로 양평관에 도착했기 때문에, 아들에게 수비를 맡겼다. 그리고 맹달에게는 성도로 돌아가 승리를 전하는 역할을 부여하고, 자신은 3천 병력을 이끌고 포성으로 진격하여 마초와 합류했다.

이 무렵 왕평은 기세를 타고 약양을 빼앗은 뒤, 마대·강유와 멀리서 호응하는 작전 행동에 들어가 있었다.

하후연은 정군산을 사수하면서 장안에서 올 원군을 기다렸지만, 아무리 기다려도 원군은 오지 않는다. 이것은 마대와 강유가 지역을 분담하여 우부풍 일대를 교란하고 다녔기 때문에, 장안에서 촉군을 맞아 싸우러 온 종회와 등애가 이곳에 못박혀버린 결과였다.

촉군에서는 공명의 지령대로 수많은 깃발을 내걸고 여기저기로 이동했기 때문에, 위군 쪽에서는 적군 병력이 실제로 얼마나 되는지 알 수가 없었다. 그래서 하는 수 없이 수비 태세를 강화하고 장안에 급히 연락했다.

이윽고 하후연도 장안의 위군이 부풍을 구원하러 나가서 움직일 수 없게 되어버린 것을 알고, 다시 각지에 원병을 청했다. 그러나 이런 상황에서는 촉군이 다음에 어디로 나올지 모르기 때문에, 다른 곳에서도 쉽게 원군을 내보낼 수가 없다. 그래서 원군의 도착은 점점 더 늦어질 뿐이었다.

그럭저럭하는 동안 하후연에게는 여러 가지 통보가 들어왔다. 양평관이 함락되었음, 마초가 이미 포성에 이르렀음, 남정 함락도 시간 문제임, 보계와 견양도 전쟁터가 되었음, 후방의 퇴로는 이미 차단됨 등등.

하후연은 '이제 이 땅을 사수해봤자 아무 이익이 없다'고 판단하고, 부대 전체가 힘을 합쳐 싸워서 혈로를 뚫기로 했다.

우선 북과 뿔피리를 울리며 하후연이 앞장서서 산을 달려내려갔다. 산기슭의 촉진을 지키는 사람은 진식이다. 진식은 급히 언월도를 빼들고 하후연을 맞아 싸웠지만, 하후연의 적수가 되지 못했다. 10합도 채 싸우기 전에 목이 잘려 땅바닥으로 굴러 떨어졌다.

위군은 결사적으로 전진하고 촉군은 계속 후퇴한다. 촉군이 위험하다고 생각한 순간, 후방에서 큰북이 둥둥 울리더니 왼쪽에서는 황충, 오른쪽에서는 위연, 앞에서는 장억, 그리고 뒤에서는 장익이 하후연을 둘러싸고 공격해왔다.

포위당하면 불리하다. 하후연은 열심히 포위망을 뚫으려 했지만, 촉군의 두터운 포위망은 뚫리지 않는다. 할 수 없이 병사들을 수습하여 다시 정군산 위로 달아났다.

제갈공명은 진식이 죽은 것을 보고 다시 황충에게 명령했다.

"5천 병력을 이끌고 정군산에서 동쪽으로 10리 떨어진 곳에 매복해 있다가, 하후연이 도망쳐 오거든 기습하여 병졸 하나도 놓치지 마시오."

이어서 공명은 장억과 장익을 불러 이렇게 명령했다.

"각자 2천 병력을 이끌고 정군산 좌우에 매복하시오. 위연이 하후연을 유인하여 산에서 내려오게 하면 양쪽에서 일제히 공격하시오."

그리고 위연에게는 이렇게 명령했다.

"3천 병력을 이끌고 싸움을 거시오. 하후연이 산에서 달려내려오면 장억과 장익이 기습할 거요. 하후연 한 사람은 놓쳐도 좋소. 하지만 나머지 위군이 산 위로 도망쳐 돌아가는 것은 절대로 허락하지 마시오."

여러 장수들은 제각기 맡은 곳으로 흩어져 갔다.

한편, 패하여 산 위로 도망쳐 돌아간 하후연은 호흡을 가다듬고 나서 병사들에게 독려하기를,

"어쨌든 전력을 다해 포위망을 돌파하여 남정으로 달려가야 한다. 그다음 일은 멀리 도망친 뒤에 생각하면 된다."

이튿날 아침 촉군이 도전해왔다. 하후연은 정군산 병력 3만을 3대로 나누어, 직접 제1대를 이끌고 앞장서서 산을 달려내려갔다. 제2대는 한호가, 제3대는 서연徐延이 이끌고, 마치 산이 무너져 바다로 흘러들어가는 듯한 기세로 산을 내려간다.

위연은 하후연과 한호는 그냥 보내고, 맨 뒤에 오는 서연의 제3대를 공격하여 불과 세 합 만에 서연의 목을 베었다.

위군 제3대가 무너지는 것을 보고, 앞서 가던 제1대와 제2대 병사들이 동요하기 시작했다. 그 틈을 놓치지 않고, 산의 좌우에 매복해 있던 장억과 장익이 북과 뿔피리 소리도 드높게 위군을 기습했다.

하후연은 이제 다른 일에는 신경을 쓸 겨를도 없이, 오로지 도망치느라 바쁘다. 촉군의 기습으로 하후연이 이끌던 제1대 병력도 3분의 1이 죽었다. 이윽고 하후연은 황충이 기다리고 있는 지점으로 다가갔다.

그때 느닷없이 함성이 오르더니 황충이 뛰쳐나왔다. 언월도를 치켜들고 말을 채찍질하여 곧장 하후연을 향해 달려온다.

앞에는 복병이고 뒤에는 추격대다. 살기 위해서는 싸울 수밖에 없다. 하후연은 황충의 언월도를 막아내며 필사적으로 싸우기 시작했다. 그러나 황충은 공명에게서 "병졸 하나도 놓치지 말라"는 명령을 받았기 때문에 더욱 분발하여 싸운다.

삼국시대에 하후연이라면 그 시대를 대표하는 명장으로, 기량은 황충과 막상막하다. 그러나 한 사람은 죽음 속에서 삶을 구하고, 또 한 사람은 분발하여 격투를 벌이고 있다. 이 모습을 보면 현시점에서 강약의 차이가 뚜렷이 나타난다.

위군 제2대를 이끌던 한호는 장억과 장익에게 포위되었다가 겨우 탈출했지만, 이번에는 위연의 추격을 받아, 번득이는 섬광과 함께 내리친 칼에 목이 달아났다.

이렇게 되면 하후연은 오직 혼자뿐이다. '손바닥 하나로는 박수를 칠 수 없다'는 속담대로다. 한호가 죽자 하후연은 더욱 당황했다. 칼을 든 손놀림이 흐트러졌을 때, 황충이 그 빈틈을 놓치지 않고 우렁찬 기합 소리와 함께 하후연을 두 동강으로 잘라버렸다.

대장을 잃은 위군은 도망칠 길도 없어 땅에 무릎을 끓고 목숨을 애걸했다. 이리하여 병졸 하나도 놓치지 않고 전투는 끝났다. 황충은 징을 울려 병사들을 모은 뒤, 공명이 있는 중군 진영으로 가서 공적을 보고했다.

공명은 전방군前方軍이 대승을 거둔 것을 알고 진지 앞으로 나가 장수들을 맞이했다. 장수들은 무장을 존중하고 소중히 대우하는 공명의 태도를 보고 감격한 표정을 지었다. 공명은 우선 이렇게 말했다.

"하후연은 호랑이에 비유할 만한 맹장이오. 이제 노장군께서 그 호랑이를 죽였으니, 조조는 간담이 서늘해졌을 것이오."

황충의 공이 제1위이고, 위연이 제2위로 공적부에 기록되었다. 나머지 장수들도 각자의 활약에 따라 공적이 기록되었다. 이 장부를 토대로 유비가 나중에 포상을 내리는 것이다. 장수들은 머리를 조아려 사례했다.

이어서 공명은 진식의 시체를 관에 넣어 촉으로 보내 매장하고, 유족에게 충분한 생계 대책을 마련해주라고 명령했다. 또한 투항한 위군 병사들은 각 진영에 분산 수용하고, 지방관에게 명하여 전사한 병사들의 유해를 매장하게 했다.

그리고 황충에게 5천 병력을 주어 남정 공략에 나서게 하고, 투항한 위군 병사들로 선봉대를 편성했다. 승리한 기세를 타 속공을 펴려는 것이다.

장억에게는 3천 병력을 주어 한양漢陽과 순양洵陽 일대로 보내고, 장익에게도 3천 병력을 주어 서향西鄕과 석천石泉 일대로 보냈다. 세 장수는 제각기 출발했지만, 이 이야기는 일단 여기까지.

공명은 위연을 비롯한 여러 장수를 거느리고 남정으로 향하여, 한발 먼저 간 황충을 후방에서 지원할 예정이었다. 그런데 이때 남정성은 모개가 불과 3천 병력으로 지키고 있을 뿐이었다.

모개는 하후연이 죽고 위군이 궤멸했다는 소식을 듣고는 병사들을 독려하여 성을 사수할 태세를 보였다. 그리고 포성의 장합과 긴밀한 연락을 유지하면서, 장안에서 원군이 오기를 기다리고 있었다.

황충은 사흘 동안 성을 공격했지만 뜻대로 되지 않아 고민하고 있었다. 바로 그때 성 위에서 함성이 일어나더니, 성의 수비병들이 혼란에 빠져 우왕좌왕하기 시작했다. 이어서 성문이 활짝 열렸다. 대체 이게 어찌 된 일일까.

장노의 잔당들은 오두미교를 무자비하게 탄압한 하후연에게 뿌리 깊은 원한을 품고, 언젠가는 보복해주리라 벼르고 있었다. 그러다가 이번에 하후연이 죽고 촉군이 남정을 공격하고 있는 것을 알고는 오두미교 교주인 조사祖師 장노의 원수를 갚기 위해 봉기한 것이다. 강한 탄압을 받아 변변한 무기도 없었지만, 저마다 부엌칼이나 홍두깨를 들고 성내 각지를 돌아다니며 불을 질렀다.

모개는 이것을 알고 병사들에게 오두미교 잔당을 모조리 소탕하라고 명령하여 수많은 사람이 죽었지만, 그 손에서 벗어난 잔당이 마침내 성문을 열고 촉군을 맞아들인 것이다.

황충은 이 상황을 보고는 빗발치는 화살과 돌멩이를 무릅쓰고 몸소 앞장서서 성안으로 돌진했다. 부하들도 용감하게 싸워, 혼자 열 명이 넘는 위군을 상대로 분전했다. 모개는 더 이상 저항하지 못하게 되자 성을 버리고 포성으로 달아났다.

이윽고 남정에 도착한 공명은 병사들과 백성을 진정시키고, 위연에 게 이렇게 명령했다.

"문장文長은 3천 병력을 이끌고 포성으로 가서, 징과 큰북을 많이 준비하여 성 주위에서 요란하게 북과 징을 치시오. 그렇게 하면 장합 은 반드시 포성을 버리고 도망칠 거요."

위연은 즉시 포성으로 달려가, 성의 사방에서 천지가 진동할 것 같은 소리를 냈다.

성안에 있던 장합은 모개한테서 하후연이 죽고 남정을 잃었다는 보고를 받고 동요하던 차에, 귀청이 찢어질 듯한 북소리와 뿔피리 소리를 듣고는 혼비백산했다. 간담이 서늘해진 장합은 모개와 얼마 안 되는 패잔병을 이끌고 태백산太白山 산길로 달려가 사곡斜谷으로 달아났다.

위연과 마초는 한바탕 그 뒤를 추격한 뒤, 군대를 거두어 공명에 게 보고했다. 공명은 두 사람의 노고를 진심으로 위로하고, 이엄이 맹달을 투항시킨 일에 대해서도 높이 평가했기 때문에, 여러 장수들은 또다시 크게 기뻐했다.

공명은 행군사마行軍司馬 양의楊儀에게 당분간 남정 태수의 직무를 맡기고, 흩어진 백성들을 모아 성곽을 수리하는 한편, 군대를 내보내어 토비(土匪 : 도적 떼)가 된 도망병들을 소탕하라고 명했다.

그로부터 열흘 동안 왕평·장억·장익 등이 앞서거니 뒤서거니 하며 남정으로 모여들어 동천(東川 : 한중) 일대가 모두 평정된 것을 보고했다. 공명은 군무관을 성도로 보내 승리를 보고하고, 병사들에게 사흘 동안 휴식을 주어 노고를 위로했다.

그런 다음 공명은 마초·왕평·이엄에게 1만 병력을 이끌고 진창陳倉의 구도로를 통해 옹주와 미현으로 진격하여, 마대 및 강유와 함께 부풍과 무공을 공격하고, 남쪽에서 장안을 뒤흔들어놓으라고 명했다.

이어서 위연에게는 정예병력 3천을 이끌고 자오하子午河를 따라 자오곡子午谷으로 나가서 장안을 급습하라고 명령했다. 황충에게는 8천 병력을 이끌고 위연을 후방에서 지원하라고 명령했다.

그리고 장억과 장익에게는 1만 병력을 이끌고 사곡으로 나가 장합을 추격하라고 명령했다. 그러나 충분히 조심해서 조금씩 나아가 진지를 쌓고, 절대로 급히 추격해서는 안 된다고 주의를 주었다.

부장部將인 부첨傅僉과 부동傅彤은 남정에 남아서 양의를 보좌하여 남정을 굳게 지키게 했다. 관우의 둘째아들 관색關索에게는 3천 병력을 주어 한양에 주둔시키고, 새로 얻은 성읍들을 지키면서 운양 근처에 있는 촉군과 연계를 유지하라고 명령했다.

명령을 받은 장수들이 떠나자 공명은 대군을 이끌고 남정을 떠나 자오곡으로 진군하여, 황충과 위연에 대한 지원 태세를 갖추었다.

하늘로 이어지는 한수漢水는 이미 남서쪽의 촉에 흡수되어 통신이 편해졌다. 장안을 포함하는 진천秦川 땅을 둘러싸고 북동쪽에 있는 위나라의 위세도 역시 막강하다. 그러면 이 다음은 어찌 될 것인가. 다음 회를 기대하시라.

제 17 회

위연, 몰래 자오곡을 건너다
마초, 다시 장안성으로 들어가다

『삼국지연의』를 읽은 적이 있는 사람은 제갈공명이 '자오곡에서 북상하여 단숨에 장안을 공격해야 한다'는 위연의 제안에 전혀 귀기울이지 않은 것을 몹시 유감스럽게 생각했을 것이다. 그리고 공명만큼 총명한 사람이 왜 이렇게 간단명쾌한 사리를 깨닫지 못했을까 하고 의아하게 여겼을 것이다.

그것은 이렇게 설명할 수 있다. 『삼국지연의』의 그 시점에서는 형주가 이미 유비의 소유가 아니었고, 농서 방면에 응원군도 없었다. 그리고 작전에 능통한 그는 '공격으로 방어하는' 작전을 택했다. 따라서 위험을 무릅쓰는 도박은 하지 않았기 때문에 대군을 다짜고짜 장안으로 보내지 않았던 것이다.

'북쪽의 천수天水로 나가고, 동쪽의 기산祁山으로 나가는' 신중한 작전은 바로 이런 사고방식의 연장선 위에 놓여 있다. 적의 주력부대가 모여 있는 지점을 피해 적의 빈틈을 노린 것이다.

물론 위연의 구상에도 일리는 있다. 그러나 그렇다고 해서 작전 전체가 그 구상만으로 성취되는 것은 아니다. 일시적으로 성공을 거두었다고 해서 기뻐하고 있으면, 나라를 빼앗긴 진晉나라 환현桓玄의 연설처럼 공중누각이 되어 허물어져버린다.

그런데 나는 제갈공명의 결점을 보완하면서 글을 쓰고 있기 때문에,

이 작품에서는 제갈공명의 작전도 계속 선수先手로 나간다.

그러나 내가 지금까지 쓴 것을 한번 돌이켜보기 바란다. 관우와 서서가 형주에 주둔하고, 장비와 방통이 양양과 번성에 주둔하고, 조운과 마량이 강한江漢 일대에 주둔하고, 관흥과 조루가 남양을 지키고 있다. 장군 한 사람에게 참모를 한 사람씩 배정하고, 충분히 생각하여 작품에 숨을 불어넣고 있다는 점을 알아주기 바란다.

강소성江蘇省 강녕현江寧縣에 '낙마간落馬澗'이라는 강이 있다. 남조南朝 송宋의 원흉소元兇邵가 유원장柳元章에게 패하자, 도망갈 곳을 잃은 병사들이 말을 탄 채 골짜기를 흐르는 이 강물 속에 차례로 뛰어들어 죽었다고 『독사방여기요讀史方與紀要』에 적혀 있다.

내 작품의 경우에는 낙마간이 아니라 '낙마호落馬湖'가 될까. 삼면이 물이고, 한쪽은 산, 위에는 구리 뚜껑이 덮여 있고 아래는 철조망, 날아가는 새조차 넘기 어려울 만큼 빈틈없는 포위망이다. 조조와 손권 따위는 문제가 아니다.

그리고 한마디만 더 덧붙여두겠다. 저 유명한 제갈공명의 '융중대隆中對'―유비에게 천하 구상을 토로한 것―에 '완성과 낙양으로 나갔다가, 거기서 다시 진천으로 향한다'는 말이 있다. 지금까지 이 작품의 기술은 그 말과 딱 들어맞는다.

이 세상에서 무슨 일이든 해나가려면, 우선 충분한 준비와 치밀한 구상을 마친 다음에 대담무쌍하게 남을 공략할 필요가 있다. 만약에 공명이 이 작품을 알고 이 작품의 참뜻을 이해해준다면, 작가로서는 그보다 더 큰 기쁨이 없을 것이다.

이렇게 말해도 일부 독자는 "작가에게는 공명을 깔보려는 의도밖에 없다"고 말할지도 모른다. 하지만 그것은 잘못된 생각이다. 작가에게는 이미 '충분한 준비와 치밀한 구상'이 갖추어져 있다. 따라서 앞으로도 거기에 따라 써나갈 것이다. 그 과정에서 어쩌면 고인을 희생시키게 될지도 모르지만, 그 점에 대해서는 후세 사람들의 평가를 기다리고 싶다.

그러면 본론으로 돌아가자. 형주의 관우는 공명이 한중을 얻고 아들 관색이 한양에 주둔하면서 양양·운양과 긴밀한 연락을 취하고 있다는 소식을 듣고 크게 기뻐했다. 그리고 장비와 방통이 있는 양양에 전령을 보내어, 군대를 이끌고 무관武關 방면으로 나가 무관에서 남전藍田으로 통하는 길을 차단하여 장안 남쪽에 있는 적의 방위군이 움직이지 못하게 하라고 명했다. 공명이 장안으로 진격하기 쉬운 형세로 유도하려는 것이다.

관중 일대를 지키고 있는 사람은 위나라 황제 조조의 사위이며 하후연의 아들인 하후무다. 그는 황제의 핏줄—고풍스러운 표현을 쓰면 금지옥엽—처럼 곱게 자라나 분만 바르지 않았을 뿐 여자처럼 연약한 성격이어서, 전쟁에 대해서는 전혀 알지 못했다.

조조가 그런 사람을 장안 도독에 임명한 이유는 하후연과 장합이 한중에 있고, 부풍에는 등애와 종회가 있으며, 풍익과 소관에는 양부와 위강 등이 있었기 때문이다. 확실히 하후무에게는 재능이 부족했지만, 태평세월에 재상을 맡을 정도의 능력은 충분히 갖추고 있었다.

그 하후무가 한중이 촉군에 함락되고 아버지 하후연이 전사했다는 소식을 들었다. 게다가 제갈량은 장비를 무관에서 남전으로 보내고, 마초는 견양에서 보계를 공략하고, 장억과 장익은 사곡으로 나와 미현을 빼앗았다. 제갈량은 몸소 대군을 이끌고 후원하는 한편, 관우는 완성과 낙양으로 군대를 보내어 허창에서 오는 원군의 길목을 차단했다. 하후무는 그처럼 강력한 세력을 가진 촉군이 모두 장안을 향해 몰려오는 것을 알고 혼이 달아나버릴 만큼 놀랐다. 당황하여 허창에 구원을 요청한 것은 말할 나위도 없다.

그런데 하후무는 가만히 앉아서 원군을 기다리지 않고, 장안의 병력을 여기저기에 분산하여 각지로 구원하러 가게 했다. 물론 '머리가 아프면 머리를 치료하고, 다리가 아프면 다리를 치료하라'는 말도 있지만, 이런 조치 때문에 넓은 장안에는 불과 1, 2천 명의 병력밖에 남지 않게 되었다. 이리하여 종래의 역사가 전하는 바에 따르면 2천 년 동안 뜻을 이루지 못했을 터인 위연에게 더할 나위 없이 좋은 기회가 찾아온 것이다.

위연은 공명의 명령에 따라 3천 병력을 이끌고 산을 기어올라가 봉우리를 넘고 계곡을 건넜다. 덩굴에 매달리고 초목을 움켜잡으면서 천신만고 끝에 유문귀도幽門鬼道 같은 이곳을 통과했다.

그리고 하후무가 이쪽 저쪽을 구원하기 위해 병력을 내보내어 약간의 수비병밖에 남아 있지 않은 장안성을 습격하여 모조리 분쇄했다.

역사를 돌이켜볼 때, 경무장한 부대가 험준한 지형을 넘어 기습한 경우에는 거의 대부분 성공을 거두었다. 위나라의 등애가 음평陰平을 넘었고, 송나라의 무제 유유劉裕가 대현大峴을 넘었고, 명나라의 이문충李文忠이 홍라산紅羅山을 넘었으며, 근래에는 청나라 사람으로 태평천국太平天國의 난 때 태평천국의 서왕西王에 봉해진 홍수전洪秀全의 매제 소조귀蕭朝貴가 장사를 포위했는데, 이 모든 것이 적의 대비가 허술한 곳을 공격하고 방비가 없는 곳을 기습한 것이다. 그리고 어느 경우에나 아군이 물러설 곳이 없기 때문에 병사들은 필사적으로 싸워서 이졌다.

그러면 조금 앞으로 돌아가보자. 위연은 자오곡을 나와 등등한 기세를 타고 호현을 쉽게 빼앗았다. 그리고 병사들을 배불리 먹인 뒤, 호현성을 내팽개치고 밤중에 장안 남문 근처까지 다가갔다. 이런 식으로 장안에는 새벽녘에 도착할 수 있었다.

장안은 계엄 태세를 취하고 있었다. 그러나 전투가 벌어지고 있는 지역은 장안에서 멀기 때문에, 네 개 성문을 드나드는 사람은 엄한 조사를 받았지만 모든 통행이 금지되지는 않았다. 설마 위연의 부대가 이렇게 빨리 습격해 오리라고는 꿈에도 생각지 않았기 때문이다.

새벽녘의 어스름 속에서 위연은 우선 수십 명의 촉군에게 위군 병사의 제복을 입힌 다음, 장안성 성문을 두드리며 이렇게 외치게 했다.

"사곡의 장합 장군이 대패하여, 구원을 청하기 위해 우리를 보내셨습니다."

성 위의 위군 수비병은 황급히 성문을 열었다. 성안으로 몰려들어간 촉군은 위군 병사를 모조리 베어 쓰러뜨리고 망루에 불을 질렀다.

위연은 언월도를 치켜들고 말을 달리면서 총돌격을 명령했다. 함성이 하늘을 뒤흔들고, 장안성은 큰 혼란에 빠졌다.

하후무가 한창 꿈을 꾸다가 현실로 돌아와보니, 성안은 온통 불바다가 되어 있었다. 그는 당황하여 옷도 변변히 걸치지 못한 채 호위병을 따라 서문으로 탈출하여 양부의 진영으로 달아났다.

장안을 얻은 위연의 기쁨은 대단했다. 그는 약탈을 금하여 주민을 안심시키고 수비 태세를 강화하면서 조용히 공명의 다음 명령을 기다렸다.

그로부터 이틀 뒤에 황충의 부대가 도착했다. 그들은 길목마다 병력을 배치하여 방비를 굳혔다. 공명은 자오곡을 지나는 도로를 뚫고 군대가 편리하게 왕래할 수 있도록 도로 공사를 하면서 진군해왔지만, 위연이 장안을 빼앗았다는 소식을 듣고는 밤낮을 가리지 않고 장안으로 달려왔다.

황충과 위연은 성밖까지 나가 공명을 맞이했다. 공명은 관청에 들어가자, 우선 위연에게 후한 상을 내려 공적을 치하했다.

그 일이 끝나자마자 공명은 곧 다음 행동으로 넘어가, 황충을 불러 이렇게 지시했다.

"1만 병력을 이끌고 풍습과 장남을 부장副將으로 데려가시오. 위군은 패하기만 했기 때문에 우리의 실제 병력을 모르고 있으니, 그 점을 이용하여 병사들에게 모두 위군 제복을 입히고 동관으로 직행하여 그곳 수비대장 서황을 속이시오. 그리고 동관의 험한 길을 탈취하면 수비를 강화하여 조조군이 서쪽으로 진군하지 못하게 막으시오."

황충은 당장 출발했다.

예로부터 '군사는 신속함을 존중한다'고 한다. 동관 일대를 지키는 위나라 수비대는 한중이 함락되고 장안도 위태롭다는 소식을 듣고, 마치 전한前漢의 '비장군飛將軍' 이광李廣이 하늘에서 내려오기라도 한 것처럼 겁을 먹었다.

게다가 장안에서 동관까지는 평원 사이를 지나는 큰길이고, 험한 산이나 강은 전혀 없다. 황충의 부대는 광풍이 나뭇잎을 쓸어내듯 쉽게 동관에 도착했다.

장안에서 동관까지의 거리는 5백 리도 채 안 되기 때문에 사나흘이면 동관에 도착한다. 얼마 전에 완성에서 동관으로 전임한 동관 수비대장 서황은 위나라 황제 조조가 몸소 군대를 이끌고 촉군과 싸우러 온다는 통지를 받고 조조를 맞이할 준비에 여념이 없었다.

그때 하후무한테서 위급을 알리는 문서가 도착했다. 서황은 부장 서영徐瑛에게 동관을 맡기고, 몸소 정예병력 5천을 이끌고 장안을 구원하러 가려고 했다.

서황이 막 떠나려 할 때 장안의 패잔병들이 흩날리는 눈처럼 동관으로 달려들어왔다. 서황은 순간적으로 이상한 낌새를 느꼈지만, 너무 갑작스러운 일이라 저지할 틈이 없었다.

동관 주위에서 북과 뿔피리 소리가 울려 퍼지더니, 기세가 오른 황충이 왼쪽에 풍습, 오른쪽에는 장남을 거느리고 단숨에 동관으로 뛰어들어왔다. 장안을 빼앗은 직후라 원기왕성한 촉군의 기세는 대단했다. 설마 이렇게 빨리 촉군이 올 줄은 꿈에도 몰랐던 위군은 적의 실제 병력이 어느 정도인지도 전혀 알지 못했다.

동관으로 들어온 촉군은 여기저기에 불을 지르고, 위군은 큰 혼란에 빠졌다. 용맹한 서황도 이렇게 되면 어찌할 도리가 없다. 그는 말머리를 돌리더니 부하들을 불러모아 동관을 빠져나가 동쪽으로 달아났다.

황충은 기세를 타고 그 뒤를 추격하여 좁은 길에서 격투가 벌어졌다. 위군 병사들은 수많은 전사자를 냈고, 서황과 서영은 간신히 탈출하여 패잔병을 이끌고 문향으로 달아났다.

황충은 멀리 추격하지 않고 동관으로 돌아와 병사들에게 불을 끄라고 명령했다. 그리고 주민을 안심시킨 다음 병사들에게 상을 주었다.

일이 마무리된 뒤 황충은 풍습과 장남에게 각각 2천 병력을 주어 주변 요해지를 지키게 하고, 아울러 위나라 병사들을 포박하라고 명령했다. 그리고 장안으로 전령을 보내어 공명에게 승리를 알렸다.

공명은 소식을 받고 크게 기뻐하며, 몸소 편지를 써서 황충의 노고를 치하했다. 이어서 오란吳蘭과 뇌동雷銅을 불러, 각각 3천 병력을 이끌고 남전과 연남涓南 일대를 지키면서 장안의 군대를 응원하라고 명령했다. 그리고 성도로 전령을 보내어 유비에게 승리를 보고했다.

유비는 당장 공명을 익주목에 임명하고, 관중이 완전히 평정되면 계속 동쪽으로 진격하라고 명령했다. 정벌에 나간 장수들에게도 제각기 포상을 주었다. 공명은 이 모든 것에 대해 머리를 조아려 사례했다.

유비의 답장을 가져온 사람은 공명의 동생 제갈균諸葛均인데, 그는 이번에 장안 태수로 임명되었다. 장안에 가서 공명을 도와 일하라는 유비의 멋진 배려였다.

두 사람은 형제의 재회를 기뻐했다. 공명은 민사 문제는 모두 아우 균에게 맡기고, 자신은 군무에만 전념하기로 했다.

한편, 사곡을 지키는 위군 대장 장합은 장억 및 장익과 싸우는 도중에 장안이 함락된 것을 알고 급히 무공으로 달아났다. 장익은 미현을 얻어 호현과 호응할 수 있게 되었다. 공명은 다시 장억과 장익에게 무공으로 진격하여 등애와 종회의 퇴로를 차단하라고 명령했다. 두 장수는 당장 출발하여 무공 부근의 요해지에 진지를 쌓고 사방에 촉군 깃발을 세워 위력을 과시하는 전략을 썼지만, 이 이야기는 여기까지.

한편, 마초는 공명의 명령을 받고 진창의 구도로를 통해 진격했다. 위나라의 등애와 종회는 산관散關 부근의 험준한 곳에 자리잡고 촉군을 기다리고 있었다.

마초는 진군을 멈추고 이엄·왕평과 작전을 의논했다.

"종회가 비록 젊지만 싸움을 잘한다는 것은 우리도 잘 알고 있소.

지금 종회는 요충을 차지하고 아군의 진격을 막고 있소. 지형이 워낙 험해서 공격하기가 어려운데, 내 생각으로는 이 장군께서 병력 3천을 이끌고 견양으로 나가 내 동생인 마대 및 강유와 합류한 다음, 전력을 다해 부풍을 공격해주셨으면 좋겠소. 그러면 종회는 그쪽을 구원하느라 바빠서 우리를 생각할 틈이 없을 것이오."

이엄은 즉시 출발했다. 마초는 왕평과 함께 튼튼한 진지를 쌓아 수비를 강화하고 싸움에는 나가지 않았다.

종회는 산관 위에 진지를 쌓고, 등애는 부풍과 보계에 주둔해 있었다. 종회는 산 위에서 마초의 질서정연한 진지를 내려다보았지만, 촉군의 세력이 왕성한데도 전혀 싸움을 걸어오지 않는 것이 이상했다. 그래서 무슨 함정이라도 있는 게 아닐까 생각한 종회는 먼저 산을 내려가 싸움을 걸었다.

그런데 사흘 동안 그렇게 했는데도 촉군은 아무런 움직임도 보이지 않는다.

사흘째 되는 날, 촉군 진지에서는 왕평이 마초에게 이런 제안을 하고 있었다.

"저 종회는 책략가이므로, 날마다 이렇게 싸움을 걸어오는 것은 아군의 동태를 살피려는 속셈인 게 분명합니다. 어떤 병사가 이야기하는 것을 귓결에 들었는데, 이 산에는 샛길이 하나 있고, 그 길을 따라가면 위군 진지의 후방으로 빠져나갈 수 있답니다. 저는 오늘밤 3천 병력을 이끌고 위군 진지 후방으로 돌아가 공격할 생각입니다. 그렇게 하면 종회는 상당한 병력을 후방으로 이동시켜 우리를 격파하려고 할 것입니다. 종회가 후방으로 많은 병력을 돌리면, 장군께서는 정면에서 위군 진지를 공격하기가 그만큼 더 쉬워질 것입니다. 저는 모험을 하거나 무리하게 진격하지는 않겠습니다. 어차피 이 작전은 우리의 진짜 목적을 속이기 위한 것이니까요. 하지만 일이 잘 되면 종회는 앞으로 나가도 얻는 바가 없고 퇴각하려 하면 진지를 빼앗길 테니, 진퇴양난에 빠져 크게 패할 것입니다."

마초는 왕평의 제안을 듣고 크게 기뻐하며 당장 준비에 착수했다.

한편, 종회는 산 위에서 촉군이 이동하는 것을 보고 샛길로 공격해올 작정이구나 생각했다. 그래서 부장 호영胡榮에게 진지를 지키게 하고, 자신은 정예병력 3천을 이끌고 샛길의 출구 근처를 굳게 지키면서 마초를 생포하려고 벼르고 있었다.

왕평은 무리하게 앞으로 나아가려 하지 않고, 어느 정도 갔을 때 걸음을 멈추고는 강력한 활을 준비하여 대기하는 작전으로 나왔다. 그리고 위군이 몰려와도 움직이지 말고 있다가, 적당한 거리까지 다가오면 일제히 화살을 쏘라고 병사들에게 명령했다.

종회는 진득하게 기다렸지만, 촉군이 다가오다 갑자기 멈추는 것을 보고는 그제야 퍼뜩 정신이 들었다. 그래서 급히 퇴각을 명령했다.

그것을 본 촉군은 예정과는 조금 다르지만, 일제히 북과 뿔피리를 울리며 화살과 돌멩이를 쏘아대기 시작했다.

종회는 돌아가다가 아군 진지가 불길에 휩싸여 있는 것을 보고 깜짝 놀랐다. 호영은 애당초 마초의 적수가 못 된다. 마초의 단 한 번 공격에 찔려 죽고 나머지 위군도 뿔뿔이 흩어져, 위군은 순식간에 진지를 빼앗기고 말았던 것이다.

마초는 샛길로 들어가 왕평과 호응하여 종회를 협공하려고 했다. 앞뒤에서 적을 맞이하게 되면 견딜 재간이 없다. 종회는 결국 산관을 버리고 부풍으로 달아나 등애와 합류하기로 했다.

부풍을 지키고 있던 등애는 이엄과 사흘 동안 전투를 되풀이했지만 승부가 나지 않았다. 촉군 쪽에서는 강유·이엄·마대가 논의하여 이런 작전으로 싸우기로 했다.

내일, 이엄은 등애와 직접 싸운다. 강유는 그때 부풍성을 공격하는 것처럼 보이게 하여 등애군을 혼란시킨다. 마대는 병력 3천을 이끌고 위군의 측면으로 돌진하여 위군의 앞쪽과 뒤쪽이 서로를 바라볼 수 없는 상태로 만든다. 이렇게 하면 부풍은 쉽게 얻을 수 있다는 작전이었다.

이튿날 계획대로 이엄은 등애와 싸우기 시작했고, 강유는 3천 병력을 이끌고 부풍성으로 향했다. 등애가 급히 그 부대를 맞아 싸우려 할 때, 마대의 부대가 측면에서 위군에게 덤벼들었다. 등애는 귀로를 차단당했지만, 필사적으로 싸워 한 줄기 혈로를 뚫고 달아났다.

강유는 그사이에 정말로 부풍성을 빼앗았고, 이엄과 마대는 등애를 추격했다. 등애가 궁지에 빠졌을 때 마침 종회가 거기에 도착했다. 두 사람은 병력을 합쳤지만, 싸우는 것은 처음부터 포기하고 무공으로 달아나 장합과 합류했다.

세 사람은 패전의 고통을 서로 호소했다. 그때 등애와 종회는 장합에게서 장안이 이미 함락되었으며, 촉군의 기세가 워낙 강대하여 장합 자신도 포성을 빼앗기고 무공으로 도망쳐 왔다는 말을 들었다.

그리하여 세 사람은 경양涇陽으로 가서 위강·양부와 합류하여 도독 하후무를 면회하고, 아직 남아 있는 병력 2만으로 장안을 탈환하기로 방침을 정했다.

공명은 마초에게서 승전보를 받자 당장 격문을 보내어, 장억과 장익은 부풍과 무공에 나누어 주둔하고, 마성은 보계에 주둔하라고 명령했다. 그리고 마초에게는 이엄·장유·왕평·마대를 이끌고 경양을 공략하라고 명했다.

이 명령이 도착했을 때, 마초는 이미 장합과 종회를 추격하여 경양에 도착해 있었다.

하후무는 마초가 왔다는 말을 듣자 얼굴이 핏기를 잃고 완전히 흙빛으로 변했다. 양부가 이렇게 진언했다.

"당황하지 마십시오. 마초는 용맹하긴 하지만 지모가 없고, 병사들은 먼 길을 쫓아오느라 지쳐 있습니다. 장 장군에게 이곳에서 쉬고 있던 병력 1만을 이끌고 나가 싸우게 하고, 종 장군과 등 장군에게도 각각 5천 병력을 주어 경양성에서 10리 떨어진 곳에 매복시켰다가, 마초가 왔을 때 세 방향에서 협공하면 이길 수 있을 것입니다."

하후무에게는 애당초 자신의 의견 따위는 존재하지 않는다. 양부의 말대로 어쨌든 실행해보기로 했다.

한편, 촉군의 강유는 장합이 싸우러 나오는 것을 보고 마초에게 말했다.

"장합과 종회는 패군지장입니다. 그런데 경양에 농성하면서 성을 굳게 지키는 방침을 택하지 않고 경솔하게 맞아 싸우러 나오는 것은 부자연스럽습니다. 어딘가에 복병이 있을 게 분명합니다. 이런 경우에는 우리도 작전을 짜야 합니다. 장군께서는 1만 병력을 이끌고 장합을 직접 공격해주십시오. 장합은 패할 게 뻔합니다. 그러니까 그대로 장합을 짓밟으면서 경양으로 직행하십시오. 그러면 복병도 너무 갑작스러운 일이라 손을 쓰지 못할 테니, 경양성을 쉽게 빼앗을 수 있을 것입니다. 이 장군께서는 경양으로 가는 도중에 장합 앞을 가로막아 장합이 성을 구원하러 가지 못하게 하고, 저와 평북장군(平北將軍: 마대)은 각각 5천 병력을 이끌고 적의 복병을 공격하겠습니다. 이렇게 하면 경양에는 튼튼한 성도 없고 강한 적도 없는 상태가 됩니다."

"백약伯約의 계책이 훌륭하오."

마초는 강유를 칭찬하고 당장 작전에 착수했다.

마초는 장합군을 정면으로 맞아 싸웠다. 위군은 잇따른 패전으로 사기가 떨어져, 촉군이 돌진해 오자 장합은 말머리를 돌려 달아나기 시작했다. 매복해 있던 종회와 등애가 마초를 공격하려고 했지만, 마초는 장합의 부대를 그대로 짓밟고 앞으로 내달렸다. 강유와 마대가 종회와 등애의 부대를 저지하는 사이에 이엄이 마초 대신 장합을 공격했고, 마초는 곧장 경양성을 향해 달렸다.

경양성 쪽에서는 자기편 대군이 밖에 나가 있기 때문에 성문을 닫아버리지도 못하고 우물쭈물하는 사이에 마초가 돌진해 들어오자 뿔뿔이 흩어지고 말았다. 촉군은 성안으로 물밀듯이 몰려 들어갔다.

양부가 부하 병사들에게 화살을 쏘라고 명령하자, 화살이 메뚜기 떼처럼 하늘을 뒤덮었다. 그러나 마초는 비 오듯 쏟아지는 화살을 뚫고 양부를 단칼에 찔러 죽였다. 그것을 본 위강이 구원하러 달려왔지만, 위강 역시 마초에게 찔려 죽었다. 촉군은 끓어오르며 밀려드는 커다란 파도처럼 성안을 휩쓸었다.

성을 지키고 있던 위군은 활과 화살을 내팽개치고 뿔뿔이 흩어져 도망친다. 하후무는 양서楊緖와 함께 성문으로 탈출하려고 했지만, 느닷없이 눈앞에 한 무리의 병사가 나타나 길을 막았다.

그 선두에 서 있던 대장은 언월도를 치켜들고 덤벼들더니, 불과 세 합 만에 양서를 생포했다. 이 장수야말로 공명의 명령을 받아 경양을 공격하러 달려온 위연이었다.

하후무는 당황하여 말을 채찍질해 도망치기 시작했지만, 쫓아온 마초의 창에 단번에 찔려 죽었다.

성밖에 있는 장합·종회·등애는 성이 이미 함락된 것을 보고, 패잔병을 끌어모아 포성에서 황하를 건너 안읍安邑으로 달아났다.

마대와 강유는 단숨에 30리를 쫓아갔다가 돌아와 다음 명령을 기다렸다. 마초는 이엄에게 경양을 지키게 하고 강유·마대·왕평을 순찰대로 파견한 뒤, 자신은 위연과 함께 장안으로 돌아가 공명에게 승리를 보고하기 위해 출발했다.

마초는 멀리 장안성이 보이자, 전에 아버지 마등의 원수를 갚기 위해 군사를 일으켰을 때 잠시 장안을 점령했던 일이 되살아나, 이렇게 권토중래하여 다시 장안에 이르게 된 것이 감개무량할 뿐이었다.

공명은 마초와 위연이 대승을 거두고 장안으로 돌아온 것을 알고, 성밖으로 나와 두 장수를 맞이했다. 마초가 말에서 내려 인사하자 공명은 웃으면서 말했다.

"낭중 일대를 평정한 것은 오로지 맹기와 문장의 공적이오."

두 장수는 고개를 숙여 사례하고, 공명을 따라 장안성으로 들어갔다.

마초는 다시 장안성을 보게 될 날이 오리라고는 생각지 않았다. 이 승리의 단술을 마시면서도 그는 새삼 허창에 있는 원수 조조의 주멸誅滅을 맹세하는 것이었다. 그러면 이 다음은 어찌 될 것인가. 다음 회를 기대하시라.

제 18 회

조조, 친정에 나서 위세를 떨치다
마초, 쌓인 원한을 풀고 무용을 떨치다

조조는 나라를 빼앗아 황제가 되고 공신들을 제후로 봉하는 한편, 손권과 유비 사이가 나빠졌기 때문에 다소 방심하고 있었다. 그 틈을 타서 제갈량이 군사를 일으켜 한중을 얻고 하후무를 죽였다.

깜짝 놀란 조조는 서황을 보내 동관을 지키게 하고 조홍을 선봉으로 삼아 병력 3만을 주어 장안으로 보낸 뒤, 여러 장수들을 동원하여 몸소 출정하기로 결심했다.

그에 앞서 조조는 허창에서 하후연의 장례를 치렀다.

한편, 조홍이 막 출발하려 할 무렵 방통은 이 정보를 형주에 전하면서 관우에게 요청했다.

"병력을 완성과 낙양 쪽으로 보내어 조조군 세력을 분단해주시오."

이 시점에서는 공명이 이미 관중 일대를 빼앗았기 때문에, 형주의 관우와 서서는 방통의 생각에 동의하여, 장포에게 기병과 보병 8천을 이끌고 양양으로 가서 방통의 지휘를 받으라고 명령했다.

방통은 장비와 의논하여 부장 황서黃敍에게 병력 3천을 주어 관흥 대신 남양을 지키라고 명령했다. 황서는 노장 황충의 아들이고, 남양은 황충의 고향이다. 황서는 집안 대대로 전해 내려오는 무예의 달인인 데다 침착한 성격이어서 남양 수비를 맡기에는 안성맞춤의 인물이었다.

관흥이 돌아오자 방통은 그에게 1만 2천의 기병과 보병을 이끌고 조루를 보좌로 삼아 무양舞陽으로 나가서 저 멀리 섭현을 엿보게 했다. 또한 장포에게도 1만 2천의 병력을 주고 진진陳震을 부관으로 삼아 박망을 통해 이양伊陽으로 나가서 숭산嵩山과 여수汝水로 가는 길을 차단하게 했다.

장비는 간옹과 함께 2만 대군을 이끌고 남소南召에 주둔하며 관흥과 장포를 지원할 태세를 취하고, 방통은 양양을 지키면서 후방 지원 태세를 굳혔다. 각 부대가 동시에 떠나는데, 그 위세가 그야말로 강대했다.

섭현을 지키는 위나라 대장 조인과 이양을 지키는 문빙은 제각기 관우가 이끄는 형주군의 동향을 급히 조조에게 보고했다. 조조는 관우를 남달리 평가하고 있었기 때문에, "형주군이 움직이기 시작했다"는 보고를 받고는 이상할 만큼 그쪽에 주의를 기울여, 장안으로 떠나려던 조홍에게 방성산方城山에 주둔하여 관흥을 저지하고 허창의 방벽이 되라고 명령했다.

그리고 조휴曹休에게는 병력 2천을 주고 여수 연안에 주둔하여 장포를 막게 했다.

그러나 조조가 이처럼 동서로 군대를 보내고 있을 즈음에는 이미 위연이 자오곡에서 나와 장안을 빼앗아버린 뒤였고, 장비는 군대를 움직이지 않은 채 형세를 관망하고 있었다.

조조는 그제서야 비로소 형주군의 이동은 그가 관중에 구원병을 파견하지 못하도록 견제하기 위한 조치라는 것을 알았다. 그래서 급히 황태자 조비를 불러 국사를 맡기고, 승상 사마의에게 예주豫州의 군무를 맡긴 뒤, 몸소 9만 대군을 이끌고 친정親征에 나섰다.

우선 허저에게 1만 병력을 주고, 동관으로 급히 가서 서황과 합류하여 장안을 구원하라고 명했다. 그리고 자신도 그 뒤를 따라 출발했다.

허저가 밤낮으로 강행군하여 문향현에 도착했을 무렵에는 이미 서황이 동관을 잃고 문향현으로 도망쳐온 뒤였다. 두 사람은 문향현에서 합류했지만, 진격하자고 주장하는 허저와 그것은 위험하다고 말리는 서황 사이에 대립이 생겼다. 그래서 조조가 도착하기를 기다려 조조의 판단을 청하기로 했다.

사흘도 지나기 전에 조조의 대군이 도착했다. 조조를 수행한 참모로는 유엽·가후·진군陳群·동소董昭·환계桓階·진태陳泰, 무장으로는 조창·여건·손예孫禮·곽회郭淮·전여田予·왕기王基·조순曹純·조진·조희曹義·조훈曹訓·국연國淵·양무涼茂·임준任峻·장관臧觀·방육龐淯·장범張范·왕쌍·왕릉王凌·관구검貫丘儉 등 장교 50여 명. 깃발은 무려 70여 리나 이어졌다.

서황과 허저는 공손히 조조를 문향성으로 맞아들이자, 우선 서황이 꿇어 엎드려 죄를 청했다. 조조는 몸소 서황을 부축해 일으키며 말했다.

"짐이 형주군의 움직임에 현혹되어 구원이 지연되어버렸소. 장군 잘못이 아니오."

그때 안읍으로 달아난 장합·모개·등애·종회도 "위나라 황제가 몸소 원정해 왔다"는 소식을 듣고 이 문향현에 집합하여 죄를 청했다.

조조는 네 장수를 위로하며 말했다.

"제갈량은 세 방면으로 나누어 진격했는데 그 군세가 실로 강대했소. 짐이 빨리 구원병을 보내지 못해 장군들의 생명을 위험에 빠뜨려버렸소. 밖에서는 아무 원조도 받지 못한 채 황하를 건너 북쪽 땅을 지키며, 비록 국가를 위한 일이지만 심한 고생을 한 것은 모두 짐의 잘못이오. 장군들한테는 아무 죄도 없소."

조조는 술을 준비하여 장수들을 위로했다. 장수들은 그 은혜에 감복하여 죽음으로 보답할 것을 맹세했다.

조조는 장합에게 한중에서 어떻게 패했는가를 물었다. 장합은 맹달이 적과 내통했기 때문에 양평관을 잃고 사곡으로 후퇴하여 종회·등애와 함께 다시 마초와 싸운 일을 보고하고, 하후연이 정군산을 어떻게 빼앗겼는지도 일일이 보고했다.

조조는 이 이야기를 듣고 눈물을 흘리며 말하기를,

"정서(征西: 하후연)는 옛날부터 짐과 고락을 함께해왔는데 도중에 죽어버렸으니, 짐은 오른팔을 잃은 바나 마찬가지요."

조조는 이어서 서황에게 물었다.

"지금 동관을 지키고 있는 촉군 장수는 누구요?"

"황충이란 자이옵니다."

그러자 장합이 옆에서 덧붙였다.

"정서장군을 죽인 게 바로 그놈입니다."

조조는 두 눈에 불길을 담으며 외쳤다.

"황충의 목을 취하는 자에게는 황금 천 근을 주고 관내후의 작위도 내리겠다."

그러고는 등애와 종회를 불러 각자에게 병력 5천을 더 얹어주고, 국연·양무·방육·장관 등 네 장수와 함께 안읍으로 돌아가 포진蒲津에서 황하를 건널 기회를 엿보고, 대여大荔와 고릉高陵을 습격하여 촉군 병력을 분단하라고 명령했다. 모개는 5천 병력을 이끌고 두 장수를 응원하게 되었다.

그들이 떠난 뒤, 조조는 허저를 정선봉正先鋒, 장합을 부선봉副先鋒으로 삼아, 1만 병력을 이끌고 동관을 공격하게 했다.

그런데 누가 알았으랴.

장안의 제갈량은 벌써 이런 움직임을 훤히 꿰뚫고 있었다. 그러나 조조의 대군이 왔다면 그 세력도 강하기 때문에 쉽사리 대적할 수는 없는 노릇. 그래서 공명은 부장인 마충과 유엽에게 5천 병력을 주어, 동생 제갈균을 도와 장안을 지키라고 명령했다. 또한 두경杜瓊과 곽준霍峻에게는 옹주목의 사무를 맡기고, 제갈균과 협력하여 촉군의 군량과 사료를 마련하라고 명했다.

이어서 위연에게 병력 8천을 주고, 장억과 장익의 5천 병력과 함께 한성韓城에 진주하여 합양 일대를 밤낮으로 엄중히 지키게 했다. 이것은 위군이 몰래 강 상류를 건너 촉군의 후방을 교란하는 것을 막기 위해서였다.

위연이 떠나려 할 때, 공명은 그를 불러 세워 이렇게 말했다.

"문장, 등애와 종회는 아직 젊은 장수지만 위군의 명지휘관이오. 전에 견양에서 싸웠을 때 맹기(마초)의 무예로도 그들을 죽이지 못했고, 그들은 배고프고 지친 병사를 이끌고 몇 번이나 패전을 거듭하면서 천릿길을 유랑한 끝에 마침내 황하를 건너 북방으로 달아났소. 보통 사람이라면 그런 지경에 빠지기 전에 부하들이 반란을 일으켰을 거요. 조조는 우리한테서 단번에 동관을 되찾을 수는 없다는 것을 알고 작전을 짤 것인즉, 아마 군대를 나누어 상류에서 몰래 황하를 건너 장안 북쪽을 교란하리라 생각되오. 그렇게 되면 누구를 기용하겠소? 조조는 용인술이 뛰어나니, 반드시 등애와 종회를 기용하여 그 작전을 맡길 것이오. 아군은 관중 일대를 얻은 지 얼마 되지 않았소. 위군에 종군했다가 죽은 현지 주민도 많으므로 경계를 게을리 할 수는 없소. 등애와 종회는 책략가이니, 반드시 첩자를 보내어 강을 건널 수 있는 곳을 안내하게 하고, 기회를 틈타 단숨에 공격해올 것이오. 문장, 출발한 뒤에는 백기(伯岐: 장억)의 병사를 포성에 주둔시켜, 일반인들 속에 섞여 있는 첩자를 모조리 색출하여 처단하게 하시오. 그리고 문장과 백공(伯恭: 장익)은 한성과 대여·엄수에 군대를 나누어 지키면서 조금의 나태함도 없이 경계하여 위군이 절대로 강을 건너지 못하게 하시오. 이 임무를 잘 수행할 수 있다면 가장 큰 공적이 될 것이오."

위연은 명령을 받고 한성에 진주하여 용문龍門을 장악하고, 장억을 포성에 주둔시키고 장익을 대여에 주둔시키는 등 공명의 명령에 따라 행동했지만, 이 이야기는 여기까지.

공명은 마초를 불렀다. 마초가 와서 인사를 끝내자 자리를 내주며 이렇게 말했다.

"맹기, 전에 맹기가 익주에 들어갔을 때 주공께서는 맹기의 돌아가신 아버님(마등)의 원수를 갚는 것을 허락하셨소. 이제 조조가 친정에 나서서 바로 근처에 와 있소. 지금이야말로 선대인先大人의 원수를 갚을 때요."

마초는 두 번 절하고 눈물을 흘리며 다짐했다.

"원컨대 원수 각하의 명령에 따라 적과 맞서 싸우고자 합니다."

"나는 이미 문장(위연)을 한성에 보내어 황하 상류를 지키게 했소. 맹기는 휘하 병력 1만을 이끌고 동관으로 가서 황 장군과 합류하시오. 위군이 오면 나가 싸워 초장에 기를 꺾어놓으시오. 나는 오란과 뇌동을 경양과 고릉에 보내어 지키게 하고, 그곳을 지키고 있던 정방(正方: 이엄)·자균(子均: 왕평)·백약(伯約: 강유)·중화(仲華: 마대) 네 사람을 당장 동관으로 보내 응원하도록 하겠소. 위군이 지더라도 추격해서는 아니 되오. 세심한 주의를 기울여, 적이 두 번 다시 동관을 통과하지 못하도록 굳게 지키시오."

마초가 떠나자 공명은 오란과 뇌동에게 5천 병력을 주어 내보내고, 이엄·왕평·강유·마대를 장안으로 급히 불러들였다.

며칠 만에 이엄을 비롯한 네 장수가 장안에 모였다. 공명은 지금까지의 노고를 치하하고, 그 공적에 걸맞은 포상을 약속했다. 이어서 그는 이엄에게 병력 3천을 주고, 화음華陰에 주둔하면서 촉군의 보급로를 확보하라고 명령했다.

강유와 마대에게는 각각 병력 3천을 주고, 동관에 가서 마초를 응원하라고 명령했다. 왕평에게는 병력 3천을 이끌고 위남에 주둔하라고 명령했다.

네 사람이 떠난 뒤 공명은 비시費詩에게 명령했다.

"무관武關을 통해 양양으로 가서 장익덕·방사원과 의논한 뒤, 관운장에게 이렇게 전하라. '장포의 군대를 서쪽의 백하白河 연안으로 이동시켜 복우산伏牛山에 주둔하게 하고, 무관의 군대와 호응하여 움직이게 하라'고."

이어서 종예宗預에게는 이렇게 명령했다.

"재빨리 금성으로 가서, 한수의 군대 1만을 당장 동쪽으로 움직여 소관·경양·풍익 일대에 나누어 주둔시키도록 하라."

두 사람은 즉시 출발하여, 열흘 만에 장포는 군대를 무관 근처로 이동시켰고, 한수는 조카인 한선韓璿과 한리韓理에게 각각 5천 병력을 이끌고 소관을 나가 공명의 훈령대로 각지를 지키게 했다.

익주(蜀)에 있는 유비는 공명이 한중과 장안을 잇따라 빼앗고, 조조가 대군을 일으켜 하후연의 원수를 갚는 싸움에 나선 것을 알았다. 이런 식으로 전선이 확대 분산되면 곤란한 일이 일어날지 모른다고 걱정한 유비는 익주의 치중종사治中從事 양홍楊洪에게 부장 진이陳易·정작鄭綽과 1만 병력을 이끌고 진창의 구도로를 통해 한중으로 나가서 장안을 응원하라고 명령했다.

양홍은 전선의 장수와 병사들에게 줄 은상도 함께 가져왔다. 공명은 여러 장수들을 거느리고 이 하사품을 받은 뒤, 양홍·진이·정작을 각각 위남·남전·화음에 나누어 주둔시켰다.

이 양홍이란 인물은 지모와 결단력이 뛰어나, 공명도 전부터 높이 평가하고 있었기 때문에, 관중 동부에 부임한 뒤로는 기대에 어긋나지 않는 솜씨를 발휘하여 그 지역을 안정시키는 데 성공했다.

공명은 이렇게 관중 일대를 안정시킨 뒤, 몸소 이엄·왕평과 병력 1만을 거느리고 동관으로 가서, 드디어 조조와 결전을 벌이기로 했다. 이때 전선에 나가 있는 마초는 이미 조조군과 전투를 시작하고 있었다.

독자 여러분은 부디 이상하게 생각지 말아달라. 실은 양홍을 등장시켜 관중 일대의 안정을 확보해야만 비로소 공명은 조조와 결전을 벌일 수 있게 된다. 마초의 복수전에 대해서는 지금부터 충분히 묘사할 작정이다. 그러면 마초가 병력을 이끌고 동관에 도착한 장면부터 이야기를 시작하자. 동관에 주둔해 있던 노장 황충이 마초를 맞이하여 자리를 권하자, 마초는 우선 이렇게 물었다.

"조조군의 상황은 어떻습니까?"

"첩자의 보고에 따르면 적의 총병력은 10여 만, 깃발을 꽂은 수레가 70여 리에 이르러 위세가 대단하다 하오. 아직 명령이 내리지 않았기 때문에 전투는 하지 않았소. 적은 날마다 도전해오지만, 나는 수비에만 전념하고 출병은 하지 않았소. 하지만 이제 장군이 오셨으니, 며칠 동안 휴식을 취한 뒤 전투에 나가고 싶소."

"노장군의 생각이 옳습니다. 저는 제갈 원수의 명에 따라 장군을 도우러 왔습니다. 내일 장군께서 동관을 지켜주시면, 저는 싸우러 나가 조조를 생포하여 돌아가신 아버님의 원수를 갚고 싶습니다."

"마 장군이 그렇게 생각하는 것은 당연하지만, 관중 일대는 아직 완전히 안정되지 않았고, 병력도 완전하다고는 말할 수 없소. 적군의 수는 방대하니, 조금이라도 실수가 있으면 돌이킬 수 없게 되오. 지금은 동관의 견고함을 이용해서 우리 둘이 수비에 전념하여, 날아가는 새도 넘을 수 없을 만큼 굳게 지키면 되지 않겠소? 적은 공격해도 얻는 바가 없고 아무리 도발해도 우리가 나가지 않으면 헛되이 시간만 흘러갈 뿐이니 사기도 떨어질 것이오. 그러다가 백약(강유)과 영제(舍弟: 마대)가 도착했을 때 일제히 공세로 나가면 승리는 틀림없소. 어떻게 생각하시오?"

"노장군의 고견에는 그저 고개가 숙여질 뿐입니다. 기꺼이 그 계책에 따르겠습니다."

이리하여 두 사람은 각자 분담을 정하고 수비 태세를 더욱 강화했다.

한편, 조조 진영에서는 허저와 장요가 날마다 나가 싸움을 걸었지만, 산 위의 동관을 지키고 있는 촉군은 수비에만 전념할 뿐 나오지 않기 때문에, 두 장군은 진지로 돌아와 조조에게 보고했다. 조조는 참모들에게 자문했다.

"아군은 허창에서 이곳까지 먼 길을 왔소. 우리한테는 속전속결이 이롭소. 그러나 적장 황충은 수비를 강화하고 나오지를 않고 있소. 이대로 헛되이 시간을 끄는 것은 아군을 지치게 만들 뿐이오. 어찌하면 좋겠소?"

그러자 가후가 대답했다.

"폐하, 제갈량의 군대는 의기양양하다지만, 10만도 채 못 되는 군세이옵니다. 그런 군대가 연전연승의 기세를 타고 두 달도 안 되어 한중을 빼앗고 관중 일대를 수중에 넣었습니다. 그 날카로움은 근래에 보기 드문 데가 있지만, 이 동관에서 진군을 딱 멈추고 수비 태세로 들어가 있습니다. 제 어리석은 소견에 따르면, 동관 후방에 군대를 집결시켜 관중 땅을 완전히 안정시킨 뒤에 결전에 나서려는 속셈인 게 분명합니다. 우리가 적에게 그것을 허락하면, 우리는 지쳐 있는데 저쪽은 편안하니 도저히 이길 수 없습니다. 어떻게 해서든 적이 태세를 갖추기 전에 싸움판으로 끌어내지 않으면 적을 뒤흔들어놓을 수 없습니다. 이 방법밖에는 이기는 길이 없다고 생각합니다."

"문화(文和: 가후)의 말은 요점을 찌르고 있지만, 어떻게 하면 적을 끌어낼 수 있겠소?"

"제갈량은 관중 일대를 평정한 직후이기 때문에 시급히 해야 할 일들을 잔뜩 끌어안고 있는 형편입니다. 원대한 작전에는 대응할 겨를이 없습니다. 관운장을 보내어 이양과 숭산을 공격하게 하고, 그것으로 무관 수비를 강화하는 것이 고작이지만, 이는 우리의 움직임을 견제하는 것에 불과합니다. 우리가 백하 연안의 복우산에 주둔해 있는 적장 장포를 대병력으로 공격하면, 황충은 우리가 방향을 전환했다고 생각하여 싸우러 나올 것입니다."

조조는 크게 기뻐하며 서황에게 병력 1만을 주어 조휴·문빙과 함께 장포를 공격케 하는 한편, 등애와 종회에게 이 기회를 틈타 황하를 건너 촉군의 후방을 교란하라고 명령했다. 등애와 종회는 명령을 받고 온갖 수단을 다하여 이런저런 작전을 써보았지만, 위연과 장익의 수비는 견고하기 그지없어 도저히 황하를 건널 수가 없었다. 그뿐 아니라, 장억과 합류한 한수가 새로운 군대를 이끌고, 비적으로 변한 위나라 패잔병을 모조리 소탕하며 바짝 다가왔다. 등애와 종회는 어찌할 바를 모르고 조조에게 상황을 보고했다.

조조는 모개에게 장관을 비롯한 네 장수를 이끌고 황하의 건널목을 지키게 한 뒤, 등애와 종회를 진지로 불러들였다. 등애와 종회가 진지로 돌아오자 조조는 각자에게 병력 3천을 주고, 동관 부근의 좌우에 매복해 있다가 촉군이 나오면 그 배후를 공격하라고 명령했다.

한편 동관을 지키는 황충과 마초는 조조군의 움직임이 갑자기 멈추었기 때문에 의아하게 생각하여 서로 의논을 나누고 있었다. 바로 그때 강유와 마대가 도착했다. 이리하여 네 사람이 대책을 논의하기 시작했다.

강유가 말했다.

"조조는 기발한 꾀를 잘 내는 인물입니다. 우리가 굳게 지켜 나오지 않는 것을 보고, 무관 쪽으로 방향을 바꾼 것처럼 여기게 하여 우리를 혼란시키려는 속셈인 게 분명합니다. 아군의 장점은 전선과 후방의 연락이 긴밀하다는 데 있으므로, 무관이 공격을 받는다고 생각하면 우리가 원군을 보낼 필요성에 쫓길 것이라는 게 조조의 계산입니다. 그래서 어딘가에 복병을 숨겨두고, 우리가 나오면 공격하려고 잔뜩 기다리고 있을 것입니다. 그 수법에 넘어가면 서로 구원할 수가 없어서 완전히 그들의 뜻대로 되고, 우리는 근거지를 잃어버릴 것입니다."

마초가 말했다.

"백약의 말이 옳소. 무관의 촉군은 익덕(장비)의 후원을 받고 있으므로, 조조의 10만 대군이 전부 달라붙지 않는 한 깨뜨리는 것은 불가능하오. 우리가 적의 유인에 넘어가지 않으면 적은 아무리 애를 써도 도로아미타불로 끝날 것이오."

그러자 강유가 다시 말을 이었다.

"조조는 우리와 어떻게든 빨리 싸우고 싶어하니, '계책으로 계책을 물리치는' 게 어떻습니까. 적의 계략에 넘어간 척하고, 그것을 거꾸로 이용하여 조조의 간담을 서늘하게 해줄 수 있습니다."

이에 마초가 물었다.

"어떤 계책이오?"

"조조의 용병술은 10보 앞으로 나아가는 동안 아홉 번은 계책을 쓴다고 말할 정도입니다. 따라서 동관 밖에는 반드시 복병이 있을 것입니다. 우선 풍습과 장남에게 동관을 지키게 합시다. 마 장군께서는 5천 병력을 이끌고 조조 진지를 직접 공격하십시오. 황 장군께서는 병력 3천을 이끌고 제2대가 되고, 평북장군(마대)께서도 병력 3천을 이끌고 제3대가 되어, 마치 새가 양 날개를 펼치듯이 복병을 공격하십시오. 그리고 적의 복병을 물리친 뒤에는 재빨리 진지로 돌아오는데, 우리도 두 군데 복병을 두어 적이 쫓아오기를 기다리는 것입니다. 이렇게 하면 조조는 이쪽을 뚫으면 저쪽이 막히고 저쪽을 뚫으면 이쪽이 막혀, 결국 동관을 공격하는 것도 불가능해질 것입니다."

마초와 황충은 강유의 계책에 찬성하여 당장 준비를 시작했다.

마초가 전군, 황충이 후군, 강유가 좌군, 마대가 우군을 이끌고 그날로 당장 관문을 열고 출전했다.

조조는 촉군이 움직이는 기미가 있다는 것을 알자마자 등애와 종회를 복병 제1대, 조희와 조훈을 복병 제2대로 다시 편성하고, 허저에게 좌군, 장합에게 우군, 후성에게는 노약자들로 이루어진 부대를 이끌고 출전하게 했다.

그러나 조조군이 출발하기도 전에 촉군이 동관에서 함성을 지르며 내려왔다. 촉군은 산을 밀어 열고 바다를 뒤엎을 듯한 기세로 내려오는데, 그 선두에 선 장수는 다름 아닌 마초다. 위군의 후성은 뒤로 물러설 틈조차 없이 마초에게 찔려 죽었다.

위군은 오로지 퇴각하고, 마초는 기세를 타고 추격한다. 마초가 위군의 복병 제1대가 있는 지점에 다가가자, 등애와 종회는 마초의 앞길을 가로막으려고 했다.

그런데 촉군의 마대와 강유가 마초와 위군 사이로 뚫고 들어오고, 후방에서는 황충이 밀어닥쳤다. 촉군은 높은 지대에 있다가 단숨에 내려왔기 때문에 기세가 강하여, 등애와 종회는 참패하고 말았다. 마대와 강유는 등애와 종회를 잠시 추격한 뒤 예정대로 원래의 지점으로 돌아가, 이번에는 자기들이 복병이 되어 몸을 숨겼다.

그 무렵 마초는 이미 조희와 조훈의 복병 제2대가 있는 지점에 접근하고 있었다. 조희와 조훈이 뛰쳐나오자, 마초는 기다렸다는 듯이 달려들어 조회와 조훈을 차례로 두세 합 만에 찔러 죽였다. 위군은 대혼란에 빠졌다.

조조는 중군의 수레 위에서 마초가 마치 무인지경을 달리듯 곧장 자신을 향해 달려오는 것을 바라보며 격분했다. 그래서 신호용 깃발인 커다란 영기令旗를 움직여 위군 장수들에게 전진할 것을 명령했다.

마초는 그것을 보고, 말머리를 돌려 달아나기 시작했다. 등애·종회·허저·장합 등 네 장수가 말을 채찍질하여 마초를 추격했다.

위군이 동관에 접근했을 때, 마대와 강유는 6천 궁수에게 명령하여 메뚜기 떼처럼 위군에게 화살을 쏘게 했다. 위나라 기병은 차례로 픽픽 쓰러졌다.

마초는 다시 말머리를 돌려, 왼쪽의 강유, 오른쪽의 마대, 뒤의 황충과 함께 위군에게 덤벼들었다. 위군은 꼼짝도 하지 못한 채 죽어갔다.

조조가 20여 리쯤 퇴각했을 때 마초는 천천히 군대를 거두어 동관으로 돌아갔다. 조조가 군대를 점호해보니, 후성·조회·조훈 등 장수 셋과 병사 5천이 줄어들어 있었다. 조조는 불같이 화가 나서 외쳤다.

"동관을 깨뜨리지 못하는 한, 짐은 돌아가지 않겠노라."

그러고는 다시 한 번 원래의 지점까지 돌아가 진지를 쌓았다.

조조의 이런 움직임을 알게 된 강유는 마초와 황충에게 이렇게 진언했다.

"'분노하는 병사에게는 가벼이 맞서지 말라'는 말이 있습니다. 이번에는 적에게 일부러 맹공을 퍼붓게 하여 진을 빼놓읍시다. 적은 무리하게 공격하니까 손실도 클 테고, 따라서 우리가 가만히 있어도 저절로 물러갈 것입니다."

이튿날 날이 밝자 조조는 과연 강유가 말한 대로 총공격을 명령하여, 여러 장수들이 필사적으로 전진했다. 그러나 동관은 천연의 요충이고, 그곳을 지키는 것은 훌륭한 장수가 이끄는 정예부대다. 수비 방법도 병법에 들어맞는다.

조조는 계속해서 사흘 동안 동관을 공격했지만 아군 쪽 사상자만 늘어날 뿐이었다. 동관은 꿈쩍도 하지 않는다. 참모 유엽이 조조를 말렸다.

"적이 굳게 지키는 곳을 올려다보면서 공격하는 것은 병법에서 꺼리는 방법입니다. 폐하, 장수들에게 공격 중지를 명령해주십시오. 그리하면 적군은 또 나올 것입니다."

조조는 아군의 손해가 막심하고 장수와 병사들도 고통을 겪고 있는 것을 보고, 결국 공격 중지를 명령했다.

위군 장수들이 진지로 돌아가 쉬려고 할 때 동관 위에서 북과 뿔피리 소리가 울려 퍼지더니, 촉군이 두 패로 나뉘어 진격해 왔다. 왼쪽은 황충과 강유, 오른쪽은 마초와 마대가 지휘하는데, 그 기세가 폭풍우같아 위군은 참패했다.

마초는 단숨에 중군 진영까지 뛰어들어 조조에게 덤벼들었다. 허저가 그것을 가로막으며 맞아 싸운다.

황충은 "조조를 놓치지 말라!"고 큰 소리로 외치며 말을 채찍질하여 조조에게 달려오더니, 언월도를 휘두르며 조조를 잡으려고 했다. 조창이 창을 꼬나쥐고 그것을 막는다. 강유와 마대는 궁수들을 지휘하여 무시무시한 기세로 화살을 쏘아댄다.

위군은 서로 짓밟고 짓밟혀 여기저기 시체가 나뒹굴었다. 장합은 조조를 호위하여 후방으로 달아났다. 강유는 부하가 별로 많지 않기 때문에 무리하게 추격하지 않고 징을 울려 군대를 거두었다.

이번 싸움에서 촉군은 위군의 대다수를 죽이고, '황제' 조조의 수레를 전리품으로 얻었다.

드넓은 황하의 강물로 옛날의 원한을 씻고, 짙은 구름이 드리운 전쟁터에서 어느 누가 죽은 병사들의 영혼을 위로할까. 그러면 이 다음은 어찌 될 것인가. 다음 회를 기대하시라.

제 19 회

마대, 옛날 영지 무위로 돌아가다
위연, 낡은 계략을 답습하여 호구를 건너다

조조는 마초와 황충의 공격을 받은 데다 흐르는 물에 어지럽게 흩어지는 낙화처럼 병사를 잃어 속으로 몹시 격분했다. 그래서 진지로 돌아가자 당장 서황의 부대를 불러들여, 군 전체를 재편성하는 작업에 착수했다. 그리고 한편으로는 유엽을 허창에 보내 연주의 3만 병력과 청주의 3만 병력을 소집하여, 마침내 동관을 총공격할 태세를 갖추기 시작했다.

유엽은 당장 출발했고, 조조는 패잔병을 긁어모아 군대를 재편성하는 한편 진지를 수리하면서 다시 싸울 기회를 기다렸다. 촉군 첩자는 이것을 탐지하여 동관에 알렸다. 황충·마초·강유·마대는 작전을 논의하기 시작했다.

그때 파발마가 달려오더니 제갈량 원수가 도착했음을 알렸다. 네 장수는 회의를 중단하고 공명을 맞으러 나갔다. 공명은 동관에 들어와 지금까지의 전황을 듣고 크게 기뻐하며 말했다.

"백약(강유)의 계책은 신과도 같은 계책이었지만, 한승(漢升: 황충)과 맹기(마초)의 무용이 없었다면 위군을 이렇게까지 쳐부수지는 못했을 것이오."

네 장수는 조조의 현재 움직임을 상세히 보고했다. 그러자 공명은 이렇게 말했다.

"우리는 견고한 관문에 병력을 두고 있소. 조조군이 아무리 많아도 걱정할 필요는 없소. 하지만 아군도 여러 차례 격전을 치렀으니 전혀 손실을 입지 않은 것은 아니오. 우리 촉군은 산악지대에서 벌어지는 전쟁에는 강하지만, 장차 조조의 본거지인 중원에서 전투를 하게 될 경우에는 서량 기마대가 없으면 승리를 얻을 수 없소. 그래서 맹기에게 묻겠는데, 무위武威·주천酒泉·장액張掖·금성金城 등 4군郡의 잉여 병력은 지금 대충 얼마나 되오?"

"4군에는 강족의 반란을 막기 위해 남겨두어야 할 병력을 제외하고, 금방 전투에 투입할 수 있는 기병이 3만 남짓 있을 것입니다."

"사실은 맹기에게 부탁하여 그 병력을 모아오게 하고 싶지만, 큰 적을 눈앞에 두고 있으니 중화(마대)가 대신 다녀와주시오."

공명은 이렇게 말하고, 다시 마대에게 명령했다.

"병력 3백을 이끌고 재빨리 무위로 가서, 한수와 함께 4군의 잉여 병력 3만을 통솔하여 동관으로 돌아와, 조조와 결전을 벌일 수 있도록 준비하시오."

마대는 당장 출발했다. 하지만 4군으로 가서 병력을 이끌고 돌아오기까지는 적어도 두 달은 걸린다. 그러니 이 문제는 일단 뒤로 돌리기로 하자.

공명은 이어서 강유를 불러 이렇게 명령했다.

"조조는 연패를 거듭했기 때문에, 대군을 긁어모아 이 동관을 포위하여 쳐부수려 하고 있소. 그러나 이 동관은 천연의 요새요. 조조에게 설사 백만 대군이 있다 해도 걱정할 필요가 없소. 다만, 문장(위연)이 황하 상류를 지키고 있는데, 그쪽 책임도 막중하오. 만일의 경우에는 큰

일이 벌어질 거요. 그러니 백약은 병력 5천을 이끌고 문장을 응원하러 가서, 세심한 주의를 기울여 임기응변의 조치를 취하도록 하시오. 위군이 황하를 건너게 해서는 절대로 아니 되오."

강유는 부장 고상高翔과 함께 군대를 이끌고 위연이 있는 한성으로 떠났다.

공명은 이어서 이엄과 왕평을 불러 동관의 험로를 굳게 지키게 하고, 황충과 마초에게는 2만 병력을 주어 차상곡車箱谷 들머리에 커다란 진지를 만들어 아군이 편리하게 드나들 수 있게 했다. 이것은 조조에게 동관 어귀를 봉쇄당하지 않으려는 조치였다.

네 장수가 모두 떠난 뒤, 공명은 전황을 상세히 글로 써서 성도의 유비에게 보냈다. 그리고 그 보고서 끝에 이렇게 적었다.

"조조는 서쪽으로 진격하여 동관을 공격하고 있기 때문에, 형주의 운장이 위군의 배후를 공격하지 못하도록, 강남의 손권을 부추겨 형주를 침범하게 할 것입니다. 그것을 운장에게 알려 오군의 침공에 대비토록 조처하시기 바랍니다."

편지를 받은 유비는 급히 전령을 보내어 관우에게 이를 알렸고, 관우는 조운을 파견하여 오군의 침공에 대비했다. 이런 일은 군사상 지극히 당연한 절차이지만, 번거로움을 무릅쓰고 적어두었다. 이는 형주의 군사적 결함을 보완하는 것이기 때문에 지나치다 싶을 만큼 꼼꼼히 기록해둔 것이다. 이 때문에 오나라의 여몽도 형주를 넘보지 못하고, 『삼국지연의』에서처럼 관우가 패하여 맥성麥城으로 달아나는 사태도 일어나지 않는다.

한편, 한성에 도착한 강유는 위연을 만나자마자 의기투합했다. 강유가 우선 공명의 명령을 전하고, 위연은 그것을 받아들인 뒤 좋은 술을 준비하여 잔치를 베풀었다.

잔치 도중에 위연이 이런 말을 꺼냈다.

"백약, 현재 조조군의 일부가 문향에 주둔해 있는데, 사방에서 군대를 끌어모아 우리와 결전을 벌이려고 착착 준비를 진행하고 있소. 제갈 원수는 심려원모해서 서량군이 도착하기를 기다릴 방침이라지만, 처음에 자오곡을 지나 장안을 빼앗았을 때에도 지나칠 만큼 신중했소. 하지만 내 생각으로는 위군이 결전 준비를 갖추기 전에 진격하여 쳐부수어야 할 것 같은데."

"지당하신 말씀입니다만, 조조는 병법에 정통하여 용병술이 뛰어나고, 휘하의 장수와 병사들도 한마음으로 진지를 높이 쌓고 굳게 지키고 있습니다. '준비를 갖추기 전에'라고는 말할 수 없습니다. 제갈 원수께서 견고한 관문을 근거지로 삼고 황하의 험준함을 이용하고 있으며, 황충과 마초라는 훌륭한 장수를 거느리고 파죽지세에 있으면서도 한번의 싸움을 가벼이 여기지 않는 것은 관중 일대가 평정된 지 얼마 되지 않아 숨어 있는 적도 많기 때문입니다. 그런 놈들은 우리가 이기고 있을 때에는 숨을 죽이고 숨어 있지만, 우리가 일단 불리해지면 일반 대중을 선동하여 적으로 돌아설 것입니다. 아군과 민중의 신뢰 관계가 한 번 끊어지면 수습할 길이 멀어지게 됩니다. 그래서 각 지방을 열심히 진압하고 선무하면서, 그것으로 조조군을 지치게 하려는 것입니다. '땅을 지켜 방심하지 않으면 수비하기가 쉽고, 군대의 예봉이 꺾이지 않으면 싸움에 이롭다'는 말도 있습니다. 저와 장군은 삼가 제갈 원수의 명령을 지켜, 조용히 다음 명령을 기다려야 할 줄 압니다."

강유가 이렇게 말하자 위연은 입을 다물어버렸다. 왠지 어색한 분위기에서 술자리가 끝나고 각자 자기 진지로 돌아갔다.

독자 여러분은 위연의 심리 상태를 어떻게 생각하는가. 그는 원래 움직이기를 좋아하고 가만히 앉아 있는 것을 싫어하는 성격이었다.

게다가 그는 장안을 빼앗은 공적에 대해 강한 자부심을 갖고 있었는데, 제갈공명은 그에게 황하 경비 따위나 맡기고, 당면한 적 조조를 직접 때려부수는 신나는 역할은 주지 않았다.

그런데 이번에 마초와 황충이 동관에서 대승을 거두었다는 소식을 듣고 그는 더욱 마음이 다급해졌다. 이제 가만히 앉아 있는 것은 지루하고 답답하다. 팔이 근질거린다. 게다가 등애와 종회는 문향으로 옮아가버렸기 때문에, 황하 맞은편의 위군에는 변변한 장수도 없다.

위군이 아군의 빈틈을 노려 황하를 건너와 아군 후방을 교란하려 한다면, 아군이 적의 빈틈을 노려 황하를 건너면 위군의 후방을 교란할 수 있을 게 아닌가. 이것이 그의 생각이었다. 위연이 이런 생각을 머릿속에서 굴리고 있을 때 강유가 왔다.

그래서 위연은 강유와 함께 황하 도강작전을 실행하려고 신이 났는데, 강유는 그것을 거부했다. 위연은 진영으로 돌아가자 다시 한번 계획을 되씹어보고는 군령을 무시하고 도강작전을 강행하기로 결심했다. 우선 편지 한 통을 써서 부하를 시켜 강유에게 전한 뒤, 5천 병력을 이끌고 배에 올라탔다. 그리고 암호를 신호로 야음을 틈타 강을 건너 맹문孟門에 상륙했다.

맹문에 있는 위군 장수는 장관이었다. 그러나 아무 방비도 하지 않았기 때문에, 촉군의 도강을 알아차렸을 때는 이미 늦어서 촉군은 이미 강을 건넌 뒤였다. 위연이 앞장서서 위군 진영으로 뛰어들었다.

위급한 사태를 맞은 위군은 몸에 갑옷을 걸칠 틈도 없었고 말에 안장을 얹을 겨를도 없었다. 캄캄한 밤중이라 촉군 병력이 얼마나 되는지도 알 수 없어, 서로 짓밟고 짓밟히며 도망치려고 아우성치는 것이 고작이었다.

장관과 나란히 진을 치고 있는 위군 장수는 방육이었다. 그는 장관의 진지에서 이변이 일어난 것을 알고 급히 병력을 이끌고 달려갔다. 그러나 위연이 장관 진지의 어둠 속에서 뛰쳐나와 단칼에 방육을 베어 죽였다.

촉군은 일당백의 기세였고, 함성이 대지를 뒤흔들었다.

이윽고 강유에게 위연의 편지가 전해졌다. 강유는 그제서야 비로소 위연이 진지를 빠져나간 것을 알았다.

강유는 부대를 강가에 배열하고 징과 큰북을 일제히 치면서 배를 띄워 위연을 응원하러 가기로 했다. 그리고 한편으로는 장익에게 알려 지원군을 요청했다.

위연의 기세는 강력하여, 하룻밤 사이에 국연과 양무의 두 진영을 깨뜨렸다. 강유는 위연이 혼자서 적진 깊숙이 들어가는 게 염려되어 장익에게 강변 일대를 지키게 한 뒤, 직접 군대를 이끌고 황하를 건너 위연을 응원하러 달려갔다.

전쟁터에서 합류한 두 사람은 위군을 추격하여 호구壺口·양릉襄陵·의씨猗氏·문희聞喜·안읍安邑 등 다섯 현을 얻고 공명에게 알렸다.

공명은 이 통보를 통해 강유와 위연이 적진 깊숙이 들어간 것을 알고, 실수가 있어서는 큰일이라고 생각하여 이엄에게 병력 5천을 이끌고 황하 건널목으로 가서 두 장수를 응원하라고 명했다. 또한 장억을 한성으로 보내고 장익은 한진韓晉에 주둔시켰다.

각 장수의 주둔지로 봉화를 통해 통신을 지속하면서, 앞으로는 전진할 때 적의 계략에 넘어가는 일이 없도록 하라고 지시했다.

전선에서는 위연이 주도하고 강유가 보좌하는 형태로 작전이 진행되고 있었다. 공명은 위연의 진지에 편지를 보내어 그 성공을 치하하는 한편 독단적인 행동을 나무라며 이렇게 명령했다.

"이번 성공에 맛을 들여 또다시 남몰래 앞질러 행동하는 일이 없도록 하시오. 백약은 지모와 결단력이 뛰어난 장수이니, 모든 일을 그와 의논해서 하시오."

위연은 이 편지를 읽고 감복하여, 정말로 모든 일을 강유와 의논하게 되었다. 강유는 새로 얻은 성들을 굳게 지키자고 주장하면서, 위연과 함께 보급로를 확보하고 도랑을 깊게 파고 보루를 높이 쌓은 뒤 위군을 기다렸다.

위나라의 모개는 국연·양무·장관 등 패장敗將들을 한데 모아 평륙平陸으로 퇴각하여 주둔하고, 전령을 급파하여 조조에게 알렸다. 조조는 참모들을 긴급 소집하여 자문을 구했다.

"촉군이 황하를 건너 안읍을 빼앗았고, 아군은 평륙으로 퇴각하여 주둔해 있소. 만약 촉군이 병력을 나누어 서쪽으로는 병주并州를 시끄럽게 하고 동쪽으로는 민지澠池를 공격한다면, 모처럼 원소를 쳐부수고 빼앗은 기주도 동요할 거요. 그렇게 되면 아군은 앞뒤로 적을 맞이하게 될 텐데, 어찌하면 좋겠소?"

가후가 이렇게 진언했다.

"현재 동관에서 양쪽 군대가 대치해 있는 이상, 아군으로서는 쉽사리 퇴각할 수도 없습니다. 대장을 파견하여 하남의 정예부대를 병주로 보내 수비하게 하십시오. 그리고 우리 중군中軍 중에서 정예를 선발하여, 밤에 몰래 황하를 건너 안읍을 역습하는 것입니다. 제갈량은 동관을 굳게 지켜 아군을 지치게 하려는 속셈이므로, 설마 우리 정예부대가 북쪽으로 가리라고는 생각지 못할 것입니다. 우리는 대장 한 사람을 효산嵇山과 함곡관에 배치하여 그곳을 지키면서 동관에 대항하게 해두면, 서쪽은 뜻대로 되지 않더라도 북쪽 땅에서는 대승을 거둘 수 있을 것입니다."

"문화(가후)의 의견이 옳소."

조조는 이렇게 말하고, 임성왕 조창에게 군권을 위임하는 증표를 주어 기주와 병주의 군사를 통할하게 하고, 적이 병주를 넘보지 못하도록 수비하게 했다. 그리고 한편으로는 서황에게 1만 병력을 주어 문향을 굳게 지키게 하고, 자신은 진지를 빠져나가 황하를 건너 북쪽으로 향했다.

이 무렵, 촉군의 강유와 위연은 공명의 명령을 받아 요충지를 지키고 있었다. 강유는 위연에게 이렇게 말했다.

"장군, 평륙까지 퇴각한 위군은 반드시 조조에게 사태를 알렸을 것입니다. 조조는 기발한 꾀로 가득 찬 인물이고 또한 우리가 동관에 대군을 주둔시키고 있는 것을 아니까, 이곳에 와 있는 병력이 그리 많지 않다는 것을 꿰뚫어보고 있을 것입니다. 조조가 한 장수에게 문향을 지키게 해놓고 모든 정예부대를 이쪽으로 돌려 우리를 공격하면, 우리는 병력도 적고 근거지도 없을 뿐더러, 퇴각하려 해도 황하에 가로막혀버립니다. 자칫 잘못하면 전멸할지도 모릅니다. "

"백약, 그 분석으로 상황이 명백해졌소. 이제 목숨을 걸고 적과 싸우면서, 원수께 급히 알려 원군을 요청합시다."

"원군을 요청하는 것은 확실히 좋은 방법이지만, '멀리 있는 물로는 가까운 불을 끌 수 없다'는 속담도 있습니다. 제 생각으로는 평륙으로 도망쳐 들어간 위군을 전력을 다해 쳐부수는 것이 상책일 듯합니다. 위군 쪽에서 보면 평륙의 위군은 '황하 건너편에 있는 외로운 부대'일 테니, 이곳을 빼앗으면 황하를 험준한 요새로 삼는 것과 같아서 위군도 금방 황하를 건널 수는 없습니다. 그러고 있는 동안 아군의 원군이 도착하면 상황이 좋아질 것입니다."

위연은 크게 기뻐하며 당장 진지를 나가, 강유와 두 패로 나누어 평륙을 공격했다.

위군은 패전의 충격도 수습하기 전에 위연과 강유의 급습을 받고, 반나절도 지나기 전에 성을 빼앗겼다. 모개를 비롯한 네 장수는 원곡﨟﨡을 향해 달아났다. 위연과 강유는 병사들에게 명령하여 황하 연안에 흙으로 보루를 높이 쌓아 올리고 위군을 기다렸다.

촉군이 보루를 다 쌓았을 무렵, 맞은편 강가에 조조가 이끄는 위나라 대군이 징과 큰북을 요란하게 울리며 나타나더니 배를 준비하기 시작했다.

강유는 병사들에게 촉군의 깃발을 내걸게 하고, 강력한 활로 위군의 상륙을 막으라고 명령했다. 그러는 한편 격문을 날려 이엄에게 안읍 수비를 부탁했다.

조조가 드디어 도강작전을 실행하려 할 때, 평륙의 패잔병들이 진지로 달려들어와 이렇게 보고했다.

"촉군은 이미 평륙을 빼앗고 맞은편 강가에 보루를 쌓아놓고 기다리는 중입니다."

조조는 말 위에서 장탄식을 했다.

"촉군은 병법에 정통하다. 우리 작전은 깨졌다."

그러고는 작전 변경을 지시하고, 잠시 민지에 주둔하다가 그곳을 통해 황하를 건너 안읍을 공격하기로 했다.

위군은 그 지령에 따라 민지에서 황하를 건너 원곡에 진주하여 안읍을 공격할 기회를 엿보았지만, 이 이야기는 여기까지.

공명은 위연과 강유한테서 위급을 알리는 문서가 도착하자, 조조가 북쪽으로 이동할 것을 내다보았다. 위나라 대군이 북쪽으로 이동하면, 당분간은 동관을 그처럼 굳게 지킬 필요가 없어진다.

그래서 황충에게 풍습과 장남 두 장수와 1만 5천 병력을 주어 동관을 지키게 하고, "무슨 일이 있어도 싸움에는 나가지 마시오" 하고 엄명했다. 그리고 자신은 왕평과 마초 및 부장 20여 명과 3만 대군을 이끌고 동관에서 황하를 건너 평륙으로 달려갔다.

위연과 강유가 공명을 맞이하여 장막 안으로 안내한 뒤 그 앞에 꿇어 엎드려 죄를 청했다. 공명은 두 사람을 일으키며 이렇게 말했다.

"그대들이 위험을 무릅쓰고 전진한 것은 모두 나라에 대한 충성심이 시킨 일, 이미 성공을 거두었으니 이제 와서 새삼스럽게 할 말은 없소. 다만, 이번 성공은 위나라 장수 등애와 종회가 여기에 없었기 때문이고, 만약 그들이 있었다면 문장(위연)의 부대를 전부 잃었을 것이오. 앞으로는 이 일을 교훈 삼아 신중하게 행동하기 바라오."

두 장수는 거듭 절하고 공명의 말을 뼈에 새겼다. 공명은 강유에게 이렇게 명령했다.

"황하 방비는 백약이 맡으시오. 백기(장익)에게도 응원하도록 하겠소. 문장은 나를 따라 안읍으로 갑시다."

강유는 알았다고 대답했다. 공명은 당장 장억을 불러들여 강유를 보좌하게 하고, 자신은 위연을 비롯한 여러 장수를 거느리고 안읍으로 갔다.

안읍을 지키던 이엄이 공명을 맞이하여 관청으로 안내했다. 자리에 앉은 공명은 여러 장수들을 향해 이렇게 말했다.

"조조는 서쪽에서 일이 뜻대로 되지 않기 때문에 군대를 북쪽으로 이동시켰소. 아군은 이미 황하를 건너버렸으니, 위군이 오기 전에 재빨리 움직여 병주를 평정하고 상당上黨을 근거지로 삼아 천하의 등뼈에 해당하는 부분을 장악해야 하오. 상당을 공격해서 함락하고 싶은 장군은 없소?"

그러자 마초가 앞으로 나섰다. 공명은 이렇게 말했다.

"모개를 비롯한 여러 장수들이 지금 원곡에 주둔해 있을 뿐 대단한 병력은 없으므로 이렇다 할 장애는 되지 않겠지만, 병력 1만을 이끌고 가벼운 차림으로 달려 평양平陽과 장자長子를 통해 단숨에 상당을 공격하고 호관壺關을 봉쇄할 필요가 있소. 밤낮으로 강행군하여 적장 조창이 상당에 도착하기 전에 그곳을 빼앗아야 하오. 빨리 작전에 착수하시오."

마초가 떠나자, 공명은 이엄에게 병력 5천을 이끌고 장자로 가서 마초를 응원하라고 명령하고, 이엄이 떠나자 이번에는 장익에게 병력 5천을 이끌고 기성冀城에 주둔하면서 황하 연안을 지키고 있는 강유·장억과 연락을 취하여 위세를 부리라고 명령했다. 장익도 당장 군대를 이끌고 출발했다.

공명은 그후 평양에 도착하자 장안으로 격문을 보내어, 마충에게 병력 3천을 이끌고 평양으로 와서 자신의 지휘를 받으라고 명령했다.

일주일쯤 뒤에 마충이 도착했다. 공명은 마충에게 강현絳縣을 지나 원곡을 공격하라고 명령하고, 장익에게는 마충을 응원하라고 지시했다. 또한 강유에게는 모진茅津에서 황하를 건너 마충과 함께 원곡을 협공하라고 명령했다.

원곡 땅은 원래 수비에는 적합하지 못한 곳이어서, 모개를 비롯한 위나라의 네 장수는 저항도 해보지 못하고 양성陽城으로 달아났다.

이 무렵 조조의 대군은 이미 진성에 도착하여, 제갈량이 평양으로 가서 대군을 지휘하고 있다는 소식을 들었다.

조조는 조창에게 "급히 상당으로 가라"고 재촉했다. 조창은 3만 병력을 이끌고 겨우 호관에 이르렀지만, 보아하니 호관 위에는 온통 촉군의 깃발이 세워져 있지 않은가. 상당은 이미 마초가 빼앗은 뒤였다.

마초는 상당을 얻은 뒤에는 조창이 아무리 공격해도 오로지 수비에만 전념할 뿐, 아예 싸우러 나오지도 않는다. 황수아黃鬚兒라는 별명을 가진 조창은 격분하여 노란 수염을 곧추세우고 천둥 같은 고함을 지르며 날뛰었다. 마초의 후방에서는 이엄이 군량과 사료를 다량으로 보급하니 촉군은 여유만만했다.

공명은 마초가 상당을 먼저 차지했다는 소식을 듣고 크게 기뻐하며, 당장 장억과 장익을 예성芮城과 원곡 일대에 분산 주둔시켜 황하 연안의 수비를 강화했다. 또한 강유에게는 병력 8천을 주어 고평에 주둔하면서 상당과 긴밀한 연락을 취하게 하고, 요립에게도 병력 5천을 이끌고 곡옥曲沃에 주둔하면서 응원 태세를 취하라고 명령하는 한편, 마충에게는 병력 3천을 이끌고 광무廣武에 진주하라고 명령했다.

여러 장수들에 대한 지령이 끝나자 공명은 위연과 왕평을 장막 앞으로 불렀다. 공명은 이렇게 지시했다.

"문장, 맹기(마초)가 이미 상당을 얻었기 때문에 조조군은 앞과 뒤가 분단되어 있소. 그러니 문장과 자균(왕평)은 각각 정예병력 8천을 이끌고 개휴介休를 지나 단숨에 유차楡次를 공격하여 병주를 평정하시오. 유차를 얻은 뒤에는 정양定襄을 빼앗으시오. 정양 태수 전주田疇는 원래 한왕실의 신하이므로 전투를 벌일 필요는 없소. 아마 금방 우리를 따를 거요. 그러니 전주더러 그대로 정양을 지키게 하고, 동쪽으로 진격하여 정형井陘의 길을 막으시오. 자균은 태행산太行山에서 남하하여 여양黎陽을 점령하시오. 여양 태수 유연劉延은 관운장과 친교가 있으니, 아군이 도착하면 당장 투항하여 협력할 것이오. 그렇게 기세를 타고 진격하여 각 현을 평정해가면 병주는 더 이상 조조의 것이 아니오. 그대들이 역사에 불후의 이름을 남기느냐 마느냐는 이번 작전에 달려 있소."

병주 땅은 원래 원소의 지배를 받고 있었다. 지금도 원소 집안의 사람들이 많이 있고, 한왕실에 충성을 맹세하는 사람도 많았다. 그들은 조조가 한나라를 무너뜨리고 위나라를 세운 것이 마음에 들지 않아, 어떻게든 조조를 거꾸러뜨릴 생각을 품고 있었다.

조조에게 충성을 맹세하는 심복도 한두 사람은 있었지만, 마초가 상당을 빼앗아버렸기 때문에 통신이 차단되어 있었다.

위연과 왕평은 무인지경을 달리듯 아무 저항도 받지 않았기 때문에, 한 달도 지나기 전에 정양에 도착했다.

정양 태수 전주는 성문을 열고 맞으러 나왔다. 위연은 공명의 편지를 내주며 대장군 유비의 명령으로 전주를 정양 태수에 유임시킨다는 뜻을 전하고, 정치제도도 조조가 나라를 빼앗기 전의 한나라 제도로 회복시켰다.

위연은 부장 고상에게 병력 3천을 주어 정형구井陘口를 지키게 하고, 자신은 대군을 이끌고 유차로 향했다.

왕평이 여양에 이르자, 유연은 그 성으로도 알 수 있듯이 한왕실의 피를 이어받은 사람이기 때문에 몸소 성을 나와 왕평을 맞이했다.

이리하여 위연과 왕평은 차례로 각 현을 평정해갔다. 왕평은 3천 병력을 여양에 주둔시켜 유연을 보좌하게 하고, 자신은 5천 병력을 이끌고 마초를 응원하러 갔다.

공명은 격문을 띄워 전주를 안문雁門 태수로 임명하고, 유차·마읍馬邑·정양 각지에 군대를 주둔시켜 언제라도 자신의 지휘에 따라 움직일 수 있는 태세를 갖추었다.

그런 다음, 이번에는 위연에게 이렇게 명령했다.

"병력 가운데 3천을 떼어 이석離石에 주둔시키고, 개휴에도 3천 병력을 주둔시킨 뒤, 각지에서 보병 1만과 기병 8천을 모아 평양으로 돌아오시오."

공명은 위연이 역할을 충실히 마치고 돌아온 것을 보고는 크게 기뻐하며 극구 칭찬했다. 그리고 잠시 위연에게 평양 수비와 각 장수들에 대한 지원을 맡긴 뒤, 공명 자신은 장수들을 위로하기 위해 많은 금은보화와 식량을 가지고 상당으로 떠났다.

마초와 왕평이 멀리까지 나와서 공명을 맞이했다. 공명은 물품을 하사하여 장수와 병사들을 위로했다. 병사들은 모두 환호성을 지르며 기뻐했다.

그러는 한편 공명은 각지의 요충지를 순찰했지만, 모두 다 충분한 방비 태세를 갖추고 있었다. 그래서 왕평에게 모든 군대를 동원하여 상당을 굳게 지키라고 명령한 뒤, 마초와 함께 정예 기병 8천을 이끌고 평양을 거쳐 동관으로 돌아가, 다가올 결전에 대비하여 여러 가지 준비에 착수했다.

하서河西가 평정되면 유주와 기주의 마음도 흔들리는 법이다. 북방이 어진 유비에게 귀순했기 때문에 손권과 조조는 얼굴이 창백해졌다. 그러면 이 다음은 어찌 될 것인가. 다음 회를 기대하시라.

제 20 회

가후, 원병을 급파하여 오와 연합하다
여몽, 상선으로 가장하여 몰래 촉을 습격하다

공명은 마초를 파견하여 상당을 빼앗고 병주와 기주의 교통을 차단했다. 그리고 승리한 여세를 몰아 맹위를 떨치면서 왕평과 위연을 보내어 개휴·정양·양곡·정형 등을 얻어, 마침내 병주를 평정해버렸다.

이리하여 북방의 산은 모두 촉 쪽을 향하고, 언덕에 어쩌다 비바람이 불어도 당장 촉군의 기세에 눌려 고분고분하게 동쪽으로 향하지 않을 수 없는 형편이었다. 이리하여 형세는 순식간에 촉 쪽으로 기울었다.

조조군은 서쪽은 동관에서 저지당하고 북쪽은 상당까지밖에 가지 못했는데, 촉군이 싸우러 나오지 않기 때문에 싸우지도 못하고, 퇴각하면 적의 함정에 빠질지 몰라서 이러지도 저러지도 못한 채 나날이 형세가 나빠져갔다.

조조는 진성에서 참모들을 모아놓고 이렇게 말했다.

"제갈량의 용병술은 신출귀몰하여, 아군은 언제나 뒷북만 치고 적에 호되게 당해버렸소. 지금 제갈량은 상당에서 고대의 조趙나라 땅을 엿보고, 정양에서 유림楡林까지를 장악하여 관문을 닫은 채 병력을 더욱 증강하고 있소. 지금 상태에서 제갈량이 조금만 발을 뻗으면 중원으로 진격할 수도 있고, 퇴각해도 유주와 기주에 의지할 수가 있소. 적이 힘을 늘려가는 것을 보면서도 우리는 아무 대책도 세우지 못한단 말이오?"

그러자 가후가 이렇게 진언했다.

"촉군은 승리를 거듭하여 주 경계선을 열었는데, 이는 우리 위나라의 우환일 뿐 아니라 강남 사람들에게도 큰 불이익이 됩니다. 관운장은 손권과 단교를 선언했는데, 이 일을 잊을 수는 없습니다. 제갈량은 북벌에 나설 때 위나라와 강남 양쪽에서 협공당하는 일이 없도록 충분히 배려해두었을 것입니다. 그렇기 때문에 제갈량이 연승을 거듭하는 동안 형주에서는 아무 소리도 나지 않는 상태였습니다. 현재 장비는 남소에 주둔하면서 허세를 부려 우리 원군을 견제하고 있습니다. 이제 우리나라의 서쪽과 북쪽은 쉽게 동요시킬 수 없기 때문에, 소인이 폐하의 조칙을 받들어 강남에 사신으로 가서, 빈틈을 보아 형주를 공격하라고 손권을 부추기겠습니다. 관운장은 사태가 급변하는 것을 보고 반드시 제갈량에게 원군을 요청할 것입니다. 그러면 제갈량은 군대를 나누어 형주로 보내겠지요. 우리는 그 배후를 공격하는 것입니다. 잃어버린 영토를 다 되찾을 수는 없다 해도, 중심부 정도는 회복할 수 있을 것입니다."

조조는 "사태가 급하니 빨리 출발하시오" 하고 말했다.

가후는 밤낮을 가리지 않고 길을 서둘러 곧 건업에 도착했다. 손권에게 면회를 청하자, 손권은 상객을 맞이하는 예로 가후를 대접했다. 가후는 손권을 만나자마자 당장 용건을 꺼냈다. 손권은 이렇게 대답했다.

"촉군이 강해지는 것은 나한테도 이롭지 않소. 나도 거기에 대해 생각이 있으니, 반드시 형주를 빼앗을 작정이오. 귀공은 돌아가서 위왕

(魏王, 손권은 여기서 조조를 황제라고 부르지 않는다)께 '오나라는 이제 곧 군대를 내보낼 것'이라고 전하시오."

"군대의 형세란 밤하늘의 별 하나만큼 작은 불이 눈 깜짝할 사이에 널리 번지는 법입니다. 제갈량이 동관을 나와 낙양을 빼앗아버리면 형주와 단번에 연락이 되기 때문에, 설령 강남에 백만 대군이 있다 해도 손을 쓸 수가 없을 것입니다."

그러자 손권은 웃으면서 말했다.

"그런 걱정은 하지 마시오. 내가 출병한다는 말이 거짓이라면, 형주와의 우호관계를 끊지는 않았을 거요. 내가 형주를 공격하지 않으면 언젠가는 형주가 오를 병탄할 거라고 나는 인식하고 있소."

가후는 손권의 결심이 분명한 것을 알고, 그렇다면 오나라가 출병할 것도 확실하다고 생각하여 당장 손권과 작별하고 진성으로 돌아가 조조에게 보고했다.

손권은 가후를 보낸 뒤 문무백관을 소집했다. 오나라 관리들은 당초에는 두 파로 나뉘어 있었다.

한 파벌은 끝까지 형주와의 연대와 친선을 주장했다. 여기에는 노숙을 비롯하여 고옹과 서성 등이 속해 있었다. 지금은 고인이 된 주유와 태사자도 형주와의 연계를 유지하라는 유언을 남겼으니, 살아 있다면 이 파에 속했을 것이다.

또 한 파벌은 끝까지 천하 삼분을 주장하면서, 이익을 위해 수시로 방침을 바꾸어 움직이는 자들이다. 여몽이 이 파의 우두머리이고, 서성을 제외한 장수는 모두 여기에 속해 있었다.

그러나 첫 번째 파벌은 이미 힘을 잃고 있었다. 노숙은 온후한 선비지만, 나쁘게 말하면 유약하고 무능했다. 강하를 지키고 있는 서성은 손권과 유비의 불화를 알고 전쟁은 피할 수 없다고 생각하여 방비 태세를 굳히고 있었기 때문에, 파벌과 상관없이 손권의 명령에 따르는 것은 당연했다.

그래서 손권이 군대를 보내어 조조에게 가세하겠다고 말하자, 문무백관은 만장일치로 거기에 찬성했다. 노숙은 완전히 무시당했다.

형세 분석에 대해서는 오나라 사람들도 정확했다. 제갈량은 출병한 후 불과 두세 달 만에 관중 일대를 장악하고 북방의 병주를 평정했다. 신 같은 용병술을 자랑하는 조조조차도 이런 꼴을 당했다. 이때 조조를 돕지 않으면 나중에 조조를 도우려 해도 이미 늦는다.

이대로 호락호락 당하기보다는 늦기 전에 일어서야 한다. 팔짱을 낀 채 보고만 있다가 투항할 바에는 싸우는 편이 낫다.

이리하여 손권과 문무백관의 의견은 일치했다. 손권은 조조에게 가세하기 위해 진무와 번장을 보내어 여몽에게 자신의 명령서를 전달하게 했다. 이 명령서에서 그는 여몽에게 수군과 육군의 지휘권을 주고 군대를 내보내라고 명했다.

서성은 당장 하구夏口로 달려왔다. 여몽이 말했다.

"문향, 촉군은 조조에게 연승을 거두고 관중 일대를 평정한 데 이어 병주까지 얻고 군세가 왕성하오. 촉군의 기세는 나날이 융성하여 큰 위협이 되고 있소. 그리고 조조가 멸망해버리면 우리도 멸망할 건 뻔한 일이오. 우리는 이미 형주와 단교했으므로, 이제 곧 형주와 전쟁이 벌어질 것은 당연한 일이오. 촉군이 조조를 멸망시키기를 기다렸다가 오나라의 안보를 걸고 싸우기보다는 아직 조조군이 세력을 유지하고 있을 때 거기에 가세하는 편이 상책일 것 같은데, 문향은 어찌 생각하시오?"

"지당한 말씀이십니다. 하지만 형주는 방비가 엄중하여, 가령 아군이 움직인다 해도 어디서부터 손을 대야 좋을지 모르겠습니다. 그 점을 가르쳐주십시오."

"병법의 원리에 이런 말이 있소. '적의 견고한 곳을 피하고 취약한 곳을 노려라.' 형주는 대군을 동원하여 장강 연안을 지키면서 오로지 우리의 강릉 공격을 경계하고 있소. 그러니 우리 수군을 장사꾼으로 분장시켜 장강을 거슬러 올라가게 하고, 육군은 장강의 남쪽 연안을 따라 천천히 나아가 파릉을 기습하는 거요. 만약에 하늘이 우리편을 들어 파릉을 빼앗을 수 있다면, 다음에는 장사를 노려 형주의 오른팔을 절단할 수 있소. 형주군이 만약 파릉에 원군을 보내면, 우리는 수군으로 그것을 차단하고 하구를 지키고 있는 적을 공격하면 진퇴에 여유가 있소. 이렇게 하면 우리는 '지지 않는 싸움'을 할 수 있을 것이오."

"장군의 가슴속에는 이미 승산이 있으니 제 어리석은 소견은 하나도 보탤 게 없습니다. 다만, 관운장과 서원직은 일세의 인재이며, 최근에는 조자룡이 장강을 순찰하고 있습니다. 그들도 북서쪽에서 군사행동을 취할 때는 반드시 남동 방면을 방비하고 있을 것인즉, 방비 태세가 갖추어져 있다면 적지로 공격해 들어가는 것은 위험합니다. 조조가 우리에게 구원을 요청한 것은 우리가 조조를 도움으로써 남동 방면에서 전쟁을 일으켜 촉군의 북서쪽 포위망을 느슨하게 하려는 의도입니다. 다시 말하면, 유비의 대군을 분산시킴으로써 중심 지역을 회복할 수 있다는 계산이지요. 자칫하면 이 모든 게 조조만 이롭게 하는 결과가 되지는 않을까요. 우리는 허세를 부려 강릉을 습격하는 것처럼 보이게 하고, 군대를 하구에 집결시켜 적을 기다리는 것이 어떻겠습니까. 관운장은 우리한테 분노를 품고 있기 때문에 오래전부터 우리를 공격하고 싶어했습니다. 따라서 강릉을 빼앗겠다고 선전하면 그는 선제 공격을 가하여 전력을 다해 강하 공략에 나설 것입니다. 그러나 이는 우리가 가장 자신 있는 영역인 수전水戰에 상대가 뛰어드는 것이므로 우리가 쉽게 이길 수 있다고 생각합니다만……."

"아니, 적군이 전부 집결한 뒤에는 아무리 수전이라 해도 확실히 승리한다고는 말할 수 없소. 적의 빈틈을 노려 재빨리 파릉을 빼앗아버리면 관우는 출병할 수 없게 되고, 이것이야말로 우리가 기대하는 바요. 우리가 파릉을 얻으면 강하의 수비병력 가운데 상당 부분을 형주 후방 공격으로 돌릴 수 있소. 그러면 문향은 하구를 수비해주시오. 홍패(감녕)에게는 강하를 수비하도록 하겠소. 나는 번장과 진무를 데리고 파릉을 공격하러 가겠소. 방어 지점에서 실수가 있다면 그것은 장군 책임이오. 만약 파릉 전투에서 실수가 있으면 내 책임이오."

서성은 여몽의 결심이 굳은 것을 보고, 더 이상 의견을 내놓아봤자 소용없다고 생각하여 이렇게 말했다.

"장군께서 출병을 결심하신 이상, 저는 책임지고 하구를 지키겠습니다."

여몽은 크게 기뻐하며 격문을 날려 감녕을 강하로 불러들였다. 한편으로는 번장과 진무에게 각각 병력 3백을 주면서, 모든 병사에게 하얀 옷을 입혀 상선을 타고 파릉으로 가라고 명령했다. 그리고 자신은 두습과 함께 전함 5백 척과 수군 3천 명을 이끌고 그 뒤를 따라갔다. 또한 장흠蔣欽과 주환朱桓에게는 육군 5천을 주고 양루동羊樓峒에서 파릉의 후방을 공격하라고 명령했다.

여몽은 오래전부터 이런 구상을 갖고 있었기 때문에, 호령 한마디로 모든 군대가 재빨리 움직여 기세가 신속하기 그지없었다. 감녕은 강하를 수비하면서, 부대를 나누어 차례로 응원군을 내보냈다.

서성은 하구를 수비하면서 생각했다.

'만약에 형주군이 우리 목적을 간파하면 어떻게 할까. 형주군은 대군을 파릉에 배치하고, 발빠른 병사를 보내어 하구를 습격할 것이다. 그렇게 되면 궁수가 휙 방향을 바꾼 것처럼 단번에 형세가 불리해진다.'

그래서 부하들에게 수비를 단단히 하라고 엄명을 내리는 한편, 육로 각지에 봉화대를 설치했다. 또한 장강 순시선을 늘리고, 상당한 병력을 형주군 진로에 배치하여 적의 계략에 넘어가는 일이 없도록 신중을 기했다.

흰 옷을 입고 노를 저어도 음모는 수포로 돌아가고, 검은 먹구름이 성을 짓누르니 적군이 날뛸 것을 두려워하는 꼴이다. 그러면 이 다음은 어찌 될 것인가. 다음 회를 기대하시라.

제21회

조운, 강을 차단하여 여몽을 쳐부수다
방통, 성을 순찰하다 향총을 알다

형주를 다스리고 있는 관우는 헌제의 원수를 갚기 위한 군대를 내보낼 생각으로 병사와 군마를 모집하고 군량과 사료를 비축하고 있었다. 그러나 공명이 서쪽에서 위나라 영토로 진격했지만 조조의 세력은 아직도 왕성했다. 또한 관우는 한때의 분노로 오나라와 단교했는데, 그 때문에 조조와 손권이 양쪽에서 동시에 형주를 공격해올 가능성이 생겼다.

그렇게 되면 형주의 현재 병력만으로는 지극히 불리하다. 유비가 몇 번이나 '수비를 강화하라'고 명령했기 때문에, 우선 병력 증강에 힘쓰면서 경계 태세를 취하고 있었다.

방통도 장비의 군사軍師로서 적절한 조언을 하여, 장포와 관흥을 둘로 나누어 각각 하양河陽과 낙양 방면으로 보내고, 장비에게는 양쪽을 지원하게 했다. 공명이 위나라의 빈틈을 노려 관중 일대를 수중에 넣고 위세를 떨칠 수 있었던 것은 방통의 이같은 조치 덕분이기도 했다.

한편, 관우는 당장이라도 군사를 일으켜 허창을 공격하고 싶은 심정이었지만, 서서에게 그 심정을 이야기하자 서서는 이렇게 말하는 것이었다.

"장군께서는 원정할 생각은 잠시 밀쳐두시고, 우선 가까운 곳에 대한 공격을 고려하셔야 합니다. 예로부터 이런 말이 있습니다. '사마귀는 매미를 잡는 일에만 정신이 팔려, 등뒤에서 자기를 노리고 있는 참새는 보지 못한다.' 먼 옛날 오나라가 초나라 도읍으로 진격했을 때, 월나라가 오나라를 침공했습니다. 이런 역사적 사례를 부디 명심해주십시오. 조조는 아직 쉽사리 멸망시킬 수 없습니다. 우리 옆에는 오나라가 있습니다."

"원직, 어떻게 하면 강남 사람들이 우리의 빈틈을 노려 공격해오는 것을 막을 수 있겠소?"

"손부인께서 비명에 돌아가시고 오나라와의 교류는 끊어져버렸습니다. 따라서 오나라는 당연히 조조에게 붙을 것입니다. 조조에게 붙으면, 흥하든 망하든 조조와 운명을 같이하게 될 것입니다. 조조의 형세가 나빠지면 오나라에도 좋지 않다는 이야기가 됩니다. 오나라는 존망의 위기가 닥치면 조조를 도와 우리를 공격해 올 게 뻔합니다. 오나라가 우리를 공격하기 위해서는 하구를 나와 강릉을 노리거나, 아니면 강하에서 나와 파릉을 엿보는 방법밖에 없습니다. 이는 지세로 보아 필연적인 결과입니다. 오나라는 서전에서 승리를 얻으면 다음에는 장사를 노릴 것이고, 지더라도 그것으로 우리의 중원 공격력을 줄일 수 있을 뿐 아니라 형주에서 하양과 낙양을 노리는 것을 견제할 수도 있습니다. 오군은 문무가 통일되어 있고, 장병은 정예부대인 데다 합비에서 이긴 이후 충분한 휴식을 취하고 있습니다. 사기도 왕성하고 병력이 충실하니, 만약 장강을 거슬러 올라와 진격해올 경우에는 함부로 얕볼 수가 없습니다. 지금 조조군은 서쪽에서는 동관, 북쪽에서는 상당에서 진격이 저지당해, 아무리 도전해도 아군은 상대해주지 않습니다. 그렇다고 해서 다른 길로 돌아나갈 수도 없습니다. 따라서 반드시 오나라에 우호관계를 청하여, 오나라로 하여금 우리를 공격하게 할 것입니다. 우리가 수비에 실패하면 형주와 양양뿐 아니라 관중 일대의 촉군도 동요할 것입니다. 조조는 그 틈을 놓치지 않고 정예부대를 보내어 병주를 공격하게 하고, 관중에도 총공격을 가할 것입니다. 적은 필사적입니다. 아군은 새로 영지를 얻은 지 얼마 되지 않았는데, 적군의 필사적인 공격을 받으면 성을 하나만 잃어도 전체가 붕괴하여, 지금까지의 고생이 다 물거품이 되고 말 것입니다."

그러자 관우는 이렇게 말했다.

"원직의 말은 안팎의 상황을 깊이 통찰하고 있소. 오나라가 우리를 공격한다면 당연히 우리도 새로운 방어 태세를 취해야 하오."

"잠강潛江과 면양沔陽은 현재 상당한 병력이 주둔하여 수륙 양면에 걸쳐 수비를 강화하고 있으므로 오나라가 이곳을 노릴 리는 없습니다. 걱정스러운 것은 파릉 태수 이적입니다. 그는 행정에는 재능이 탁월하지만 군무에는 걸맞지 않은 인물이고, 유기는 병약하여 전쟁을 견뎌내지 못합니다. 오나라가 장강을 거슬러 올라가는 작전을 택한다면 파릉이 가장 위험합니다."

"그러면 어찌해야 좋겠소?"

"자룡 내외에게 수군 5천을 주고 동정호로 보내어, 유기를 도와서 파릉을 지키게 합시다. 요화와 호반胡班에게는 육군 5천을 주고 양루동 요소에 주둔시켜 오군을 맞아 싸우게 합시다. 이렇게 하면 오나라에 10만 대군이 있다 해도 양루동을 쉽게 넘지는 못할 것입니다. 그리고 장군께서는 1만 대군을 이끌고 공안公安을 순시하면서 위세를 보이시어, 진군하려는 적의 의욕을 꺾어주십시오. 그러면 형주의 방비 태세는 완전합니다. 부디 분투해주십시오."

"군사의 계책은 치밀하기 짝이 없소. 그렇게 하면 오나라 사람들도 꼼짝하지 못할 거요."

관우는 크게 기뻐하며 당장 격문을 날려 조운 내외를 파릉으로 보내고, 요화와 호반에게도 양루동으로 가라고 명령했다. 관우 자신은 형주의 정무를 서서에게 맡기고 공안으로 순시를 나갔다.

한편, 조운은 명령을 받고 급히 파릉으로 가서 유기와 이적을 만나자 당장 오군의 동향에 대해 어떤 정보가 들어와 있느냐고 물었다.

두 사람은 이렇게 대답했다.

"요즘 강하에서 돌아온 첩자가 알려온 바에 따르면, 여몽이 서성을 불러 무슨 일인가를 의논했는데, 사흘이 지났는데도 서성이 강하로 돌아오지 않더랍니다. 지금은 서성 대신 감녕이 강하를 지키고, 서성은 하구를 지키고 있습니다. 하지만 이번에는 여몽이 어디로 갔는지 알 수가 없다는 것입니다."

조운은 웃으면서 말했다.

"손권은 여몽에게 하구를 지키게 했소. 이는 형주의 공격에 대비한 것이오. 그런데 아무 이유도 없이 임무를 교대한다는 것은 우리더러 의심해달라고 부탁하는 거나 마찬가지요. 대장이 어딘가로 모습을 감추어버리다니, 그런 일이 있을 리가 없소."

그러고는 당장 군령을 내려 수군의 배를 하류의 도인기道人磯 동서 연안에 배치하고, 장강을 거슬러 올라오는 배는 대소를 불문하고 무조건 막으라고 명령했다.

"이 명령을 어긴 자는 목을 베겠다"고 엄명을 내렸기 때문에 수군 장교는 급히 수로를 봉쇄했다. 조운은 유기와 이적에게 파릉을 굳게 지키라고 당부한 뒤, 자신은 두 병사를 데리고 배를 탔다.

조운의 배가 막 도인기에 도착했을 때, 앞쪽에서 초계선이 다가와 이렇게 보고했다.

"상선 10척이 상류로 가길래 세웠더니, 우리의 임검에 응하지 않을 뿐더러, 여차하면 싸우는 것도 사양하지 않을 기세입니다."

조운은 노하여 말하기를,

"상선이라면서 그렇게 대담무쌍한 짓을 하다니. 반드시 오군의 첩 자일 것이다."

그러고는 수군을 향해 명을 내렸다.

"배를 타고 있는 장사꾼은 한 놈도 남기지 말고 모두 죽여라."

명령이 떨어지자 병사들은 상선을 포위하고 공격하기 시작했다. 그 상선은 강 위의 관문을 속여 상류로 거슬러 올라가려 했지만, 조운의 명령으로 공격을 받게 되자 도망칠 수는 없다고 생각했다.

그래서 배 안에 숨겨둔 칼과 무기를 꺼내 들고 형주 수군을 맞아 싸 웠다. 이를 본 조운은 '오군 병사가 장사꾼으로 변장한 게 분명하다'고 확신하고, 큰북을 울려 공격을 명령했다. 형주 수군은 사방에서 벌 떼 처럼 상선을 공격하여 순식간에 상선 10척을 박살냈다.

오군 장수 진무와 번장은 물에 뛰어들어 달아날 수밖에 없었다. 조 운은 두 사람을 생포하려 했지만, 바로 그때 하류에서 오군 선단이 해 를 뒤덮을 것처럼 수많은 깃발을 꽂고 징과 북을 요란하게 울리며 먹구 름처럼 새까맣게 몰려오는 것이 보였다.

조운은 형주 선단을 셋으로 나누어, 제1대는 불화살로 적선의 돛을 쏘고, 제2대는 강한 활과 쇠뇌를 갖고 먼 거리에서 적선과 싸우며, 제 3대는 칼과 방패를 들고 적선에 접근하여 싸우라고 명령했다.

조운이 준비를 갖추었을 때 오나라 선단이 다가왔다. 순풍에 돛을 달아, 거칠게 날뛰는 말처럼 빠르다.

조운은 가만히 기다리다가 오군 선단이 사정거리까지 다가오자 공격 신호로 북을 한 번 울렸다. 그러자 제1대의 불화살이 일제히 하늘을 날았다. 돛이 불길에 휩싸이고, 그 불이 돛대에서 선체로 옮겨붙어 오나라 전함은 갈수록 활활 타오른다. 당황하여 돛을 내리려 해도 이미 때는 늦었다. 이어서 형주군 제2대가 화살을 비 오듯 퍼붓자, 미처 피하지 못한 오군은 장강으로 우수수 떨어져갔다.

여몽은 형주의 대비 태세가 철저한 것을 보고, 도저히 이길 수 없다고 판단하여 퇴각 신호를 보냈다. 그리고 하류를 향해 후퇴하기 시작했다.

배 위에서 오군이 퇴각하는 것을 본 조운은 아내 운록에게 북을 치라고 이른 뒤, 몸소 병사들의 앞장을 서서 오나라 수군을 추격했다. 같은 강이지만, 좀더 상류에 있는 물이 조운 편에 가세라도 했는지, 거리가 착착 줄어들어 순식간에 오군을 따라잡았다.

이번에는 제3대가 나설 차례다. 한 사람씩 적선으로 뛰어오른 형주군은 혼자서 백 사람이라도 상대할 것 같은 기세로 오군을 쓰러뜨렸다. 바람이 불길을 부채질하듯 점점 거세지는 형주군의 기세 앞에서는 아무리 여몽이라도 당해낼 재간이 없다. 그래서 오군은 오로지 하류로 도망칠 뿐이었다.

번장과 진무도 간신히 목숨을 건져 탈출했다. 강가에서 이 모습을 보고 있던 오나라 육군은 모두 퇴각했다. 겨우 하구에 다다른 여몽은 다시금 보복전을 펼치려고 생각했지만, 이 이야기는 여기까지.

형주군 수군은 대승을 거두고 30리쯤 추격하다가, 징을 울려 병사들을 거두어 원래 위치로 돌아갔다. 그리고 그후로는 밤낮으로 순시를 게을리 하지 않고 오나라의 보복에 대비했다.

승리를 알리는 전령이 형주에 도착하자, 공안에 가 있던 관우는 크게 기뻐하며 형주성으로 돌아갔다. 그가 서서와 협의하여 손권과 조조의 양쪽 방면에 대해 빈틈없이 대응한 것은 말할 나위도 없다.

관우가 하양과 낙양 방면 및 관중 방면에 이 승리를 알리자, 촉군은 더욱 분발했고 조조군은 간담이 서늘해졌다.

특히 전선에서 싸우는 장병들의 사기는 크게 올라가 용기백배했다.

그런 장병들 가운데 양양을 지키는 방통의 모습이 있었다. 방통은 장비가 남소로 나간 뒤 양양을 지키고 있었는데, 봉화를 준비하고 첩자를 배치하며 군량과 사료를 비축하고 무기를 제조하는 데 세심한 주의를 기울였다. 따라서 남소로 나간 부대는 말도 병사도 배불리 먹을 수 있을 만한 식량을 얻을 수 있었고 무기도 충분했다. 그리고 방통의 훌륭한 정치 덕분에 백성들도 안심하고 살 수 있었다.

방통은 하루 걸러 한 번씩 부하를 데리고 양양성 안팎을 순시하고 있었다. 그러던 어느 날, 성의 북문 근처에서 한 무장이 방통의 눈에 띄었다. 몸집이 크고 수려한 용모를 가진 그 무장은 묵묵히 자신의 임무를 다하고 있었다.

방통은 첫눈에 보통 사람이 아니라는 것을 깨닫고 말을 세웠다. 방통이 말을 걸자 그 무장은 공손히 손을 맞잡고 앞으로 나와 경례를 했다. 방통은 우선 이름을 물었다.

그러자 무장은 대답하기를,

"소장의 성은 향向이고 이름은 총寵이라 합니다. 양양군 의성현 출신입니다."

말투가 침착한 데다 쓸데없는 말은 한마디도 하지 않고, 이런 기회를 이용하여 상관에게 잘 보이려는 기색도 전혀 없다.

방통은 향총에게 말을 타라고 명한 뒤, 말머리를 나란히 하여 관청으로 돌아오자 그에게 자리를 권하고, 양양을 둘러싼 천하의 형세에 대해 물었다. 향총은 조금도 당황하거나 허둥대지 않고, 정밀한 분석을 침착하게 이야기했다. 방통도 양양에 오래 살았기 때문에 지세를 비롯한 여러 가지를 잘 알고 있었는데, 향총의 말이 자신의 견해와 완전히 일치했기 때문에 깜짝 놀랐다.

그래서 방통은 다시 이렇게 물어보았다.

"제갈 장군은 농서와 농중에서 관중 일대를 장악하고 북쪽으로는 병주를 빼앗았는데, 앞으로는 군대를 어떻게 전개하는 게 좋다고 생각하나?"

그러자 향총은 이렇게 대답했다.

"소장의 어리석은 생각입니다만, 동관에서 동쪽으로 나와 하양과 낙양을 제압하고, 형주·양양과 수레의 두 바퀴처럼 호응하며 함께 북상하면, 만에 하나 무슨 일이 있더라도 진퇴유곡에 빠질 염려는 없으리라 생각됩니다. 또한 송구스러운 말씀이지만, 인재도 풍부하여 가까이에서 보좌하는 사람도 많이 얻었으니, 한실 중흥의 대업도 이룰 수 있을 것입니다. 이보다 나은 전략은 없으리라고 생각합니다."

방통은 이 말을 듣고 무릎을 치며 기뻐했다.

"정말 장군의 말은 정곡을 찔렀소."

방통은 당장 추천장을 써서 형주의 관우에게 보냈고, 관우는 그것을 유비에게 보내면서 향총을 효기장군驍騎將軍에 임명하여 장비 휘하에 배속시켜달라고 요청했다.

목이 말라 물을 찾듯 현자를 구하고, 큰 그릇이 땅 속에 묻히는 일이 없도록 인재를 등용한다. 그런 인재들이 서로 상대를 추천하며, 남의 발목을 붙잡고 늘어져 출세를 방해하는 짓은 절대로 하지 않는다. 그래야만 참으로 큰 그릇이다. 그러면 이 다음은 어찌 될 것인가. 다음 회를 기대하시라.

제 22 회

장비, 혈전을 벌여 방성을 빼앗다
관우의 위세가 하북을 제압하다

성도의 유비는 공명이 한중을 빼앗고 관중 일대를 얻었으며 병주도 평정했다는 소식이 잇따라 날아 들어올 뿐 아니라, 이번에는 형주의 관우가 오나라 여몽의 수군을 참패시켰다는 소식을 받고는 기뻐서 어쩔 줄 몰랐다.

헌제를 시해하고 나라를 빼앗은 원수 조조에게 보복할 날도 마침내 눈앞에 다가왔다. 그래서 유비는 많은 금은과 비단을 장안과 형주로 보내어 장병들을 위로하고 치하했다.

전선에서 공을 세운 장수에게는 지위를 한 계급 높여주고, 나중에 허창을 평정하면 다시 새로운 포상을 내리기로 했다.

한편으로는 촉에서도 장정을 모집하여 새로운 부대를 편성한 뒤, 엄격한 훈련을 시키면서 각지에 증원군을 보낼 태세를 갖추었다.

새로운 부대의 편성과 훈련이 어느 정도 이루어졌을 때, 법정이 유비에게 이렇게 진언했다.

"전에 주공께서는 비명에 돌아가신 손부인의 죽음을 알고 오나라를 정벌할 계획을 세우셨지만, 때마침 한중 정벌 이야기가 나오는 바람에 그쪽을 우선하고 오나라 정벌은 잠시 미루기로 하셨습니다. 이제 우리 북벌군은 한 달에 몇 번씩 승리를 거듭하여 1년도 지나기 전에 중심 지역을 평정하고, 동쪽으로는 동관을 장악하고 북쪽으로는 상당을 빼앗았으며, 장안을 얻어 천하에 위엄을 세우고 있습니다. 이미 천하의 중심을 수중에 넣었기 때문에 병사들도 휴식을 취할 수 있고, 나가면 싸우고 물러서면 지키는 유리한 형편입니다. 게다가 조조를 편들어 우리와의 우호관계를 파기한 손권은 우리의 빈틈을 노릴 작정으로 파릉을 침범하려 했습니다. 그러나 이것도 주공의 위엄과 복력 덕분에 관운장과 서원직이 즉시 대응하고, 조자룡의 활약으로 오군을 참패시켰습니다. 지금 제갈 군사는 위나라 영토로 공격해 들어갈 기회를 엿보고 있지만, 아직은 그 실마리를 쉽게 찾아내지 못하는 모양입니다. 그러니 오나라가 패배의 충격에서 벗어나기 전에 이 기회를 살려, 운장 장군에게 군대를 이끌고 북상하여 하양과 낙양으로 진격하도록 하는 것이 어떻겠습니까. 깊이 들어갈 수 있으면 깊이 들어가고, 말아도 상관없습니다. 어쨌든 우선 방성方城을 빼앗고 섭현을 노리면서 허창을 위협하는 것입니다. 조조는 허창을 잃으면 돌아갈 곳이 없어질 테니 급히 허창으로 돌아갈 것입니다. 바로 그때 상당과 동관에 있는 아군이 합류하면 상당한 세력이 됩니다. 손권은 보복전을 노리고 있지만, 거기에 대해서는 조자룡에게 파릉과 강면江沔 사이를 순시하게 하고, 성도에서 형주로 5천 명의 증원군을 보내는 것입니다. 유봉이 이 부대를 이끌고 공안에 주둔하면서 조자룡을 지원할 태세를 갖추면 형주 방면은 전혀 걱정할 것이 없습니다. 후방에는 견고한 성이 있고 앞에는 강적이 없으니 손부인의 원수도 곧 갚을 수 있을 것입니다. 부디 명찰하시어 대업을 이루십시오."

유비는 크게 기뻐하며 말했다.

"효직, 그대는 적군의 동정을 깊이 살피고, 만리 저쪽까지 꿰뚫어보는구려. 나도 결심이 섰소."

그러고는 당장 장수들에게 명을 내려 출동 준비를 시켰다. 유비는 자필 임명장을 만들어 관우를 표기장군에 임명하고 위나라 토벌의 임무를 주어 남양에 진주시켰다. 또한 유기를 형주목, 마량을 형주목부 감사에 임명하여 정무를 담당하게 했다.

유봉에게는 편지를 주면서, 강을 따라 동쪽으로 내려가다가 강릉에서 상륙하여 관우에게 그 편지를 전하라고 지시했다.

관우는 삼가 명령을 받들어 당장 유봉을 공안에 진주시키는 한편, 유기와 마량을 형주로 불러 형주의 정무를 맡겼다.

관우는 또한 요화를 조운에게 보내어 그 지휘를 받게 하고, 장강 하류 유역의 수군과 육군은 모두 조운에게 배속되어 조운의 명령에 따르라고 지시했다.

관우는 보병 2만과 기병 8천을 이끌고 군사 서서를 대동하여 그날로 당장 양양으로 떠났다. 진군은 빨라서, 불과 대엿새 만에 양양에 도착하니 방통이 마중을 나왔다.

인사가 끝나고 모두 자리에 앉자, 관우는 이번에 군량과 무기를 지원해준 방통의 노고를 치하했지만, 방통은 그저 겸손할 뿐이다. 방통은 향총을 관우에게 소개했다. 관우도 첫눈에 향총의 그릇을 꿰뚫어보고 극구 칭찬했다. 그리고 방통과 서서를 바라보며 이렇게 말했다.

"형주에는 전체를 진정시키고 선무하면서 조자룡을 지원할 수 있는 좋은 장수가 꼭 필요하던 참이었소. 그래야만 형주의 근본이 안정되는 거요. 향 장군은 바로 이 일에 적임자요. 그에게 3천 병력을 주어 면양에 주둔시키고 자룡을 응원하게 할까 하는데……."

방통과 서서도 입을 모아 찬성했다.

그래서 관우는 향총에게 면양에 주둔하면서 오군이 쳐들어오지 못하게 방비를 엄중히 하라고 일렀다.

향총이 임지로 떠나자, 관우는 방통에게 남소로 가서 장비의 군대를 전부 방성 공격에 투입하라고 명령했다. 이어서 관우는 관색에게 무관으로 가서 장포의 군대를 남소로 이동시키고, 서쪽에서 방성을 공격하라고 명령했다. 또한 관홍에게는 비양泌陽 남쪽에서 나가 방성을 공격하라고 명령했다. 이들 부대는 모두 장비의 지휘를 받아 행동하라는 지시를 받았다.

관우는 병력 8천을 황서에게 나누어주어 양양을 지키라고 명령한 뒤, 자신은 보병 1만 2천과 기병 8천을 이끌고 남양에 진주하여 장비를 지원할 태세를 취하기로 했다.

각 방면에 대한 병력 배치도 끝나고, 관우의 부대는 도도한 기세로 남양을 향해 떠났다.

형주군의 이런 움직임은 위군 진영에도 전해졌다. 방성을 지키고 있는 사람은 대장인 조홍이다. 조홍은 조조의 명령에 따라 병력 3만을 거느리고, 완성의 조인과 서로 지원 태세를 갖추고 있었다.

방성의 조홍은 부장 문빙을 불러 대응책을 논의하고 있었다. 그런데 그때 첩자가 뛰어들어오더니 보고했다.

"장비가 2만 병력을 이끌고 이 방성을 공격하러 옵니다. 관우는 대군을 이끌고 남양에 주둔하면서 후방 지원 태세를 취하고 있는데, 그 세력이 실로 강대합니다."

문빙은 당장 전령을 보내어 조조에게 구원을 청해야 한다고 주장했지만, 조홍은 이렇게 반론을 제기했다.

"폐하께서는 지금 서쪽 정벌에 나가 계시는데, 그쪽 사정도 아주 급하오. 신하 된 자는 모름지기 주군과 함께 근심을 나누어 가져야 하는 법이오. 적군은 이제야 막 왔을 뿐이잖소. 우선 맞아 싸울 계책을 논의하고 나서 다음 행동을 생각해야 하오. 싸워보지도 않고 다짜고짜 구원을 요청하면, 우리 부대만이 아니라 주군의 군대까지도 사기가 떨어질 우려가 있소. 그대도 나도 모두 신하 된 몸, 이곳을 떠나서는 아니 되오. 장비의 군대는 2만이고 우리 군대는 3만이니, 수비를 강화하면 충분히 적에게 대항할 수 있소. 완성에만 알려 지원을 요청하도록 합시다."

대장의 말이니 문빙도 어쩔 수 없이 동의했다.

이튿날 척후병이 달려오더니, 장비군이 성에서 10리쯤 떨어진 곳에 진지를 쌓았다고 보고했다. 그러자 조홍은 문빙에게 이렇게 말했다.

"장비군은 먼 길을 오느라 지쳐 있소. 내가 병력 2만을 이끌고 나가서 싸울 테니, 장군은 세심한 주의를 기울여 성을 지켜주시오."

그러고는 언월도를 치켜들고 말에 올라타더니 성밖으로 싸우러 나갔다.

한편, 장비는 양양에 주둔한 이래 오랫동안 싸움터에 나가지 못하고, 마초나 황충이 위군에 대승했다는 소식만 듣다 보니 몸이 근질근질해서 견딜 수가 없었다.

그런데 이번에 드디어 차례가 왔다. 달려오는 조홍을 보자마자 장비는 다짜고짜 달려가더니, 이름도 대지 않고 길이가 18척이나 되는 무쇠창을 휘두르며 덤벼들었다.

조홍 쪽에서도 장비의 명성은 옛날부터 듣고 있었기 때문에 신중하게 공격을 받아냈다. 두 사람이 탄 말이 엇갈리기 60여 차례. 방성에서 그 광경을 바라보고 있던 문빙은 위험을 느끼고 징을 쳐서 군대를 퇴각시켰다.

진지로 돌아온 장비는 휴식을 취한 뒤 방통에게 말했다.

"방성 수비는 견고하고, 조홍도 솜씨가 꽤 쓸 만하오. 너무 오래 시간을 끌면 적의 원군이 와서 우리가 불리해질 거요. 군사, 무슨 묘안이 없겠소?"

그러자 방통은 이렇게 대답했다.

"조홍은 포위되면 반드시 조인에게 구원을 청할 것입니다. 그러니 관흥과 장포를 방성으로 불러들여, 구원하러 오는 조인을 맞아 싸우게 합시다. 조홍은 조인의 부대와 합류하려고 성을 나와 관흥과 장포를 물리치려고 할 테니, 장군께서는 성을 나온 조홍을 가로막으시고, 나머지 군대는 그 틈을 타서 일제히 성을 공격하면 될 것입니다. 성안에 있는 문빙 따위는 문제가 되지 않습니다."

장비는 크게 기뻐하며 당장 그 계책을 준비하기 시작했다. 우선, 직접 병사를 이끌고 방성을 공격하여, 조홍이 나오면 다시 7, 80합쯤 싸운다. 그 틈에 관흥과 장포의 부대는 몰래 방성에 접근하여 산 속에 숨어서 조인의 부대가 오기를 기다린다.

완성의 조인은 조홍의 구원 요청을 받고 허창으로 그 사실을 통보하는 한편, 진교에게 병력 3천을 주어 완성 수비를 맡긴 뒤, 부장 우금을 선봉으로 삼고 자신은 중군中軍을 지휘하여, 완성의 나머지 수비병력 2만을 전부 이끌고 급히 방성으로 달려갔다.

방성 근처의 산기슭에 이르렀을 무렵, 느닷없이 뿔피리 소리가 들리더니 한나라 깃발을 치켜든 두 부대가 좌우에 나타났다.

조인은 말을 채찍질하여 앞으로 나서서 장포를 맞아 싸우고, 우금은 관흥을 맞아 싸운다. 함성이 하늘을 찌를 듯한 대격투가 시작되었다.

조인의 부장 우금 따위는 애당초 관흥의 적수가 못 된다. 10합도 겨루기 전에 관흥은 우렁찬 기합 소리와 함께 우금을 두 동강으로 잘라버렸다. 그리고 나서 곧 장포를 응원하러 갔다.

조인은 겁먹은 기색도 없이 혼자 두 사람을 상대하면서 한 발도 물러서지 않는다.

이 무렵 성안에 있던 조홍은 조인의 부대가 두 패의 복병에 협공당하고 있다는 소식을 들었다. 우금은 이미 죽고 조인 혼자 관흥과 장포를 상대하고 있다는 것이다.

조홍은 이 말을 듣고 문빙에게 성을 맡긴 뒤, 몸소 2만 병력을 이끌고 조인에게 가세하러 갔다. 조홍이 산 앞까지 왔을 때 장비가 말을 달려 앞을 가로막았다. 기다란 무쇠창을 꼬나쥐고 있다.

두 사람이 싸움을 시작하자, 방통은 장수들에게 성의 동쪽·서쪽·북쪽을 공격하라고 명령했다. 성 위에 있는 문빙은 그것을 필사적으로 막아낸다.

방통은 이때를 위해 많은 흙주머니를 준비해놓았다. 방통은 위군이 동쪽과 서쪽 및 북쪽을 수비하느라 정신이 없는 틈을 노려, 방성 남쪽 성벽에 흙주머니를 쌓아 올리게 했다. 그러고는 선언했다.

"맨 먼저 성에 들어간 자에게는 후한 상을 내리겠다."

그러자 형주군은 앞을 다투어 성벽으로 기어올라갔다. 앞사람이 쓰러지면 뒷사람이 앞사람을 타 넘고 올라가, 눈 깜짝할 사이에 천여 명이 성벽을 넘어 성문을 활짝 열었다.

나머지 형주군이 열린 성문으로 우르르 몰려들어갔다. 수비를 포기한 문빙은 패잔병을 모아 북문을 열고 도망쳐 조홍의 부대와 합류했다. 방성이 함락된 것을 알고 전의를 잃어버린 조홍은 한 줄기 혈로를 뚫고 조인에게 달려가 퇴각하자고 외쳤다. 그리하여 세 장수는 한 덩어리가 되어 포위망을 탈출했다.

이 전투에서 위군은 1만 남짓한 병력을 잃고 섭현으로 도망쳐 들어가 다시 허창에 구원을 요청했다.

한편, 방성을 빼앗은 장비는 방통을 만나 이렇게 말했다.

"군사의 귀신 같은 작전에는 감탄했소. 백발백중이란 바로 이를 두고 하는 말이오."

방통은 웃으면서 말하기를,

"이는 모두 장군과 두 젊은 장군의 공적입니다."

겸양하며 오히려 그들의 공적을 찬양했다. 장비는 좋은 술을 골라 잔치를 베풀고, 전령을 보내어 관우에게 승리를 알렸다.

그 잔치 석상에서 방통이 말했다.

"섭현은 허창에서 불과 수백 리밖에 떨어져 있지 않습니다. 조인에게는 아직도 3만 병력이 남아 있고, 허창에서는 상당수의 대군이 구원하러 달려올 것입니다. 하지만 도착할 때까지는 아직 약간의 여유가 있습니다. 젊은 장 장군(장포)은 이양을, 그리고 젊은 관 장군(관흥)은 무양을 각각 공격하십시오. 성을 빼앗으면 더 이상 진격하지 않아도 좋습니다. 엄중히 성을 지키면 위군의 세력은 그만큼 약해질 것입니다."

관흥과 장포가 출발한 지 며칠 뒤, 두 부대로부터 "이미 목적을 달성했다"는 소식이 들어왔다. 대체 어찌하여 이렇게 빨리 목적을 이룰 수 있었을까.

이양은 원래 문빙이 지키고 있었는데, 조홍의 부름을 받고 방성을 수비하러 갔기 때문에 이양 수비가 약해져 있었다. 그래서 장포에게 간단히 점령당하고 말았다. 관흥은 부하를 성안으로 잠입시켜 불을 지르게 한 뒤 단숨에 공격하여 성을 점령했다.

장비는 두 곳의 승리를 관우에게 알렸고, 관우는 크게 기뻐하며 새로 얻은 네 무장에게 병력 8천을 이끌고 양고기와 맛 좋은 술을 전선으로 가져가서 병사들의 노고를 위로하라고 명령했다.

이런 음식은 장비가 부하들에게 나누어주었지만, 새로 얻은 네 무장이란 도대체 누구일까. 그중 두 사람은 방통의 집안 사람이다. 이야기가 조금 길어지지만 되도록 간단히 설명하겠다.

네 사람 가운데 하나는 제갈공명의 장인인 황승언의 아들 황무黃武이고, 또 한 사람은 제갈공명의 친구인 최주평의 아들 최기崔頎이고, 나머지 둘은 방덕공의 손자인 방여龐予와 방풍龐豐이다.

황무는 7척 장신에다 천 근이나 나가는 물건을 쉽게 들어올릴 수 있을 만큼 힘이 세고 사려가 깊으며, 집안 대대로 전해 내려오는 묘기인 방천화극方天畵戟 ― 여포와 같은 무기다 ― 을 사용한다.

최기는 5척 단구지만 말처럼 빨리 달릴 수 있고, 잘 벼린 빈철대단평鑌鐵大段平이라는 칼을 사용한다.

방여와 방풍 두 사람은 아직 소년이지만, 문무에 모두 뛰어나고 긴 창을 사용한다.

이 두 형제의 할아버지인 방덕공은 한왕실이 쇠퇴하고 조정이 간신배 무리에게 좌지우지되는 것을 개탄하여, 자손들을 데리고 시골에서 농사를 짓고 있었다. 그것은 진정한 의미에서 '난세에 목숨을 온전히 지키고, 제후에게 인정받기를 바라지 않는' 생활방식이었다. 그런데 이번에 공명이 북서 지방에서 위세를 떨치고 방통이 북벌에 참여하여 연전연승을 거두고 있다는 소식이 당연히 방덕공 귀에도 들어갔다. 때마침 황승원과 최주평이 담론을 나누고 있을 때, 방덕공이 수염을 쓰다듬으며 나타나더니 껄껄 웃으면서 이렇게 말했다.

"유현덕이 초년에는 좌절을 거듭하더니, 이제 드디어 본령을 발휘하기 시작했군. 한나라는 오행으로 따지면 화덕火德의 왕조인데, 이제 다시 불이 붙기 시작했으니 중흥의 날도 멀지 않았지만, 우리는 늙어서 다시 한왕조의 위용을 볼 수는 없을 것 같네."

그들은 셋이서 다시 고상한 화제를 놓고 이런저런 이야기를 나누기 시작했다. 그 이야기가 뜻밖에도 손자들의 용맹한 마음에 불을 붙여버린 것이다. 방여와 방풍은 몰래 황무와 최기에게 연락을 취하여 일단 그 희망을 털어놓은 뒤, 군대에 몸을 던지기로 약속했다.

그러면 누구한테 털어놓을까. 방덕공과 최주평은 속세와 인연을 끊어버렸기 때문에 절대로 허락해주지 않을 것이다. 그러나 황승언은 달랐다. 그의 사위인 제갈량 형제는 크게 출세했지만, 그 자신은 많은 재능을 갖고 있으면서도 끝내 등용되지 못한 채 늙어버린 인물이었다.

말하자면 마땅히 칼로 다듬어져야 할 쇠가 거울로 만들어져버린 것이나 마찬가지였다. 그래서 젊은이들 가운데 쓸 만한 사람을 보면, 어떻게든 사위인 공명을 도울 수 있도록 주선해주고 싶어했고, 초야에 묻힌 채 인생을 마치게 하기는 아깝다고 생각하고 있었다. 그리고 젊은이들은 세상에 나가 더욱 견문을 넓히는 게 좋다는 생각을 갖고 있었다.

그래서 네 사람은 황승언에게 속마음을 털어놓았다. 그들이 천하에 대한 구상을 갖고 있었던 것은 아니지만, 어쨌든 네 사람은 관우를 만

나뒈고 이력을 이야기하게 된 것이다.

황승언·최주평·방덕공 등 세 노인은 형주에서 큰 인물로 손꼽히는 존재였다. 관우를 찾아온 네 젊은이는 모두 그런 인물들의 자손이었다. 게다가 두 사람은 공명의 동생뻘이라고 할 수 있는 방통의 조카들이다. 또한 황무는 당당한 체격을 갖고 있었다. 마침 관우는 널리 인재를 구하고 있던 참이었다. 그래서 관우는 네 사람을 환영하고, 서서에게 그들을 조카처럼 돌보아주게 했다. 네 사람은 더욱 굳게 단결하기로 맹세했다.

네 사람은 잔치 석상에서 관평을 만나, 같은 젊은이끼리 의기투합했다. 그리고 양양에서 사흘 동안 머물다가 제각기 집에 편지를 보내어 이번 행동에 대한 용서를 빌었다.

그때는 마침 장비가 두 번째 승전보를 보내왔을 때였다. 서서는 장포에게 이양을 지키게 하고 관흥에게는 무양 수비를 맡기려 했지만, 그렇게 하면 전선에는 대장이 장비 하나밖에 남지 않는다. 그래서 새로 얻은 네 장수를 출동시키자고 관우에게 요청했다.

이리하여 네 장수는 제각기 2천 병력을 이끌고 방성으로 가서 장비휘하에 들어가라는 관우의 명을 받았다.

네 장수는 급히 방성으로 달려가 장비를 만나고 다시 방통을 면회했다.

방통이 물었다.

"노인네들은 모두 안녕하시냐?"

네 장수는 입을 모아 대답했다.

"아직도 정정하십니다."

며칠 동안 휴식을 취한 뒤, 방통은 장비와 의논하여 황무·최기·방여·방풍에게 다시 3천 병력을 주어 방성 주변을 순찰하라고 명령했다. 만약 적군을 만나면 1군이 맞아 싸우고 2군이 응원하며, 좌군은 적의 오른쪽을 공격하고, 우군은 왼쪽을, 전군은 후방을, 후군은 전방을 공격하는 식으로 오락가락하며 싸우되, 결점을 노출시키는 일이 없도록 하라고 지시했다.

또한 적을 격파해도 너무 멀리 추격하지 말고, 천천히 행군하는 경우에도 진지에서 50리 이상 떨어져서는 안 된다. 주민을 괴롭히는 일도 엄금한다. 한 군데 오래 머무는 것도 안 된다. 연락은 항상 유지할 것. 가도를 한 줄로 행군하는 경우, 한 부대가 적을 만나면 나머지 세 부대가 합세하여 구원하고, 두 부대가 적을 만나면 나머지 두 부대가 분담하여 구원할 것. 적이 강하면 지키고 약하면 싸울 것. 강적이 갑자기 나타났을 경우에는 당장 본진에 알려 구원을 청할 것…… 등등 자세한 주의를 받고 네 장수는 마침내 출동했다.

남양 일대는 네 장수가 태어나서 자란 곳이다. 어디에 마을이 있고 어디에 향읍鄕邑이 있으며 어디가 험한 곳인지, 그들은 어릴 적부터 잘 알고 있었다. 각자 병력을 이끌고 행군하는 경우에도 어디서 야영을 하고, 내일은 어디까지 갈 수 있는가를 구태여 생각할 필요도 없이 쉽게 판단할 수 있었다.

또한 그들은 방통의 명령에 따라 날마다 색깔이 다른 깃발을 세우고 끊임없이 이동했기 때문에, 방성을 중심으로 하는 백 리 안쪽에서는 형주군의 모습이 보이지 않는 날이 없었다.

한편, 섭현으로 퇴각한 조홍·조인·문빙은 척후병이 달려올 때마다 혼란에 빠졌다.

"성의 동쪽에 노란 깃발을 든 형주군이 있습니다."

"성의 서쪽에 하얀 깃발을 든 형주군이 보입니다."

"성의 남쪽에 푸른 깃발을 든 형주군이 왔습니다."

"성의 북쪽에 붉은 깃발을 든 형주군이 나타났습니다."

그야말로 신출귀몰하고 왕래와 이동이 격심하여, 실제 병력이 어느 정도인지 전혀 파악할 수가 없다. 험한 산등성이에도, 울창한 숲 속에도 한나라 군대의 깃발이 꽂혀간다.

그러는 동안 이양과 무양이 함락되었다는 소식이 날아들었다. 그러자 수백 리 안쪽은 바람과 구름의 색깔도 바뀔 만큼 동요했고, 하양과 낙양 사이의 인심은 크게 흔들렸다. 세 장수는 당장 전령을 보내어 위나라 황제 조조의 허가를 청했다.

사슴 한 마리가 중원을 달린다. 조조는 자기야말로 천하의 주인이라고 생각했지만, 이 사슴은 좀처럼 잡을 수가 없다. 커다란 늪에서 뱀이 운다. 먼 옛날 백사白蛇를 죽이고 전한을 세운 유방의 피를 이어받은 유비가 중흥의 대업을 이룩할 조짐인가. 그러면 이 다음은 어찌 될 것인가. 다음 회를 기대하시라.

제 23 회

조조, 허창에 돌아가 천도를 논의하다
마대, 군대를 이끌고 관중으로 나오다

방성을 빼앗기고 섭현으로 도망쳐 들어온 위나라 장수 조인과 조홍은 장포가 이양을 빼앗고 관홍이 무양을 점령했으며 형주군이 각지로 세력을 뻗치고 있다는 소식을 듣고 깜짝 놀랐다.

"이대로 가면 이곳 섭현도 위험하다."

조인과 조홍은 급히 전령을 보내어 진성에 주둔해 있는 조조에게 위급을 알렸다.

그때 조조는 오나라가 형주 공략군을 내보낸 것을 알고, 참모들을 모아놓고 작전을 짜는 중이었다.

"군대를 보내어 선비족과 연합한 뒤, 비호구飛狐口를 통해 정양으로 들어가자. 그리고 조창에게 3만 대군을 주어, 정형에서 옛날 조나라 땅쪽으로 나가 상당의 배후를 공격하게 하자."

이것이 조조의 구상이었다.

그러나 오나라에서 돌아온 첩자가 보고하기를,

"여몽은 파릉을 공격하려고 했지만, 조운에게 참패를 당하고 오나라로 돌아가버렸습니다."

그리고 이번에는 또 조인과 조홍이 위급을 알려왔다.

조조는 땅이 꺼지게 한숨을 내쉬며 중얼거렸다.

"동아왕(東阿王: 조식)이 남기고 간 글대로 되어버렸구나."

사태는 위급하다. 조조는 조창에게 명하여 병력 3만을 이끌고 진성을 지키게 한 뒤, 자신은 문무백관을 거느리고 급히 허창으로 돌아갔다. 가는 도중에 등애와 종회에게 2만 병력을 주어 문향의 서황을 응원하게 하고, 장합과 조휴에게도 2만 병력을 주어 섭현의 조인과 조홍을 응원하러 보냈다.

이윽고 허창에 도착한 조조는 궁전에 들어가 신하들을 모아놓고 이렇게 말을 꺼냈다.

"관운장은 한왕조를 다시 일으키겠다는 큰 뜻을 품고, 짐과 나란히 서기보다는 짐을 거꾸러뜨리려 하고 있소. 그리고 이제 제갈량이 서쪽으로 진격한 이 기회를 틈타 군사를 일으켜 북쪽의 중원을 침범하려 하고 있소. 그 관우를 보좌하고 있는 사람은 장비와 조운 같은 맹장에다, 서서와 방통처럼 지모가 뛰어난 참모들이오. 관운장은 형주와 양양 땅에 거점을 두고 양주와 익주의 풍부한 물자를 군자금으로 삼고 있으며, 잘 훈련된 병사에다 좋은 말을 준비하여 진격해오고 있소. 제갈량과 동시에 재빨리 진격하여 단숨에 방성을 빼앗고, 지금은 섭현을 노리고 있소. 만약 섭현이 함락되고 나면, 경기병을 보낼 경우 불과 사흘이면 이 허창에 다다를 수 있을 거요. 허창 부근은 지형이 평탄하므로, 지형에 의지해서 수비할 수는 없소. 만약 허창이 동요하면 이 나라의 뿌리가 흔들리고, 가지에 해당하는 주변 각지도 무너져버릴 것이오. 그래서 짐은 유주로 천도하여 그곳을 새로운 근거지로 삼고, 그 유리한 지형을 이용하여 관운장과 마음껏 중원을 다투고 싶은데, 그대들은 어찌 생각하시오?"

그러자 한 대신이 앞으로 나와서 말했다.

"아니 되옵니다. 결코 아니 되옵니다."

바로 사마의였다.

"오오, 중달. 그렇다면 무슨 묘안이라도 있소?"

"『춘추좌씨전春秋左氏傳』 문공文公 16년 항목에 이런 기록이 있습니다. 흉년이 든 초나라는 이민족의 침공을 막지 못할 것을 두려워하여 판고阪高라는 곳으로 천도할 생각을 가졌습니다. 그때 위가蔿賈는 '불가합니다. 우리가 갈 수 있으면 적도 마찬가지로 갈 수 있습니다' 하고 간했습니다. 어디로 옮겨도, 우리가 갈 수 있는 곳에는 적도 갈 수 있다는 뜻이지요. 이제 큰 적을 눈앞에 두고 나라의 근본인 도읍을 옮기면 천하에 유언비어가 퍼져 인심이 더욱 흉흉해질 것입니다."

그러자 조조는 웃으면서 말했다.

"중달의 말이 옳소. 짐은 그대들을 시험해본 것뿐이오. 천도를 하지 않으려면 당연히 적을 막을 방법이 있어야 하는데, 중달은 어찌 생각하시오?"

"여몽은 파릉에서 참패했지만, 절대로 보복을 단념하지는 않을 것입니다. 관우가 완성과 섭현 근처에 정예부대를 보낸 것은 아군 정예부대를 그쪽으로 유인하여 서쪽의 제갈량에 대한 방어를 허술하게 함으로써, 제갈량이 동관에서 나와 쉽게 진격할 수 있도록 하기 위해서입니다. 동관 동쪽에 있는 신안新安과 민지는 옛날 진秦나라 때의 효함崤函 땅으로서, '천험天險'이라고 불릴 만큼 험준하여 아군이 상당수의 병력을 상주시키고 있는 곳입니다. 그렇기 때문에 제갈량도 동관까지는 쉽게 얻었지만 그 이상 동쪽으로 진격하기는 어려운 상태입니다. 만일 우리가 신안의 군대를 이동시키면 제갈량은 금방이라도 동쪽으로 나올 것입니다. 그러나 이것은 양쪽이 피장파장입니다. 우리도 동관에서 서쪽으로 진격할 수는 없지만, 적이 동관 수비대를 이동시키면 우리는 서쪽으로 진격할 수 있게 됩니다. 제갈량은 지극히 신중한 인물이라 모험은 하지 않습니다. 이번에 병주를 얻은 것도 실은 제갈량이 지휘한 것이 아니라 부하가 제멋대로 모험을 한 것인데, 그것이 우연히 들어맞은 것뿐입니다. 처음부터 심려원모하여 그런 결과가 나온 것과는 전혀 다릅니다. 제갈량은 상당을 빼앗고 정형을 막았으며 비호구에 많은 병력을 두고 있지만, 이는 모두 우리를 막기 위한 수단에 지나지 않습니다. 그렇게 유리한 입장에 있으면서도 전혀 신격할 조짐이 없는 것만 보아도 분명합니다. 대체로 지역이 넓으면 병력은 분산되게 마련이고, 방어할 곳이 많으면 힘은 약해지게 마련입니다. 지금은 어디를 새로 얻었는가를 말하고 있을 때가 아니라, '안정'이라는 두 글자를 최우선으로 삼아야 할 때입니다. 우선 잃어버린 병력을 보충하여 훈련시켜야 합니다. 제갈량은 절대로 위험을 무릅쓰고 동관에서 나오지는 않을 것입니다. 설령 제갈량이 침식을 잊고 전력을 다해 진격해온다 해도, 현재의 병력으로는 허창에 도착할 때까지 최소한 석 달 이상은 걸릴 것입니다. 우리는 문향과 진성에 주둔해 있는 장수들에게 성을 굳게 지켜 싸움에 나가지 말라고 명령하고 지구전을 펴야 합니다. 제갈량은 관우·장비와 협력하여 전력을 다해 그런 교착 상태를 타개하려 하겠지요. 관우와 장비가 중원에 힘을 쏟는 것을 알면 오나라가 가만히 있을 리가 없습니다. 반드시 장강과 한수漢水 유역에서 전투가 벌어질 것입니다. 그때 우리는 푹 쉬게 해둔 병사 수만 명을 동원하여 동백桐栢을 통해 양양을 공격합니다. 관우는 완성과 섭현 사이에서 싸우다가 오나라의 침공을 받고 거기에 대응하는 것만으로도 힘겨운 판에, 동백에서 나온 아군이 그 근본을 뒤엎어놓으면 더 이상 어찌할 도리가 없을 것입니다. 이렇게 되면 전한 건국 시기의 참모인 장량

張良과 진평陳平조차도 일찌감치 포기할 터이고, 고대의 전설적 영웅인 맹분孟賁과 하육夏育조차도 힘을 쓰지 못할 것입니다."

조조는 이 말을 듣고 크게 기뻐하며 이렇게 말했다.

"중달의 말은 참으로 훌륭하오. 『손자』에 나오는 '나를 알고 적을 알면 백전백승'이란 바로 이를 두고 하는 말이오."

그러고는 사마의를 총사령관 대사마에 임명하고, 군권을 위임한다는 증표인 '황월黃鉞'을 주면서 서주와 예주의 군사를 총괄하라고 명령했다. 이리하여 사마의는 7만 병력을 거느리고 관우의 침공을 막게 되었다.

사마의는 당장 출발하여 섭현에 도착했다. 조인·조홍·장합·조휴·문빙 등이 마중을 나와 그의 좌우에 자리를 잡았다.

사마의는 우선 조인에게 물었다.

"장비의 부대는 지금 어떤 상태요?"

"장비는 지금 방성에 주둔해 있고, 장포는 이양에, 관흥은 무양에 주둔해 있으며, 황무를 비롯한 네 장수가 사방을 순찰하고 있는데, 병력은 대충 5만 정도지만, 요즘에는 전혀 전투가 벌어지지 않습니다."

사마의는 놀라서 말했다.

"장비는 용맹하고 적진 깊숙이 쳐들어가는 것을 장기로 삼는 인물이오. 그런데 가만히 앉아서 주변을 평정하고 군량을 확보하면서 아군을 조금씩 압박하여 우리가 스스로 무너지기를 기다리고 있다는 것은 보통 일이 아니오. 상당히 유능한 군사가 옆에 붙어 있는 게 분명하오."

조홍이 그 말에 대답하여 말했다.

"양양의 방통이 장비에게 지혜를 주고 있는데, 방성뿐 아니라 이양과 무양이 함락된 것도 모두 방통의 책략 때문이라는 이야기를 들었습니다."

사마의는 깊은 한숨을 내쉬며 말했다.

"오래전부터 복룡 제갈량과 봉추 방통의 이름은 듣고 있었지만, 오늘 비로소 그 소문이 거짓이 아님을 알았소. 휘하 장수들에게 이렇게 전하시오. '세심한 주의를 기울여 수비하고, 경솔하게 나가 싸워서는 안 된다. 오나라가 출병하기를 기다려 협공 태세를 취하라'고."

그리고 장합에게는 특별히 이렇게 명령했다.

"병력 3천을 이끌고, 정식 군령임을 나타내는 '호부虎府'를 가져가서 신식申息에 있는 수비대 2만을 동원하고, 그 병력과 함께 밤낮으로 강행군하여 동백산을 넘어 양양을 공격하시오. 양양을 빼앗으면 불을 질러 태워버리고, 성은 그대로 놓아둔 채 병력을 박망에 숨겨놓고 관우와 장비의 귀로를 차단하시오. 만일 양양 수비가 견고하여 함락되지 않을 것 같으면 부근 마을들을 약탈하여 적의 마음을 어지럽히시오. 양양에서 요격군이 나올 경우, 적군이 약하면 싸우고 강하면 퇴각하여 변두리를 지키시오. 적은 방어를 위주로 하고 있으므로 무리하게 포위하거나 추격해봤자 헛수고요."

장합은 당장 떠났다.

한편, 마대는 제갈량의 명령을 받고 금성으로 가서 한수를 만나 이곳에 온 뜻을 알린 다음, 무위로 가서 정예병력 3만 명과 말 1만 필을 얻어 당장 장안으로 돌아왔다. 그리고 장안 주변에 군마를 세워놓고, 자신은 말에 올라타고 동관으로 가서 공명에게 자초지종을 보고했다.

공명은 마대가 조금의 차질도 없이 계획대로 명령을 수행한 것을 치하했다.

이어서 공명은 마초를 불러 이렇게 명령했다.

"맹기, 첩자의 보고에 따르면 조조는 운장이 방성을 빼앗아 허창을 위협했기 때문에 황급히 허창으로 돌아가 사마의를 총사령관에 임명하여 운장을 맞아 싸우라고 명령했다 하오. 사마의는 대단한 책략가이니, 반드시 형주와 양양의 배후를 공격하려 들 거요. 운장은 지금 남양에 주둔해 있고, 양양에는 수비대가 있지만, 적의 뜻대로 휘둘릴 우려가 있소. 다행히 중화(마대)가 돌아와주었고, 위나라 대군이 효함을 지키고 있는 이상, 지금 위험을 무릅쓰고 서둘러 진군할 필요는 없소. 그러니 맹기는 장안으로 가서 서량에서 온 기병 8천을 선발하여, 남전을 통해 무관으로 나가 양양을 응원해주시오. 양양에서는 뒤로 물러나면 형주의 조자룡을 응원할 수 있고, 앞으로 나아가면 익덕을 응원할 수 있을 것이오. 위군이 오면 철저히 쳐부수어 두번 다시 양양을 넘보지 못하게 하시오. 그렇게 해서 아군의 후방 길목을 확보하는 거요. 양양이 안정되면 무관으로 돌아가 노씨盧氏로 진격하고, 효산을 따라 계속 동쪽으로 진격하여 의양宜陽을 빼앗으시오. 의양을 얻으면 남쪽의 장포와 연락할 수 있고, 북쪽으로는 용문으로 나가 낙양을 공격할 수 있소. 중화의 응원군을 곧 뒤따라 보낼 테니 그리 아시오."

마초는 당장 장안으로 가서 기병 8천을 이끌고 양양으로 달려갔다.

공명이 다시 동관 부근의 적진을 시찰했더니 이상할 만큼 견고한 방비 태세를 취하고 있기 때문에, 황충을 불러 주의 깊게 수비하면서 위군의 움직임을 경계하라고 명령했다. 그리고 자신은 마대와 함께 신병 1만 5천을 이끌고 무관에 주둔하면서, 마초가 양양에서 돌아와 함께 노씨로 진격하기를 기다렸다.

마초는 기병을 이끌고 밤낮으로 강행군하여 양양에 도착했다. 황서가 마중 나와, 아직 젊은 마초에게 마치 조카가 숙부를 대하듯 공손히 절을 했기 때문에 마초는 무척 흐뭇해했다. 그리고 당장 남양의 관우와 형주의 조운에게 전령을 보내어 자신이 양양에 와 있음을 알렸다.

이 무렵 관우와 서서는 조조가 사마의를 총독으로 임명하여 내보낸 것을 알고, '사마의라면 세상에 이름 높은 책략가이니, 반드시 우리 후방을 교란하려 할 것'이라는 판단을 내리고, 관평에게 병력 3천을 주어 양양으로 파견하려던 참이었다.

바로 그때 마초가 왔다는 소식이 들어왔다. 관우는 크게 기뻐하며 말했다.

"맹기가 와주었다면 양양은 태산처럼 든든하오. 공명의 사려에는 빈틈이 없소. 정말 대단하오."

그러면서 자랑거리인 수염을 쓰다듬으며 껄껄 웃었다.

관우는 곧 마초에게 답장을 쓰고, 양양 각지의 진영에 전령을 보내어 앞으로는 모두 마초의 지휘를 받으라고 명했다.

답장을 받은 마초는 황서에게 말했다.

"자네는 병사들을 지휘하여 성을 지키게. 나는 백하白河로 가서 병사들에게 밭을 갈고 양을 치게 하면서, 위군이 서쪽에서 쳐들어오면 맞아 싸울 테니."

이어서 마초는 부하들에게 명하여 멀리까지 척후병을 내보내고, 봉화를 이용하여 위군의 습격을 재빨리 알 수 있도록 준비했다.

한편, 위군 장수 장합은 몰래 동백산을 넘어 양양을 공격하려고 했지만, 그 움직임은 이미 마초에게 알려져 있었다. 마초는 부하들을 분산하여 백하 부근에 매복시키고, 위군이 백하를 절반쯤 건넜을 때 큰 북을 울려 일제히 공격하기로 했다.

장합은 양양으로 가는 도중 적군을 단 한 사람도 보지 못했기 때문에 열심히 길을 서둘렀다. 위군이 백하에 다다른 것은 마침 저물녘이었다. 강을 건너기 시작하여 반쯤 갔을 때, 양쪽 연안에서 느닷없이 북소리가 울리더니 횃불이 주위를 대낮처럼 환히 비추었다.

복병은 일제히 화살을 소나기처럼 퍼부었다. 장합은 당황하여 퇴각을 명했다. 바로 그때 횃불빛 속에 한 대장이 나타났다. 은갑옷에 은투구를 쓰고 하얀 말 위에 올라앉은 적장은 기다란 창을 겨누면서 큰 소리로 외쳤다.

"장합아, 도망치지 마라. 마초가 여기 있다."

장합은 펄쩍 뛰어오를 만큼 놀랐다. 마초는 분명 상당에 있을 텐데 어떻게 여기 나타났을까. 장합이 순간 혼란에 빠졌을 때 서량군 기마대가 덤벼들었다. 위군은 물에 빠져 죽는 사람이 부지기수였다. 장합은 간신히 포위망을 뚫고 목숨만 건져 달아났다. 마초가 지체 없이 그 뒤를 추격한다.

이미 해는 저물어 어둠이 덮였다. 위군은 적의 병력이 어느 정도나 되는지도 전혀 알 수가 없다. 들리는 소리라고는 서량 기마대가 "항복하면 목숨만은 살려주마" 하고 외치는 소리뿐이다.

위군은 도망칠 길을 알지 못하고 잇따라 투항하기 시작하여, 장합이 이끌고 온 2만 남짓한 병력은 불과 수백 명밖에 남지 않았다. 장합은 겨우 섭현으로 도망쳐 들어가 사마의 앞에 꿇어 엎드려 죄를 청했지만, 이 이야기는 여기까지.

한편, 마초가 투항병을 세어보니, 약 1만 명이었다. 말과 무기 같은 전리품은 헤아릴 수 없을 정도였다.

마초는 투항병을 훈계하고, 각자에게 은 한 냥씩을 주어 이 근처에서 멀리 떠나라고 명령했다. 투항병들은 머리를 조아려 사례하고 경계선을 넘어 사라졌다.

전리품은 모두 양양성 안으로 옮기고 병사들에게 휴식을 준 뒤, 마초는 관우와 제갈량에게 각각 전령을 보내어 승리를 알렸다.

관우는 이 소식을 받고 크게 기뻐하며 말했다.

"사람들은 모두 맹기를 젊은 영웅이라고들 하는데, 이제 8천 병력으로 위군 3만 병력을 쳐부수니 그 신속함은 정말 비할 데 없이 훌륭했소. 우리 형님(유비)께서는 그런 명장을 휘하에 두셨으니 한왕실도 쉽게 중흥할 수 있을 것이오."

그리고는 서서에게 양양에 가서 병사들을 위로해달라고 부탁한 뒤 이렇게 말을 이었다.

"위나라는 이런 참패를 당했으니 다시는 양양을 넘보지 못할 거요. 정예부대를 양양에 계속 놓아둘 필요는 없을 테니, 방향을 전환하든 동관으로 돌려보내든 서 군사와 맹기가 의논해서 결정을 내리도록 해주시오."

서서는 당장 양양으로 가서 마초를 위로하고 병사들에게 포상을 나누어 주었다. 황서는 잔치를 베풀어 서서를 대접했다. 서서가 관우의 뜻을 전하자 마초는 이렇게 말했다.

"저도 지금 막 서 군사께 말씀드리려던 참입니다. 앞으로는 제갈 원수의 훈령에 따라 군사를 무관으로 옮겨 노씨를 공격할 예정입니다. 서 군사께서 마침 이곳에 오셨으니, 며칠만 이곳에 머물러주셨으면 합니다. 장합이 다시 오지는 않겠지만, 여기 남아 있는 사람들에게 이 양양의 수비에 대해 조언을 해주시면 고맙겠습니다. 저는 내일 군대를 이끌고 서쪽으로 가겠습니다. 관 장군을 만나뵙지 않고 떠나는 실례를 용서해달라고, 그분께 잘 전해주십시오."

"장군의 크나큰 공로에 대해서는 관 장군도 높이 평가하고 계십니다. 그런 사소한 일에 관해서는 신경 쓰지 마십시오. 나는 잠시 이곳에 머물면서 수비를 지휘할 테니, 장군은 예정대로 내일 떠나시는 게 좋겠습니다."

이리하여 주객이 모두 마음껏 즐기고 잔치를 끝냈다.

이튿날 마초는 기병 8천을 이끌고 무관을 향해 떠났다. 서서는 형주군 3천을 이끌고 백하에 주둔하면서 황서의 병력 1만 2천과 연계를 맺어 견고한 방어선을 구축한 뒤 남양으로 돌아갔다.

마초가 무관에 도착하자, 마대가 마중을 나왔다. 마초와 마대 형제는 재회를 기뻐한 뒤, 무관에 주둔해 있던 관색과 함께 셋이서 노씨 공략 작전을 의논했다.

관색이 말하기를,

"첩자의 보고에 따르면, 노씨를 지키는 서영은 전에 구강군 태수였던 서구(원술이 죽은 뒤에 그 처자를 습격하여 옥새를 빼앗아 조조에게 바친 인물이다)의 동생으로, 서황과 함께 동관을 지키고 있었는데, 동관이 함락된 뒤에는 노씨를 지키고 있답니다. 병력은 1만입니다. 엄중한 수비 태세를 취한 채, 특히 서량 쪽에서의 공격을 경계하고 있다는 것입니다. 우리는 옷을 갈아입고 비적으로 분장하여 노씨 근처의 마을을 습격합시다. 서영은 군대를 보내어 도적 떼를 쫓아내려 하겠지요. 우리는 뿔뿔이 흩어져서 서영의 추격을 유인하고, 그사이에 복병이 성을 기습하면 이길 수 있을 것입니다."

마초는 "그것 참 묘안이오" 하면서 찬성했다. 마초는 우선 마대에게 명령하여, 병사들의 얼굴에 화장을 하고 가짜 수염을 붙여 근교 마을들을 습격하게 했다. 그러나 금품만 빼앗고 절대로 사람을 해쳐서는 안 된다고 지시했다. 그리고 마초 자신은 성을 공격하는 역할을 맡기로 했다.

"비적이 나타났다."

이런 통보를 받은 서영은 군대를 이끌고 비적을 잡으러 나왔다. 마대는 얼른 서쪽으로 도망치기 시작했다. 서영은 도적 떼가 불과 수백 명인 데다 무장도 제대로 갖추지 않은 것을 보고는 아무 의심도 하지 않고 쫓아왔다.

마대가 이끈 부대도 연기력이 상당해서, 정말로 낭패하여 달아나는 것처럼 허둥댔다.

서영은 10리쯤 추격하다가 성으로 돌아가려고 했지만, 그때 뒤쪽에서 소리가 들리기를,

"성안에 도적 떼가 침입했다."

서영이 한달음에 성벽까지 달려가보니 성문은 이미 활짝 열려 있고 서량군이 성안을 점령하고 있었다.

서영은 동관을 잃은 이후 서량군을 극도로 무서워하고 있었기 때문에, 황급히 말머리를 돌려 달아나기 시작했다. 그를 추격한 마대는 10합도 싸우기 전에 서영을 베어 죽였다.

노씨를 빼앗은 마초와 마대는 기세를 타고 적을 추격하여 어느새 의양에 이르렀다.

의양은 위나라 영토에서도 중요한 현縣이고 면적도 넓어서, 8천 명의 병력이 항상 주둔해 있었다. 거기에다 이양의 패잔병도 4천 명이나 도망쳐 왔기 때문에, 수비대장 하후현夏侯玄의 휘하에는 도합 1만 2천 병력이 있었다.

하후현은 "마초가 왔다"는 소식을 듣고 급히 성문을 닫았다.

노씨의 패잔병들이 성문에 이르러 "문을 열고 우리를 받아달라"고 외쳤지만 하후현은 응하지 않았다. 패잔병들은 궁지에 몰리자 성 주위에서 큰 소리로 욕설을 퍼붓기 시작했다.

그러자 하후현은 수비병에게 명하여 노씨의 패잔병에게 화살을 쏘게 했다. 이양에서 도망쳐 와 있던 병사들은 이를 알고 서로 이야기하기 시작했다.

"우리는 일찍 도망쳐 와서 살았지만, 늦게 왔더라면 노씨의 패잔병처럼 자기편 화살에 맞아 죽을 뻔했다."

의양의 수비병들은 이양의 패잔병들이 변심하면 큰일이라고 생각하여, 그들이 모여서 이야기하는 것을 금지했다.

그러나 이것은 오히려 역효과를 낳았다. 이양의 패잔병들은 "우리를 불신하는 거냐?"고 화를 내며 갑자기 난폭하게 날뛰기 시작했다.

이를 목격한 수비병 하나가 이양 패잔병의 중심이었던 사람을 네댓 명 죽였는데, 이것이 결국 이양 패잔병들의 감정을 폭발시키고 말았다. 이양 패잔병들은 성안에서 폭동을 일으켜 곳곳에 불을 질렀다.

이리하여 의양 수비병과 이양 패잔병이 성안에서 싸우기 시작하자, 성밖에 있던 노씨의 패잔병들도 이를 알고는 "의양성을 함락시키자"면서 공격을 시작했다.

그 틈을 노려 마초는 성안으로 쳐들어갔다. 패잔병들은 뿔뿔이 흩어져 도망쳤다. 하후현은 난투를 벌이다가 죽었다.

의양성을 얻은 마초는 우선 불을 끄고 주민을 진정시키며 성을 수리한 뒤, 한나라 깃발을 꽂고 장포와 연락을 취했다. 그리고 마대에게 병력 3천을 주어 관흥과 함께 사단을 조직하게 했다. 이로써 장비군의 위세는 더욱 높아졌다.

호랑이 같은 대장이 맹위를 떨치면 사방팔방에 비바람을 일으키고, 명마가 울면 만 리나 떨어져 있는 파도를 부르는 법이다. 그러면 이 다음은 어찌 될 것인가. 다음 회를 기대하시라.

제 24 회

손권, 두 방면에서 형주를 공격하다
조운, 군대를 이끌고 강하를 빼앗다

마초에게 참패를 당하고 섭현으로 도망쳐간 장합은 도독 사마의 앞에 꿇어 엎드려 이마를 땅바닥에 찧으면서 죄를 청했다.

"대체 무슨 일이오? 그 낭패한 모습은 어찌 된 거요?"

"소장은 도독의 명령을 받들어 신식에서 엿새 만에 군대 정비를 끝냈습니다. 그래서 지시하신 대로 동백산을 넘어 백하를 건넜습니다. 백하를 건너는 도중, 느닷없이 적의 복병이 나타나 아군은 큰 혼란에 빠졌습니다. 게다가 달도 없는 캄캄한 밤이었기 때문에 적군과 아군의 구별조차 하지 못하여 거의 모든 병력을 잃어버렸습니다."

"형주의 명장들, 예를 들면 조운은 오나라를 막는 데 전념하고 있고, 관우는 남양에 주둔해 있으며, 장비는 현재 방성에 있소. 아무리 캄캄한 밤에 강을 건너다가 허를 찔렸다 해도, 장군만한 기량을 가진 대장이 병력 전체를 잃어버리다니, 대체 적장은 누구요?"

"서량의 마초입니다."

"뭐라고? 마초는 상당에 있을 터인데, 어찌하여 양양에 있었단 말이오?"

"서량군은 기마대뿐이라, 빨리 이동할 수 있었던 것 같습니다."

사마의는 잠시 생각에 잠겨 있다가 이렇게 말했다.

"제갈량은 마대를 시켜서 방면의 5개 군에 파견하여 거기서 군대를 모집하게 했다고 들었소. 이번에 나타난 것은 아마 그 신병 부대일 거요. 제갈량은 우리가 양양을 공격할 것을 두려워하여, 장안에 도착한 그 신병들을 마초에게 주고 백하에 주둔시켜 장군을 기다리게 했던 거요. 장군은 빨리 공을 세우려고 초조한 나머지, 서서나 방통처럼 지모가 뛰어난 사람이 근거지인 양양에 대해 아무 대비도 하지 않을 리가 없다는 것을 까맣게 잊어버린 모양이군. 경계를 넘어 수십 리를 들어갈 때까지 적병을 하나도 보지 못했다는 것은 분명 유인책이었소. 그것을 알아차리지 못한 것이 이번 참패의 원인이오."

이 말을 들은 장합은 마치 꿈에서 깨어난 것처럼 퍼뜩 정신이 들었다. 그리고 군법을 달게 받겠으니 자신의 죄에 해당하는 벌을 내려달라고 다시 애원했다.

사마의는 장합을 부축해 일으키면서 말했다.

"'승패는 병가의 상사'라고 하지 않소. 이길 때도 있고 질 때도 있는 게 싸움이오. 장군은 국가의 장수로서 앞으로도 중책을 맡아주어야 하오. 그런데 어찌 죄를 줄 수 있겠소. 부디 이번 일을 가슴에 깊이 새기고, 앞으로는 신중히 행동하여 나라를 위해 진력해주시오."

장합은 머리를 조아려 사례했다.

"서량군 기마대는 기동력이 뛰어나니, 다음에는 아마 무관에서 동쪽으로 나올 거요. 의양을 비롯한 각지가 위험하오."

사마의는 이렇게 말하고, 맏아들 사마사司馬師에게 병력 8천을 주어 의양을 수비하러 가라고 명령했다.

사마사가 막 떠나려 할 때 첩자가 들어와 알렸다.

"의양은 이미 함락되고, 그 방면으로 군대를 보낼 수도 없는 상태입니다."

사마의는 마침 밥을 먹던 참이었는데, 이 소식을 듣고는 젓가락을 내던지며 탄식했다.

"마초의 부대는 실로 빠르구나. 참으로 귀신 같은 솜씨로다."

사마의는 맏아들 사마사의 부대를 낙양으로 보내고, 둘째아들 사마소司馬昭에게 1만 병력을 주어 공현鞏縣 · 용문龍門 · 소실少室의 산악지대에 진주하여 마초가 낙양을 공격하지 못하게 막으라고 명령했다. 또한 각지에도 전령을 보내어, 서황은 문향을 지키고 등애와 종회는 효산 북서쪽을 지켜, 마초가 동관의 촉군과 함께 지구전을 펴지 못하도록 조치했다.

이 무렵 마초는 남쪽의 숭현嵩縣을 빼앗고, 장포와 연락하여 웅이산熊耳山 기슭에 부대를 주둔시켰다. 그리고 자신의 기병 8천과 장포의 보병 3천을 합하여 의양의 수비를 강화했다.

이런 움직임을 간파한 사마의는 급히 조홍에게 겹현郟縣을 지키게 하고, 문빙에게는 등봉登封을 지키게 했다. 마초의 부대에 대해서는 소실산少室山의 남쪽과 북쪽에서 대항하고, 장포의 부대에 대해서는 기산箕山의 남쪽과 북쪽에서 대항하게 하려는 작전이었다.

위군은 보루를 높이 쌓고 도랑을 깊이 파는 한편 가시나무 울타리를 둘러치고 함정을 파는 등 완벽한 수비 태세를 갖추었다.

한편, 장비와 방통은 사마의와 대치하게 되자, 정면 충돌은 피하고 발빠른 소규모 부대를 내보내어 인근 마을들을 기습하거나 황건적 잔당을 끌어모아 위군 진영을 혼란시킬 계획을 세우고 있었다.

그러나 조조도 허창에 가만히 앉아만 있었던 것은 아니다. 당장 군대를 파견하여 그런 불씨를 껐다. 물론 이런 불씨는 아무리 끄고 또 꺼도 계속 연기를 내어, 언제까지나 그 지역을 불안하게 하는 걱정거리로 남아 있었지만.

그러는 동안, 아니나 다를까 사마의의 말대로 손권이 보복군을 내보내기로 결심했다.

사실은 여몽이 조운에게 지고 하구로 돌아온 이후, 오나라는 밤낮으로 앙갚음할 기회만 노리고 있었다. 그래서 조조가 사마의를 파견하여 관우와 맞서게 하고, 사마의는 장합을 파견하여 양양을 습격했다는 소식을 들었을 때, 여몽은 당장 출전하고 싶다는 뜻을 밝혔다.

그런데 동료인 서성이 말렸다.

"장군, 관우와 장비와 조운은 일세의 영웅이고, 방통과 서서와 마량은 모두 뛰어난 지모를 가진 인물들입니다. 아무리 위나라와 싸우고 있다 해도 자신의 근거지에 대한 수비를 잊지는 않습니다. 그리고 위군의 공격이 성공했다는 소식도 아직 들어오지 않았습니다."

서성의 말을 듣고 보니 그 말에도 일리가 있다. 그래서 여몽은 출전하고 싶은 마음을 일단 억누르고 위군의 소식을 기다리기로 했다. 장합이 양양 공격에 성공하면 당장 군대를 내보내고, 장합이 실패하면 다시 책략을 짜자고 생각하면서.

그로부터 며칠 뒤, 장합이 마초에게 참패하고 위군은 궤멸했다는 소식을 듣고 여몽은 깜짝 놀랐다.

'마초가 양양에 왔다면, 아군이 형주를 공격하면 마초가 구원하러 오겠구나. 그렇다면 잘 될 턱이 없어.'

그는 이렇게 생각하고 거의 체념 상태에 빠졌다. 그런데 여몽에게 첩자가 이런 정보를 가져왔다.

"마초는 군대를 무관으로 옮겨 의양을 공격했습니다."

그래서 여몽의 복수심이 되살아났다. 여몽이 기뻐하며 서성과 출병을 논의하고 있는데, 그때 손권의 사자인 손소가 도착하여 손권의 명령서를 낭독했다.

"수군 도독 노숙의 사망으로, 여몽을 그 후임에 임명하노라. 건업 상류에 있는 모든 수군은 여몽의 지휘를 받아 당장 형주를 공격하라."

여몽은 명령을 받은 뒤 서성·손소와 작전을 논의했다.

"형주에는 훌륭한 장수가 조운밖에 없소. 나는 주환에게 육군 5천을 주어, 깃발을 휘날리며 육로로 파릉을 공격하게 하겠소. 조운은 급히 파릉으로 구원하러 가겠지만, 이 때문에 조운의 움직임은 큰 제약을 받을 것이오. 다음에는 장흠에게 강하의 수비를 맡기고, 강하에 있는 감녕은 육군 1만을 이끌고 서쪽으로 가서 한수를 따라 잠강으로 나가 형주 동부를 공격하도록 하겠소. 나는 수군 2만을 이끌고 장강을 거슬러 올라가 형주 남부를 공격하겠소. 이렇게 하면 앞뒤에서 협공을 받은 형주는 뿌리째 흔들릴 것이오. 사마의가 그 틈을 노려 군대를 내보내면 형주는 협공 태세 앞에서 궤멸하고, 우리는 지난번의 치욕을 씻을 수 있을 것이오."

서성과 손소는 입을 모아 찬성하고, 드디어 오나라의 수군과 육군은 행동을 개시했다.

한편, 파릉의 조운은 패주한 오군의 동태를 살피려고 각지에 수많은 첩자를 파견해두었기 때문에, 오군이 출동하기도 전에 오군의 작전을 알았다. 조운은 급히 유기와 마량에게 알리는 한편, 유봉의 군대를 옮겨 잠강을 지키게 하고, 아내 운록에게는 서량군 5천을 이끌고 유봉을 응원하라고 명령했다.

이어서 조운은 향총을 불러 이렇게 말했다.

"오나라가 세 방면으로 나누어 침범해오는데, 어디를 가장 중시하면 좋겠나?"

"오나라 육군이 파릉으로 오는 것은 허세를 부리기 위해서일 뿐, 아마 장군의 견제를 그쪽으로 유인하려는 속셈일 것입니다. 여몽과 감녕은 오나라에서 가장 훌륭한 장수이니, 막지 않을 수는 없습니다."

"잠강의 육로에는 이미 유봉의 부대를 보냈으니 그리 걱정할 필요는 없겠지. 여몽은 직접 수군을 이끌고 '무슨 일이 있어도 형주를 함락시키겠다'는 결심으로 다가오고 있네. 내 생각에 여몽은 육군으로 나를 견제했다고 생각할 테니, 그 허점을 찔러 양루동에 배치되어 있는 아군을 전부 끌어내어 몰래 강하를 습격해버릴까 하네. 자네가 우리 수군과 육군을 이끌고 열흘 동안만 여몽의 움직임을 막아준다면 이 계책은 성공할 수 있을 것일세."

"명령하신다면 전력을 다해 임무를 수행하겠지만, 제가 느닷없이 전군을 장악하게 되면 명령을 듣지 않는 사람이 나오지나 않을까, 그게 걱정입니다."

조운은 이 말을 듣고 기뻐하며 말하기를,

"자네가 해주기만 한다면 나머지 일은 조금도 염려할 게 없네."

그런 다음 부하 장수들을 불러 선언했다.

"향 장군에게 열흘 동안 내 대리를 맡기겠다. 누구든 향 장군의 명령을 어기는 자가 있으면 결코 용서하지 않겠다."

장수들은 입을 모아 향총의 명령에 복종할 것을 맹세했다.

형주의 현재 병력은 수군과 육군을 합하여 약 3만, 각지를 수비하러 간 병력을 제외하고 파릉에 주둔해 있는 병력이 약 2만, 장강 양쪽 연안에 배치되어 있는 육군이 약 1만, 그래서 도합 약 6만이었다. 이 병력이 모두 향총의 지휘를 받게 된 것이다.

조운은 기마병 수백을 거느리고 양루동으로 달려가 이적을 만났다. 그리고 장사 태수 장완에게 격문을 보내어, 병력 1만을 배에 태워 장강을 따라 동쪽의 파릉까지 내려가게 한 다음, 거기서 상륙시켜 강하로 보내달라고 요청했다. 강하를 함락시킨 뒤, 그곳의 수비를 맡기기 위해서였다.

조운은 양루동에서 요화와 호반에게 명령하여, 수비병 전원을 이끌고 강하를 향해 떠났다.

조운의 부대가 강하에서 2백 리쯤 떨어진 곳에 도착했을 때, 앞쪽에서 오나라 깃발을 어마어마하게 치켜든 주환의 부대가 나타났다. 조운은 요화와 호반을 산의 좌우에 매복시키고, 자신은 3천 병력을 이끌고 산 속에 숨어 주환의 부대를 그냥 통과시킨 뒤, 오군의 후방을 공격했다.

주환은 적을 유인하는 것이 이번 작전의 임무이기 때문에 천천히 전진하고 있었는데, 뜻밖에도 뒤에서 공격을 받았기 때문에 깜짝 놀라 말머리를 돌려 구원하러 왔다.

그러자 조운이 주환의 앞을 막아섰다. 두 장수가 20여 합을 싸웠을 때 느닷없이 함성이 들리더니, 왼쪽에서는 요화가, 오른쪽에서는 호반이 부대를 이끌고 밀어닥쳤다. 주환이 당황하여 어쩔 줄 모르고 있을 때, 조운이 우렁찬 기합 소리와 함께 창을 휘두르자 주환은 말에서 떨어져 죽었다. 오나라 병사들은 사방으로 흩어져 달아났다.

조운은 포위망을 만들어 탈출을 막고, 부하들에게 "항복하면 목숨만은 살려주마" 하고 외치게 했다. 포위되어 갈 곳이 없는 오나라 병사들은 땅바닥에 무릎을 꿇고 투항했다.

조운은 투항병들의 옷을 벗겨 형주군을 오군으로 변장시키고, 투항병의 무기도 모조리 몰수했다. 그러나 깃발만은 그대로 들고 있게 했다. 이어서 투항병들은 저마다 오군 깃발을 들고, 호반의 인솔을 받아 밤낮을 가리지 않고 강하의 남문으로 향했다.

이튿날 오후 강하에 도착하자, 강하성 수비병은 아군이 온 줄 알고 성문을 열어 맞아들였다. 조운은 심복 부하들을 이끌고 관청으로 가서 강하 태수 장흠을 찾게 했다.

이때 장흠은 주환의 패잔병들이 돌아왔다는 말을 듣고는 부하들을 거느리고 밖으로 나오다가 조운과 얼굴이 딱 마주쳤다. 장흠은 오나라의 손부인과 유비의 혼담이 나왔을 때 조운과 만난 적이 있기 때문에, 그 얼굴을 보자 소스라치게 놀랐다.

조운은 다짜고짜 창을 들이댔다. 장흠은 언월도로 겨우 막아내고 왼쪽으로 달아났다. 조운은 요화에게 명령하여 성안의 오군을 모조리 소탕하게 하고, 호반에게는 성내 각지를 점령하라고 명령하는 한편, 자신은 장흠을 추격했다. 장흠은 간신히 목숨을 건져 동문으로 빠져나간 뒤, 병선兵船에 올라타고 하구夏口로 달아났다.

조운은 병사들에게 명령하여 강가에 있는 오나라 병선을 남김없이 불태웠다.

하늘까지 치솟은 불길이 장강을 붉게 물들였다.

그 불길을 본 서성이 구원하러 나가려는데 장흠이 뛰어들어와 자초지종을 이야기했다. 서성은 발을 동동 구르면서 말했다.

"주환의 부대는 전멸당한 게 틀림없소. 조운의 담력과 지략은 정말 대단하오. 내일 군대를 이끌고 장강을 건너 결전을 벌여야겠소."

그러고는 병사들에게 밤을 새워 경비를 철저히 하라고 명령했다.

강하를 얻은 조운은 오나라 투항병을 모두 성에서 쫓아내고, 관청 안에 있는 서류와 창고에 쌓여 있는 물건을 점검하는 한편, 방비 태세를 굳혔다.

호반에게는 성안을, 요화에게는 육로를 지키게 하고, 자신은 강가로 나가 오나라 수군의 공격에 대비했다.

강하성에서 쫓겨난 오나라 투항병들이 서성에게 달려와 상황을 보고했지만, 조운이 얼마나 대단한 사람인가 하는 이야기밖에 나오지 않았다. 그래서 결과적으로는 조운의 대변인이 되어 조운의 명성을 더욱 높여주는 것이나 다름없는 상태였다.

서성은 전부터 조운이 신중한 사람이며 허세를 부리는 성격이 아니라는 것을 잘 알고 있었다.

'이번에 일전을 벌여 강하를 얻은 이상, 막강한 세력을 갖고 있을 게 틀림없다. 그것을 이용하여 잇따라 대공세를 펼친다면 빈틈을 노릴 수도 있지만, 조운은 워낙 신중한 사람이므로 성을 굳게 지키면서 금방 나오지는 않을 것이다. 이래서는 섣불리 강을 건너 공격해봤자 헛수고로 끝날 것이다.'

이렇게 생각한 서성은 하구를 굳게 지키면서 여몽에게서 소식이 오기를 기다리기로 했다.

조운은 며칠 동안 장강을 경비했지만, 하구에서는 배가 한 척도 오지 않는다. 반면에 장사에서는 태수 장완이 보낸 원군이 잇따라 도착했다. 조운은 크게 기뻐하며 요화를 강하 태수로 삼아, 장사에서 온 부대를 이끌고 호반과 함께 성을 지키라고 명령했다.

강하성은 서성과 감녕이 잇따라 지키고 있던 성이어서, 성벽은 높고 군량도 10년분은 비축되어 있었다. 조운은 요화에게 세심한 주의를 기울여 성을 지키라고 명령한 뒤, 자신은 기마병 수백을 이끌고 파릉으로 돌아갔다.

이적은 승리했다는 소식을 듣고는 이마에 손을 대며 찬탄하기를,

"장군께서는 그야말로 하늘에서 내려오신 분 같소이다."

조운이 전투 상황을 묻자 이적은 이렇게 대답했다.

"향총 장군은 수군을 이끌고 홍호구洪湖口를 굳게 지키고 있으며, 육군이 그 주변 연안에 배치되었습니다. 오나라 수군을 맞아 사나흘 동안 크고 작은 싸움이 십여 차례 벌어져 양쪽이 모두 상당한 사상자를 냈지만, 아군은 상류에 있기 때문에 그만큼 더 우세합니다. 주환의 육군을 잃은 오나라로서는 이제 믿을 것은 수군뿐이지만, 장강의 물결을 거슬러 올라와서 싸워야 하기 때문에 오나라 수군이 아무리 막강해도 좀처럼 이기지 못할 것입니다. 여몽은 어제 진무의 수군을 시켜 파릉을 공격했지만, 아군은 성릉기城陵磯에서 방어하여 오군을 무찔렀습니다. 이제 장군께서 돌아오셨으니 오나라에 대해서는 조금도 걱정할 게 없습니다."

조운은 향총이 기대한 대로 잘 싸워준 것을 알고 기뻐했다. 이적은 말을 이었다.

"장사의 장완 태수는 장강 하류 유역에서 전투가 벌어졌다는 소식을 듣고, 병력이 모자랄 것을 우려하여 우선 장사군 2만을 강하로 보내고, 다시 영릉과 계양에서도 정예병력 2만을 선발하여 그날로 당장 이

곳 파릉으로 보내주기로 했습니다."

조운은 기뻐하며 말했다.

"귀공과 장 태수는 그야말로 국가의 주춧돌 같은 신하이십니다."

이어서 조운은 이렇게 물었다.

"파릉의 수군은 지금 얼마나 있습니까?"

"3천 명쯤 됩니다."

조운은 수군 장교에게 명령하여 당장 닻을 올리고 홍호구로 떠날 준비를 갖추게 했다.

수군이 막 떠나려 할 때, 장사에서 보낸 제2대 신병 5천 명이 도착했다. 부대를 이끌고 온 사람은 장완의 친척 동생인 장기蔣琪였다. 장기는 곧 조운과 이적을 만났다.

조운은 이 새로운 부대를 성릉기로 보내면서, 강가에 깃발을 잔뜩 세워놓고 큰북을 울려 향총을 응원하라고 명령했다.

장기가 떠난 뒤 조운은 이적에게 이렇게 말했다.

"제3대가 도착하거든 즉시 강하로 보내어 요화 장군의 지휘를 받게 해주십시오. 제4대와 제5대가 도착하면, 파릉에서 강하에 이르는 장강 연안의 요소에 진주하여 방비를 철저히 하라고 명령해주십시오."

그러고는 큰 배에 올라타 '상산 조자룡'이라는 깃발을 꽂고, 수군을 이끌고 떠났다.

형주의 수군은 대장이 강하를 빼앗고 돌아왔기 때문에 용기백배하여 전진했다.

한편, 오나라의 여몽은 날마다 장강을 거슬러 올라가 공격했지만, 향총에게 저지당하여 매번 후퇴만 거듭하자 초조감을 억누르지 못했다. 그래서 마침내 이런 군령을 내리기에 이르렀다.

"앞으로는 오로지 전진만 있을 뿐이다. 한 발짝이라도 물러서는 자는 목을 베겠다."

이어서 여몽은 왼손에 방패를 들고 오른손에는 칼을 들고 앞으로 나섰다. 몸소 화살과 돌멩이를 무릅쓰고 결사적인 각오를 보인 것이다. 오군은 대장이 목숨을 걸고 앞장서는 것을 보고는 분발하여, 형주 수군을 향해 전진하기 시작했다.

형주 수군도 결사적인 각오로 방어하고, 강가의 육군은 오나라 전함을 향해 불화살을 비 오듯 퍼부었다. 드디어 양군이 격돌하려는 순간, 상류에서 북과 뿔피리 소리가 들리고 강가의 육군 깃발도 태양을 뒤덮을 것처럼 늘어나더니, 백 척의 전함이 오나라 수군 한가운데로 돌진해왔다.

형주 수군과 육군은 그 대장기를 보고는 용기백배하여, 향총의 호령에 따라 역습 태세로 들어갔다. 여몽은 조운이 온 것을 보고 깜짝 놀랐다.

기세가 오른 형주군은 칼을 들고 전진하여 오군을 모조리 베어 넘겼다. 조운은 오나라 전함에 다가와 여몽을 향해 창을 휘두른다. 여몽은 방패로 간신히 막아냈지만, 조운의 힘이 워낙 강한 데다 물살도 조운을 거들어, 여몽은 끝까지 버티지 못하고 배 위에 엉덩방아를 찧고 말았다.

부하들이 황급히 달려와 여몽을 에워싸고 보호했지만, 형주군은 일제히 "여몽이 죽었다!"고 큰 소리로 외쳤다. 그러자 오나라 병사들은 순식간에 사기를 잃어버렸다.

오군 장수인 번장과 진무는 뱃머리를 돌려 달아나기 시작했다. 여몽은 다시 일어나 싸우려고 했지만, 배는 이미 물살에 떠밀려 후퇴하기 시작했고, 오군은 평형을 잃은 배 위에서 몸의 균형을 잡지 못하고 텀벙텀벙 강물에 떨어져 죽으니, 그 수가 무려 수천 명에 이르렀다. 여몽은 도저히 이길 수 없다고 판단하고 퇴각 명령을 내렸다. 그리고 자신이 후위를 맡아 적의 추격을 막으면서 후퇴했다.

조운은 일제히 추격하라고 명령했고, 오군의 사기는 두 번 다시 올라가지 않았다.

조운은 향총에게 육군을 이끌고 요소를 지키게 한 뒤, 자신은 수군을 이끌고 달을 추격하는 유성처럼 빠른 속도로 오군을 쫓아 하구에 이르렀다. 조운은 거기서 수군을 두 패로 나누어 연구涓口와 금구金口에 배치하고 강하의 육군과 연계 태세를 취했다.

형주 수군은 여기서 잠시 휴식을 취하면서 하구 진격에 대비했다.

한편, 하구의 서성은 병선을 거느리고 나와 여몽을 맞이했다. 그리고 여몽이 상륙하여 정청에 자리를 잡자 강하가 함락된 자초지종을 이야기했다.

여몽은 땅이 꺼지게 한숨을 내쉬며 탄식했다.

"열흘이 넘게 싸웠건만, 형주 땅은 단 한 뼘도 빼앗지 못했을 뿐 아니라 강하까지 잃어버렸으니, 오후(吳侯: 손권)를 뵐 낯이 없소."

이렇게 말하고는 느닷없이 칼을 빼어 자결하려고 했다. 서성이 그 칼을 빼앗으며 말했다.

"조운은 강하를 빼앗은 이상, 반드시 양양 부대와 연합하여 강을 내려와 하구를 공격할 것입니다. 지금은 하구 수비를 서둘러야 할 때입니다. 그것을 잊고 자결하시면 천하 호걸들의 비웃음을 살 것입니다."

여몽은 그 말을 듣고서야 겨우 정신을 차리고 물었다.

"그런데 홍패(감녕)는 어찌 됐소?"

"지금 잠강에서 유봉에게 저지당하여 전진하지 못하고 있습니다."

여몽은 번장을 불러, 병력 5천을 이끌고 감녕을 응원하러 가라고 명령했다. 그리고 형주군이 동쪽으로 내려오지 못하게 막는 것이 목적이니 반드시 잠강을 돌파하지 않아도 좋다고 설명했다. 그런 다음 각 군의 손실을 점검해보니, 7백 척 남짓한 전함을 잃고 사상자가 무려 9천 명에 이르렀다. 여몽은 또다시 깊은 한숨을 내쉬며 탄식했다.

"10년 걸려 쌓아올린 군대가 하루아침에 무너져버렸구나."

서성은 애써 여몽을 위로하고, 손소에게 휘하 선단의 일부를 맡겨 장강을 순찰시키는 한편, 능통에게 격문을 보내어 파양의 수군과 두습이 이끄는 병력 1만을 이끌고 하구로 와서 응원해달라고 요청했다.

서성은 병사를 보충하고 부상자를 치료시키면서, 장강을 사이에 두고 조운과 대치했다.

이 무렵 잠강에서는 향총이 승리했다는 소식을 받고 조운의 아내 운록이 크게 기뻐하며 유봉에게 말했다.

"아군이 대승을 거두었으니 감녕은 반드시 퇴각할 것입니다. 유 장군은 병력을 이끌고 감녕 진영을 공격하십시오. 감녕은 실전 경험이 풍부한 대장이므로 나와서 맞서 싸울 것입니다. 그때 내가 군대를 이끌고 나가 불을 질러 적진을 태우면 적은 궤멸할 것입니다."

유봉은 그 제안을 받아들여 정면에서 감녕 진영을 습격했다.

감녕은 '수군이 패했다'는 소식을 듣고 퇴각 명령을 내리려던 참이었지만, 진문 밖에서 북과 뿔피리 소리가 들렸기 때문에 적이 습격해

온 것을 알고 부하들을 독려하여 싸우러 나갔다.

감녕과 유봉은 10합쯤 싸웠지만, 유봉이 어찌 감녕을 당해내겠는가. 그는 곧 말머리를 돌려 도망치려고 했다.

바로 그때 서량군이 좌우로 나뉘더니 오군 진영에 불화살을 퍼붓기 시작했다. 그 선두에 선 마운록이 우렁차게 고함을 질렀다.

"유 장군, 당황하지 마시오. 내가 왔으니!"

유봉은 원군이 왔기 때문에 다시 용기를 내어, 마운록과 둘이서 감녕에게 덤벼들었다. 과연 감녕은 감녕이었다. 두 사람의 공격을 막아내는 데 한치의 빈틈도 보이지 않는다. 그러나 서량군의 불화살을 맞고 있는 오군 병사들은 그렇게 되지 않았다.

몸에 불화살을 맞고 도망쳐 다니면서, 감녕이 아무리 명령을 내려도 자꾸만 후퇴할 뿐이다. 거기에 형주군이 밀어닥치자 오군은 부리나케 줄행랑쳤다.

형주군은 대승을 거두고 수십 리를 추격했지만, 번장이 응원군을 이끌고 도착한 덕에 감녕은 겨우 태세를 다시 갖출 수 있었다. 병력을 점고해보니 사상자가 4천여 명에 이르렀다.

감녕은 하늘을 우러러 탄식했다.

"나는 부하를 거느리고 지금까지 크고 작은 전쟁을 수십 차례나 경험했지만, 아직껏 패한 적은 한 번도 없었다. 그런데 오늘 일개 아녀자 때문에 참패를 당했으니 참으로 분통하구나!"

번장이 그 말을 듣고 위로했다.

"서량군은 원래 활을 잘 쏘기로 유명합니다. 게다가 불화살을 쏘았으니, 아군은 도저히 대항할 수 없습니다. 결코 장군의 잘못이 아닙니다."

그러나 두 사람의 입에서 나오는 것은 오직 한숨뿐이었다.

여자가 전쟁에서 비단 돛을 단 적의 우두머리 감녕을 무찔렀다. 유봉 같은 남자는 아무 쓸모도 없이, 옥 같은 미모를 가진 여자를 우러러 보며 부러워한다. 그러면 이 다음은 어찌 될 것인가. 다음 회를 기대하시라.

제 25 회

유비, 마침내 한중왕이 되다
제갈량, 장안으로 진군하다

조운은 각지에서 오나라에 대승을 거두고 강하를 빼앗았다. 그러고는 남양의 관우와 성도의 유비에게 승리를 알렸다.

남양의 관우는 더없이 기뻐하며 조운을 칭찬하는 편지를 쓴 다음, 서서에게 이렇게 말했다.

"자룡 내외는 적진을 함락시켜 위세를 떨치고, 맹기(마초) 못지않은 무용을 보였소. 또한 뜻밖에도 향총 같은 장수가 자신을 기용해준 자룡의 기대에 어긋나지 않게, 여몽과 맞서서 네댓새 동안 단 한 발짝도 양보하지 않는 격투를 벌여 자룡으로 하여금 강하를 빼앗게 하고 홍호구에서도 분투했소. 향총의 역량을 발견한 방사원(방통)은 정말 사람을 보는 눈이 있소."

관우는 헌제에게 하사받은 푸른 비단 저고리를 조운에게 보내어, 이 것을 향총에게 상으로 주라고 말했다. 향총은 감격하여 관우에게 감사했다.

성도의 유비는, 마초가 양양에서 위군에 대승을 거두었다는 소식을 받고 기뻐하고 있을 때, 이번에는 조운이 여몽과 싸워 강하를 얻었다는 소식이 날아들자 기쁨을 감추지 못했다.

그래서 마초를 선조인 마원馬援과 같은 복파장군伏波將軍에 봉하고, 장비를 우장군, 조운을 전장군, 위연을 탕구장군蕩寇將軍, 이엄을 파로

장군破虜將軍, 왕평을 관군장군冠軍將軍, 그리고 관우를 예주목에 임명했다. 또한 요화를 정남장군定南將軍으로 삼아 각지에 승리를 전하고 하사품을 전달하여 병사들을 위로하게 했다. 성도 일대는 환호성으로 들끓었다.

한편, 익주 태수에서 대장군부大將軍府 감사監事 자리로 전임한 법정은 전선에 나간 여러 부대들이 승리를 거듭하고 장수들의 명성과 공적도 계속 높아지는 것을 보고, 이대로 가면 조직을 통솔하기가 어려워지겠다고 느끼기 시작했다.

이것은 나쁜 의미에서가 아니라 오히려 즐거운 '고민'이었다. 유비가 여전히 '건안建安'이라는 연호를 사용하고 '대장군'에 머물러 있으면, 대장군에 배속해 있는 관직의 종류와 인원은 규정에 따라 제한되어 있기 때문에, 앞으로 공을 세운 장수는 마땅히 받아야 할 지위도 받지 못하는 경우가 생긴다.

그래서 법정은 유비를 '한중왕漢中王'으로 추대하여 한왕실 중흥의 다음 단계로 나아가게 하고, 조직 체계도 좀더 확대해야 한다고 생각하기에 이르렀다. 그래서 형주·예주·옹주·양주에 있는 장수들에게 전령을 보내어 동의를 구했다.

장수들은 법정의 인물 됨됨이를 오래전부터 존경하고 있었기 때문에, 국가 대사에 관한 일인데도 모두 찬성하는 답장을 보내왔다. 이리하여 법정이 주관하고 관우의 동의를 얻은 다음, 대장군부에 즉위 요청서를 보냈다.

그 문서의 내용은 이러했다.

"표기장군 예주목 한수정후 관우, 좌장군 옹주목 군사중랑장 제갈량, 형주목 유기, 양무장군 익주태수 대장군부감사 법정, 우장군 도독 양변완섭제군사 장비, 양양태수 좌군사 방통, 복파장군 도독 양주제군사 마초, 전장군 도독 강한제군사 조운, 후장군 도독 하위낙동제군사 황충, 강릉태수 우군사 서서, 탕구장군 평양태수 도독 분진제군사 위연, 파로장군 고평태수 이엄, 정로장군 호하곡제군사 강유, 관군장군 상당태수 왕평, 안문태수 도독 정양마읍이석제군사 전주, 효기장군 호한면제군사 하구태수 향충, 용액장군 낭중태수 엄안, 정원장군 금성태수 한수, 정서장군 천수태수 마준, 평북장군 하서오군군사 마대, 정남장군 강하태수 요화, 행군사마 남정태수 양의, 익주치중종사 화음태수 양홍, 형주목부감사 마량, 무융장군 평릉태수 장억, 진북장군 강북군사 황권, 안한장군 건녕태수 이회, 정서장군 부풍태수 장익, 분위장군 광무태수 마충, 안서장군 장안태수 제갈균, 장사 진군장군 허정, 보한장군 미축, 태상 뇌공, 소부 왕모, 장사태수 장완, 계양태수 마속, 남군태수 비위, 파릉태수 이적, 운양태수 동윤, 이하 문무 장교 및 관리 387인은 삼가 대장군 각하께 주청하옵니다.

한왕실의 사직은 쇠하고 간신이 제위를 훔치니 유씨의 운은 중도에 홀연히 끊어졌습니다. 천하는 넓고 두려우며 안정된 곳이 없습니다. 대장군 각하께서는 한왕실의 혈족으로서 현철賢哲하시다는 평판도 드높고, 서주와 연주가 전복하는 동안에도 천하통일의 위업을 이룩하시었습니다. 중국 전역이 이를 모를 수 없습니다. 효헌 황제 폐하께서는 유폐의 고난을 겪으시는 동안 대장군 각하께 막중한 부탁을 하시어, 내신 목순을 보내어 옥새를 하사하시었습니다. 여기에 딸린 조서에서, 효헌 황제 폐하께서는 한나라 사직의 위망危亡을 구하고 중흥의 대업을 시작하라고 명령하시었습니다. 이는 대장군 각하께 기대하는 바가 깊고 무겁기 때문입니다. 대장군 각하께서는 황통의 위난을 느끼고 탁월하신 웅자雄姿로 형주와 익주의 백성을 선택하시어, 장강의 물결을 타고 동쪽으로 내려가 정기旌旗를 세워 북벌하시고, 옛날 제나라 환공이나 진나라 문공처럼 패도覇道로써 역신 조조를 무찌르셨습니다. 조조는 왕망과 동탁에 비견되는 역적으로서, 나라를 빼앗고 효헌 황제 폐하를 시해했습니다. 같은 한왕실의 피를 이어받은 사람으로서 깊이 통탄하지 않을 수 없습니다. 대장군 각하께서는 옛날 『춘추春秋』의 도리에 따라 예경禮經의 뜻을 받들어 효헌 황제 폐하의 상喪을 공포하시고, 계속 '건안'이라는 연호를 받들어 천하에 대의를 밝히셨으며, 역적 토벌을 결정하시었습니다. 지난 수년 동안 대장군 각하의 위광을 받아 장수들은 서쪽의 옹주와 양주를 평정하고, 북쪽으로는 대주代州와 조趙 땅을 평정했으며, 동으로는 강하를 되찾고 남으로는 만이蠻夷를 진압했습니다. 진을 치고 원정을 거듭하여 중원을 평정할 날도 멀지 않았습니다. 조조는 거듭 패하여 명맥을 유지할 날도 얼마 남지 않았습니다. 대장군 각하께서는 이미 효헌 황제 폐하의 영혼을 위로하시었습니다. 이제는 천하 만백성의 소망을 생각해주셔야 합니다. 관우를 비롯한 저희 문무백관은 이렇게 들었습니다. 참된 군자는 인륜의 질서를 바로 세우고 높은 지위에 올라 천하에 올바른 위계를 보인다고. 이제 모든 문무백관은 오랫동안 '왕'의 자리가 비어 있음을 생각한바, 그 자리를 비워둔 채 세월을 보내면 인심을 수습하기가 어렵습니다. 왕위王位에 오르시는 것이야말로 군민을 통일하는 가장 좋은 방책입니다. 옛날 전한의 고조(유방劉邦)께서는 남정南鄭에서 왕위에 오르신 뒤 대업을 창시하시었고, 광무 황제께서는 소왕蕭王에 봉해지신 뒤에 두각을 나타내셨습니다. 이는 모두가 인사人事의 필연이며 천명이 처음 만나는 곳입니다. 지금 아군은 '의義'를 외치며 순식간에 한중을 얻고, 군마가 하북에까지 이르러 있습니다. 바라옵건대 대장군 각하께서는 '한중왕'의 지위에 오르시어 천하의 인심을 안정시켜주십시오. 이름은 비록 한구석의 왕이나 그 위광과 명성은 만 리에 이르러 있사옵니다. 손권과 조조를 소탕하고 천하를 평정하여, 얼마 후에는 장안의 고도故都로 돌아가 태뢰太牢의 예로 종묘 사직에 고하고 제위帝位를 바로 세우시면 더욱 좋을 것이옵니다. 원하옵건대 천하를 위해 만세의 황통을 계승하신다면, 한왕실을 위해 그보다 더 다행한 일이 없을 것이옵니다. 삼가 주청드리옵니다."

이 글을 읽은 유비는 잠시 생각에 잠겨 있다가, 법정을 바라보며 이렇게 말했다.

"나는 천하의 대의에 따라 조조를 주멸하려 하고 있소. 그런데 스스로 왕위에 오르면 어찌 천하에 모범을 보일 수 있겠소."

"효헌 황제 폐하께서 몸소 쓰신 조서가 있으니, 주공께서 제위에 오르시는 것은 당연한 이치입니다. 게다가 지금은 그저 '왕'을 칭하시는 것뿐입니다. 그게 무슨 참칭僭稱이 되겠습니까. 전선에 나간 장수와 병사들은 목숨을 걸고 싸우지만, 그것도 모두 용에 매달리고 봉황에 빌붙어 일신의 영달을 꾀하기 위해서입니다. 절대로 그 '건안'이라는 하잘것없는 연호에 이끌려 싸우고 있는 것이 아닙니다. 이런 것은 주공께서도 오랫동안 군중軍中에 계셨으니 모르실 리가 없습니다. 또한 대위大位를 정하시면, 역적을 따르는 자들도 그 죄를 뉘우치고 정의를 위해 일어서려는 마음이 생길 것입니다. 주공께서 효헌 황제 폐하께 반역하고 싶지 않다고 생각하시는 심정은 이해하지만, 효헌 황제께서 주공께 제위에 오르라고 분부하신 것과 주공께서 역적을 죽여 효헌 황제께 보답하려 하시는 것과는 차원이 다릅니다. 설령 효헌 황제께서 살아 계신다 해도 주공께서는 '한중왕'을 칭하신 것뿐이고, 훗날 중원을 회복하여 한왕실을 부흥하신 날에도 여전히 신하의 반열에 서 있는 것이니 아무 문제도 없습니다. 저희가 왕위에 올라주십사고 말씀드린 것은 위와 같이 하여 인심을 수습하고 군대 운용을 편히 하고자 하기 때문입니다. 부디 의심하지 마옵소서!"

"효직, 그대의 말은 정세를 통찰하고 있소. 나는 즉위를 바라지 않지만, 중의에 거역하기도 어렵구려. 편의에 따르기로 합시다."

법정은 유비가 승낙했기 때문에 당장 정청을 나가 허정과 의논하여 준비를 갖추었다. 역적이 아직 평정되지 않았기 때문에 의식에만 중점을 두고 쓸데없는 허세는 부리지 않기로 하여, 길일을 택해 성도 대장군부에서 즉위식을 거행했다.

유비는 헌제가 맡긴 옥새를 받은 뒤 문무백관의 배알을 받고, 이어서 다시 신하의 반열로 내려와 북쪽을 향해 앉아서 축하를 받았다. 남쪽을 향해 앉으면 황제와 같이 되어버리기 때문에, 이번 의식에서는 특별히 그렇게 배려했다.

유비가 왕위에 오르자, 배속되어 있는 장수와 관리들의 지위도 한 계급씩 올라갔다. 또한 전쟁터가 되어 있는 지역은 올해의 부역을 면제하고, 옹주·양주·형주·익주·병주의 죄수들도 대역죄인을 제외하고는 모두 은사를 받았다.

또한 장군 오의吳懿의 딸을 왕비로 삼고 아들 유선을 태자로 봉했다. 그리고 한중왕에 소속된 관직과 인원은 한왕조의 제도에 따랐다.

문무백관의 축하를 받은 유비는 법정을 불러 함께 정청으로 돌아가, 각지의 장수와 관리들을 위로하는 문서를 만들었다.

그 글은 대충 다음과 같은 내용이었다.

"한중왕 유비는 옹주·양주·형주·익주·병주의 장수와 관리들에게 통달하노라. 과인은 한왕실의 후예라는 이유로 선제先帝로부터 막중한 부탁을 받고 심히 황공하게 여겼노라. 그러나 하늘에 계신 조상들의 영혼을 위로하고 효헌 황제의 마지막 명에 따라 역적을 베어 원수를 갚는 일을 아직도 이루지 못하였노라. 출사한 이후 장수들은 무용을 떨치고 위세를 드높여 한 달에 세 번 승리를 얻고 조조를 크게 괴롭혔노라. 과인은 여러 장수와 관리들의 노고를 생각하고 백성을 괴롭히는 것을 생각하면 한밤중에 옷을 털고 벌떡 일어나곤 하면서도 그 노고를 다 알지 못하는 일이 있을까 두려워하노라. 여러 장수와 관리들은 이름을 바로하고 의를 밝히며 나라의 토대를 쌓고 나라를 위해 충성을 다하라. 『시경』의 '소아小雅'편의 〈북산北山〉이라는 시에 이르되, '너른 하늘 아래 왕의 땅 아닌 곳이 없고, 모든 땅의 지평에 왕의 신하 아닌 자가 없다'고 하였느니라. 만일 왕의 신하가 없다면 누가 영토를 지키리요. 과인은 종종 좌절하면서도 여러 장수와 관리들의 힘에 의지하여 다섯 주를 영유하고 아침 일찍부터 밤늦도록 열심히 노력하여 마지 않노라. 위로는 선제의 부탁을 어기고 아래로는 여러 장수와 관리들의 두터운 기대에 보답하지 못할 것을 두려워하노라. 이제 여러 장수와 관리들의 뜻을 받아 높은 지위에 오르니 내 덕이 부족한 것을 두려워하노라. 모든 장수와 관리들은 삼가 난세를 다스리고 억조창생의 행복을 넓히기 바라노라. 한나라 사직이 다시 융성한다면 그것은 과인 한 사람의 영광이 아니라 고조(유방)와 세조(광무제)도 광휘를 더할 것이니라. 만백성의 고통을 가엾이 여기고 덕으로써 백성을 인도하라. 천하에 포고하여 널리 알리노라."

이 포고문은 각지로 보내졌고, 각지에서는 잇따라 축하사절을 파견했다. 유비는 관중과 병주의 수비 태세가 거의 완료되었기 때문에 언제까지나 관중에 군대를 묶어두면 앞으로의 전망이 열리지 않는다고 생각하여, 제갈공명의 맏아들 제갈첨諸葛瞻에게 군령을 주어 장안으로 보냈다. 관우와 협력하여 때를 보아 되도록 일찍 군대를 내보내 대국을 안정시키라는 명령이었다.

제갈첨은 성도에서 한중을 거쳐 장안에 도착했다. 공명은 마침 여러 장수들을 소집하여, 장안에서 한중왕의 즉위를 경하하는 의식을 거행하고 있던 참이었다. 제갈첨은 유비의 군령을 지참하고 아버지 제갈공명과 숙부 제갈균을 만났다.

소개가 늦었지만, 이 제갈첨은 이제 막 열여섯 살이 된 소년이었다. 얼굴은 분을 바른 것처럼 하얗고, 입술은 붉으며, 어린 시절부터 어머니(황승언의 딸)의 가르침을 받아 문무에 모두 뛰어났다. 그는 이번에 장안에 온 김에 그대로 눌러앉아 아버지 밑에서 일하고 싶다는 의욕에 불타고 있었다.

한중왕의 명령을 받은 공명은 당장 장수들을 모아놓고 이렇게 말했다.

"아군이 관중 일대를 얻고 북쪽의 병주를 평정하고 동관과 상당에 진주한 이래 벌써 1년 가까운 세월이 흘렀소. 이는 국내의 힘이 완전히 충실하지 못하고 강족 같은 외부의 지원병도 아직 모이지 않은 상태에서 경솔하게 싸움을 벌이면 모든 일이 물거품으로 돌아가지 않을까 염려하여 신중하게 일을 처리해왔기 때문이오. 이제 주공께서는 왕위에 오르셨지만, 한나라 제위의 계승자임을 보여주는 옥새는 이미 지니고 계시었소. 또한 조자룡은 남쪽의 영릉과 계양의 군대를 동원하고, 마대는 하서의 4군에서 병력을 모았소. 그리하여 아군은 동쪽으로 나아가 강하를 얻고, 북쪽으로 나아가 의양을 얻었으며, 조조군을 멀리 내치면서 승리를 거듭하고 있소. 조조군은 문향에서 저지당하고, 효함 땅에 의지하여 신안과 민지를 사이에 두고 아군의 진격을 막고 있소. 아군은 처음에 출동했을 때의 예기銳氣가 지속되는 동안 속전속결을 꾀하는 것이 유리하오. 그러나 여기저기를 전전하느라 지친 병사들을 이끌고 견고한 적의 요새를 공격하는 것은 오히려 불리하오. 그래서 지금까지는 견고한 성에 틀어박혀 퇴로를 지키면서 민력을 배양하고 병력을 강화하는 방침을 택했던 것이오. 지난 1년 동안 양주와 익주의 병력은 충분한 휴식을 취했고, 옹주와 병주의 병력도 충분히 훈련할 수 있었으니, 이제 상당의 수비군을 남쪽으로 보내고 비양과 의양의 수비군은 북쪽으로 보내기로 하겠소. 낙양의 위군이 의지할 만한 요충 가운데 이미 5분의 3이 우리 손에 들어왔소. 주공의 명령이 없었다 해도 지금은 진군해야 할 때요. 하물며 주공께서 명령을 내리셨소. 우리가 승세를 타고 공격하면 적은 어쩔 수 없이 무너질 것이오. 지금이야말로 전력을 다해 마음을 하나로 합쳐 적을 무찔러야 하오. 만약에 일을 게을리 하는 자가 있으면 군법에 따라 엄중히 처단하겠소."

장수들은 일제히 소리를 높여 호응했다.

공명은 종사從事인 비시에게 작전명령서를 주어 평양의 위연에게 보냈다. 그 지령은 다음과 같았다.

"위연이 좌익의 대장이 되고, 이엄과 강유가 부장을 맡으라. 이엄이 전군, 위연이 중군, 강유가 후군을 지휘하라. 마충과 요립은 각각 3천 병력을 이끌고 응원부대가 되고, 기병과 보병 2만 7천을 총동원하여 원곡에서 황하를 건너 망산邙山의 요소를 차지한 뒤 민지를 공격하라. 병주의 방비는 왕평·전주·위연·장억·장익이 분담하여 맡도록 하라."

또한 제갈첨과 마성에게도 작전명령서를 주어 의양의 마초에게 보냈다. 이 작전의 내용은 다음과 같았다.

"마초가 우익의 대장이 되고, 마대와 관색이 부장을 맡으라. 마대가 전군, 마초가 중군, 관색이 후군을 지휘하라. 제갈첨과 마성은 각각 3천 병력을 이끌고 응원부대가 되고, 기병과 보병 3만을 총동원하여 용문에서 낙양으로 진격하라. 서량에서 새로 온 장교 마룡馬龍이 의양을 지키고, 마양馬驤이 노씨를 지키며, 남정의 수비대장 부첨은 무관으로 옮겨 그곳을 지키면서 전군의 위세를 거들도록 하라."

전령들이 출발한 뒤에 공명은 장안의 신병 1만 2천을 직접 지휘했다. 그리고 전부터 동관을 지키고 있던 서량군 1만과 병주 기병 8천, 동관의 촉군 1만 5천을 재편성하여, 우선 8천을 양홍에게 주어 동관을 지키게 한 뒤, 황충에게 기병 8천, 보병 1만, 장교 20여 명을 주어 선봉으로 삼고 장안을 떠났다.

제갈균은 문무백관을 거느리고 성밖으로 10리나 나와 전송했다. 공명은 거기서 다시 장안을 굳게 지키라고 명령했다.

공명은 동관에 도착하자 황충에게 명령하여 동관 밑에 진지를 쌓는 한편, 관우에게 전령을 급파하여 연락 태세를 취했다.

남양에서 공명의 문서를 받은 관우에게도 한중왕의 '진군하라'는 명령서가 도착했다. 관우는 방통과 서서를 불러 작전을 논의했다. 우선 관우가 입을 열었다.

"주공께서는 우리의 심정을 헤아려 왕위에 오르셨소. 우리도 천하통일의 대업을 위하여 전력을 다해 노력하지 않으면 아니 되오. 지금 공명은 세 방면에서 군대를 내보냈소. 우리도 이 기회를 틈타 군대를 내보내어 위군을 사방에서 포위해버리면 조조에게 필승하는 형세를 만들 수 있지 않겠소? 그러니 두 분 군사께서는 묘안을 제출해주시오."

그러자 방통이 먼저 대답했다.

"지금은 사마의가 수비군을 지휘하고 있기 때문에 정면으로 공격하면 쓸데없이 병사들만 지치게 할 뿐입니다. 맹기가 낙양을 공격하니, 방풍에게 병력 3천을 주어 이양의 장포와 교대시키고, 방여에게 병력 5천을 주어 무양의 관흥과 교대시킵시다. 그리고 관흥의 부대와 장포의 부대를 합하여 등봉을 공격합시다. 황무와 최기에게는 병력 1만을 주어 겹욕을 공격하게 하고, 장익덕의 명성을 이용하여 위세를 부리면서 섭현을 노리면, 섭현의 위군은 그쪽에 신경이 쓰여 군세가 줄어들 테니 맹기를 응원한다는 점에서도 아주 좋은 상황이 될 것입니다. 이렇게 하면 사마사와 사마소 형제도 맹기를 당해낼 수 없습니다."

고대 왕조 주周나라의 도읍인 겹욕郟鄏은 낙양과 가깝다. 그로부터 천 년이 지나 또다시 도읍을 옮길 조짐이 있다. 융중에서 공명이 유비에게 제시한 천하 구상이 드디어 실현될 날을 맞이했다. 그러면 이 다음은 어찌 될 것인가. 다음 회를 기대하시라.

<하권에 계속>

이렇게 재미있는 소설이 있을까. 아니, 소설을 이렇게 쓸 수도 있는 것일까. 나는 이 책을 번역하면서 몇 번이나 감탄했는지 모릅니다.

　한 편의 작품을 제대로 써내는 것만도 어려운 일이거늘, 이 『반삼국지』는 『삼국지연의三國志演義』에 등장하는 인물들의 면모와 성격을 모두 그대로 살리면서도, 억울하게 죽은 이들은 되살려 적절한 보상을 주고 악행을 저지른 자들에게는 받아 마땅한 응보를 내림으로써 전체를 완전히 바꾸어버렸으니, 그 발상이며 줄거리를 이어나간 문장력이 참으로 대단하다고 하지 않을 수 없습니다. 그런데도 줄거리에 전혀 어색함이 없고, 게다가 중후한 고전적 교양마저 곳곳에 삽입하여, 책을 읽는 동안 역사를 생각하고 인생을 음미할 수 있도록 배려도 아끼지 않았습니다. 그러므로 『삼국지연의』의 내용을 모르고 읽어도 충분히 재미있고, 알고 읽으면 더욱 재미있는 책이 아닐 수 없습니다.

　이 놀라운 작품의 저자 저우다황周大荒은 중국 후난성湖南省 출신으로, 선산서원船山書院과 후난공립법정학교湖南公立法政學校에서 공부하여 중화민국中華民國 초창기에 사법관이 된 인물입니다. 그 뒤 사법관을 그만두고 베이징北京과 톈진天津에서 교유를 넓히다가 추천을 받아 톈진고등검찰청 서기관이 되었는데, 이때를 전후하여 《정의보正義報》와 《민덕보民德報》의 문예란 주필로 활약하는 한편, 지방 군소 군벌들의 휘하에 들어가 참모 노릇을 하기도 했다고 합니다.

『반삼국지』는 중화민국 8년(1919년), 지금의 란저우蘭州에 근거지를 두고 있던 군벌 배건준裴建準의 참모로 있을 때 쓰기 시작하여, 중화민국 13년(1924년)에 완성했습니다. 작품은 몇몇 잡지에 연재되었는데, 그 대부분은 그가 주필을 맡고 있던 《민덕보》에 연재되었습니다.

이상은 1987년 5월에 중국의 하북인민출판사河北人民出版社에서 간행된 『반삼국지』의 저자 소개에 따른 것인데, 그 밖의 경력은 물론 언제 어디서 죽었는지도 알려져 있지 않다고 합니다. 다만 이 작품을 63년 만에 발굴하여 출판한 편집자의 말에 따르면 저우다황은 쑨원孫文이 결성한 '중국혁명동맹회'의 멤버였으며, 이런 사실로 미루어볼 때 저자가 이 책에서 유비의 천하통일을 그린 것은, 쑨원을 유비에 비유하고 북양군벌을 조조에 비유함으로써, 북양군벌을 평정하고 북벌을 완성한 쑨원을 정당화하기 위한 것이라고 지적하고 있는데, 주목할 만한 견해라고 여겨집니다.

이 책은 원래 '김한경'의 번역으로 1991년 12월에 '들꽃세상'이라는 출판사에서 나왔습니다. 그때 필명을 따로 사용한 까닭은, 중국어도 모르면서 '김석희'를 번역자로 내세우기가 사뭇 쑥스럽고 주저되었기 때문입니다. 이 자리에서 마저 밝히건대, 이 책의 번역은 일역본을 가지고 진행했습니다. 처음엔 검토를 부탁받은 정도였으나, 책을 받아서 읽어보고는 하도 재미있기에 번역도 내가 하겠다고 욕심을 부렸던 것입니다. 그후 출판사가 문을 닫는 바람에 책을 구하기가 힘들었는데, 10여 년 세월이 지난 뒤 '작가정신'에서 이 책을 다시 내고 싶다고 제의가 들어왔습니다. 그래서 개역이라고 할 만큼 손을 봐서 펴낸 것이 2003년 8월입니다. 그리고 다시 10여 년 세월이 흐른 뒤 같은 출판사에서 책의 모양새를 새롭게 다듬어 다시 펴내게 되었습니다. 다시 일독하면서 몇 군데 손보기는 했지만, 크게 고친 곳은 없습니다. 돌아보면 앞서 진행된 두 번의 작업 때 나름대로 정성과 노력을 쏟았던 기억이 새롭습니다. 그렇게 마음을 쓴 책이 죽지 않고 이렇게 다시 살아나게 되었으니, 사람에게 인생유전이 있듯이 책에도 나름의 팔자가 있어서, 이렇게 질긴 인연이 이어지고 있구나 싶어 가슴이 저릿합니다.

2015년 가을, 제주 애월에서
김석희

반삼국지 (상)

초판 1쇄 발행 2003년 8월 1일
개정판 1쇄 발행 2015년 10월 1일
지은이 저우다황 | **옮긴이** 김석희
펴낸이 박진숙 | **펴낸곳** 작가정신
편집 김서연 김나리
마케팅 김미숙 박성신 | **디지털컨텐츠** 김영란 | **관리** 윤서현

주소 10881 경기도 파주시 문발로 207
전화 031-955-6230 | **팩스** 031-944-2858 | **이메일** editor@jakka.co.kr
홈페이지 www.jakka.co.kr | **출판등록** 1987년 11월 14일 제1-537호

ISBN 978-89-7288-047-9 04820
      978-89-7288-048-6 04820(세트)

이 도서의 국립중앙도서관 출판시도서목록(CIP)은 서지정보유통지원시스템 홈페이지(http://seoji.nl.go.kr)와
국가자료공동목록시스템(http://www.nl.go.kr/kolisnet)에서 이용하실 수 있습니다.
(CIP제어번호 : CIP2015024830)